還生鏢師

환생표사 5

1판 1쇄 발행 | 2022년 12월 30일

펴낸이 | 권태완 우천제
펴낸곳 | (주)케이더블유북스
편집자 | 한준만, 박병권, 이다혜
디자인 | 정예현

출판등록 | 2015-5-4 제25100-2015-43호
KFN | 제3-13호

주소 | 서울시 구로구 디지털로31길 38-9, 401호
전화 | 070-8892-7937 **팩스** | 02-866-4627 **E-mail** | fantasy@kwbooks.co.kr

ISBN 979-11-404-1042-2 04810
979-11-404-1037-8 (set)

환생표사

5

신갈나무

신무협 장편소설

차례

1장
무저갱(2)

쏴아아아!

꾸르르 쾅! 쾅! 쾅!

천둥 번개를 동반한 폭우가 한 식경 째 퍼부어댔다. 그 바람에 협곡의 강물은 빠르게 불어나고 있었다. 이대로라면 다시 한 식경 안에 모두가 쓸려가 버릴 것 같았다.

나와 비룡당의 표사들 그리고 연소교 일당은 절벽 위에서 열 개의 칡넝쿨 밧줄을 이용해 마지막 남은 이십여 자루의 포대 자루들을 끌어 올렸다. 아래에서는 도검을 뽑아 든 오백여 명이 절벽을 등지고 서서 이천여 명의 접근을 막고 있었다.

똑같은 네 배지만 다섯 명을 상대로 스무 명이 공격하는 것과 오백 명을 상대로 이천 명이 공격하는 것은 다르다. 후자의 경우가 심리적인 압박을 훨씬 크다. 규모도 규모지만 나를 죽일 수 있는 사람이 무려 오백 명이나 된다고 생각하는 것이다.
그래서인지 이천여 명의 빈털터리들은 부글부글 끓어 오르기는 했어도 공격할 기미는 전혀 보이지 않았다.
이윽고 오백여 명의 표주들이 올라올 채비를 했다.
지금까지야 괜찮았지만 등을 보이는 순간 어떻게 될지 모른다. 맹수들은 원래 등을 보이는 사냥감을 본능적으로 물어뜯는다. 모두가 긴장된 표정으로 지켜보았다.
"우리 몫의 포대 자루는 따로 챙겼습니까?"
"딱 삼백삼십 자루입니다."
전체 오백여 자루 중 삼백삼십 자루를 챙겼으니 사실상 싹쓸이한 셈이나 마찬가지였다.
그렇다고 해서 남은 백칠십여 자루가 돈으로 환산했을 때 적은 금액이냐 하면 그것도 아니었다.
"삼십 자루만 가지고 와보세요."
잠시 후, 내 앞에 삼십 자루의 포대가 놓였다.
그것들을 집어다 하나씩 이쪽저쪽으로 던지기 시작했다.
첨벙! 첨벙! 첨벙! 첨벙!
이천여 명의 사람들은 처음엔 돌멩이를 던져 자신들을 공격하는 중 알고 깜짝 놀랐다. 하지만 그게 보물이 든 포대 자루라는 것을 알아차리고는 우르르 물속으로 뛰어들어 헤엄치기 시작했다.
"당주는 일하고 표사들이 노네."
"모두 포대 자루를 던져라!"
가불염이 일갈을 내지르자 그제야 표사들이 달라붙어 포대 자루를 사방으로 던져댔다. 이렇게 높은 곳에서 던지니 아마 절반은 강바닥에 닿는 순간 찢어졌을 게 분명했다.

잠시 후에는 이천여 명 전부가 강물로 뛰어들어 자맥질을 하느라 정신이 없었다. 강물이 불어나기 전에 금쟁반 하나라도 더 건지려는 것이다. 그 바람에 절벽 쪽으로는 단 한 명도 보이질 않았다. 오백여 명은 안심하고 절벽을 오르기 시작했다.

나는 손을 탈탈 털며 말했다.

"우리는 이제 그만 갈까요?"

오백여 명이 올라오면 약이 바짝 올라 있기 때문에 이번엔 아예 죽이려 할지도 모른다.

한 명당 포대 두 자루씩 주둥이를 연결해 양쪽 어깨에 짊어지니 딱 네 자루가 되었다. 그 상태에서 나와 비룡당의 표사들 그리고 음양쌍교의 마인들은 신나게 내빼기 시작했다.

물론 나머지 백칠십여 자루는 절벽 위에 고스란히 놓아두었다. 주변이 온통 짐승도 함부로 뚫고 나오지 못할 만큼 빽빽한 원시림이라 도둑맞을 일도 없었다.

칠십여 명이 각 네 개씩의 포대 자루를 양쪽 어깨에 짊어지고 울창한 수림 속을 전속력으로 달려갔다. 머리 위에서 시원하게 쏟아지는 폭우가 남만의 뜨거운 열기를 식혀주었다.

근동의 지리를 잘 아는 독고완이 선두에서 길을 잡았다. 당군백이 그 뒤를 바짝 좇았다. 행여라도 독물이 발견되면 전문가인 그녀가 위험을 미리 제거할 수 있기 때문이다.

실제로도 당군백은 수차례에 걸쳐 질주를 멈추게 했고, 그때마다 풀숲에 웅크리고 있던 독사며 독개미 따위를 찾아내 사람들의 가슴을 쓸어내리게 했다.

그렇게 달리고 멈추기를 반복하길 한나절, 마침내 이틀 전 야영을 했던 북강 기슭에 도착했다.

폭우로 불어난 강에는 통나무를 칡넝쿨 밧줄로 연결해 만든 부교가 아직도 버티고 있었다. 이제 부교만 건너면 포구 마을 곡평이었다.

곡평엔 마을 사람들에게 맡겨둔 말들이 있었다. 그 말에 보물을 싣고 무이산맥 쪽으로 길을 잡는 한편, 복건성과 강서성에 있는 천룡표국의 분타들에 최대한 빨리 지원 요청을 하는 게 내 계획이었다.

뒤를 돌아보니 우리가 지나온 뒤쪽 산 정상의 나무들이 크게 흔들리고 있었다. 절벽을 올라온 흑도와 사파인들이 뒤를 바짝 추적해 오고 있는 것이다. 마총에서 나온 보물의 대부분을 내가 중간에 표비로 챙겨 버렸으니 지금쯤 눈이 회까닥 뒤집혀 있을 것이다.

"모두 서둘러!"

가불염을 시작으로 한 명씩 부교 위를 달려 건너기 시작했다.

포대 자루를 네 개씩이나 짊어지고 흔들리는 부교 위를 달려가는 것은 제아무리 십 년 경력의 표사들이라고 해도 쉬운 일이 아니었다. 그런데 다들 생각보다 잘해냈다. 흐르는 물살에 부교가 팽팽하게 당겨진 덕분에 훨씬 덜 흔들렸던 것이다.

가장 마지막으로 건넌 나는 부교의 밧줄을 뎅겅 잘라 버렸다. 순식간에 팽팽함을 잃은 부교의 한쪽 끝이 흐르는 물살에 떠내려가기 시작했다.

아슬아슬하게 우리를 놓친 흑도와 사파인들은 강 건너에 서서 갖은 욕설을 퍼부어댔다. 그러나 누구도 선불리 건너오진 못했다. 무기를 패용한 채 폭우로 불어난 강을 헤엄쳐 건너는 것은 자살행위나 다름없기 때문이다.

그때쯤 거짓말처럼 폭우가 뚝 그쳤다. 하지만 강물은 한동안은 계속해서 불어날 것이고, 흑도와 사파인들이 방편을 마련해 다시 강을 건너려면 빨라도 한나절은 걸릴 것이다. 우린 그전에 벌써 이곳을 떠나고 없을 테지만.

"와아아아!"

그제야 한숨을 돌리게 된 비룡당의 표사들이 서로를 부둥켜안으며 포구가 떠나가라고 소리를 질러댔다. 그들의 발아래에는 보물이 가득 든 포대 자루들이 너덧 개씩 놓여 있었다.

돌이켜 보면 진짜 꿈같은 일이었다. 마교에 납치당한 이병룡을 구하러 왔다가 그 마교의 잔당들을 오히려 내가 구해준 것으로도 모자라 상상도 못 할 돈을 벌어가게 생겼으니 말이다.

"고맙다."

사람들이 환호성을 지르는 사이 이병룡이 곁으로 다가와 강 건너에 시선을 꽂으며 불쑥 한 말이었다.

나는 잠시 주변을 둘러본 후 물었다.

"저요?"

"솔직히 네가 날 구하러 올 줄은 몰랐다."

"국주님 때문이라고 말씀드렸을 텐데요."

"너랑 이렇게 손발이 잘 맞을 줄도 몰랐고."

손발이 맞았다고 하려면 서로 공헌한 무언가가 있어야 한다. 지금까지 계속 포로로 잡힌 상태에서 처맞기만 하다가 구출된 인간이 저렇게 말하니 살짝 어처구니가 없었다.

"그건 아닌 것 같습니다만."

"네가 도화곡의 이전 건을 성공적으로 완수하고 돌아온 지 얼마 되지 않았을 때였다. 수향문의 가모께서 조용히 천룡표국을 찾아와서는 어머니를 만나고 돌아가셨다. 나와 조영영을 두고 더는 혼인 이야기가 흘러나오지 않도록 해달라시더군."

"……!"

이병룡과 조영영의 혼담은 이종산이 완곡한 거절의 의사를 밝히면서 사실상 무산된 지 오래였다. 한데 무슨 이유에선지 항주엔 이병룡과 조영영이 언젠가 혼인할 거라는 얘기가 끊이지 않고 나돌았다. 표사와 쟁자수들은 이병룡이 일부러 소문을 내고 다니기 때문이라고 수군거렸다.

나는 다시 한번 주변을 돌아보았다. 다행히 대화를 들을 만한 위치에는 아무도 없었다. 남궁소소는 포대 자루를 세느라 여념이 없었고, 조영영은 당군백과 함께 부상자들의 상처를 살펴보는 중이었다.

다시 이병룡의 말이 이어졌다.

"이 모든 게 너 때문이라고만 생각했다."

"제가 뭘 어쨌다고요?"

"어느 날 갑자기 네놈이 각성이라도 한 것처럼 승승장구하는 바람에 오히려 내가 무능력하게 보였음을 모르진 않겠지? 그래서 나도 사람들에게 무언가를 보여주고 싶었다."

"아마 유명해지시긴 할 겁니다."

"내가 등신처럼 보이겠지? 이해한다. 나 같아도 그랬을 테니까."

"그랬을 테니까가 아니라 그랬습니다."

"앞으로도 내가 너를 좋아하게 되는 일은 결단코 없을 것이다. 그러나 네가 아무리 재수 없게 굴어도 형님들과 부화뇌동해서 괴롭히지는 않겠다고 약속하지."

누가 보면 그동안은 내가 무슨 큰 잘못이라도 해서 괴롭힘을 당한 줄 알겠다. 그리고 자기가 괴롭히면 나를 곤란하게 만들 수는 있고? 생각 같아선 완전히 짓밟아 뭉개 버리고 싶은 걸 꾹 참았다.

다른 건 몰라도 지금 그가 느낄 절망감만큼은 이해할 수 있을 것 같았기 때문이다.

"그렇게 자책만 할 필요 없습니다. 쓰레기더미에서도 꽃이 핀다고, 형님께도 제게는 없는 장점이 한 가지는 있으니까요."

"그게 뭐지?"

"죽마고우들입니다."

"죽마고우?"

"솔직히 말하면 형님의 비위를 맞춰주며 술이나 얻어먹는 껍데기들이라고 여겼습니다. 한데 지금은 생각이 좀 바뀌었습니다. 당장 조영영만 해도 목숨을 걸고 형님을 구하러 왔고요."

"영영은 단지 내 행방을 묻기 위해 만금전장을 찾았다가 재수 없게 납치당했을 뿐이다. 위험한 줄 알았다면 절대 만금전장의 문을 두들기지 않았을걸. 그걸 모를 정도로 멍청하진 않다."

"그것도 그렇군요."

"지금 나 엿 먹이는 거냐?"

"형님 말에 설득당했을 뿐입니다."

"뭐!"

그때 갑자기 표사들이 웅성거리기 시작했다.

황급히 뒤를 돌아보았다. 저 멀리 포구 마을로 들어서는 언덕배기에서 한 떼의 기마인들이 모습을 드러내고 있었다. 숫자는 어림잡아도 백 명, 하나같이 도검궁으로 중무장을 하고 있었는데 그 기세가 예사롭지 않았다.

그들이 누구인지 알아차리는 데는 그리 오래 걸리지 않았다. 가장 앞쪽에서 천룡표국이라는 네 글자가 새겨진 깃발이 힘차게 펄럭이고 있었기 때문이다.

깃발의 아래에는 건장한 체격의 초로인이 말을 달려오고 있었다.

"황룡당주님께서 지원병을 이끌고 오셨다!"

"와아아!"

표사들이 다시 한번 환호성을 지르기 시작했다. 억만금의 보물을 짊어지고 항주까지 갈 생각에 눈앞이 캄캄했다가 지원 병력이 백 명씩이나 나타나자 그야말로 든든한 것이다.

한데 그게 끝이 아니었다. 천룡표국의 표사들이 모두 언덕을 넘자 또 한 무리의 기마인들이 나타났다. 숫자는 천룡표국보다 많은 이백여 명, 하나같이 표사들 못지않게 강건한 기도를 풍기는 기마인들이었다.

선두의 무인이 치켜든 커다란 깃발엔 수향문이라는 세 글자가 붉은

글씨로 선명하게 씌어 있었다.

"수향문에서도 무사들이 왔다!"

"와아아!"

깃발의 아래에는 흡사 관운장을 연상케 하는 용모를 지닌 반백의 초로인이 준마를 탄 채 무리를 이끌고 있었다.

"수향문주!"

이병룡의 입에서 나직하게 신음이 터져 나왔다. 왼쪽으로 돌아보니 아니나 다를까, 조영영의 눈시울이 뜨거워지고 있었다.

이병룡은 황급히 강물로 달려가 퉁퉁 부은 얼굴을 씻고 옷매무시를 가다듬었다. 아무리 깨진 혼담이라지만 못난 꼴을 보이고 싶지 않은 것이다.

갑작스러운 지원 병력의 등장으로 모두가 환호하는 그때, 누군가 조용히 내 등 뒤로 다가오는 기척이 느껴졌다.

천천히 돌아보니 연소교가 나를 바라보고 있었다. 조금 떨어진 곳엔 그녀의 수하들 이십여 명이 서 있었는데, 하나같이 말 고삐를 쥔 채였다. 그새 몇 사람이 마을로 가서 흑도와 사파인들이 맡겨둔 말들을 훔쳐 온 모양이었다.

"떠나시려오?"

"네."

"잠깐만 기다리시오."

나는 근처에 있던 표사에게서 포대 자루 두 개를 건네받았다. 이어 야차곤이 고삐를 잡고 있는 말안장에 척 얹어주고는 다시 연소교에게 돌아왔다.

"여기까지 포대 자루를 짊어지고들 온 값이오."

"한나절의 노동치곤 후하군요."

"내가 원래 통이 좀 크오."

"거부가 된 것 축하드려요."

"표물을 맡길 일이 있으면 언제든 찾아와 주시오. 보아서 알겠지만, 나는 의뢰만 있다면 흑백은 물론이거니와 정사마(正邪魔)도 따지지 않소."

"도무지 두려움을 모르는군요. 잘 알지 못하는 마인들과 함부로 거래를 했다가는 큰일 나는 수가 있어요."

"이거 혹시 협박이오?"

"협박이면 먹혀들까요?"

"먹혀들면 또 무얼 빼앗으려고."

"한 가지 빼앗고 싶은 것이 있긴 한데, 간단한 협박 정도로는 가능할 것 같지 않으니 그냥 포기하고 말겠어요."

"보통 사람들은 무언가 원하는 것이 있으면 돈을 주고 사거나 부탁을 하는데, 역시 마교의 인물들은 화끈하군."

"귀하는 혹시 내게 부탁할 게 없나요?"

"부탁은 아니고 궁금한 게 한 가지 있소."

"뭐죠?"

"몇 살이시오?"

"궁금한 게 고작 그건가요?"

"도무지 나이를 가늠할 수가 없어서 말이오. 삼뇌와 맞서는 담력이나 귀신같은 암기술을 보면 마흔 살은 넘겼을 것 같기도 하고……."

"제가 그렇게 늙어 보이나요?"

"마교에는 마음만 먹으면 칠순 할머니도 방년 십팔 세로 보이게 만드는 마공이 얼마든지 있다고 들었소만."

연소교는 피식 웃더니 돌아서 수하들이 있는 곳으로 갔다. 이어 설표가 대신 고삐를 잡고 있던 말에 훌쩍 올라타서는 말했다.

"계묘년(癸卯年) 칠월생이에요. 그럼 이만."

그리고 말 머리를 돌려 박차를 가했다.

설표, 산노, 우숙, 야차곤 등을 비롯해 스무 명의 마인들도 나를 향해 정중히 포권지례를 한 후 연소교의 뒤를 따랐다.

나는 그들을 향해 마주 포권지례를 하면서도 속으로는 계묘년이면 몇 살인지 육십갑자를 한참이나 계산했다.

"칠십팔!"

"육십갑자를 뒤로 세면 어떡해요?"

불쑥 나타난 사람은 남궁소소였다.

"나보다 나이가 많으니 당연히 뒤로 세야지."

"나이가 많다고 누가 그래요?"

"하면?"

"내가 갑오년생이니 계묘년생이면…… 열여덟!"

"……!"

나도 남궁소소도 한동안 말을 잇지 못했다. 칠십팔 세라는 것도 말이 안 되지만, 열여덟 살이라는 것 역시 믿기 어려웠다.

남궁소소가 얼른 말을 바꿨다.

"아무래도 칠십팔 세가 맞는 것 같아요."

"아니, 열여덟 살이 맞는 것 같소. 칠십팔 세라고 하면 사부인 백골시

마와 얼추 비슷해져 버리는데, 그건 더 말이 안 되지. 맙소사. 강호에 아무리 기인이사가 많다지만 어떻게 고작 열여덟 살짜리 여자아이가……."

나는 한참을 얼떨떨해하다가 문득 이상해서 물었다.

"한데 나보다 어릴 거라는 건 어떻게 알았소?"

"여자들은 딱 보면 보이는 게 있어요. 그것보다 어제부터 궁금한 게 있었는데, 옷은 왜 바뀐 거예요?"

동굴 속에서 청삼인으로 변장해 활개를 치고 다니다가 이병룡을 구해 달아나려는 순간 천장이 무너져 아수라장이 된 적이 있었다. 그때 구석진 곳으로 가서 사람들 몰래 얼른 인피면구를 벗고 쓰러진 누군가의 옷으로 갈아입었다.

"이야기하려면 복잡하오."

그때쯤엔 황룡당주 황자충과 수향문주 조충헌이 차례로 당도했다. 나는 먼저 황자충에게 예를 갖췄다.

"황룡당주님을 뵙습니다."

"상황은 어떠한가?"

"전원 무사합니다. 보시다시피 형님과 조영영 소저도 찾았고요."

"하늘이 도왔군. 천만다행일세."

"만금전장은 어떻게 됐습니까?"

"국주님께서 표왕부의 고수들을 이끌고 가셨으니 별 탈 없을 걸세."

"합비로 떠나신 총표두님과 두 분 형님들은요?"

"내가 이쪽으로 떠나오기 전 사람을 보냈으니 지금쯤이면 허탕만 치고 표국으로 돌아와 있겠지. 국주님께서 이 소식을 들으면 참으로 기뻐하시겠군."

이종산이 기뻐할 일은 그것만이 아닐 것이다.

그건 그렇고, 천룡표국의 표사들 속에 뜻밖의 인물들이 있었다. 진금봉, 곽극산, 노효광, 능천비, 등가걸을 비롯한 이병룡의 죽마고우들이었다. 정 걱정이 되면 천룡표국의 묵룡당에서 대기하라고 했더니만, 그새를 못 참고 함께 달려온 모양이었다.

그들을 발견한 이병룡은 격정을 억누르느라 눈시울이 뜨거워졌다. 하지만 지금은 친구들과 회포를 풀 때가 아니었다.

이병룡은 조충헌에게도 따로 정중하게 포권지례를 올렸다.

"문주님을 뵙습니다."

조충헌은 옥면검협(玉面劍俠)이라는 별호에 어울리게 초로의 나이에도 불구하고 잘생긴 얼굴을 자랑했다. 조영영의 빼어난 용모는 순전히 그녀의 아비를 닮은 덕분이라 하더니, 오늘 보니 과연 고개가 절로 끄덕여졌다.

세가 크지 않아서 그렇지, 수향문은 역사가 천룡표국보다도 오래된 항주의 유서 깊은 검도명문이었다. 특히 조충헌은 협객 기질과 고매한 인품 덕분에 사철 그를 찾는 무림인들의 발걸음이 끊이질 않았다.

조충헌은 야차곤에게 두들겨 맞아 퉁퉁 부은 얼굴의 이병룡을 물끄러미 바라보다가 말했다.

"고생이 많았겠군."

"실로 면목이 없습니다."

조충헌은 이어 어깨를 가늘게 떨고 있는 조영영에게 물었다.

"항주에서부터 끌려 온 것이더냐?"

다치지 않은 것은 눈으로만 보아도 알 수 있다. 조충헌은 눈에 넣어도 아프지 않은 외동딸이 마교도들로부터 온갖 고초를 겪으며 머나먼 남만까지 끌려왔을 생각에 노기가 솟구치는 모양이었다.

"비룡당주가 찾아온 이후로는 크게 험한 꼴을 보지도, 고생을 하지도 않았습니다. 믿기 힘드시겠지만, 그들과 동등한 위치에서 편안하게 여행을 했습니다."

"어찌하여?"

"비룡당주가 기지를 발휘하여 그들로 하여금 우리를 표사로 고용하도록 만들었기 때문입니다."

조충헌의 시선이 조영영을 떠나 잠시 내게로 향했다.

비룡당의 표사들과 함께 있던 나는 한 걸음 앞으로 나아가며 정중하게 포권지례를 올렸다.

"문주님을 뵙습니다."

"고맙네."

"부끄럽습니다."

조충헌은 무언가 할 말이 많지만 꾹 참는 것 같았다.

묘한 상황이었다. 한때 조영영을 짝사랑했던 나, 그런 내가 성에 차지 않아 이병룡과 맺어주려 했던 조충헌, 조영영을 좋아한다면서 등신 같은 짓만 하고 다닌 이병룡, 그리고 도무지 속내를 알 수 없는 조영영이 한자리에 모여 이렇게 서로를 마주 보고 있으니 말이다. 지금쯤 나를 제외하고는 모두가 머릿속이 엉킨 실타래처럼 복잡할 것이다.

내가 아무렇지도 않은 건 조영영을 짝사랑했던 인물이 실제로는 다른 사람이기 때문이다.

그때 황자충이 조충헌과 대화 중인 나를 대신해 가불염에게 조용히 물었다.

"발밑에 있는 포대 자루들은 다 무엇인가?"

비룡당의 표사들이 일제히 히죽히죽 웃기 시작했다. 마치 이제부터 깜짝 놀랄 일이 벌어질 테니 다들 각오하라는 듯.

가불염이 나를 돌아보며 어찌해야 하는지를 표정으로 물었다. 나는 가만히 고개를 끄덕여 주었다.

가불염이 황자충에게 말했다.

"주로 황금과 은으로 만든 식기들입니다."

"모든 포대 자루가 전부?"

"그렇습니다."

"지금 나를 놀리는 건가?"

가불염은 아무래도 안 되겠다 싶었는지 포대 자루 하나를 집어 들었다. 이어 입구를 묶은 끈을 푼 다음 거꾸로 들고 탈탈 털었다. 그러자 황금으로 만든 쟁반이며 사발이며 숟가락 등등이 와르르 쏟아졌다.

좌중이 찬물을 뒤집어쓴 것처럼 고요해졌다. 그러나 공기는 태풍이라도 부는 것처럼 요동쳤다. 조충헌과 수향문의 무사 이백여 명도 바닥에 떨어진 황금 식기들에게서 눈을 떼지 못했다.

황자충이 격정을 억누르며 물었다.

"자네들 혹시 마총을 턴 것인가?"

"마총에서 나온 물건이기는 합니다만, 당주님께서 흑도와 사파인들에게서 의뢰받은 표행을 완수해 준 대가로 받은 것입니다."

"여기서 표행을 했다고?"

"그렇습니다."

"당최 무슨 말을 하는 건지 모르겠군. 백번 양보해서 표행을 하고 받은 물건들이라고 치세. 하면 장물을 표비로 받았다는 건가?"

"사실상 물건의 주인이랄 수 있는 음양쌍교의 교도들에게서도 똑같은 의뢰를 받았습니다. 보물은 우리가 갖는 대신 마공비급을 안전하게 가지고 나갈 수 있도록 흑도와 사파인들로부터 지켜달라고요. 그러니 장물이라는 말씀은 맞지 않습니다."

"이 무슨 황당한 일이……."

황자충은 눈이 왕방울처럼 튀어나왔다. 조충헌은 반대로 쏙 들어갔다.

두 사람은 방심하고 있다가 마혈이라도 짚인 사람처럼 그대로 석상이 되어버렸다. 황자충이 끌고 온 천룡표국의 표사 일백과 조충헌이 데려온 수향문의 무사 이백여 명도 모조리 입이 벌어져서는 말을 잇지 못했다.

항주로의 여정이 시작되었다.

표행으로 벌어들인 재물이 억만금에 달했지만 나는 조금도 신경 쓰지 않았다. 절정고수가 두 명이나 포함된 지원 병력이 무려 삼백여 명에 달했으니까.

보름이 지나자 마침내 항주에 도착했다.

그 즉시 수향문의 사람들과 헤어졌다. 남궁소소와 당군백과는 한가해지면 술이나 마시자는 말을 주고받은 후 헤어졌다.

그리고 한 시진 후, 나는 비룡당의 표사들을 이끌고 천룡표국으로 들어섰다.

남만의 포구마을에서 산 다섯 대의 수레에는 칡넝쿨로 칭칭 동여맨 포대 자루 이백구십팔 개가 실려 있었다.

2장
황금을 칼처럼 휘두르다

대마장(大馬場)은 천룡표국의 정문을 열고 들어서면 만나는 광장으로, 무림문파로 치면 대연무장쯤 된다. 표행을 떠나고 돌아오는 모든 표마차들이 이곳에서 집결하기 때문에 이름도 대마장이었다.

지부대인 왕인탁이 두 번이나 찾아와 향시와 회시의 장원급제 소식을 알렸고, 비룡당의 표사와 쟁자수들을 증원하기 위해 이천여 명을 모아놓고 시험을 치렀던 장소도 바로 이곳이었다.

대마장에는 소식을 듣고 달려 나온 천룡표국의 모든 표사와 쟁자수들이 도열해 있었다. 오늘따라 표행을 나간 사람들이 적은지 어림잡아도 일천 명은 될 것 같았다.

이병룡이 멀쩡한 모습으로 나타나자 사람들은 일제히 천둥 같은 환호성을 질러댔다.

"와아아!"

이병룡은 처음엔 얼떨떨해하다가 점차 상기된 표정으로 사람들을 향해 어색하게 손을 흔들어주었다.

환호성 사이로 모깃소리 같은 음성들이 무질서하게 들려왔다. 다른 사람들은 까맣게 모르겠지만, 나는 백년공력 덕분에 어느 정도 들을 수가 있었다.

"저런 답답한 인사를 봤나."

"고개를 숙여도 모자랄 판에 손을 흔들다니."

"누가 보면 개선장군이라도 돌아온 줄 알겠군."

이종산이 탁월한 혜안을 지니게 된 이유 중 하나가 이런 것인가 보다. 다른 사람들은 듣지 못하는 여론을 듣는 것 말이다.

그때 내 머릿속으로 황자충의 전음이 들려왔다.

[사람들이 환호성을 지르는 건 묵룡당주의 무사 귀환을 기뻐해서가 아닐세. 자네가 마교를 상대로 싸워서 삼공자를 구출해 온 것이 자랑스럽기 때문이지.]

[뭘 그렇게까지나요.]

[기분 좋으라고 하는 말이 아닐세. 이는 천룡표국의 명예를 드높이는 일이고, 나아가 표사와 쟁자수들로 하여금 더욱 자긍심을 가지도록 하는 일이라네. 마치 무당파나 화산파의 제자들이 가지는 자긍심과 비슷하다고나 할까.]

[예에?]

[어딜 가서도 천룡표국의 표사라고 하면 괜히 어깨가 으쓱해지는 그런 기분을 처음부터 표왕의 아들로 태어난 자네들은 알 리가 없지. 후후.]

왜 모르겠나.

전생에서 무려 삼십 년을 천룡표국의 쟁자수로 살았다. 길에서 만난 타 표국의 쟁자수들이 '천룡표국의 쟁자수들은 다른 표국들의 쟁자수들보다 월급을 열 냥씩은 더 받는다면서요?'라고 물어올 때의 그 우쭐한 기분을 나만큼 잘 아는 사람도 없을 것이다.

'이번에 고생한 비룡당의 표사들에게 포상금으로 금전 열 냥씩 쫙 뿌려야겠다. 열 냥은 너무 많나? 다섯 냥씩만 할까?'

대마장을 중간쯤 가로질러 갔을 때 우리는 걸음을 멈추고 얼른 말에서 내려야 했다.

이종산을 중심으로 왼쪽에는 청화부인이, 오른쪽에는 대장궤 손지백과 총표두 곽석산 외 당주들 모두가 마중을 나와 있었기 때문이다. 당연히 이갑룡과 을룡도 그들 중에 있었다.

"묵룡당주!"

청화부인이 달려 나오더니 이병룡을 와락 껴안았다.

이병룡은 이곳까지 오는 동안에 부기도 죄다 빠지고 옷도 비단무복으로 갈아입은 상태라 납치되었다가 풀려 난 직후의 궁색함은 찾아볼 수가 없었다.

"다친 곳은 없느냐?"

"보시다시피 멀쩡합니다."

"모두 부처님께서 돌보아주신 덕이다. 이 어미는 너를 영영 못 보게 되는 줄 알고 밤마다 가슴을 졸였느니라."

"죄송합니다. 어머니."

"나보다는 아버지와 형님들께 용서를 구하거라. 네가 실종되고 난 후 형님들이 표사들을 잔뜩 이끌고 합비까지 갔다가 허탕을 치고 돌아왔느니라."

나만 그런 건지 모르겠는데, 청화부인의 말에서 이갑룡과 을룡을 살짝 멕이는 듯한 기색이 느껴졌다. 차후에 있을 이갑룡과 을룡의 공세를 사전에 물타기 하려는 듯. 마치 너희도 그리 썩 도움이 되는 인간들은 아니라는 식으로 말이다.

아니나 다를까, 이갑룡과 을룡의 안색이 어두워졌다.

그 사이 이병룡이 이종산에게 정중히 포권지례를 올렸다.

"심려를 끼쳐 드려 죄송합니다."

"네 잘못을 아느냐?"

"알고 있습니다."

"무엇을 잘못 했느냐?"

"천룡각의 허락 없이 함부로 암표를 받아 표행을 떠났습니다. 그 바람에 여러 사람에게 걱정을 끼친 것은 물론이거니와 하마터면 천룡표국에도 큰 손해를 안길 뻔했습니다."

"실종된 너를 찾기 위해 삼백오십 명의 표사들이 동원되었다. 덕분에 강룡당과 복룡당은 보름을, 황룡당은 무려 한 달 동안 새로운 의뢰를 거의 받지 못했느니라. 이런데도 손해를 안길 뻔했다고 말할 참이더냐?"

"죄송합니다."

"너의 그릇된 판단으로 함께 암표행을 떠났던 일급표사 열 명이 하마터면 목숨을 잃을 뻔한 건 아느냐? 아무 잘못도 없이 봉변을 치른 조영영과 수향문에는 어떻게 보상을 할 것이더냐?"

"여보, 모두 무사히 돌아왔으니 이제 그만 노여움을 푸셔요. 묵룡당주라고 어디 그러고 싶어서 그랬겠어요. 수향문에는 제가 적당한 선물을 마련해 따로 찾아뵙고……."

"부인께서 나설 자리가 아니오!"

이종산의 싸늘한 한 마디에 청화부인이 움찔 놀라서 물러났다.

지금은 아버지가 아들을 나무라는 게 아니다. 천룡표국의 국주가 무책임한 당주를 질책하고 있었다.

이종산이 다시 이병룡에게 말했다.

"감당할 수 없는 자리라면 내려놓는 게 당연한 법. 그만 묵룡당주직에서 내려오너라."

"여보!"

"아버지!"

"여기 네 아버지가 어디 있느냐!"

이종산의 한 마디는 그야말로 청천벽력과도 같았다. 이렇게까지 큰 벌을 내릴 줄 몰랐던 사람들은 다들 표정이 굳었다.

청화부인은 사색이 되어 말했다.

"여보. 이건 너무 지나친 처분입니다. 세상에 모든 표행을 성공시키는 표사가 어디에 있으며, 한 번이라도 표국에 손해를 끼치지 않는 표사가 또 어디에 있답니까? 부디 재고를……."

"가 호위!"

"하명하십시오."

"부인을 청화각으로 모시게."

"존명!"

표왕부의 호위장 가뢰압이 무서운 눈으로 청화각의 시비들을 노려보았다.

청화부인은 자신을 붙드는 시비들의 손을 거칠게 뿌리치며 말했다.

"내가 알아서 가겠다!"

그녀는 무언가 더 할 말이 있는 듯했지만 가까스로 삼켰다.

결국 후계자는 이종산이 정하는 것, 수많은 사람이 지켜보는 앞에서 그의 체면을 깎아보아야 결코 이병룡에게도 좋을 리 없다는 걸 아는 것이다.

청화부인이 사라지자 이종산은 묵룡당의 표사들을 돌아보며 물었다.

"묵룡당의 다음 서열이 누구인가?"

건장한 체구의 장년인이 얼른 튀어나와 이종산의 앞에 섰다. 팔에 부목을 대고 있었는데, 아무래도 함께 암표를 떠났다가 흠씬 두들겨 맞고 풀려 난 일급표사 같았다.

"표두 간소립입니다."

"직위는?"

"일각주입니다."

"천룡표국에 들어온 지 얼마나 되었나?"

"올해로 꼭 이십 년째입니다."

"총표두."

이번엔 곽석산이 한 걸음 앞으로 걸어 나오며 허리를 숙였다.

"하명하십시오."

"오늘부터 표두 간소립을 대표두로 승진시키고, 별도의 지시가 있을 때까지 묵룡당을 맡기도록 하라."

"명을 받들겠습니다."

모든 표국에는 직책과 직위가 있다.

직책은 하는 일의 성격이나 책임에 따른 분류이고 직위는 순수한 서열을 말한다. 표사, 일급표사, 표두, 일급표두는 모두 직책이다.

반면 각주와 당주는 직위다.

대표두는 당(黨) 내에서 오직 한 명에게만 주어지는 직책으로 다른 표두들을 모두 호령할 수 있는 권한을 가진다. 따로 대표두를 임명하지 않은 당은 당주가 곧 대표두인 셈이었다.

이병룡이 징계받은 틈을 타 졸지에 대표두가 된 간소립은 대놓고 좋아하지도 못하고 연신 허리만 숙여댔다.

이종산은 어깨를 축 늘어뜨린 채 오들오들 떨고 있는 이병룡에게 말했다.

"할 말이 있느냐?"

"없습니다."

"처소로 돌아가 근신하도록 하거라."

"그럼 물러가겠습니다."

이병룡은 꾸뻑 인사를 하고 돌아갔다.

이종산의 시퍼런 서슬에 좌중이 찬물을 끼얹은 것처럼 고요해졌다.

숨소리조차 들리지 않는 침묵이 이어지길 잠시, 이종산이 착 가라앉은 음성으로 내게 물었다.

"내게 보고도 않고 작전을 펼쳤다지?"

이종산은 상벌이 분명한 사람이었다.

미리 연락을 받은 터라 다섯 개의 수레에 억만금이 실려 있음을 알지만, 그것에 대해서는 일언반구도 언급하지 않았다. 잘못에 대한 확실하고도 정확한 처벌이 조직의 기강을 바로 세우는 데 무엇보다도 중요함을 잘 아는 것이다. 그간의 관례를 깨고 천룡표국의 모든 표사와 쟁자수들이 지켜보는 앞에서 이병룡을 당주직에서 끌어내린 것도 그 때문이다.

이제는 내 차례다.

한 달 전, 나는 항주 홍등가에서 벽안귀와 이병룡의 죽마고우들로부터 정보를 입수, 곧장 만금산장으로 향했다. 이어 남궁소소에게 부탁해 비룡당의 표사들 전원으로 하여금 뒤를 추적케 했으면서 이종산에게는 어떤 보고도 하지 않았다. 이건 확실히 경솔한 측면이 있었다.

"죄송합니다."

"일에는 순서가 있음을 몰랐더냐?"

"알고 있었습니다."

"한데 어찌하여 그랬느냐?"

"첫 번째는 한시가 급했기 때문이고, 두 번째는 모든 게 추측에 불과했던 터라 혹여라도 혼선을 줄까 봐 함부로 말씀드릴 수가 없었습니다."

"내게 보고해야 할 의무가 없었기 때문이 아니고?"

비룡당은 다른 당들과 달리 완벽하게 독립성을 보장받았다. 그 때문에 얼마든지 독자적인 작전이 가능했다.

"그것 때문에 보고를 드리지 않은 것은 아닙니다. 하지만 그것 때문에 좀 더 자유롭게 움직일 수 있었던 것은 사실입니다."

"자식을 걱정하는 아비의 마음은 보이지 않더냐?"

"그래서 목숨 걸고 병룡 형님을 구하러……."

"네 애기를 하고 있는 것이다."

"……!"

"명심하거라. 네가 비록 비룡당의 모든 인사권과 작전권을 가졌다지만, 내게는 아직 당주를 갈아치울 권한이 있음을."

뒤통수가 얼얼했다. 비룡당을 빼앗길까 봐 그런 게 아니다. 이종산이 이병룡을 걱정할 것만 생각했지, 나 때문에 가슴을 졸일 수도 있다는 생각은 전혀 하지 못했다.

그나저나 이 양반이 좀 전엔 여기 어디에 네 아버지가 있느냐고 호통을 치시더니만, 지금은 또 낯간지럽게시리 부자간의 도리를 들이미시네. 나로서는 딱히 나쁠 게 없지만서도.

"소자가 잘못했습니다."

이종산은 무슨 생각을 하는지 한참이나 뚫어지게 나를 노려보았다. 그러다 이내 가슴 속에서부터 길어 올린 것이 분명한 한 마디를 툭 꺼내놓았다.

"잘했다."

"예?"

"앞으로도 계속 그렇게 하거라. 집 안에서는 서로 으르렁거릴지라도 바깥에서 한 명이 피를 흘리고 있다면 이번 일처럼 앞뒤 재지 말고 달려가 같은 편이 되어 싸워야 한다. 그게 형제니라."

"명심하겠습니다."

이종산은 이어 이갑룡과 을룡을 돌아보며 말했다.

"너희도 마찬가지다."

"명심하겠습니다."

"명심하겠습니다."

이종산은 마지막으로 황자충에게 말했다.

"이 몸의 못난 자식들 때문에 당주께서 고생이 많으셨소이다."

"애석하게도 저는 아무것도 한 것이 없습니다. 단지 남만까지 달려갔다가 비룡당주와 묵룡당주를 호위해 돌아왔을 뿐이지요. 껄껄."

"피곤하지 않으시다면 표왕부로 가서 나와 술이나 한잔하시겠소이까?"

"마침 술 생각이 간절하던 참이었습니다."

이종산은 황자충과 함께 홀연히 가버렸다. 곽석산과 표왕부의 호위무사들이 그 뒤를 따랐다.

다섯 대의 수레에 잔뜩 싣고 온 보물은 한번 쳐다보지조차 않았다. 그러나 나머지 사람들은 아직까지 남아서 나를 바라보고 있었다.

대장궤 손지백이 쓰윽 다가와서는 물었다.

"어디 다친 곳은 없으신가?"

"심려를 끼쳐 드려 죄송합니다."

"마음에도 없는 소리일랑 집어치우고 마교 놈들이 숨겨두었다는 보물이나 좀 구경시켜 주시게. 듣자 하니 이게 다 금과 은이라지?"

"지금 여기서요?"

"무슨 문제라도 있나?"

"사람들이 너무 많잖습니까."

"그러니까 하는 말일세. 이 많은 사람이 설마 자네 얼굴이 어떻게 생겼는지 보려고 식전 댓바람부터 이렇게 나와 기다렸다고 생각한 건 아니겠지?"

쓰윽 돌아보니 과연 천여 명에 달하는 사람들 전부가 마른침을 꼴깍꼴깍 삼키면서 긴장된 표정으로 지켜보는 중이었다.

그런가 하면 손지백의 뒤쪽에는 아직 떠나지 않은 이갑룡과 을룡도 있었다. 두 사람의 표정은 실로 복잡하기 이를 데가 없었다.

"죄송합니다. 다음에 보여 드리겠습니다."

"아니, 왜?"

"비록 표행의 대가로 받은 것이긴 하나, 한때는 일교(一教)의 교도들이 사용하던 물건들인데, 한낱 눈요깃거리로 전락하는 건 좀 아닌 것 같습니다."

"그럼 어디로 갖고 가려고?"

"그야 당연히 비룡당으로 갖고 가야죠."

"천룡각에서 보관해 줄 수도 있네만."

"사양하겠습니다."

"절반을 표왕부에 바쳐야 하는 건 알고 있겠지?"

"물론입니다."

"분류는 어떻게 하려고?"

"이제부터 생각을 해봐야죠."

"내가 좀 도와줄거나?"

"그것도 사양하겠습니다."

"감정은 아무나 하는 것이 아닐세."

"비룡당에도 솜씨 좋은 장궤가 있습니다."

진작부터 대기하고 있던 전립성이 가장 앞줄에 있던 수레의 포대 자루를 보란 듯이 손으로 살살 쓰다듬었다.

손지백이 쩝 하고 입맛을 다셨다.

대화를 끝낸 나는 가불염을 돌아보며 고개를 끄덕였다.

가불염이 다시 출발 명령을 내렸고, 다섯 대의 수레가 비룡당을 향해 이동하기 시작했다.

대여섯 장 정도 갔을 때였다.

우지끈!

무언가 부러지는 듯한 소리에 황급히 뒤를 돌아보았다. 다섯 번째 수레의 바퀴 축이 부러진 모양이었다. 그 바람에 한쪽이 주저앉으면서 포대 자루들이 모조리 떨어져 있었다.

그중 몇 개가 무언가 날카로운 것에 닿은 것처럼 쭉 찢어져서는 금과 은으로 만든 식기며 법구 등을 와르르 쏟아낸 상태였다.

순간, 수백만 마리의 벌 떼가 웅웅거리는 듯한 소리가 대마장 가득히 피어올랐다.

깜짝 놀란 비룡당의 표사들이 얼른 달라붙어 금식기 은식기를 주워 담기 시작했다.

사람들의 말소리가 끊임없이 들려왔다.

"세상에, 진짜잖아!"

"나머지 포대에도 전부 저런 것들이 들었다고?"

"돈으로 환산하면 저게 다 얼마야 도대체!"

"금전 만 냥? 십만 냥? 아니면 백만 냥?"

"휴우, 도무지 감이 안 잡히는군."

"이렇게 되면 올해 매출은 비룡당이 일등인가?"

"지금 올해 매출이 중요한 게 아니야. 비룡당의 보유금이 나머지 다섯 개 당을 압도하게 될 거란 말이지."

"이거 이러다가 후계 구도의 판이 완전히 바뀌어 버리는 건 아닌지 모르겠군."

보유금은 각각의 당과 각이 가지고 있는 운영 자금을 말한다. 이 돈으로 표사와 쟁자수들 월급도 주고, 표행 중 누가 죽거나 불구가 되면 충분한 위로금도 지급한다. 표마차를 교체하거나 인원을 증원할 때도 쓰고, 표물을 잃어버려 배상을 해야 할 때도 쓴다. 한마디로 보유금이 많은 당과 각은 그만큼 큰 건을 맡거나 덩치를 불릴 수가 있다.

그나마 다른 당과 각은 반드시 표왕부의 허락이 있어야 한다. 하지만 비룡당은 독립적인 운영을 보장받았기 때문에 내 마음대로 해도 상관이 없었다.

이갑룡과 을룡은 사람들 틈에서 흙빛이 된 얼굴로 쏟아진 보물들을 바라보고 있었다.

눈이 마주치자 나는 무사 귀환을 보고하는 의미로 가볍게 묵례를 올렸다.

이갑룡은 억지로나마 고개를 끄덕여 주었다. 하지만 꽉 다문 입술 속에서 어금니를 꽉 깨물고 있는 게 훤히 보였다.

이을룡은 그나마 인사도 받아주지 않았다. 풍이라도 맞았는지 윗입술과 눈까풀을 파르르 떨더니 홱 돌아서 가버렸다.

뒤이어 이갑룡도 수하들을 이끌고 떠났다.

손지백은 언제 다가왔는지 부서진 수레 앞에 쭈그리고 앉아 황금 술잔을 하나 집어 들고는 이리저리 살펴보는 중이었다. 하지만 신분이 신분이다 보니 누구도 뭐라고 하질 못했다.

왕대표와 종표가 어쩔 줄을 몰라 하며 내 눈치를 보았다. 나는 그냥 내버려 두라는 뜻으로 조용히 고개를 끄덕였다.

황자충은 사실 피곤해 죽을 것 같았다. 하지만 그간의 이야기를 듣고 싶어서 안달이 나 있는 이종산을 보고서 도저히 그냥 처소로 가서 쉴 수가 없었다.

커다란 대리석 탁자를 가운데 두고 이종산의 왼쪽에는 곽석산과 좀 전에 막 도착한 손지백도 함께 자리했다.

시비들에게 술을 가져오라고 지시한 후 이종산이 '험험' 헛기침을 했다. 그러자 곽석산이 냉큼 물어왔다.

"아까 그 많은 포대 자루에 든 게 전부 금과 은이라고요?"

"그렇습니다."

"동은 전혀 없고요?"

"예?"

"놋그릇도 많이 쓰이잖습니까."

"전혀 없습니다."

"전부 확인하신 겁니까?"

"이야기를 들었습니다."

"누구에게서요?"

"호리독사를 아십니까?"

"공령신투의 제자가 아닙니까? 지금 비룡당에서 객원표사로 머물고 있고요."

"오는 동안 그 친구에게 그간 있었던 일들을 자세히 들었습니다. 다행히 술만 주면 무엇이든 조잘조잘 풀어놓더군요. 나중엔 일부러 찾아오기도 했습니다. 깜빡 잊고 어제 말씀드리지 않은 것이 있다면서요."

"그래서요?"

"그 친구의 말이 마총은 음양쌍교의 것이었고, 훗날 교의 재건을 위해 쓰라고 남겨둔 금과 은이 산더미처럼 쌓여 있었다고 합니다. 실전된 것으로 알려진 교주의 무공비급을 담은, 정확하게는 그렇게 짐작되는 목함도 있었고요."

이후로도 황자충은 호리독사에게서 들은 이야기를 모두 털어놓았다.

중간중간 곽석산과 손지백이 번갈아 질문을 했고, 이종산은 가만히 귀 기울여 듣기만 했다. 그러나 방 안에 있는 사람은 모두가 알고 있었다. 지금 이 순간, 누구보다 흥분한 사람은 이종산이라는 걸. 그도 그럴 것이, 다른 사람들은 직급이 어찌 되었든 그저 월급을 받는 처지에 불과하지만, 이종산은 이정룡이 가져온 보물 절반의 주인이 될 테니까 말이다.

그가 굳이 밖에서 보물에 관해 묻지 않은 이유도 짐작할 수 있었다. 다른 당주들, 특히 이갑룡과 을룡과 병룡을 배려해서였다.

"지하 동굴에서 의뢰를 받았다고요?"

"그랬다더라고요."

"이런 어처구니없는 인사를 봤나. 큭큭큭."

"나를 움직이려면 협박을 하지 말고 의뢰를 하라고 소리쳤을 때 이천오백에 달하는 흑도와 사파인들의 표정이 아주 가관이었다더군요. 껄껄껄."

"그래서 또 어떻게 되었답니까?"

절벽 아래에서 또 한 번의 위기가 있었고, 거기서 모두 꺼내주는 조건으로 다시 보물의 절반을 표비로 받았다는 대목에선 이야기를 들려주던 황자충은 물론이거니와 곽석산과 손지백까지 배꼽을 잡고 데굴데굴 굴렀다.

웃지 않은 사람은 이종산 한 명이었다. 하지만 그건 체면 때문에 사력을 다해 참는 것일 뿐, 웃음이 터져 나오려고 할 때마다 술잔을 가져가 입을 가린다는 걸 모르는 사람은 없었다.

"언젠가 사고를 한번 크게 칠 줄은 알았지만, 마총의 보물을 탈탈 털어 올 줄이야. 그것도 삼 개 세력의 삼천여 명을 따돌리고 말이지. 껄껄껄."

"엄밀히 말하면 털어 온 건 아니지요. 정당하게 표행을 해주고 대가로 받은 것이니까 말입니다. 단지 흑도와 사파인들의 뒤통수를 치는 것으로 표행을 시작했을 뿐. 하하하."

이야기가 모두 끝났을 때 손지백과 곽석산이 한 말이었다.

술 한잔하자며 사람을 초대해 놓고 여태 대화를 듣기만 하던 이종산이 그제야 한 마디 물었다.

"그러니까 문제가 없는 물건이다라는 말씀이군요."

"가불염을 불러다 다시 물어보았습니다. 고지식하기로 둘째가라면 서러울 그의 대답도 똑같았습니다. 마교의 물건이라는 것을 문제 삼으면 모를까 그 취득 과정은 전혀 문제가 없었다고 말입니다. 심지어 마지막에 헤어질 땐 음양쌍교의 교도들에게 개평을……."

"……?"

"죄송합니다. 호리독사로부터 들은 말을 그대로 옮기려다 보니 저도 모르게 그만 교양 없이. 하여간 보물의 주인이랄 수 있는 음양쌍교의 교도들과도 웃으며 헤어졌다고 합니다."

이종산이 손지백에게 물었다.

"보물은 보셨습니까?"

"그걸 보느라고 늦게 왔지요."

"어떠셨습니까?"

"직접 보시겠습니까?"

"가져오셨습니까?"

"어찌나 까다롭게 구는지 암기를 던져 수레를 부순 다음 보물이 쏟아지는 틈을 타 하나 슬쩍 빌려 왔습니다. 정확히 감정하려면 아무래도 자세히 보아야 하니까요."

손지백이 소맷자락 속에서 황금으로 만든 술잔 하나를 꺼내 탁자 위에 척 올려놓았다. 어린아이 주먹만 한 크기에 용을 새겨 넣은 황금잔은 수백 년의 세월 때문인지 광택이 거의 사라지고 없었다.

"무려 오백 년 전에 만든 물건입니다. 세공의 수준과 조형미가 탁월하거니와 금의 순도 또한 매우 높습니다. 좀처럼 보기 어려운 극상품의 보물입니다."

"양은 얼마나 될 것 같습니까?"

"확실한 건 모두 꺼내보아야 알겠지요. 금으로 만든 것과 은으로 만든 것들의 비율도 따져보아야 하고요. 반반이라고 놓고 구태여 예측을 해보자면……."

"……?"

"절반을 표왕부에 상납하고도 비룡당의 보유자금은 다른 여섯 개 당을 모두 합친 것보다도 다섯 배는 많을 것입니다."

"그 정도입니까?"

"이것도 최대한 보수적으로 잡은 것입니다."

많다는 건 알았으나 이 정도까지일 줄 몰랐던 이종산, 곽석산, 황자충은 입이 쩍 벌어져서 한동안 말을 잇지 못했다.

나는 소수의 인원만 데리고 포대 자루에서 꺼낸 보물들을 분류하는 중이었다. 배석자는 장궤 전립성, 표두 가불염, 상자수 용소백, 비룡왕삼이 전부였다.

비룡왕삼이 금과 은으로 분류하면 용소백과 가불염이 일일이 저울에 무게를 달아 꼬리표를 붙였다. 그러면 전립성이 하나씩 정밀한 감정을 통해 보물의 명칭과 무게를 장부에 적어 넣었다.

정오 무렵부터 시작한 작업은 다음 날 아침이 되어서야 겨우 끝이 났다.

다들 지친 기색이 역력한 가운데 전립성이 말했다.

"이제 표왕부에 상납할 절반을 추려야 합니다."

"물론이지요."

"어떻게 나눌까요?"

"어떻게 나누다뇨?"

"금과 은의 무게를 따져 현 시세에 따라 정확하게 나누는 방법이 있고, 보물들이 가진 실제 가치를 따져 나누는 방법이 있습니다."

"실제 가치라뇨?"

"이건 단순히 금식기 은식기가 아닙니다. 짧게는 이백 년에서 길게는 오백 년 전 음양쌍교에서 사용하던 유물들이지요."

"골동품으로서의 가치가 있다는 말씀은 알겠습니다만, 그게 따로 계산을 해보아야 할 만큼 차이가 있겠습니까?"

전립성은 십이지신상이 새겨져 있는 황금잔 열한 개를 한 줄에 쭉 세워놓고 말했다.

"오백 년 전부터 음양쌍교의 교주들이 대대로 사용하던 술잔입니다. 단순히 금의 무게로 따지면 팔십 냥에 불과합니다만, 임자를 만나면 그 다섯 배인 사백 냥은 받을 수 있습니다."

"예에?"

"그나마 한 개가 어디론가 사라졌기 때문입니다. 만약 열두 개 전부 온전한 상태였다면 팔백 냥까지도 가능했을 겁니다."

이게 무슨 마른하늘에서 돈벼락 떨어지는 소리란 말인가. 나도, 용소백도, 가불염도, 비룡왕삼도 눈이 튀어나올 것처럼 커졌다.

"그뿐만이 아닙니다. 저기 있는 은대야는 사백 년 된 수관자(水灌子)라는 것으로, 교주들이 손을 씻던 것이고, 이쪽에 보이는 기이한 모양의 황금수저 한 쌍은 짐작건대 삼백 년 전 화북 출신인 칠대 교주가 사용했던 것으로 보입니다. 이것들 전부 단순한 금과 은의 무게보다 열 배 이상의 가치를 지닙니다."

좌중의 공기가 찬물을 뒤집어쓴 것처럼 고요해졌다. 모두가 한동안 말을 잇지 못한 채 침만 꼴딱꼴딱 삼켰다.

한참 만에야 내가 물었다.

"그 돈을 주고 사려는 사람들이 있을까요?"

"이미 세 곳의 전장에서 대행수들이 제게 은밀히 사람을 보내왔습니다. 음양쌍교의 보물이 도착하면 가장 먼저 자신들에게 좀 보여줄 수 있겠느냐고요."

"그들이 어떻게 알고요?"

"강호에 보물이 등장하면 그들이 가장 먼저 알아챕니다. 수많은 사람들이 찾던 마총의 장보도를 만금전장이 먼저 손에 넣은 것도 결코 우연이 아니지요."

이래서 모든 분야에는 전문가가 있는 것이다. 전립성이 없었으면 그냥 골동품값으로 조금 더 받고 팔아 치울 뻔하지 않았나.

나는 벌렁거리는 심장을 진정시키며 다시 물었다.

"여기 있는 보물들은 전부 그런 가치를 지닙니까?"

"황금 식기들은 일부를 제외하고는 주로 제례에 쓰였던 것들입니다. 법구들도 그렇고요. 이런 것들은 많아야 두 배 이상을 받기 어렵습니다. 반면 교주들의 손때가 묻은 것이라면 얘기가 완전히 달라집니다. 가진 거라곤 돈밖에 없는 늙은 수집가들이 눈에 불을 켜고 달려들 겁니다. 고관대작들에게 뇌물을 바치려는 대상들도 줄을 설 테고요."

"금과 은의 무게를 따져 정확히 반으로 나누되 한쪽에는 실제의 가치가 비교적 적은 것들로만, 다른 한쪽에는 반대로 높은 것들로만 구성한다면 그 차이가 대략 어느 정도 될까요?"

"잠시만 기다리십시오."

전립성은 지금까지 기록한 장부들을 놓고 주판을 한참이나 튕기더니 말했다.

"대략 삼 대 칠 정도 되겠군요. 쉽게 말해 실제로는 한쪽이 두 배 조금 넘게 가져가도록 만들 수 있……. 아무튼 그렇습니다."

정리를 좀 해보자. 그러니까 내가 가져온 보물이 본래 금과 은이 지닌 무게보다 훨씬 높은 가치가 있고, 그 덕분에 머리를 조금만 굴리면 표왕부에 절반을 상납하면서도 실제로는 모두를 팔아 치운 것보다 두세 배 이상의 돈을 벌어들일 수 있다는 뜻이다.

세상에 이런 횡재수라니.

"장궤의 생각은 어떻습니까?"

"글쎄요. 이런 경우는 저도 처음이어서 말입니다. 그러나 단순히 무게를 재어 나눈 것을 상납한다고 해도 문제 될 것은 없다고 봅니다. 여타의 물건들과 달리 금과 은은 그 자체로 이미 화폐의 속성을 지니기 때문이지요."

용소백이 물었다.

"철전 닷 냥으로 열 냥짜리 국수를 사 먹으면서 송나라 때 돈이니 만두와 돼지고기도 몇 접시 더 달라고 할 수 없는 것처럼 말이지요?"

"바로 그렇습니다."

"참고로 비룡당은 품목을 공개할 의무가 없거니와 표왕부로부터 따로 감사를 받지도 않습니다."

마지막 말은 가불염이 한 것이었다. 평소의 그답지 않은 말에 나와 전립성이 물끄러미 바라보았다.

가불염이 겸연쩍은 듯 말했다.

"혹시나 잊어버리셨을까 봐서요."

거액이 눈앞에 있으니 다들 머리가 아주 팽팽 돌아간다.

나는 가만히 비룡왕삼을 돌아보았다. 세 사람은 꼭 다문 입술로 고개를 끄덕였다.

내가 전립성에게 말했다.

"이번 표행에 참석한 비룡당의 표사들 전원에게 금전 열 냥씩을 포상금으로 내리십시오. 특히 큰 공을 세운 독고완과 탁중로에게는 열다섯 냥씩을 하사하십시오."

"명을 받들겠습니다."

"비록 함께하지는 못했으나 항주에서 마음 졸이며 기다렸을 쟁자수들과 삼각의 표사들에게도 은전 열 냥씩을 하사하십시오."

"명을 받들겠습니다."

"그리고 여기 있는 여섯 분께는 저 물건들을 처분하는 즉시 특별 포상금으로 금전 스무 냥씩을 하사하겠습니다."

"추웅성!"

포대 자루에서 나온 보물들을 특정한 목적에 따라 새로 분류하는 데는 무려 사흘이나 걸렸다.

밤늦은 시각, 나는 전립성과 독대했다.

먼저 전립성의 보고가 있었다.

"명령하신 대로 똑같은 무게의 금과 은으로 나누었습니다. 그중 한

쪽은 처분을 해보아야 정확히 알겠지만, 대략 금전 삼십만 냥의 가치가 있을 것으로 예상됩니다."

휘우웅~

어디선가 찬 바람이 몰아쳐 내실을 휩쓸고 가는 것 같았다.

단숨에 나를 합죽이로 만들어 버린 전립성은 계속 말을 이어갔다.

"이는 천룡표국의 총타와 열일곱 개 분타가 일 년 동안 벌어들이는 수입의 세 배에 해당하는 액수이며, 다른 여섯 개 당이 가진 보유금을 전부 합친 것보다 무려 열 배가 많은 액수입니다."

나도 모르게 앞에 놓여 있는 뜨거운 찻잔을 집어다 냉수라도 되는 것처럼 벌컥벌컥 들이켰다.

가슴이 터질 것 같았다. 처음 환생을 했을 때만 해도 이처럼 큰돈을 수중에 넣게 될 날이 오리라고는 상상도 못 했다. 그저 명표가 되겠다는 생각에 그때그때 최선을 다하며 열심히 뛰어다녔을 뿐인데.

"그리고 표왕부가 보유한 금액의……."

"됐습니다."

"예?"

"그 정도면 충분합니다."

"알겠습니다."

"오늘 중으로 절반을 표왕부에 상납하십시오."

"표왕부를 속이긴 쉽지 않을 겁니다. 특히 손지백 대장궤께선 저와는 비교도 할 수 없는 안목을 지니신 분. 보물들을 보자마자 우리의 속셈을 대번에 알아채실 게 분명합니다. 무언가 대책이 있어야 할 것입니다."

"철면피 작전으로 나가죠."

"……!"

"어차피 문제 삼을 수도 없다면서요. 표왕부에서는 확실히 문제를 삼을 수가 없고, 저는 달리 뾰족한 대책이 없으니 서로 애매한 상태로 밀고 가는 수밖에요. 이럴 땐 더 뻔뻔한 쪽이 이기는 겁니다."

"알겠습니다."

"대신 총표두님과 대장궤님께는 기름칠을 좀 해드려야겠습니다. 그 와중에도 국주님만 돈방석에 올라앉는 걸 보면 약이 올라 괜한 트집들을 잡으실지도 모르니까요."

"기름칠이라시면……."

"총표두님께는 교주들이 찼다는 황금요대를, 대장궤님께는 교주들이 썼다는 황금잔 열한 개를 선물로 드리겠습니다."

"좋은 생각이십니다."

표왕부에 상납을 하고 난 다음에는 곧장 비룡당 몫의 보물들을 팔아치우기 시작했다. 전립성의 말대로 물건을 사겠다는 전장의 장주들이며 부호들이 줄을 서는 바람에 임자를 찾는 건 어렵지 않았다.

처음에 들어온 돈으로는 표사와 쟁자수들 포상부터 해주었다. 전생에서 내가 모시던 상자수들이 먹을 게 생겼을 때, 그 양이 얼마가 되었든 먼저 거느리고 있는 쟁자수들부터 챙겨주면 무엇보다 고맙고 따뜻했던 기억 때문이다.

챙겨야 할 사람은 표국 안에만 있는 게 아니었다.

항주에 돌아온 지 열흘째 되는 날 아침, 나는 비격쌍뇌창을 찾으러 다선초당으로 가는 길에 잠시 월성교에도 들렀다.

"그동안 잘 드셨나 봅니다."

"무슨 소리냐?"

"볼살이 많이 오르신 것 같아서요."

"우리 같은 거지들은 봄부터 부지런히 찌워놓아야 겨울을 든든하게 날 수 있는 법이다. 사람들이 보기엔 종일 누워 있는 것 같아도 나름의 방식으로 치열하게 사는 거야."

"주로 뭘 드시는데요?"

"삼면이반일육(三麵二饭一肉), 면을 세 번 먹었으면 두 번 정도는 밥을 먹고 한 번은 꼭 고기를 먹어줘야 한다는 뜻이다."

"거지는 아무거나 주는 대로 먹는 거 아닙니까?"

"그건 돌아다니며 걸식하는 어린 거지들 얘기고. 나처럼 한곳에 터를 잡고 있는 지박령들은 지나가는 사람들이 주는 돈을 모아 객점에서 사 먹느니라."

"잘하셨습니다. 옛말에 처지가 곤궁할수록 좋은 밥그릇에다 귀하게 먹으라고 했습니다. 그래야 나중에 귀한 사람이 된다고요."

"있지도 않은 말 지어내지 말고 이번 달 밥값이나 줘."

나는 은전이 두둑하게 든 전낭을 공손히 건네주었다. 전낭을 열어본 북해투왕의 입이 함지박만 하게 벌어졌다.

그 사이 품속에서 비단 보자기로 정성껏 싼 물건을 꺼내 쓱 밀어놓았다.

"이게 무엇이냐?"

"남만에 갔다가 마총에서 주웠습니다. 사백 년 전 음양쌍교의 교주가 밥 먹을 때 쓰던 거라나 뭐라나."

"금수저 아냐."

"누런 걸 보면 은은 아닐 겁니다."

"이런 답답한 놈을 봤나. 거지에게 금수저가 어울리기나 하더냐. 너 같으면 이걸 쪽쪽 빨고 앉아 있는 거지한테 적선을 하고 싶겠어?"

"듣고 보니 그렇네요. 이리 주십시오. 남궁소소에게 주어 양주의 뇌검 어르신께 갖다 드리라고 할랍니다."

탁! 타다닥!

무슨 망치 같은 것이 날아와 손등을 서너 번 후려치고 사라졌다. 눈을 똑바로 뜨고 보았는데도 불구하고 도저히 따라잡을 수 없는 움직임이었다.

"팔아서 쓰겠다. 다음에는 이런 거 주우면 사람 번거롭게 하지 말고 처음부터 돈으로 바꿔 와라. 기왕이면 은전으로다가."

"왜 하필 은전입니까?"

"금전은 깨기가 힘들고 동전은 얼마 되지도 않으면서 무겁기만 해. 은전이 딱 좋아. 전낭에 한 열 개쯤 들어 있으면 든든하지. 저승사자가 와도 구워삶을 수 있을 것 같고."

그러면서 금 숟가락을 입에 넣고 살짝 깨물어 보았다. 이빨 자국 대여섯 개가 금방 선명하게 찍혔다.

"그러면 팔 때 제값 못 받습니다."

"왜 이렇게 물렁해. 이거 가짜 아냐?"

"물렁하니까 진짜죠."

"수상한데."

"그럼 다음에 또 뵙겠습니다."

"벌써 가려고?"

"닷새 후 오향장육이랑 검남춘 한 병 사 들고 다시 찾아뵙겠습니다. 그땐 간만에 대련 좀 부탁드립니다. 지금은 처리할 일들이 좀 있어서요."

"돈도 받았는데 뭘 자꾸 와. 귀찮게시리."

툭!

발치에 두툼한 책 한 권이 떨어졌다.

"이게 뭡니까?"

"갖고 가라."

종이도 가죽도 깨끗한 걸 보니 새로 묶은 것 같았다. 겉면에는 십대생사대적지도(十大生死對敵之圖)라고 씌어 있었다. 풀이하자면 '십대고수들과의 생사박을 그린 그림들' 정도가 되려나?

무심코 집어 든 나는 첫 장부터 기겁을 했다.

책 속에는 당당한 풍채의 한 사내가 홀딱 벗은 채 홀딱 벗은 악귀와 싸우는 그림이 조악한 솜씨로 그려져 있었다.

그림은 장당 대여섯 개씩 연속적으로 이어졌는데, 한참을 넘기니 사내는 그대로였고 대신 악귀들이 계속해서 바뀌었다.

사내는 적수공권인 반면 악귀들은 사용하는 무기도 다채로워서, 도검창은 물론이거니와 좀처럼 보기 어려운 기형이병(奇形異兵)들도 있었다.

"이게 뭡니까?"

"내가 평생 싸운 고수들 중 가장 강했던 십 인과의 목숨 건 혈투를 묘사한 것이다. 그 고수들이 누구인지는 말해줄 수 없다. 모두 내게 백초지적으로 패한 자들인데, 최소한의 체면은 지켜주어야지."

"그 싸움들을 다 기억하신다고요?"

“백 번 이상 복기를 했기 때문에 십 년이 지난 싸움도 바로 어제의 일처럼 생생하게 기억하고 있지.”

나는 다시 한번 책장을 살폈다. 조악한 와중에도 과연 장면마다 권각의 위치며 방향 등이 예사롭지 않았다. 다음 그림과 연결 지어 생각하면 더더욱 많은 것들을 살펴볼 수 있을 것 같았다.

북해투왕은 고수들과의 실전 경험이 적은 나를 위해 어떻게든 자신의 경험을 보여주고 싶었던 모양이다. 상대를 악귀처럼 그린 것은 그의 심리가 투영되었기 때문일 것이고.

내가 남만으로 떠난 한 달 동안 손재주도 없는 양반이 이 많은 것들을 하나씩 그리면서 얼마나 공을 들였을까?

정신이 번쩍 들었다. 더욱 무공 수련에 정진해야겠다는 생각도 들었다. 그렇지 않아도 표행을 하면 할수록 무공의 중요성을 실감하던 차였다.

“그런데 왜 전부 옷을 벗고 있습니까?”

“귀찮아서 안 그렸다.”

“예?”

“무슨 문제라도 있느냐?”

“아뇨. 없습니다.”

그때 한 사람이 헐레벌떡 월성교 아래로 달려왔다. 장삼이었다.

그는 북해투왕을 향해 꾸뻑 인사를 하고는 내게 말했다.

“전 장궤께서 다선초당에는 저녁에 가시면 안 되겠냐고 여쭤보고 오라셔서요.”

“갑자기 왜?”

"비룡당에 손님이 한 분 오셨습니다."

"손님?"

월성교에서 돌아온 나는 곧장 새로 증축한 비룡당으로 향했다.

비룡당의 문턱을 막 넘으려는 순간, 안쪽의 작은 연무장에서 들려오는 말소리에 발걸음을 뚝 멈추었다.

"이건 정말 생각지도 못했는데."

"천룡표국의 표사가 되길 정말 잘했어."

"천룡표국의 표사라고 어디 다 이런 대접을 받나. 우리 비룡당만 특별히 그런 것인지. 크흐흐."

"탁중로, 자넨 그 돈으로 무얼 할 텐가. 자네와 독고완은 우리보다 금전을 다섯 냥씩이나 더 받았잖나."

"표국 근처에 마땅한 집을 하나 알아보는 중이야. 마련하는 대로 시골에 있는 누이에게 편지를 보내 노모를 모시고 오라고 할 작정이고. 집 떠난 지 십오 년 만에 비로소 아들 노릇을 하는군."

"고향이 어딘데?"

"호구촌이라고, 동정호로 유명한 악양(岳阳)에서 한나절 거리에 있는 작은 시골 마을이지. 고향이라기보다는 유민으로 떠돌다 잠시 정착한 곳이었어."

"동정호면 족히 이천 리는 될 터인데, 긴 여행에 못된 놈들을 만나 봉변이나 당하지 않을까 걱정되는군. 그런데 누이는 올해 몇 살인가?"

"닥쳐."

"오해하지 말게. 난 단지 어린 누이가 혼자서 노모를 모시고 올 생각에 짠한 마음으로다가."

"내 누이한테 찝쩍거리면 손모가지를……."

"일동 기립!"

처처처처처처처척!

표마차 세 대의 그늘에 앉아 쉬고 있던 표사들이 벌떡 일어나 나를 맞았다. 본래도 나를 대하는 태도가 깍듯했는데, 돈을 좀 풀고 나서부터는 차원이 달랐다.

외침 소리를 들었는지 전각 안에서도 왕대표와 중표가 후다닥 튀어나와 내 앞에 나란히 섰다.

왕대표가 대표로 말했다.

"당주님 오셨습니까?"

"다들 뭐 하는 겁니까?"

"오전 내내 흑조와 백조로 나뉘어 육검진(六劍陣)을 수련하다 점심 식사 후 잠시 휴식을 가지는 중입니다."

육검진은 표마차나 요인을 호위하기 위해 만든 천룡표국만의 검진으로 여섯 명씩 한 조가 되어 펼친다. 뜬금없이 연무장에 표마차가 세 대나 있더라니 그 때문이었나 보다. 얼마나 열심히 수련을 했는지 온통 땀으로 흥건했다.

"잘하셨습니다. 휴식은 보장해 주되 훈련 시간에는 철저하게 굴리십시오. 대신 돈 아끼지 말고 잘 먹이시고요."

"지금도 잘 먹이고 있습니다."

"더 잘 먹이십시오. 끼니때마다 고기가 부족하지 않게. 먼 여행에서 돌아온 표사들에게 열흘 동안 휴식을 보장해 주는 건 앞으로 있을 표행에 대비해 무공을 수련하고 몸을 만들라는 뜻입니다."

"명심하겠습니다."

"전 장궤는 어딨습니까?"

"집무실에서 기다리고 계십니다."

"그럼 수고들 하세요."

인사를 끝내고 돌아서려는 순간, 저만치 귀퉁이에서 독고완이 상기된 표정으로 걸어 나왔다. 뒤에는 곱게 차려입은 마흔 중반 가량의 여자가 따르고 있었다.

"헛!"

나를 발견한 독고완이 깜짝 놀라서는 얼른 달려와 섰다.

뒤를 따르던 여자는 하얗게 질려서 어쩔 줄을 몰라 했다. 덩달아 독고완도, 그걸 지켜보고 있던 표사들도 모두 표정이 굳어서는 마른침을 꼴딱꼴딱 삼켰다.

모든 표국의 당과 각은 외부인의 출입에 민감했다. 특히 여자들의 출입을 엄격히 제한했다. 표행 정보가 외부로 흘러나가면 보물을 노리는 자들의 먹잇감이 되기 십상이기 때문이다.

아예 그걸 목적으로 접근을 해오는 자들도 많았다. 그런 경우 대개 미인계를 썼다.

왕대표에게 물었다.

"저 여자분은 누굽니까?"

"그게 어떻게 된 것이냐면 말입니다."

"매파입니다."

갑자기 말을 하고 나타난 사람은 가불염이었다. 그는 잰걸음으로 다가와서는 그간의 사정을 설명했다.

"어떻게 알았는지 독고완에게 연일 매파들이 찾아옵니다. 마침 점심시간이어서 오늘만 잠깐 만나볼 수 있도록 제가 허락했습니다. 다음부터는 출입을 금하도록 하겠습니다."

"독고완에게 매파가요?"

"독고완뿐만이 아닙니다. 천룡표국의 비룡당이 업계 최고 대우를 해주는 데다 포상금까지 후하게 챙겨준다는 소문이 돌면서 다른 표사들을 찾는 매파들도 심심치 않게 있습니다. 독고완은 그중에 특히 인기가 많은 편이고요."

"왜요?"

"한창 젊고 잘생긴 데다 모셔야 할 부모님도 없고, 무엇보다 표국에 처음 들어오는 날부터 당주님의 신뢰를 한 몸에 받고 있다는 소문 때문이라고 합니다."

나는 귀를 의심했다.

예나 지금이나 표사는 처녀들에게 그닥 인기 있는 직업군이 아니었다. 벌이야 괜찮은 편이었지만, 그것보다는 상시 대륙을 떠돌아야 하는 특성상 아내가 일 년의 대부분을 생과부로 지내야 하기 때문이다. 그러다가도 언제 진짜 과부가 되어버릴지 모르고.

한데 매파들이 뻔질나게 찾아온다니. 역시 모든 건 돈 문제인 건가.

"쟁자수들을 찾는 매파는 없습니까?"

"없습니다."

"한 명도요?"

"글쎄요. 한 명까지는 잘 모르겠습니다. 한번 알아볼까요?"

"아닙니다. 됐습니다."

다시 독고완과 매파를 돌아보았다.

독고완은 행여라도 내가 화를 낼까 봐 표정이 굳어 있고, 매파는 그냥 겁에 질려 눈도 제대로 못 마주쳤다.

"한데 왜 저쪽 구석에서 나오는 겁니까?"

"뒤꼍 우물가에 그늘이 좀 있습니다."

"귀한 손님을 밖에서 모셨다고요?"

"예?"

잔뜩 얼어붙어 있던 독고완과 중년 매파와 표사들 사십 명의 눈동자에 번쩍하고 불이 들어왔다.

하지만 내 진의를 몰라 섣불리 어떤 기색을 보이진 않았다.

"왕 각주."

"하명하십시오."

"일전에 내가 십칠각의 각주이던 시절 집무실로 쓰던 곳이 지금 비어 있을 겁니다. 거길 객당으로 꾸미고 앞으로 비룡당을 찾는 매파들은 시간에 관계없이 모두 그곳으로 모시도록 하세요. 업무에 차질을 주지 않는 선에서 표사들과의 만남도 적극적으로 주선해 주도록 하시고요."

"알겠습니다!"

우렁차게 외치는 왕대표의 목소리에 찰기가 가득했다. 덩달아 독고완과 매파를 비롯해 표사들의 얼굴도 활짝 펴졌다.

"가 표두."

"하명하십시오."

"황룡당에 사흘 후 악양으로 떠나는 표행단이 있다고 들었습니다. 가서 내가 특별히 부탁하는 거라 하시고, 귀환하는 길에 한나절 거리에 있는 호구촌에 잠시 들러 노파와 젊은 여자 하나만 표마차에 태워 호송해 오라고 하십시오. 표비와 표사들 술값도 충분히 쥐여주시고요."

"호구촌에 가서 누굴 찾으라고 할까요?"

나는 탁중로를 돌아보며 물었다.

"누이의 이름이 무엇이오?"

모두의 시선이 탁중로를 향했다.

탁중로는 어느새 쏟아지는 눈물을 주체하지 못해 연신 소매로 훔치고 있었다. 영문을 모르는 사람들은 모두 어리둥절한 표정을 지었다.

"이름이 뭐냐니까?"

"탁리몽입니다."

"나이는?"

"열아홉 살입니다."

"예쁘오?"

"예?"

"오해하지 마시오. 열아홉 살짜리 탁리몽보다는, 호구촌에 사는 예쁜 열아홉 살짜리 탁리몽이라고 하면 훨씬 쉽게 찾을 수 있어서 묻는 말이오."

"엄청나게 예쁩니다!"

"오라버니를 보면 그럴 리가 없는데."

"저를 전혀 안 닮았습니다!"

탁중로가 수탉처럼 목을 쭉 빼고 외쳤다. 듣고 있던 표사들이 왁자지껄 웃음보를 터뜨렸다.

나는 다시 가불염을 돌아보며 말했다.

"그렇다는군요."

"속히 조치하겠습니다."

가불염이 피식 웃으며 대답했다. 노련한 표두답게 그는 어떤 상황인지 금방 알아차렸다.

탁중로가 얼른 눈물을 닦고는 옆에 있는 표사들과 함께 내게 정중히 포권지례를 올려왔다. 나는 가볍게 고개를 끄덕여 주고는 집무실로 들어갔다.

회랑을 거쳐 집무실의 문 앞에 이르렀을 때 한 무리의 호위무사들이 보였다. 숫자는 다섯 명, 한 손에는 전부 검을 쥐고 있었다.

호위무사들은 나를 보더니 대충 고개를 숙여왔다. 눈빛도 도발적이거니와 나를 향한 어떤 존중의 기색도 느껴지지 않았다.

저들이 나를 이렇게 대하는 건 오랜 습관이었다. 다 믿는 구석이 있기 때문이다.

그때 안쪽으로부터 말소리가 들려왔다.

"잠깐 보기만 하겠다니까요."

"거듭 말씀드리지만 곤란합니다."

"그게 이리 단호하게 거절할 일인가요?"

"비룡당의 살림은 국주님께서 오셔도 함부로 들여다보실 수 없습니다. 그건 이미 약속을 받은 일입니다."

"누가 보면 겁박이라도 한 줄 알겠네. 마교의 유물들을 구경해 보고 싶은 마음에 가볍게 부탁해 본 것인데, 손님 앞에서 날 이렇게나 면박 주다니."

"죄송합니다."

"험험."

나는 헛기침을 한 후 안으로 들어갔다.

시비를 대동한 마흔 살가량의 귀부인과 칠순 노인이 커다란 탁자를 차지하고 앉아 있었다. 전립성은 마치 꾸중을 받는 하인처럼 한쪽에 구부정하게 시립해 있었고.

내가 들어서자 대화가 뚝 그치며 칠순 노인이 자리에서 일어났다. 그러나 귀부인은 그대로 내 자리인 상석에 앉아서 일어날 생각도 하지 않았다.

"작은 어머님을 뵙습니다."

귀부인은 이병룡의 친모인 청화부인이었다.

"주인도 없는 방을 객들이 차지하고 있었구나."

"별말씀을요."

"이해해 주어 고맙구나."

침실도 아니고 이 정도야 웃으며 넘길 수 있다. 아닌 말로 곽석산이 저렇게 찾아와 앉아 있으면 반색을 했을 것이다.

짧은 대화를 끝으로 청화부인은 나와 칠순 노인을 번갈아 볼 뿐 가타부타 말이 없었다. 눈치를 보아하니 내가 저 노인에게 인사를 올릴 때까지 기다리려는 모양이었다.

노인은 허옇게 센 눈썹과 그 아래 자리 잡은 눈동자가 매우 인상적이었다. 더불어 어떤 상대에게도 쉽게 굽히지 않을 것 같은 당당함이 있었다. 하지만 미안하게도 나는 저 노인네를 본 적이 없었다.
눈치 빠른 전립성이 옆에서 얼른 한마디 거들었다.
"석 대행수께서 다녀가시는 길에 잠깐이나마 당주님을 뵙고 싶다고 말씀하시어 급히 장삼을 보냈습니다."
석 대행수라는 호칭과 함께 청화부인이 대동했다는 사실에서 나는 칠순 노인의 정체를 바로 알아차렸다.
그는 만금전장의 대행수 석대광이었다. 별호는 섭혼금도(攝魂金刀). 대륙의 스물아홉 개 도시에 분타를 거느린 거대 전장의 대행수답게 그는 어지간한 상방의 방주들보다 더 큰 힘을 자랑했다.
다녀가는 길에 잠깐 들르긴 개뿔. 음모의 냄새가 철철 났다.
어찌 되었건 작은어머니의 외가에서 온 사람이었다. 게다가 연배도 나보다 훨씬 많았다. 나는 늦게나마 공손한 태도로 예의를 갖췄다.
"대행수님을 뵙습니다."
"갑자기 찾아뵈어 실례가 많습니다."
"별말씀을요."
"전 장궤께서도 앉으시지요."
나는 한 자리를 차지하고 앉으면서 전립성에게도 앉을 것을 권했다.
그러자 전립성이 살짝 놀란 표정을 지었다. 그도 그럴 것이, 천룡표국의 혈족들이 만나는 탁자에 함께 앉을 수 있는 장궤는 천룡표국을 통틀어 손지백이 유일했다.
청화부인과 석대광도 의아한 얼굴을 했다.
"무얼 하십니까?"
"알겠습니다."

전립성이 마지 못한 듯 내 옆자리를 차지하고 앉았다.

이종산에게 손지백과 곽석산이 있는 것처럼 내게는 전립성과 가불염이 있었다. 나는 전립성이 비룡당에서 어떤 위치에 있는지를 청화부인에게 똑똑히 보여주고 싶었다. 그래야 다음부터는 조금 전처럼 함부로 대하지 못할 테니까.

그리고 또 하나. 만금전장의 대행수가 비룡당으로 와서 탁자의 한쪽을 차지하고 앉았는데, 정작 비룡당의 장궤가 명령을 기다리는 사람처럼 서 있는 건 용납할 수가 없었다.

내 뜻을 짐작한 듯 석대광이 가볍게 미소를 지었다. 그에게는 젊은 당주의 치기쯤으로 보이는 모양이었다.

"어떻게 걸음을 주셨는지요?"

"너에게 제대로 인사를 하지 못한 것 같아서 잠시 짬을 내었느니라. 늦었지만 네 형을 구하는 일에 적극적으로 나서주어 정말 고맙구나. 이건 진심이다."

"당연한 일을 했을 뿐입니다."

청화부인이 눈짓을 하자 옆에 서 있던 시비가 비단 보자기로 싼 목함을 탁자 위에 올려놓았다.

전립성이 눈빛으로 내 허락을 얻은 후 조심스럽게 비단 보자기를 풀고 목함의 뚜껑을 열었다. 안에는 수령을 짐작할 수 없는 산삼 세 뿌리가 들어 있었다.

"삼백 년 된 장백삼이다. 천목신의(天目神醫)의 말이 오랜 표행으로 지친 몸의 원기를 북돋우는 데 이것만큼 좋은 것이 없다더구나."

"말씀은 감사합니다만, 이건 저보다 장독(杖毒)으로 고생하시는 병룡 형님께 더 필요한 약인 것 같습니다."

"어른이 주는 것이니 받거라."

장독, 즉 매를 심하게 맞아서 생긴 독이라는 말에 청화부인의 눈까풀이 금세 파르르 떨렸다.

나는 청화부인을 구태여 자극할 생각이 없었으므로 이쯤에서 물러났다.

"감사히 먹겠습니다."

"국주님께서도 말씀하셨지만, 나는 이번 기회에 너희 두 형제가 지난날은 잊고 잘 지냈으면 한다. 나 또한 너를 친아들처럼 여길 것이다."

"감사합니다."

"처음엔 너에게 괘씸한 마음도 적지 않았다. 만금전장에서 찾아낸 장보도가 모든 일의 발단이 되어 너와 천룡표국에 억만금의 이익을 가져다 주었음에도 불구하고 병룡만 저리되었으니 말이다."

"……?"

"물론 너는 병룡의 부족함이 자처한 일이라고 생각하겠지. 그래, 나도 그 점이 가장 큰 원인이었음을 잘 알고 있다. 그래서 더더욱 너희 둘은 손을 잡아야만 한다. 너에겐 뛰어난 수완이 있고, 병룡에겐 든든한 외가가 있으니 말이다."

얘기가 점점 이상하게 흘러가는 것 같다.

할 말이야 많지만 나는 이종산을 생각해서라도 꾹 참았다.

"다른 당들과 달리 비룡당에는 단발성 의뢰만 넘쳐날 뿐, 정기 표행의 의뢰가 들어오지 않는 이유를 너도 잘 알고 있겠지?"

"짐작하고 있습니다."

"갑룡과 을룡의 외가 사람들이 연일 드나들고 있다. 너와 비룡당에 대한 견제는 더욱 심해질 것이다."

가장 아픈 곳을 찌른다. 그녀의 말처럼 짧게는 몇 년에서 길게는 십 년까지 계약을 맺는 정기 표행이 단 한 건도 없다는 건 비룡당의 치명적인 약점이었다.

당을 키우려면 무조건 큰 규모의 정기 표행을 따내야 한다. 그러려면 거상이나 대농장 등과 거래를 할 수밖에 없었다. 한데 이런 곳들은 이갑룡과 을룡과 병룡의 외가에서 꽉 잡고 있었다.

이런 상황에서 만금전장이 산서상인들의 정기 표행을 받도록 알선해 준다면 단숨에 강룡당과 복룡당을 찍어 누를 수가 있다.

"대신 너도 형의 체면을 조금 살려주려무나."

"무슨 말씀이신지요?"

"국주님께서 네 형의 당주직을 박탈한 것은 하마터면 표국에 큰 손해를 끼칠 뻔한 것에 대한 책임을 물어 일벌백계로 삼기 위함이다."

딱 여기까지만 하면 토를 달 것도 없이 맞는 말이었다.

하지만 그럴 리는 없겠지?

"하지만 결과적으로 표국은 손해를 본 것이 없고, 오히려 유례없이 큰 이득을 보았다. 아까도 말했지만 이렇게 된 것에는 네 형의 공로 역시 크다는 것을 너도 부인하지 못할 것이다."

이건 좀 아닌 것 같은데.

"해서 네가 그 점을 부각해 주었으면 한다. 하면 사람들이 달리 볼 것이고, 국주님께도 네 형을 복권시킬 명분이 생기지 않겠느냐?"

"어떻게 말입니까?"

"네가 빚진 마음에 남만행으로 벌어들인 모든 돈을 병룡 형님의 외가인 만금전장에 맡기겠다고 선언하는 것이다. 어차피 너도 믿고 맡길 만한 전장이 필요하니 이는 서로가 좋은 일일 것이다."

나는 그제야 청화부인의 의중을 알아차렸다.

전장은 자기 돈 백 냥을 가지고 천 냥의 금력을 휘두르는 곳이다. 전장에서 굴리는 돈의 구 할은 남의 돈이라는 뜻이다.

여기서 남이란 당연히 전장에 돈을 맡겨둔 사람, 즉 전주(錢主)들을 말한다. 한마디로 만금전장에서 내 돈을 유치하고 싶어 하는 것이다.

한데, 내 돈을 탐낸 것은 비단 만금전장뿐만이 아니었다. 지난 열흘 동안에만 무려 쉰 곳이 넘는 전장의 장주들이 사람을 보내와 나를 만나고 싶다는 의사를 전해왔다.

그러나 모조리 거절했다. 돈이 도망가는 것도 아니고, 아직 정확한 투자처를 결정하지 못한 상태에서 나로서는 구태여 서두를 필요가 없었기 때문이다.

"그건 차차 생각해 보기로 하겠습니다. 어차피 물건들을 전부 처분하려면 한두 달 안에 끝날 것 같지도 않고요."

"나도 처음엔 그렇게 생각을 했었지. 한데 대행수께서 아주 재밌는 이야기를 들려주시더구나. 아무래도 네가 직접 들어보는 것이 좋을 것 같아서 바쁘신 와중에도 구태여 내가 이리로 모셨느니라."

청화부인이 고개를 끄덕이자 석대광이 입을 열었다.

"남만에서 가져온 보물을 전부 만금전장에 위탁해 주시는 겁니다. 외람된 말씀입니다만, 표물을 감정하는 장궤들에게 보물을 감정하고 처분하라는 건 대장장이들에게 밀가루 떡을 치라는 것과 같은 일입니다."

나와 전립성은 깜짝 놀랐다.

석대광은 토끼처럼 놀란 우리 두 사람을 보고도 전혀 당황하는 기색이 없었다. 오히려 가볍게 웃기까지 하는 여유를 보였다.

"보물을 통째로 만금전장에 맡기라고요?"

"안전을 위해서라도 보물은 이곳 천룡표국에 두는 것이 좋겠지요. 대신 계약서만 작성해 주시면 저를 비롯해 만금전장에서 고용한 전문가들이 상시 비룡당을 출입하며 보물을 하나씩 처분하겠습니다."

"지금도 보물을 사겠다는 사람들이 줄을 서는 중입니다. 저희로서는 구태여 그렇게까지 할 필요가 있을까요?"

"냇가에 굴러다니는 백 냥짜리 수석(水石)도 임자를 만나면 천 냥짜리가 되는 것입니다. 보물의 처분은 결국 임자를 찾는 지난한 작업이지요. 만금전장에 맡겨주시면 대륙의 스물아홉 개 도시에서 성업 중인 분타와 그 인맥을 최대한 동원, 최고의 가격을 제시하는 사람을 찾아드리겠습니다. 물론 차액의 일부는 만금전장 몫으로 주셔야 하고요."

어찌나 당당하게 말을 하는지 나는 내가 부탁을 하는 처지인 줄 알고 하마터면 '어이쿠 감사합니다'라고 말할 뻔했다.

"작은어머니와 대행수님의 뜻은 잘 알아들었습니다. 아시다시피 워낙 큰돈이 걸린 일인지라 충분히 숙고한 후 말씀드리도록 하겠습니다."

들을 얘기는 모두 들은 것 같았다. 나는 반강제로 자리를 정리해 버렸다.

청화부인이 말했다.

"물론 그래야겠지. 하지만 너무 늦지 않았으면 좋겠구나. 나도 네 의중을 알아야 앞으로의 일을 계획하지 않겠느냐?"

적이 될지 동맹을 맺을지 잘 생각해 보라는 뜻이다. 다르게 말하면 일이 틀어질 경우 자신도 비룡당을 향한 집중 견제에 동참하겠다는 경고였다.

그 말을 끝으로 청화부인은 석대광과 함께 자리를 떴다.

나는 이종산의 면을 생각해서 두 사람을 비룡당의 정문 앞까지 배웅해 주었다.

이윽고 두 사람이 사라지자 전립성에게 물었다.

"어떻게 생각하십니까?"

"표물을 감정하는 전문가와 보물을 감정하는 전문가가 따로 있다는 석 대행수의 말은 틀림없는 사실입니다. 만금전장에서 임자를 훨씬 더 잘 찾을 거라는 것 또한 마찬가지고요."

"사기꾼의 말도 그렇지요. 처음에 들을 땐 빈틈을 찾을 수 없을 만큼 완벽해서 다들 깜빡 속아 넘어갑니다."

"어떻게 하실 생각입니까?"

"일단은 술을 담가놓으세요. 좋은 날이 있으면 다 함께 마시게. 호리독사가 눈치채면 죽 쒀서 개 주는 수가 있으니 잘 숨겨두시고요."

"예?"

"산삼 말입니다."

"아, 알겠습니다."

늦은 오후, 나는 죽립을 눌러 쓴 채 어느 수로에 서 있었다.

저만치 늙은 사공이 젓는 나룻배가 지나가자 얼른 손을 흔들며 불렀다.

"이보시오. 사공!"

잠시 후 배가 닿았고, 가볍게 올라탄 후 뱃머리에 걸터앉았다.

맞은편에는 앞서 탄 손님이 앉아 있었다. 뽀얀 피부에 보석처럼 빛나는 눈동자를 가진 유생은 더운지 연신 쥘부채를 부치는 중이었다.

"겨울이 유난히 춥더라니 올여름은 더위가 극성일 듯합니다. 본래 겨울이 추우면 여름도 그만큼 덥다고 하지 않습니까."

"음과 양의 조화지요."

"그러고 보니 요즘 천룡표국의 비룡당에 매파들의 발걸음이 끊이질 않는다지요? 덕분에 다른 표국의 표사들이 비룡당의 표사들을 매우 부러워하고 있습니다."

"모르는 게 없으시군요."

"각자 벌어 먹고사는 주머니가 있는 법이지요."

유생은 천 개의 눈과 귀를 가졌다고 하는 하오문 향주 목리극이었다. 일전에 아라사 출신의 벽안귀를 수소문하면서 처음 만났으니 오늘이 두 번째였다.

본격적으로 이야기를 나누기 전에 나는 늙은 사공을 힐끗 곁눈질했다. 듣는 귀가 있어도 상관없는지를 묻는 것이다.

"듣지 못한답니다."

"매번 아쉬울 때마다 불러내어 죄송합니다."

"공자님께서 저희에게 주신 것에 비하면 아직도 모자랍니다. 오히려 도움을 드릴 수 있어서 기쁩니다."

"부탁드린 건 어찌 되었는지요?"

"만금전장에 큰 위기가 닥친 듯합니다. 망할 수도 있다는 얘기까지 솔솔 흘러나오는 걸 보면 심대한 타격은 피할 수 없을 것처럼 보입니다."

"그게 무슨!"

"역시 모르고 계셨군요. 원래 전장업이 다 그렇습니다. 업종의 특성상 표국과 달리 내부의 사정을 철저히 숨기는 것이 가능하기 때문에, 외부인들은 좀처럼 속사정을 알기가 어렵지요."

"자세히 말씀해 주세요."

"만금전장의 본장이 보름씩이나 마교도들에게 장악되었었다는 소문이 은밀하게 돈 모양입니다. 그 바람에 항주는 물론이거니와 중원 전역에 있는 스물아홉 개 분타에서 전주(錢主)들이 앞다투어 돈을 빼내는 중이라고 합니다. 황실 고관대작들을 비롯한 큰손들은 진작에 다 빠져나간 상태이고요."

전장업은 신뢰가 생명이다. 저기다 맡기면 어떤 경우에도 내 돈이 무사할 거라는 신뢰. 만금전장은 그걸 잃어버렸다. 돈이 썰물처럼 빠져나가는 건 너무나 당연하다.

나는 망치로 뒤통수를 세게 얻어맞는 것 같았다. 아예 관심을 꺼버린 탓도 있겠지만, 이건 전혀 생각지 못했던 일이었다.

"만금전장의 뒤에는 산서상인들이 있습니다. 이만한 일로 망한다는 얘기까지 나오는 건 조금 터무니없는 듯싶습니다만."

"역설적이게도 만금전장의 소식에 가장 정통한 산서상인들이 제일 먼저 돈을 뺐습니다. 동향 아주머니가 운영하는 여각이라도 도둑이 들었다고 하면 한동안은 찾지 않는 것이 세상 이치지요."

“소생할 방법은 없는 겁니까?”

“도비(盜匪)들 말이 한 가지 방법이 있기는 하다더군요.”

도비는 하오문에서 활동하는 큰 도둑들을 말한다. 본래 돈의 흐름과 방향은 도둑들이 가장 잘 아는 법이다. 목리극은 만금전장에서 무슨 일이 일어나고 있는지 알아봐 달라는 내 부탁을 받고 항주의 늙은 도비들을 풀었던 것 같다.

“그게 무엇입니까?”

“모두가 우러러볼 만큼의 거액을 가진 전주가 만금전장에 돈을 맡기는 것입니다.”

“어느 정도의 전주여야 합니까?”

“금전 십만 냥이면 빠져나가는 물길을 멈추게 할 수 있을 것이고, 이십만 냥이면 물길의 방향을 거꾸로 돌리게 할 것이라더군요.”

이제야 청화부인과 석대광의 의중을 확실히 알아차렸다. 그들은 나와 내가 가진 재물을 이용해 만금전장의 위기를 극복하려는 것이다.

참고로 내게는 금전 삼십만 냥으로 추산되는 재물이 있었다.

얼마나 다급했으면 나에게까지 손을 내밀었을까.

“만약에 그런 곳을 찾지 못하면 어떻게 됩니까?”

“그 큰 전장이 하루아침에 무너지기야 하겠습니까만, 지금의 분위기가 지속된다면 대륙 스물아홉 개 도시에 있는 분타부터 하나씩 쓰러지겠지요. 본장은 가장 마지막까지 살아남겠지만, 그때가 되면 사실 고리업이나 놓는 대형 전당포 수준으로 전락하게 될 겁니다.”

목리극의 입에서 고리업이라는 말이 괜히 나온 게 아니다. 만금전장은 본래 고리업으로 황실 고관대작들의 돈을 불려주면서 지금의 거대

전장으로 커왔다.

본의 아니게 만금전장의 생사여탈권을 쥐게 생겼다.

당연하게도 현재로선 돈을 맡길 생각이 눈곱만큼도 없었다.

'읍소를 해도 모자랄 판에 와서 협박을 하고 돌아갔단 말이지.'

나는 품속에서 은전 열 개가 든 전낭을 꺼내 목리극에게 주었다.

"사례비입니다."

"이러지 않으셔도 됩니다."

"분명히 뛰어다닌 사람들이 있을 터인데 그냥 넘어갈 수야 있나요. 술값이라도 보탤 수 있도록 해주십시오."

"정 그러시다면."

"그리고 계속해서 만금전장을 주시해 주십시오. 무언가 중요한 변동사항이 생기면 그 즉시 제가 알았으면 합니다. 그게 아니어도 매일매일 돌아가는 상황을 알았으면 좋겠고요."

"알겠습니다."

"항상 감사드립니다."

"필요 이상의 큰돈을 받았으니 남은 값을 해야겠군요. 다선초당에 머물고 계신 당군백 소저께서 열흘째 용화전장을 찾고 있습니다."

"어째서요?"

"서호의 호반에 한때 향연루(香煙樓)라고 불렸던 장원이 있습니다. 가운데 연못을 두고 단층 짜리 전각 대여섯 개가 옹기종기 모여 있는……. 아, 이건 굳이 설명해 드릴 필요가 없겠군요."

과거 항주 유흥가를 섭렵한 나였으니 잘 알지 않겠냐는 뜻이었다.

항주 유흥가를 섭렵하지 않았어도 나는 그 장원에 대해 잘 알았다. 항주에서도 가장 번화한 곳에 자리 잡은 향연루는 삼백 평이 채 되지 않은 작은 장원이었다. 장원 내의 전각들은 단층이었던 탓에 주루나 반점으로 쓰기엔 너무 비효율적이었고, 주거용으로 쓰기엔 또 너무나 시끄러운 곳에 위치해 있었다. 덕분에 포목점, 상방, 기루 등으로 주인이 계속 바뀌었으나 어떤 업종도 3년을 버티지 못하고 나가떨어졌다. 때문에 항주 사람들은 그 장원을 부를 때 그나마 10년 정도로 가장 오랫동안 영업을 했던 주루인 향연루라는 이름을 썼다.

"향연루가 왜요?"

"그곳에 의원을 낼 생각이신 것 같습니다. 한데 지금 그 장원의 소유권을 가진 용화전장에서는 한사코 팔 생각이 없는 것 같고요."

"향연루는 계륵이나 마찬가지인데, 사겠다는 사람이 있으면 용화전장의 입장에서도 오히려 좋은 일이 아니던가요?"

"사천당문이 항주에 뿌리내리는 걸 막으려는 세력들이 있습니다. 그들이 용화전장에 압박을 가하는 모양입니다. 만약 장원을 팔면 자신들의 돈을 모두 빼겠다고요."

여기쯤 대화를 나누었을 때 나는 이미 어떻게 돌아가는 상황인지를 어느 정도 짐작했다.

그러나 보다 정확한 정보를 위해 다시 물었다.

"어떤 세력이 방해한답니까?"

"가장 적극적으로 막는 곳은 역시 의원들입니다. 항주에만도 의원이 무려 삼백 곳이 넘습니다. 그중 다섯 곳은 멀리 복건성과 강서성에도 분타를 낼 만큼 유명한 의가이지요."

"신의방(神醫幇)!"

항주의 의원들이 뭉쳐 만든 일종의 연맹체였다. 이들은 엄청난 재력과 막강한 결속력을 이용, 타성의 이름난 의원들이 항주에 발을 붙이지 못하게 하는 것으로 유명했다.

뿐만 아니라 항주의 약재 시장까지 좌지우지했다. 그 유명한 휘주상인들과 산서상인들도 항주에서 약재를 유통하는 일에 관해서만큼은 신의방에게 머리를 숙이고 들어갔다.

"어디나 텃세가 문제군."

다선초당의 뒤쪽으로 작은 후원이 붙어 있었다.

남궁소소는 그곳에서 이른 아침부터 한 뼘이 조금 넘는 꼬챙이로 허공을 열심히 찔러대는 중이었다. 진지한 표정이나 복잡한 발걸음의 궤적으로 미루어 무공을 수련하는 것 같았다.

꼬챙이를 무기로 사용하는 것도 드물거니와 동작들이 매우 난해해서 나로서는 어떤 종류의 무공인지 알 수가 없었다. 그러나 기세만큼은 예사롭지가 않았다. 꼬챙이를 허공에 대고 찌를 때마다 한 가닥 돌풍이 쉭쉭 불어댔다. 왠지 같은 동작을 남궁세옥이 펼쳤다면 '꾸릉꾸릉'하고 우렛소리가 날 것 같았다. 그러고 보니 어디서 많이 본 것 같기도 하고.

내가 들어섰음에도 불구하고 남궁소소는 수련을 멈추지 않았다. 오히려 보란 듯이 더욱 열심히 수련에 매진했다.

그런가 하면 조금 떨어진 나무 그늘에서 칠현금 줄을 갈고 있던 매소옥이 환하게 웃으며 나를 반겼다.

"공자님!"

"오랜만이오."

"그러게요."

"잘 지내시오?"

"덕분에요."

"세옥 형님은 어딜 가셨소?"

"차 상인들을 만나러 가셨어요. 저녁때나 오실 텐데."

짧게 몇 마디를 나누고 나니 딱히 더 할 말이 없었다. 매소옥은 다 선초당에 있는 여자들 셋 중 나이가 제일 어려서 그런지 숫기도 없고 조용했다.

그때쯤 남궁소소는 보법을 펼쳐 마당 끝까지 간 상태였다. 전체 초식을 이어서 수련하던 중이라 중간에 끊기가 애매해 끝까지 가려는 것 같았다.

나는 상기된 얼굴로 생글생글 웃고 있는 매소옥에게 물었다.

"언니들은 잘 대해주오?"

"물론이죠."

"세옥 형님도 잘 대해주시고?"

"그럼요."

"호리독사도 자주 놀러 오고?"

"당연하죠. 네?"

덫을 던져놓고 가만히 매소옥을 살폈다. 만약 호리독사가 자주 왔었다면 얼떨결에 대답을 했어도 매소옥의 성격상 아니라고 주워 담지는 못할 것이다.

아니나 다를까 얼굴이 발개지더니 고개를 푹 떨구었다. 이 인간이 그러면 그렇지.

“최근 열흘 이내에도 왔었소?”

“그것이…….”

“충분히 대답이 되었소.”

“선배님!”

익숙한 음성에 돌아보니 한껏 차려입은 당군백이 호위무사 십여 명과 함께 들어서고 있었다.

“어딜 다녀오는 모양이오.”

“볼일이 좀 있어서요.”

“이렇게 일찍?”

“네.”

애써 씩씩한 척하지만 대답이 짧다. 갔던 일이 무언가 잘 안 된 모양이었다.

그때 남궁소소가 마지막 동작을 막 끝내고 거친 숨을 몰아쉬며 다가왔다. 이어 땀 때문에 이마에 달라붙은 머리카락을 떼어다 윗머리에 단정하게 옮겨 붙이고는 내게 물었다.

“어때요?”

“머리카락 말이오?”

“방금 본 점혈법요.”

“그게 점혈법이었소?”

“그럼 뭐라고 생각했어요?”

"무공을 수련하는 줄은 알았지만 점혈법인 줄은 몰랐소. 기세가 예사롭지 않던데."

"지난 삼 년 동안 고심해서 창안한 점혈법이에요. 이름은 초상지풍(草上之風), 옛 성현이 남긴 경전 중에서 한 구절을 따왔죠. 무엇의 어느 대목인지 알겠어요?"

그러면서 꼬챙이를 잠시 입에 물더니 머리카락을 묶었던 끈을 풀었다. 이어 찰랑 떨어지는 머리카락을 쫙쫙 끌어당겨다가 뒤통수 어림에서 소라 모양으로 배배 꼰 다음 입에 문 꼬챙이를 푹 찔러 고정했다. 그러자 사슴처럼 하얗고 긴 목덜미와 함께 미처 올라붙지 못하고 흘러내린 머리카락 몇 가닥이 귀엽게 모습을 드러냈다.

꼬챙이는 대봉잠(大鳳簪)이었다. 대봉잠은 머리 부분에 봉황을 새겨 넣은 큰 비녀를 말한다. 남궁소소가 가진 것은 봉황의 머리에 은을 정교하게 씌우고 보석으로 눈알까지 박아 넣은 것이 보통 물건은 아닌 것 같았다.

"군자지덕풍(君子之德風) 소인지덕초(小人之德草) 초상지풍(草上之風) 필언(必偃). 논어에 나오는 말로 군자의 덕은 바람과 같고 소인의 덕은 풀과 같아서 풀 위로 바람이 지나가면 풀은 반드시 쓰러진다는 뜻이오."

"역시, 알아차릴 줄 알았어요."

"벌써부터 무공을 창안할 생각을 하다니 놀랍구려. 한데 남궁세가에는 이미 고절한 점혈 공부가 있잖소. 구태여 새로운 점혈법을 창안하려는 이유라도 있소?"

"그렇게 추켜세워 주지 않아도 돼요. 제게 그럴 만한 실력이 없다는 것 잘 아니까. 다만 훗날 유가문파를 세우면 새로운 무공들도 많이 만들어야 하기에 미리 연습해 보는 거예요. 무공을 창안하는 건 기존의 무공을 수련하는 것과는 완전히 다른 분야거든요."

"그런 이유가 있었군."

"그래서 어땠어요?"

"충분히 멋졌소."

"정말요?"

"그렇소."

"어디가요?"

남궁소소는 잔뜩 기대하는 표정이었다.

"군자가 덕으로써 소인들을 교화한다는 문맥도 유가문파의 성격과 딱 맞거니와 실제 초식을 펼칠 때마다 '쉭쉭' 하고 돌풍까지 부니 이보다 더 절묘한 이름은 없을 것이오."

"이름이 멋지다는 건가요?"

"그렇소."

남궁소소는 금세 풀 죽은 모습이 되었다.

"솔직히 말하면 제대로 못 봤소. 남의 수련을 훔쳐보는 건 무림의 금기인데, 내가 어떻게 주인의 허락도 없이 함부로 볼 수 있겠소."

"봐도 괜찮은데. 다음에 제대로 보여줄게요."

죽어가던 남궁소소가 다시 살아났다.

당군백과 매소옥은 어리둥절한 표정을 지었다. 두 사람이 오랜 친구처럼 친하게 지내는 줄은 알았지만, 이 정도까지일 줄은 몰랐다는 투였다.

사실 남궁소소가 이렇게까지 말하는 데는 이유가 있었다.

오래전 화조신옹에게 잡혀간 동굴 속에서 나는 그녀에게 한 가지 약속을 했다. 내가 만약 회시에 급제하고 무림의 고수가 된다면 훗날 그녀가 세우는 유가문파의 속가장로가 되어주겠다고.

속가장로에게 무공을 숨길 필요는 없는 것이다. 오히려 함께 머리를 맞대고 무공을 창안한다면 또 모를까.

'미안하다. 사실 볼 만큼 봤다.'

그런데 난 왜 자꾸 남궁소소가 창안했다는 점혈법에서 남궁세옥이 펼치던 제왕검이 보이는지 모르겠다. 십중팔구 제왕검을 가져다가 베꼈지 싶다.

사실 검법과 점혈법은 급소와 혈도를 찌른다는 측면에서 매우 닮았다. 하지만 구태여 입 밖으로 꺼내진 않았다.

둥기둥~ 두둥.

정원 한가운데 있는 작은 누각에서 매소옥이 칠현금을 타고 있었다. 지금은 연주를 하는 시간도 아니었다.

그녀는 오랜만에 다 같이 차나 마시자는 남궁소소의 제안에도 불구하고 한사코 세 분이서 오붓하게 담소를 나누시라고 고집을 피웠다. 그 바람에 다실엔 나와 남궁소소와 당군백만 앉아서 창밖의 매소옥을 바라보며 그 비싸다는 철관음을 마셨다.

"이게 뭐죠?"

"두 분의 객원표사비요."

각자의 앞에 놓인 전낭을 열어본 남궁소소와 당군백의 얼굴이 꽃처럼 환하게 피어났다. 금전 열 냥의 위력이 이렇게 대단하다.

인간의 욕심은 더 대단했다.

남궁소소가 말했다.

"이게 다인가요?"

"무슨 문제라도?"

"비룡당의 표사들에겐 포상금으로만 열 냥을 지급했다고 들었는데요. 그러니까 내 말은 원래 지급해야 할 표행비도 있어야 한다는 거죠. 보통은 객원표사비가 정규표사비보다 몇 배로 비싸고요."

"얼마를 원하시오?"

"한 사람당 열 냥씩만 줘요."

"그렇게나 많이?"

"오고 가고 한 달을 풍찬노숙했어요. 몇 번이나 죽을 고비도 넘겼고요. 우릴 데려다가 그렇게 부려먹고 금전 열 냥도 안 주려고 했어요?"

"내가 오라고 한 것도 아니오만."

"마총에서 오독육관을 통과할 때 군백이 없었다면 비룡당의 표사들 중 절반은 독물에 당해 죽었을걸요. 이건 인정하시죠?"

"무슨 절반씩이나."

"그럼요?"

"많아야 다섯 정도겠지."

"다섯 명은 죽어도 되고요?"

"……!"

아뿔싸. 당했다.

남궁소소랑 대화할 때는 호랑이에게 물려 간 것처럼 정신을 바짝 차려야 하는데. 나도 모르게 유도 기술에 말려 들어갔다.

혹시 호리독사도 처음에 이런 식으로 엮여 들어갔을까? 그럴 리 없다. 그 인간은 애써 공들일 것도 없이 시중에서 구하기 힘든 술 한 병만 사주면 만사가 끝이다.

척! 척!

나는 한 사람당 두 개씩 총 네 개의 전낭을 시원하게 내놓았다. 각각의 전낭에는 금전이 다섯 개씩 들어 있었다.

남궁소소가 내용물을 확인하더니 말했다.

"분위기 봐가면서 다섯 냥씩만 내놓으려고 했네."

"소저는 분명히 큰일을 할 것이오."

"남만행으로 비룡당이 이번에 벌어들인 금전 십만 냥 중 일 푼은 내 몫이라는 잊으시면 안 돼요. 언제 달라고 할지 모르니까 돈은 항상 전장에 준비해 두시고요. 십만 냥의 일 푼이면 금전 일천 냥이에요."

그러면서 자기도 떨리는지 침을 꿀꺽 삼켰다. 말없이 듣고 있던 당군백도 잔뜩 긴장된 얼굴로 나를 보았다.

'잠깐만, 십만 냥?'

남궁소소의 입에서 나온 십만 냥은 분명 호리독사에게서 들었을 것이다. 한데 십만 냥은 골동품으로서의 가치를 뺀, 순전히 금과 은의 무게만을 달고 그걸 다시 표왕부와 나눈 액수였다.

대도 공령신투를 따라다니며 수많은 보물을 훔치고 처분하는 걸 본 호리독사가 보물의 진짜 가치를 몰랐을까? 이건 호리독사가 남궁소소에게 사기를 친 것이다.

전부 얘기하려니 자기도 양심에 찔려서? 그러면 보통은 아예 발설을 안 하지 않나?

'이중간첩도 아니고 뭐지?'

남궁소소가 재우쳐 물었다.

"왜 대답이 없어요?"

"물론이오."

"정말이죠?"

"남아일언 중천금이오."

남궁소소와 당군백이 동시에 침을 꿀꺽 삼켰다. 그러곤 앞에 놓여 있는 차를 집어다 뜨거운 줄도 모르고 벌컥벌컥 마셔댔다.

금전 일천 냥도 결코 적은 돈이 아니었다. 내가 회시에 장원급제한 후 받은 상금의 열 배이며, 항주에서 잘나가는 기루 열 개를 살 수 있는 돈이었다. 남궁소소의 입장에서는 별생각 없이 투자 좀 했다가 그야말로 돈방석에 앉게 된 상황이었다. 만약 이 사실을 남궁세옥이나 뇌검 남궁유룡이 알기라도 하는 날엔 남궁세가가 발칵 뒤집힐 것이다.

그러나 내게는 백지 계약서가 있었다. 남궁소소에게 지금까지 벌어들인 돈의 일 푼을 분배해 주겠다는 각서를 쓰던 날 함께 받아둔 바로 그 계약서였다. 내가 각서의 약속을 지키면 지킬수록 그녀 또한 계약서의 약속을 지켜야 하는 의무감이 강해질 테니 나로서도 아주 손해는 아니었다.

본래는 어려운 표행이 생기면 백지 계약서를 내밀며 한 번쯤 부탁하려고 했었다. 한데 이제는 그런 사소한 일로 써먹을 수가 없게 되어버렸다.

'아껴두었다가 금전 백 냥짜리급으로 꼭 써먹어야지.'

상황이 대충 정리되자 나는 옆에서 조용히 듣고만 있던 당군백에게 말했다.

"의원을 내는 일로 애를 먹는다고 들었소만."

"각오를 하고 왔는데도 쉽지가 않네요."

"내가 좀 도와주오?"

남궁소소가 옆에서 불쑥 물었다.

"어떻게요?"

"내게 돈이 좀 있다는 소문이 돌면서 전장의 장주들이 앞다투어 사람을 보내오고 있소. 자신들에게 돈을 맡겨달라고. 그중에는 용화전장도 있었소. 행수를 무려 다섯 번이나 보냈지."

"그거 좋은 생각인데요. 금전 십만 냥을 맡기겠다고 하면 신의방의 견제고 뭐고 당장에 향연루의 집문서를 가지고 달려올걸요."

남궁소소는 당군백을 보며 흥분해서 말했다.

"그래. 그렇게 해."

당군백이 원하기만 한다면 나는 정말 그렇게 해줄 용의가 있었다. 강호의 은(恩)은 계속해서 서로 주고받는 것. 도화곡을 이끌고 성도로 갔을 때 의원과 무사들을 백오십 명이나 보내 주었던 당문의 호의를 나는 잊지 않았다.

나와 남궁소소는 동시에 당군백을 보았다.

당군백은 깜짝 놀란 채로 그대로 숨을 멈추어 버렸다. 그러고는 얼굴이 점점 시뻘게지는데도 불구하고 어쩐 일인지 숨을 쉬지 않고 버텼다.

얘가 갑자기 왜 이러나 더욱 뚫어져라 보았다.

한참 만에야 당군백이 참았던 숨을 토해내며 말했다.

"푸아! 하마터면 넘어갈 뻔했네."

"……?"

"고맙지만 사양하겠습니다."

"왜?"

"의원의 실력이 출중하면 심산유곡에 숨어 있어도 골짜기가 미어터진다는 말이 있어요. 장소가 전부는 아닌데 번듯한 곳에 간판을 달고 싶은 마음에 제가 처음부터 잘못된 방식으로 접근을 한 것 같아요."

"하면?"

"의원은 결국 사람들에게 먼저 인정을 받아야 해요. 가장 낮은 곳에서 항주 사람들을 만나보아야겠어요. 동시에 다른 의원들과는 순전히 실력으로만 승부를 겨루고요."

"가장 낮은 곳?"

"네."

"설마……."

"당분간 강호낭중(江湖郎中)이 되어보려고요."

낭중은 행낭 하나를 짊어지고 떠돌아다니는 의원들을 말한다.

당군백이 성도에서 함께 온 인원은 호위무사 열 명에 초로의 의원이 일곱이었다.

사천당문에서 귀밑머리가 희어지기 시작한 의원들은 명의가 아닌 사람이 없다고 들었다. 그런 사람들이 길거리에서 의술을 판다고? 그것도 순전히 실력으로만 운운하는 걸 보니 처음엔 사천당문이라는 사실도 밝히지 않은 채 환자들을 만나려는 것 같은데.

당군백은 지금 누군가의 후배나 수하가 아닌, 한 무리를 이끄는 수장으로서 처음 세상에 나온 상태였다.

나는 그녀가 선택한 싸움의 방식을 존중해 주고 싶었다. 옆을 돌아보니 남궁소소도 나와 똑같은 생각인 것 같았다.

우리는 동시에 고개를 끄덕였다.

내가 남궁소소에게 말했다.

"응원주 한잔 사시오."

"제가요?"

"돈도 많이 벌었잖소."

"제가 어찌 감히 당주님 앞에서 돈 자랑을 하겠어요. 간만에 후배를 위해 비싼 곳에서 건하게 한턱낼 기회를 드리죠. 소옥이도 그만 올라오라고 할까요?"

"나도 그러고 싶은데 깜빡하고 전낭을 안 갖고 왔소."

"……!"

다선초당을 다녀온 지 사흘째 되는 날이었다.

비룡당의 표사들은 본격적인 표행을 준비하느라 분주했다.

다들 경력자이기는 해도 손발을 맞추는 것이 중요했기 때문에 당분간은 열흘 안쪽의 가까운 거리만 가기로 했다. 그럼에도 불구하고 의뢰는 차고 넘쳤다.

문제는 전부 단발성이라는 것이었다. 표행으로 돈을 벌려면 표사와 쟁자수들을 늘려야 하고, 그러려면 결국 정기 표행들이 많아야 한다. 단발성 표행들만 믿고 무작정 표사와 쟁자수들을 늘렸다가 의뢰가 뚝 끊어지기라도 하면 망하기 딱 좋다.

첫 번째 표행단이 출발한 직후 남궁소소가 말을 타고 다급하게 비룡당으로 찾아왔다. 무언가 사달이 벌어져도 단단히 벌어진 모양이었다.

"저 좀 도와줘요."

"무슨 일이오?"

"봉황의 목이 부러졌어요."

"뭐가 부러졌다고?"

"이것 좀 보세요."

그러면서 남궁소소가 품속에서 무언가를 꺼냈다. 모가지가 뚝 부러져 나간 대봉잠이었다.

"왜 이렇게 된 거요?"

"점혈법을 수련하다가 저도 모르게 흥분한 나머지 기둥을 찔렀는데, 그만 뚝 하고 부러지지 뭐예요."

"대나무를 깎아 만든 건데 당연히 부러지지."

"문제는 이 대봉잠이 제 것이 아니라는 거예요."

"그럼 누구 거요?"

"세옥 오라버니 거예요. 정확하게 말하면 십 년 전 오라버니가 처음이자 마지막으로 마음을 주었던 여자가 꽂고 다녔던 물건이에요."

"그걸 왜 하고 다닌 거요?"

"예뻐서 잠깐만 해본다는 게 그만. 오라버니가 알면 저를 당장 양주의 본가로 쫓아 보내려고 하실 거예요. 안 그래도 며칠 전에 당군백이랑 경신공을 수련하다가 다루의 지붕에 구멍을 내서 혼구녕이 났었는데."

"큰일 났네. 큰일 났어."

"저 좀 도와줘요."

"어떻게 도와주면 되겠소?"

"이걸 감쪽같이 수리하거나 똑같은 걸 만들어줄 수 있는 비녀장을 찾아주세요. 항주는 예로부터 온갖 장인들이 많기로 유명한 곳이니 적임자가 한 명은 있을 거예요."

"사람을 찾아달라는 의뢰라."

"뭐 하는 거예요?"

"방금 의뢰를 하겠다고 하지 않았소?"

"그래서 얼만데요?"

"금전 열 냥만 받겠소."

"뭐가 그렇게 비싸요!"

"특별 의뢰니까 그렇지. 원래 사람 찾는 일은 우리 전문 분야가 아니오. 게다가 표사들은 전부 바빠서 당주인 내가 직접 나서야 하고."

"닷 냥만 해요. 처음부터 그게 목표였잖아요."

"소저니까 특별히 봐주는 거요."

"닷 냥에 하는 거죠?"

"알았소."

"은전으로요."

"그건 안 되오!"

말이 끝나기도 전에 내 검의 손잡이에 이미 전낭 하나가 대롱대롱 걸려 있었다.

"잘 부탁해요."

칠순 노인은 부러진 대봉잠을 눈앞에 바짝 갖다 대고 한참이나 요리조리 살폈다.

남궁소소는 입이 오리처럼 튀어나왔다. 뭘 찾고 말고 할 것도 없이 내가 곧장 저 노인에게로 데려왔기 때문이다.

"방 노사라고, 춘절에 고향으로 가는 천룡표국의 표사들은 전부 이곳에서 어머니와 처에게 줄 비녀를 맞추오. 단언하건대 항주에서 방 노사를 따를 비녀장은 없소."

"사기꾼."

"원래 정보가 제일 비싸오."

나는 방 노인을 돌아보며 물었다.

"어떻게, 가능하겠습니까?"

"당연하지. 내가 만든 건데."

"예에?"

"네에?"

"십 년 전 복건성 바닷가에서 나는 해죽(海竹)을 잘라다가 딱 열 개만 만들었지. 흑옥(黑玉)을 쌀알만 하게 깎아 넣어 검은 눈알을 표현하는 이 기법은 지금도 항주에서 오직 나만 할 수 있지."

"그럼 수리 부탁합니다."

"한나절 후 다시 오게."

"그런데 봉황 말고 목련 같은 거로도 조각하실 수 있습니까? 금으로 상감해 최대한 고급스럽되 요란하지 않게 하시고요. 대는 잘 부러지지 않는 물소 뿔로 만들어주시고요."

"비슷한 게 몇 개 있는데 한번 볼 텐가?"

"아뇨. 세상에 딱 하나밖에 없는 물건으로 만들어주세요. 만약 부러져서 다시 수리를 하면 누가 봐도 알아차릴 만큼 복잡하게."

"돈만 넉넉하게 준다면야."

나는 은전 다섯 냥이 든 전낭을 '척!' 하고 내밀었다. 전낭을 열어본 방 노인의 눈이 튀어나올 것처럼 커졌다.

내가 물었다.

"며칠이면 되겠습니까?"

"나, 나흘, 아니, 사흘이면 됩니다요."

"갑자기 왜 존댓말을……."

"제가 그동안 하대를 했습니까요?"

쓰윽 돌아보니 남궁소소는 고개를 살짝 숙인 채 손가락 끝으로 탁자를 뽁뽁 문지르고 있었다.

"뭐 하는 거요?"

"제가 뭘요?"

"큰어머니가 좋아하시려나 모르겠네."

나는 무심한 척 한마디 툭 던져놓고는 먼 산을 바라보았다.

그때였다. 갑자기 저만치에서 한 무리의 무인들이 지축을 울리며 말을 달려오고 있었다.

"내가 잘 아는 사람들 같은데."

잠시 후, 말이 내 앞에 멈추더니 가불염이 다급하게 뛰어내리며 말했다.

"당문의 의원들이 납치된 것 같습니다."

당문의 노의원들이 납치를 당한 과정은 매우 단순했다.

그들은 저잣거리 일곱 곳에서 신분을 숨기고 가난한 병자들을 상대로 사흘째 의술을 펼치던 중이었다고 한다. 그러다 각자가 동시다발적으로 왕진을 요청받았고, 그곳으로 향하던 중 그만 감쪽같이 증발해버렸다. 그 시각 당군백은 만나서 얘기를 해보자는 용화전장주의 요청을 받고 호위무사들과 함께 용화전장으로 향했다고 한다.

나는 비룡당의 표사들은 물론이거니와 인맥을 전부 동원해 흉수들을 찾도록 지시하고 부탁했다.

해 질 무렵, 백선객점에서 다시 만난 하오문 향주 목리극은 이렇게 말했다.

"당문의 노의원들은 물론이거니와 흉수로 짐작되는 자들도 하오문의 눈이 미치는 곳에는 현재로선 없는 듯합니다."

다급한 마음에 서쌍교방까지 찾아가서 만난 서호삼견은 이렇게 말했다.

"섭섭하다, 섭섭해."

"뭐가요?"

"힘들고 돈이 안 되는 표행을 할 때는 잘도 불러대더니만, 정작 큰돈이 되는 표행을 할 때는 쏙 빼놓고 말이야."

"남만행 때문에 그러시는 모양인데, 표사들이 죽을 고비를 여러 번 넘겨서 포상금으로 조금 주었습니다. 예전에 선배님들께도 그 정도씩은 표행비로 챙겨 드린 걸로 압니다만."

"누가 그깟 표행비 때문에 이러나. 마총의 보물 때문에 그러지. 우리가 갔으면 한몫 단단히 챙겨 나왔을 텐데."

"그건 둘째 형님 말씀이 맞습니다. 사실 우리를 불러줬으면 그깟 표행비 받지 않았을 수도 있었는데 말입니다."

"내 말이 그 말이라니까."

"둘 다 시끄럽다."

일견의 면박에 이견과 삼견이 입을 꾹 다물었다.

나를 향한 일견의 말이 이어졌다.

"한나절 내내 방도들을 전부 풀어 알아보았으나 항주의 흑도방파들 중에는 수상한 곳이 없었네. 상대는 당문의 의원들, 세를 가진 곳이라면 쉽게 할 수 있는 일이 아니긴 하지."

"하면?"

"독보강호하는 낭인들이 저지른 일일 공산이 크네. 그것도 얼굴이 잘 알려지지 않은. 동시에 이렇게 솜씨가 깔끔한 것을 보면 분명 고도의 전문가들일 것이고."

"항주가 아무리 넓고 독보강호하는 무인들이 많다지만, 하오문과 서쌍교방의 안망에 걸리지 않으면서도 이 정도 솜씨를 지닌 전문가들이 존재할 수 있는 겁니까?"

"외부인이라면 충분히 그럴 수 있지. 가령 다른 곳에서 임무를 띠고 사나흘 전에 항주로 들어왔다거나 하는."

"사람들을 납치해 본 경험이 있으십니까?"

"자주 하는 일이네."

"제가 만약 대낮에 무공을 전혀 모르는 일곱 명의 노인들을 유인해서 납치해 달라고 부탁하면 몇 명이나 동원하시겠습니까?"

"우린 무공을 모르는 양민들은 건드리지 않네. 하지만 가정을 해본다면 최소 스무 명은 동원해야겠지. 여기에 혹시나 있을지 모르는 호위무사들과의 격전까지 감안하면 서른 명 정도?"

"항주에서 서른 명 정도의 칼잡이들이 일곱 명의 노인들을 데리고 있으면서도 당분간 사람들의 눈에 띄지 않고 숙식을 해결할 만한 곳이 어딜까요?"

"평소라면 항주의 절반이 그런 곳이겠지. 하지만 첫 번째로 흑도방파의 영역들을 제외하고, 두 번째로 지금처럼 하오문도와 흑도들이 눈에 불을 켜고 찾아다니는데도 눈에 띄지 않을 만한 곳이라면 한 군데밖에 없지."

"그곳이 어딥니까?"

"서호."

나는 늙은 사공이 모는 엽선(葉船)을 타고 호수 가장자리에 둥둥 떠 있었다.

엽선은 가랑잎처럼 작고 좁고 긴 배를 말한다. 서호에서는 어부들의 고기잡이배나 나룻배는 물론 툇방 늙은이들의 낚싯배로까지 두루두루 쓰였다. 워낙 작다 보니 사공을 포함하고도 세 명 정도가 타면 꽉 차버렸다. 대신 수면에 착 달라붙어 멀리서도 잘 보이지 않고, 노를 저어도 큰 소리가 나지 않으며, 큰 배들보다 빠른 속도로 나아갈 수 있었다.

조금 떨어진 곳에서는 십여 척의 다른 엽선들이 도열해 있었다. 당군백이 이끄는 당문의 무사 열 명과 가불염이 이끄는 비룡당의 표사 열 명이 각 세 명씩 나뉘어 탄 엽선들이었다.

안개가 실오라기처럼 피어오르는 서호는 만월이 뜬 밤이었음에도 불구하고 십여 장 앞을 제대로 볼 수가 없었다. 그러나 안개 속에서도 각종의 배들이 밝혀놓은 선등(船燈)은 희미하게나마 보였다.

이 시간 서호에 떠 있는 배들은 둘 중 하나였다. 고기잡이배와 취객들의 놀잇배.

안개 속에서 엽선들이 계속해서 나타나 내가 탄 배의 늙은 사공에게 무언가를 보고하고 사라졌다. 그들이 하는 말들은 전부 똑같이 '못 찾았다'였다. 그렇게 한 시진 동안 다녀간 엽선이 무려 칠십여 척이었다.

뒤쪽에 앉은 남궁소소가 내게 물었다.

"찾을 수 있을까요?"

"서호에 있다면."

"저들에 대한 신뢰가 대단하군요."

"서호에는 칠백여 척의 엽선 나룻배가 있고, 그중 삼백여 척이 서호를 백 개의 구역으로 나누어 은밀히 뒤지고 있소. 날이 밝기 전에 분명히 찾을 수 있소. 서호에 있기만 하다면."

저들은 서호에서 나룻배의 권리를 가진 생업 방회인 서호도방(西湖渡幇)의 사공들이었다. 항주의 모든 방파를 통틀어 가장 많은 방도를 거느렸지만, 돈벌이가 적은 밑바닥의 민초들인 만큼 힘은 미약했다.

초저녁 무렵 서쌍교방을 나온 나는 곧장 서호도방의 방주 노도옹(櫓棹翁)을 찾았다. 이어 사정을 말하고 한 시진 후 다시 돌아온 노도옹을 만났을 때 놀라운 이야기를 들었다.

"사흘 전부터 낯선 사람들이 탄 누선(樓船) 한 척이 호수 위에 떠 있었다고 합니다. 선객들은 대여섯 명 정도에 불과했는데, 한곳에 머무르지 않고 여기저기 떠다니며 종일 낚시를 즐겼다는군요."

"그게 무슨 문제가 됩니까?"

"평생을 호수에서 살아온 우리 같은 사람들은 척 보면 그 배의 선적량을 알 수 있습니다. 누선은 대여섯 명의 낚시객이 탄 배치고는 선체가 지나치게 많이 잠겨 있었다고 합니다."

"그 말씀은?"

"선실에 무언가 잔뜩 실려 있는 게지요."

그리고 지금, 서호도방의 힘을 빌려 서호를 이 잡듯이 뒤지는 중이었다.

뒤를 돌아보니 당군백은 시종일관 굳은 표정을 짓고 있었다. 왠지 꼭 무언가 사고를 칠 것만 같은 얼굴이었다.

나도 오늘에서야 남궁소소에게 들었다. 납치당한 노의원들은 당군백이 당가타(唐家坨)에서 어려서부터 함께 뛰어놀던 친구이자 방계 친족이었던 이들의 아버지였다는 것을.

그때 또 한 척의 엽선이 안개를 뚫고 나타났다.

젊은 사공은 내가 탄 엽선에 서둘러 뱃머리를 붙이더니 그들의 방주 노도옹에게 말했다.

"찾았습니다!"

엽선은 산그늘이 길게 드리워진 곳을 앞두고 있었다.

늙은 사공의 노질이 갑자기 느리고 신중해졌다. 그와 보조를 맞추어 뒤따르던 다른 십여 척의 사공들도 노 젓는 속도를 늦추었다. 그러자 소리가 완전히 사라진 상태에서 열 척의 엽선들만 산그늘 속으로 가만히 미끄러져 들어갔다.

잠시 후에는 아예 노 젓기를 중단해 버렸다. 방주가 탄 엽선이 멈추자 뒤따르던 다른 열 척도 똑같이 멈추었다.

노도옹이 모기만 한 소리로 말했다.

"저희는 여기까지만 가겠습니다."

무림인들의 일에 더는 개입하지 않겠다는 뜻이다.

나는 조용히 금전 열 냥이 든 전낭을 내밀었다. 노도옹이 전낭을 품속에 챙겨 넣으며 말했다.

"뱃머리가 가리키는 방향으로 나아가시면 됩니다."

"신세는 잊지 않겠습니다."

"부디 조심하십시오."

계산이 끝나자 노도옹은 노를 내게 건네주고 곁으로 다가온 다른 엽선에 올라탔다.

젊은 사공 세 명이 각각 혼자서 타고 따라온 세 척의 엽선은 다른 엽선들의 사공들을 모두 태운 후 왔던 길을 조용히 되돌아갔다. 그 바람에 남은 열 척의 엽선들은 비룡당의 표사와 당문의 무사들이 대신 노를 젓게 되었다.

잠시 후, 뿌연 안개 사이로 대형 누선 한 척이 희미하게 모습을 드러냈다. 누선은 말 그대로 갑판 한가운데 선루(船樓)를 얹은 배로, 전투용이나 유희를 위한 놀잇배 등으로 쓰였다.

누선과의 거리는 이십여 장, 나는 뒤를 바짝 따르는 열 척의 엽선들을 향해 수신호를 주었다.

[당문의 무사들은 선미 쪽, 비룡당의 표사들은 선수 쪽, 가운데 갑판은 나와 남궁소소가 맡는다. 어차피 도망갈 곳도 없으니 서두르지 말고 안전에 최선을 다할 것!]

"뭐라고 한 거예요?"

뒤에서 남궁소소가 모기만 한 소리로 물었다.

그러고 보니 나도 모르게 비룡당에서 평소 쓰는 수신호를 주었던 모양이다.

괜찮다. 당문의 무사들도 최소한 선미 쪽을 맡으라는 것 정도는 알아들었을 테니까.

"조심하시오."

"당주님도요."

"나보다 앞서가지 말고."

"당주님도요."

"……?"

"알았어요. 조심할게요."

"객점에서 기다리라니까 괜히 따라와서는."

"당군백의 일인데 어떻게 그래요. 그리고 임기응변의 수완은 몰라도 솔직히 실전에서의 검술은 아직 제가 좀 더 낫지 않을까요?"

나는 무시하고 다시 앞쪽을 바라보았다.

잠시 후, 십여 장 정도로 거리가 가까워지자 갑판의 가장자리에서 낚싯대를 드리우고 있는 두 놈이 보이기 시작했다. 낚시는 핑계일 뿐 망을 보는 경계병들이 분명했다. 그렇다고 해도 납치범들이라는 걸 확인하기 전까진 함부로 공격할 수 없었다.

공력의 차이로 한참이나 늦게 엽선들을 발견한 놈들이 깜짝 놀라서 외쳤다.

"거기 누구요?"

"그러는 당신들은 누구요?"

"밤낚시를 즐기는 선객들이오만."

"누구 마음대로 여기서 낚시를 하는 거요?"

"낚시하는데도 허락을 받아야 하는 거요?"

강태공으로 위장한 척후병은 일부러 크게 소리를 질렀다. 선실 안에 있는 동료들에게 상황을 알리려는 것이다.

아니나 다를까, 배 안에서 서너 명이 후다닥 모습을 드러냈다. 얼굴에는 당황하고 긴장한 기색들이 역력했다.

"누군데 이 밤에 떼 지어 배를 모는 거요?"

건장한 체격에 검은 두건을 쓴 장년인이 나를 똑바로 쏘아보며 보며 물었다. 작은 음성이었음에도 불구하고 십여 장 밖에 있는 사람의 고막을 징징 두들겨 대는 것이 예사 공력이 아니었다.

'고수다!'

보통의 사람들이었다면 저 음성과 눈빛만 보고도 께름칙함을 느끼며 달아났을 것이다.

"고기는 많이 잡으셨소이까?"

"누구냐고 묻잖소."

"무슨 사정이 있어 야밤에 선등도 밝히지 않은 채 산그늘 속에서 이렇게 낚시를 하실까? 낚싯줄에 바늘은 달려 있으려나 몰라."

그때쯤 엽선들은 누선과 대여섯 장의 거리를 유지한 채 나란히 섰다. 각각의 엽선들에는 칼을 찬 표사와 당문의 무사들이 세 명씩 타고 있었고, 언제든 내 명령이 떨어지면 곧장 누선을 향해 돌진할 기세였다.

"난 이정룡이라고 하오."

이름을 말하는 순간, 배에 탄 사람들의 얼굴에 한바탕 놀란 기색이 훑고 지나가는 걸 나는 놓치지 않았다.

잠시 시간이 흐른 후, 두건을 쓴 장년인이 체념한 듯 말했다.

"용케도 찾아왔군."

"또한 제대로 찾아왔고."

그때 선실 안에서 칼을 든 자들이 하나둘씩 기어 나오기 시작했다. 타고난 체구의 크고 작은 차이는 있어도 하나같이 근육질에 피 냄새가 철철 흐르는 흉한들이었다. 살인을 밥 먹듯이 하는 낭인들이라는 걸 바로 직감할 수 있었다.

"전부 서른 명이에요."

엽선의 선미에 엉덩이를 걸치고 앉아 있던 남궁소소가 목구멍을 쥐어짰다. 한 명씩 나올 때마다 숫자를 세었나 보다.

노도옹이 선실 안에 무언가 있다고 하더니, 그게 전부 사람이었나 보다.

정확히 말하면 서른 명의 사람과 그들이 한동안 외부와 접촉하지 않고도 지낼 수 있도록 식량과 식수와 술통 등등이 실려 있을 것이다. 살아 있다면 어딘가에 당문의 의원들도 있을 것이고.

문제는 이 작은 엽선에서 저 크고 높은 누선으로 어떻게 올라타느냐 하는 것이었다. 엽선을 옆에다 대고 기어올랐다간 한순간 무방비 상태가 되면서 목이 뎅강 잘려 나가기 딱 좋았다.

말을 하자면 이건 물 위에서 펼치는 일종의 공성전이었다. 놈들의 입장에선 수성전이었던 셈이고.

그 사이 놈들이 횃불을 십여 개 정도 밝히더니 호수 위 사방으로 던져댔다. 근처에 또 다른 지원조가 있는지를 보려는 것이다.

"염려 마시오. 우리뿐이니까."

"……?"

"서로 죽고 죽이기 전에 통성명이나 합시다. 누가 죽을지 모르지만 누구에게 죽는지는 알아야지 않겠소? 내 이름은 이미 밝혔고, 저기 보이는 왼쪽은 내가 이끄는 표사들이고 오른쪽에 독기가 잔뜩 오른 사람들은 당문의 무인들이오."

나는 다시 누선 위를 바라보며 물었다.

"당신들은 어디에서 온 개자식들이오? 항주의 흑도들 말이 솜씨만 보면 이 방면으로 이름이 꽤 알려진 전문가들일 거라던데."

"쳐라!"

장년인의 말이 떨어지기 무섭게 그의 뒤쪽으로부터 궁수 세 명이 튀어나왔다.

순간, 엽선의 선수에 서 있던 나와 선미에 걸터앉아 있던 남궁소소는 동시에 서로를 향해 신형을 쏘았다. 남궁소소는 수면 위를 나는 제비처럼 낮게, 나는 그녀를 뛰어넘어 위로.

내가 선미에 두 발을 딛는 순간, 남궁소소가 뱃머리를 진각으로 밟았다.

빠엉!

나는 튕겨 올라오는 선미를 힘차게 박차며 허공을 날았다.

궁수들의 화살이 나를 따라 오르며 쏘아졌다. 이능력을 발동하고 있던 나는 체공 상태에서 화살 세 대를 잡아채서 뱃전을 향해 그대로 힘차게 뿌렸다.

촤좌촥!

뿌리긴 궁수들을 향해서 뿌렸는데, 날아가긴 옆에 있는 자들을 향해 날아갔다. 아직 암기술을 제대로 익히지 못한 탓이다.

하지만 공력만큼은 가공했던지라 세 명이 각각 목과 가슴과 어깨에 화살을 맞고 고꾸라져 버렸다.

"컥!"

"헛!"

"엇!"

그때쯤엔 나 역시도 갑판을 향해 묵직하게 떨어지는 중이었다.

시퍼런 칼날 십여 자루가 발아래에서 쇄도해 왔다.

절체절명의 순간, 허공에서 몸을 벼락처럼 연속적으로 세 번이나 뒤집으며 놈들이 모여든 뒤쪽으로 뚝 떨어졌다.

쿵! 소리와 함께 착지를 하는 순간, 검을 뽑는 동작 그대로 가장 먼저 내 쪽을 향해 돌아서는 놈의 허벅지를 베어버렸다.

"으악!"

시뻘건 핏물이 터져 오르는 걸 보며 그대로 돌진해 왼쪽 어깨로 놈의 가슴팍을 힘차게 밀었다. 가공할 공력을 감당하지 못한 놈과 놈의 뒤쪽에 있던 서너 명이 그대로 튕겨 나가며 배에서 떨어져 물속으로 처박혔다. 첨벙첨벙 물소리가 고요하던 호수의 정적을 깨뜨렸다.

숨돌릴 틈도 없이 이번엔 왼쪽에서 일도양단의 기세로 머리를 쪼개오는 두 놈의 팔목을 싹둑 잘랐다.

"으악!"

"으악!"

팔목의 잘린 단면으로 피를 뿌려대는 두 놈의 가슴을 구성의 내공이 실린 선풍각으로 연달아 강타했다.

퍽! 퍽!

둔중한 타격음과 함께 두 놈과 두 놈의 뒤쪽에 있던 서너 명이 철퇴맞은 고깃덩어리처럼 날아갔다.

하지만 놈들의 뒤쪽에는 호수가 아닌 불쑥 솟아오른 선루가 있었다. 덕분에 물속으로 처박히는 대신 선루와 부딪혀 내장을 진탕 당해 쓰러졌다.

그 순간, 오른쪽에서 세 자루의 칼이 동시에 날아들었다. 하나는 머리를 수직으로 쪼개왔고, 하나는 가슴을 수평으로 베어왔으며, 마지막 하나는 단전을 정확히 찔러왔다.

'연수합격술!'

나는 검을 허공으로 휘둘러 위에서 떨어지는 칼을 쳐내는 한편 뒤로 한 걸음을 벼락처럼 물러났다. 덕분에 가슴을 베어오는 칼을 아슬아슬하게 흘려보낼 수 있었다.

깡!

이어 허공으로 쳐 올렸던 검으로 반원을 그려 내리며 집요하게 단전을 노리고 들어온 칼끝을 반대 방향으로 쳐냈다.

깡!

단 한 초식만으로 두 자루의 칼을 쳐내고 한 자루의 칼을 피한 것이다. 그야말로 눈 깜짝할 사이에 벌어진 일.

나는 다시 한 걸음을 질풍처럼 내디디며 막 일 초식을 끝낸 놈들의 전권을 파고들었다. 동시에 가운데 있던 놈의 목을 죽지 않을 만큼 검으로 뚫어버렸다.

푹!

놈의 눈과 입이 쩍 벌어지는 걸 보며 오른쪽에 있는 놈은 발로 무릎을 찍어 부러뜨리고.

쩍!

왼쪽에 있는 놈은 남은 한 손으로 귀싸대기를 후려쳤다.

퍽!

그냥 귀싸대기가 아니다. 고막을 터뜨리고 뇌를 진탕시켜 버리는 천룡표국의 권장공 박룡수의 일장이었다.

"커헉!"

"허억!"

검에 목을 찔린 놈은 뿜어져 나오는 피를 틀어막으며 도망쳤고, 다리가 부러진 놈은 제 의지와 상관없이 검을 바닥에 찍으며 한쪽 무릎을 털썩 꿇었다. 귀싸대기를 처맞은 놈은 갑자기 넋이 나간 것처럼 정신을 잃은 상태에서 그대로 '쿵!' 쓰러져 버렸다.

이 또한 눈 깜짝할 사이에 벌어진 일이었다.

그때쯤엔 선미와 선수 쪽에서 당군백과 가불염이 낭인들과 격렬하게 싸우며 승선을 시작한 상태였다. 특히 당군백과 당문의 무사들이 오르는 선미 쪽 싸움이 격렬했다. 당군백이 무슨 짓을 했는지, 대여섯 명의 흉수들이 바닥에 쓰러져서는 발작적인 경련과 함께 코와 입으로 피를 쏟아내고 있었다. 독공에 당한 게 틀림없다.

그에 비하면 가불염이 표사들을 이끌고 승선 중인 선수 쪽에서는 좀 더 원초적이면서 정직한 싸움이 벌어지는 중이었다. 한 척의 엽선에 탄 표사 세 명이 후방에서 화살을 쏘아대며 엄호하면, 그 틈을 타 다른 엽선의 표사들이 승선하는 방식이었다.

처음엔 내가 갑판 한복판으로 뛰어들어 엽선들이 누선에 붙을 시간을 만들어주었다면, 이제는 저들이 나를 향해 집중되는 공세를 나누어 받아주고 있었다.

그러던 어느 순간, 뒤통수에서 지독한 살기가 느껴졌다. 뇌가 생각하기도 전에 몸이 먼저 반응했다. 나는 다시 이능력을 발동함과 동시에 앞쪽에서 달려드는 놈의 칼과 목을 동시에 치고 베어버리며 앞으로 한 걸음을 도망쳤다. 뒤쪽의 지독한 살기로부터 도망치기 위해 앞쪽의 상대를 베어버려야 했던 것이다.

그리고 질풍처럼 돌아섰을 때는 톱날이 숭숭 돋은 거치도(鋸齒刀) 한 자루가 무자비한 속도로 따라붙으며 내 목을 베어오고 있었다. 거치도의 뒤쪽에는 검은 두건을 쓴 장년인이 살기를 폭사하며 서 있었다. 모골이 송연해진 나는 거의 본능에 가까운 움직임으로 검을 휘둘러 막았다.

까가가가가강!

접검의 순간, 일평생 한 번도 들어보지 못한 소리와 함께 검의 중단에서 흡사 폭죽 터지듯 불꽃이 작렬했다.

정신을 차렸을 때는 장검이 반 토막으로 싹둑 잘려 나가고 없었다.

"이런 미친!"

머리카락이 쭈뼛 섰다. 한줄기 오싹한 기운이 정수리에서부터 시작해 척추를 타고 내려갔다.

나도 모르게 세 걸음을 후다닥 물러났다. 다행히 막 배에 올라타 난동을 피우듯 뛰어다니는 남궁소소를 상대하느라 뒤쪽의 흉수들은 내게 신경 쓸 틈이 없었다. 아마 내게 달라붙은 자들의 시선을 끌려고 일부러 종횡무진으로 움직이며 제왕검의 살초들을 마구 구사하는 것 같았다.

남궁소소가 그 와중에도 소리쳐 말했다.

"난풍파검(亂風破劍) 냉철양! 양주에 거치도를 성명병기로 쓰며 살인을 밥 먹듯 하는 낭인 고수가 한 명 있었는데, 세옥 오라버니에게 일검을 맞고 소주로 튀었다고 들었어요."

"저자가 그자란 말이오?"

"그자라면 이마에 번개 모양의 검상이 있을 거예요. 조심하세요. 오라버니 말이 저 거치도에 팔다리는 물론이고 목까지 썰려 버린 무림고수가 한둘이 아니래요!"

"도움을 줘야지 겁을 주면 어쩌오!"

"세옥 오라버니는 검술도 검술이지만 보검을 들고 다녀서 그자의 거치도가 어쩌질 못했는데, 당주님은 모르겠네요. 살아서 돌아가면 이참에 보검 하나 맞춰요. 돈도 많으면서."

세옥 운운하는 말을 들은 장년인의 눈동자에서 살기가 더욱 폭사되었다. 아주 잘 만났다면서, 기왕 이렇게 된 바에 나를 죽이고 남궁소소도 죽여 버린 후 먼 곳으로 도망쳐 버리겠다는 의지가 읽혔다.

그러고는 질풍처럼 달려들었다.

“죽엇!”

“이미 한 번 죽었어!”

나는 장년인의 얼굴을 향해 반 토막 난 장검을 냅다 던졌다. 웅혼한 내공이 실린 투척에 장년인은 감히 경시하질 못하고 토막 난 검을 힘껏 쳐냈다.

깡!

그 틈을 타 전권을 벼락처럼 파고들었다.

실전의 고수답게 이번엔 장년인이 한 발을 뒤로 살짝 빼며 공간을 만든 다음 거치도를 사선으로 휘둘러 왔다. 비무장 상태인 내 상체를 오른쪽 어깨에서부터 왼쪽 옆구리까지 저 톱인지 칼인지 모를 물건으로 썰어버릴 심산인 것이다.

한데 내 오른손에는 이미 품속에서 뽑아 든 두 뼘 길이의 단검이 들려 있었다. 장년인의 거치도는 내 어깨를 썰기 전에 먼저 운철검부터 만나야 했다.

까가가가가강!

여지없이 굉음과 함께 작렬하는 불꽃!

그러나 이번엔 운철검이 잘려 나가지 않았다. 오히려 단 일 합에 장년인의 거치도에 달려 있던 톱날 절반이 파편처럼 터져 나가 버렸다.

“이게 무슨!”

장년인의 눈동자가 튀어나올 것처럼 커졌다.

지금 상황에선 속전속결만이 답이었다. 나는 화들짝 놀라 뒷걸음질

치는 장년인을 그림자처럼 따라붙으며 칼 쥔 손목과 팔뚝과 위팔을 연달아 찔렀다.

푹! 푹! 푹!

이어 운철검을 장년인의 위팔에 맡겨두듯 박아놓은 상태에서 자유로워진 두 주먹을 번갈아 난사했다.

퍽! 퍼퍼퍼퍽퍽!

손끝에 느껴지는 감각만으로도 장년인의 턱뼈가 부서지고, 오른쪽 어깨뼈가 터져 나가며, 가슴뼈 두 대가 주저앉는 걸 알 수 있었다. 이 능력과, 귀영무의 보법과, 단검술을 금나술에 응용한 임기응변, 그리고 십초박의 선팔초가 그야말로 소나기처럼 펼쳐진 결과였다.

"으아악!"

장년인은 지독했다. 그 와중에도 나를 떼놓기 위해 괴성을 지르며 필사적으로 좌장을 떨쳐왔다.

위팔에 박아둔 운철검을 재빨리 뽑아 좌장이 뻗어오는 쪽에 살짝 갖다 댔다.

푹!

"끄헉!"

나는 장심을 뚫은 채 장년인을 뒤로 힘차게 밀어붙였다.

'쿵!' 소리와 함께 그의 등이 선루에 부딪히는 순간, 손바닥을 꿰뚫은 운철검을 선루의 벽 위쪽에 깊숙이 박아 넣었다.

쾅!

마지막으로 도망갈 생각 따윈 아예 하지 못하도록 왼쪽 발등을 밟고 오른발로 정강이를 힘껏 걷어차 버렸다.

쩍!

시원하게 부러진 정강이로 말미암아 장년인의 몸 한쪽이 한순간 털썩 주저앉았다.

그 상태에서도 그는 오른손에 쥐고 있던 이빨 나간 거치도를 어떻게든 휘두르려고 했다.

"이제 그만합시다!"

내가 빽 소리를 지르고서야 그는 비로소 의지를 꺾었다.

장년인은 이제 단검에 뚫린 왼손은 위쪽으로 하고, 칼 쥔 오른손은 아래로 늘어뜨린 채 벽에 걸린 커다란 고깃덩어리가 되어버렸다. 오른팔에선 세 구멍으로부터 흘러내린 시뻘건 피가 바닥으로 뚝뚝 떨어지고 있었다.

그때쯤엔 당문의 무사들과 표사들 전부가 승선해 다른 낭인들과 생사결전을 치르는 중이었다.

당군백 일행이 승선한 선미 쪽은 잠깐 사이에 대여섯 명이 더 쓰러져 전부 십여 명의 흑도들이 눈을 허옇게 까뒤집은 채 입과 코로 피를 쏟아내며 죽어갔다. 그 모습이 너무나 참혹해 흡사 작은 지옥도를 연상케 했다. 가만히 놔두면 배 전체를 그렇게 만들어 버릴 것 같았다.

나는 숨을 크게 들이쉬고 외쳤다.

"모두 멈춰!"

천둥같은 대갈일성에 적아를 구분할 것 없이 모두가 싸움을 뚝 그쳤다.

다시 한번 더 소리쳤다. 이번엔 내공이 아니라 오싹한 살기를 담았다.

"대가리 박아!"

마지막까지 결사 항전을 하던 아홉 명이 쭈뼛거리며 서로의 눈치만 살폈다. 낭인도 무림인인지라 죽으면 죽었지 굴욕을 감당하기가 쉽지 않았던 것이다.

그 순간, 누군가의 주먹이 한 사내의 턱을 벼락처럼 가격하고 지나갔다.

뻑! 소리와 함께 쓰러진 놈의 면상을 탁중로가 부숴 버릴 듯 짓밟아 댔다. 그러자 남은 낭인들이 하나둘씩 무기를 버리고 엎드리기 시작했다. 그들이 아니어도 주변엔 이미 십수 명의 낭인들이 독공에 당하거나 검상을 입고 쓰러져 신음하는 중이었다.

"일영, 이영, 삼영!"

"존명!"

당군백의 외침에 무사 세 명이 서둘러 선루에 내걸린 선등에 불을 붙였다. 그런 다음 선실 문을 박차고 들어갔다.

문을 부수기라도 하는 듯 쿵쿵 소리가 울리길 잠시, 초췌한 몰골을 한 일곱 명의 초로인들이 무사들의 안내를 받으며 나타났다.

"상노!"

"각주님!"

당군백이 달려가더니 한 명과 손을 붙잡고 뜨거운 눈물을 흘렸다.

"다친 곳은요?"

"모두 멀쩡합니다."

당군백은 여섯 명의 다른 초로인들과도 일일이 손을 잡으며 재회의 기쁨을 만끽했다.

그 사이 가불염의 지시를 받은 독고완과 탁중로가 미리 준비해 온

물병을 초로인들에게 나눠주었다. 그제야 정신을 차린 초로인들이 굳게 다문 입술로 나와 비룡당의 표사들을 향해서도 포권지례를 해왔다. 말은 없었지만 눈빛과 표정만으로도 얼마나 고마워하는지 충분히 전해졌다.

그때 무언가 뜨거운 시선이 느껴져 뒤를 돌아보았다. 남궁소소가 검은 두건의 장년인과 나를 번갈아 뚫어져라 바라보고 있었다. 갑자기 비약적으로 성장한 내 무공을 의심하는 눈초리였다.

그녀의 앞에서 이렇게까지 숨기는 것 없이 무공 실력을 드러낸 것은 처음인 것 같았다.

'이럴까 봐 비격쌍뇌창은 쓰지도 않았건만.'

남궁소소는 현명한 여자였다. 보는 눈이 많은 탓인지 자신이 품은 의문에 대해 일절 언급하지 않았다.

한편, 마지막까지 엽선에서 활을 쏘던 표사들이 내가 물속에 처넣은 낭인 셋을 포로로 잡아끌고 올라왔다. 그들은 처참한 모습의 장년인과 바닥에 나뒹구는 동료들을 보고 기겁을 했다. 그런 다음 누가 시키지도 않았는데 항복한 동료들의 옆으로 가서 조용히 머리를 박고 엎드렸다.

상황이 대충 정리되자 나는 장년인에게로 다가갔다. 숨을 쉴 때마다 그의 입에서 붉은 피가 조금씩 흘러내리고 있었다. 손에는 아직도 톱날이 죄다 떨어져 나간 거치도를 든 상태였다. 거친 낭인들의 세계에서 평생을 살아온 자의 집요함과 근성이 느껴졌다.

검은 두건을 잡아당기자 이마에서 번개를 닮은 큼지막한 검흔이 모습을 드러냈다. 남궁소소의 추측이 맞았다.

"지금부터 내가 묻는 말에 잘 생각해서 대답하시오. 피차 바쁜데 한

번씩만 묻고 한 번씩만 대답합시다. 무슨 말인지 알아듣겠소?"

"……."

"한 번씩만 묻자니까."

"깨끗이 죽여라."

푹!

장년인의 심장에 검 한 자루가 벼락처럼 박혔다.

무얼 어떻게 해볼 틈도 없었다. 난풍파검 냉철양은 그렇게 순식간에 죽어버렸다.

검을 박아 넣은 사람은 당문의 무사였다.

나와 남궁소소는 동시에 깜짝 놀랐다. 그가 독단적으로 한 짓일 리 없었다. 분명히 당군백의 지시가 있었다.

당군백은 굳게 다문 입술로 지켜만 보았다.

당문의 무사가 머리를 박고 엎드린 십여 명의 낭인들을 쓸어보며 착 가라앉은 음성으로 말했다.

"한 명만 살려주겠다. 딱 한 명만. 살고 싶은 사람은 조용히 일어나라."

당문 무사의 돌발 행동은 좌중의 공기를 순식간에 얼어붙게 했다.

비룡당의 표사들은 누가 먼저랄 것도 없이 나를 바라보았다. 천룡표국이 성도에서 당문에게 아무리 빚을 졌다고 해도 이건 아니라고 생각하는 것이다.

그런 생각은 나도 똑같았다.

내가 한마디를 하려는 순간이었다.

"이건 아니지!"

차가운 음성과 함께 앞으로 나선 사람은 남궁소소였다. 그녀는 당군백을 싸늘한 표정으로 노려보며 말했다.

"군백, 우린 너를 도와 납치당한 노의원들을 구출하기 위해 왔다. 한데 너는 지금 우리를 당문의 복수에 동원된 것으로 만들어 버렸어. 이건 나나 정룡 공자에 대한 도리가 아니야."

"은혜는 두 배로 갚고 원수는 열 배로 되갚아주는 건 당문의 오랜 규칙이에요. 제겐 그 규칙을 엄중히 수행할 의무가 있어요. 지금도 어딘가에서 의술을 펼치고 있는 당문의 의원들을 위해서라도요."

"그럼 우릴 끌어들이지 말았어야지!"

"의뢰는 여기까지만 부탁드리겠어요."

당군백이 나를 돌아보며 한 말이었다. 지금까지 내가 준 모든 도움을 거래에 의한 수행으로 만들어 버리는 말이었다.

남궁소소가 두 눈 가득 불길을 담으며 일갈했다.

"당군백!"

"가 호위, 심문을 시작하세요!"

가 호위라 불린 무사가 낭인들을 쓸어 보며 서늘한 음성으로 외쳤다.

"단 한 명이다!"

가불염이 나와 시선을 맞추었다. 어떻게 할지를 묻는 것이다. 정확히는 내가 명령만 내리면 당문의 무사들을 저지하겠다는 뜻이었다.

나는 조용히 고개를 가로저었다.

'일단 지켜보는 걸로.'

가 호위의 말이 끝나기 무섭게 머리를 박고 있던 대여섯 명의 낭인들이 벌떡 일어났다. 부상을 당해 쓰러져 신음하는 자들 중에서도 서너 명이 발버둥을 치며 일어나 앉았다.

낭인들은 자신들이 아는 것을 앞다투어 필사적으로 쏟아내기 시작했다. 한데 입에서 나오는 말들이 전부 똑같았다. 죽은 냉철양에게 거액의 의뢰가 들어왔고, 그가 자신들을 규합해 여기까지 오게 되었다는 것. 그러나 냉철양은 이미 죽어버렸고, 죽은 사람은 말이 없는 법이다.

남궁소소가 한심하다는 듯 고개를 절레절레 저었다.

그때였다.

"모두 헛수고외다!"

소리가 난 쪽을 돌아보니 사십 줄의 낭인 하나가 난간에 기대어 앉아 있었다. 독수에 당했는지 손발을 달달 떨며 입과 코로는 피를 질질 흘리는 중이었다.

그가 다시 말했다.

"세상에 어떤 미친놈이 당문의 의원들을 납치해 달라면서 자신의 신분을 밝힌단 말이오."

"사람인 이상 생김새는 있겠지."

"쉰 살가량의 노인이었소. 죽립을 깊이 눌러 써서 얼굴은 볼 수가 없었고 절강성 토박이 말투를 사용했소. 의뢰 내용은 죽이지 말고 열흘 정도만 데리고 있다가 풀어주라는 것이었고."

"그걸 어떻게 알지?"

"의뢰를 받을 때 함께 있었으니까."

"죽은 냉철양과는 무슨 사이지?"

"내 형이오."

"……!"

순간 좌중이 고요해졌다.

나는 재빨리 낭인들의 반응을 살폈다. 모두가 얼굴이 노래진 것이 이제는 꼼짝없이 죽었다는 표정들이었다. 최소한 저자가 냉철양의 동생은 맞는 모양이었다.

가 호위가 당군백을 돌아보았다.

당군백이 고개를 끄덕이자 가 호위가 품속에서 호두알만 한 자기병을 꺼내주면서 말했다.

"해독제다."

"이 정도로도 살려주는 거요?"

"싫으면 다른 사람을 줄까? 만약 양보한다면 네놈들에게도 의리라는 게 있음을 인정해 열 명을 살려주자고 아가씨께 부탁드려 보지."

"아니오. 내가 먹겠소!"

낭인이 얼른 자기병을 낚아채 안에 든 것을 냉큼 마셔 버렸다.

그 사이 당문의 다른 무사들이 엽선을 끌고 와서는 낭인을 강제로 태운 후 힘차게 밀었다. 이 모든 게 순식간에 일어난 일이었다.

'왜 이렇게 서두르는 거지?'

잠시 후, 엽선이 안갯속으로 사라지자 남은 낭인들은 분노에 치를 떨고 두려움에 온몸을 떨었다. 차라리 도망이라도 치다가 죽겠다는 생각인지 물속으로 뛰어드는 자들도 있었다.

당군백의 일갈이 터졌다.

"모두 시작하세요!"

항주에 한 가지 소문이 퍼지기 시작했다.

저잣거리에 나타나 가난한 병자들에게 의술을 펼치던 강호낭중 일곱 명이 알고 보니 저 멀리 사천당문에서 온 명의들이었다. 한데 정체 모를 낭인 집단이 그들을 납치해 가는 바람에 당군백을 비롯해 그녀와 절친한 후기지수들이 눈에 불을 켜고 찾는 중이다. 그 후기지수들은 다름 아닌 천룡표국의 풍운비룡과 다선초당의 남궁소소다. 어떤 자들인지는 몰라도 각오를 단단히 해야 할 것이다.

사람들은 이 먼 곳까지 와서 봉변을 당한 당문의 의원들을 안타깝게 여겼다. 더불어 하루빨리 범인들이 잡혀 죗값을 치러야 한다고 이구동성으로 말했다. 의원을 여는 문제로 신의방과 마찰을 빚고 있다던데, 혹시 신의방 쪽에서 사주한 것 아니냐는 얘기도 조심스럽게 흘러나왔다.

한데 사흘 만에 새로운 소문이 돌기 시작했다.

"낭인 삼십 명이 몰살을 당했다더군."

"의원들은 모두 무사했다며."

"그러니까 말이야."

"어떤 시체들은 독공에 당해 눈알이 녹아 없어지고, 어떤 시체들은 창자가 흘러나온 채 서호 위를 둥둥 떠다녔다는군."

"심지어 시체를 서호에 버렸다고?"

"그 바람에 서쪽 산그늘 아래에는 지금도 고기가 바글바글 하다는군. 물속에 가라앉은 시체들을 뜯어 먹으려고 말이야."

"풍운비룡과 남궁소소도 함께 있었다던데."

"무슨 소릴. 당문의 복수행에 동원되었다는 걸 뒤늦게 알아차린 풍운비룡과 남궁소소가 격노한 나머지 그 자리에서 절교를 선언하고 떠났다던데."

"그 얘긴 나도 들었네. 그나마 천룡표국과 다선초당의 비호가 사라졌으니 당문이 항주에 의원을 내기는 더욱 힘들게 됐군."

이제는 누구도 당문의 의원들을 납치해 간 범인이 누구인지 궁금해하지 않았다. 대신 당문의 의원들이 인명을 파리 목숨처럼 여기며, 실력도 가장 형편없는 자들만 따로 좌천되어 온 것이라고 수군거렸다.

그럼에도 불구하고 당문의 의원들은 또다시 저잣거리에서 강호낭중 노릇을 했다. 대신 이제 일곱 명이 한곳에 모여 각자의 돗자리를 펼쳤다. 그 주변을 당군백과 열 명의 호위무사들이 도검을 차고 지켰다.

사람들은 무슨 역병 환자 보듯 힐끔거리며 지나쳤다. 납치당하기 이전에도 찾는 환자가 많지 않았는데, 지금은 아예 단 한 명도 진맥을 받아보려 하지 않았다.

일곱 의원이 모여서 새 돗자리를 깐 지 사흘째 되는 날 오후, 한 무리의 사람들이 그들을 찾았다. 신의방주 단극명과 항주를 대표하는 십여 의원의 원주들 그리고 그들을 따르는 제자들이었다.

모두 합치고 보니 무려 서른 명이나 되었다.

나는 그 광경을 조금 떨어진 길바닥에서 남궁소소와 함께 국수를 사 먹으며 구경하고 있었다. 당연히 남들이 알아보지 못하도록 변복에 역용까지 한 상태였다. 역용은 남궁소소가 해주었다.

"신의방주가 직접 올 줄은 몰랐는데."

"가을에 있는 방주직의 연임 문제를 놓고 다른 유력 의원 몇 곳과 살벌한 기 싸움을 벌인다는 소문이 있더니만, 이번 기회에 뭔가 입지를 굳히려나 봐요."

"그래도 이건 좀 과한데."

"과해야 일이 된다니까요. 무려 항주에 뿌리를 내리려는 당문을 쫓아낸 인물. 그 정도 강단과 실적이면 연임은 따놓은 당상이죠. 여론도 자기들에게 유리하고요. 뭐, 그렇게 유도를 한 거겠지만."

"그런 얘기들은 어디서 들은 거요?"

"저도 이제 항주 사람이거든요."

팔순에 백발이 성성한 단극명은 본래 태의원(太醫院) 의관 출신으로 전 황제를 진맥하던 귀한 몸이었다. 황실은 물론이거니와 황족들과도 인맥이 깊어 항주의 지부대인조차 그를 함부로 대하지 못한다는 소문이 자자했다.

그는 하인들이 멘 사인교를 타고 왔는데, 당문의 무인들이 적의가 가득한 눈으로 노려보는 앞에서도 두려워 움츠러드는 기색이 전혀 없었다.

무림인들에게 선후배가 있듯 의원들도 마찬가지였다. 당문의 일곱 노의원이 돗자리에서 일어나 단극명을 향해 공손하게 예를 갖추었다.

"노선배님을 뵙습니다!"

일곱 개의 목소리가 하나처럼 울렸다.

단극명은 마치 황제라도 된 것처럼 사인교 위에서 그들을 굽어보았다. 이어 조금 떨어진 곳에 서 있던 당군백에게로 시선을 옮겼다.

당군백이 두어 걸음 앞으로 나와 역시나 더할 나위 없이 공손한 태도로 인사를 올렸다.

"사천당문에서 온 당군백입니다. 방주님의 명성은 익히 들었습니다. 평소 흠모하던 노선배님을 이렇게 뵙게 되어 실로 영광입니다."

"나는 의원일세. 자네와 같은 무림인을 후배로 둔 적 없네만."

"아시다시피 저는 무림인이기 이전에 의가(醫家)의 후손입니다. 노선배님께서 보시기엔 조악하기 짝이 없는 수준에 불과하겠지만 의술도 조금 알고요."

"의술을 안다고 모두 의원이라든가. 사람을 살려야 의원이지. 하물며 무자비한 살생을 일삼는 자들과 내 어찌 선후배를 논할까."

"가르침은 가슴에 깊이 새기겠습니다. 또한 기회를 주신다면 신의방에 입방해 다른 여러 의원님의 말씀 또한 경청하겠습니다."

"그쯤 하면 됐네. 이제 그만 항주를 떠나주시게."

그때쯤엔 사람들이 구름처럼 몰려와 주변을 에워싸고 있었다.

항주를 떠나라는 단극명의 말에 군중은 삼삼오오 동조하는 목소리들을 내기 시작했다.

"신의방이 항주의 의원들을 대표한다고는 하나 다른 의원들을 쫓아낼 권리는 어디에도 없습니다. 저희는 여기에 계속 머무르겠습니다."

"내게 그런 권리는 없어도 살인자들을 관아에 고발할 강단은 있다네. 상대가 제아무리 처절한 복수로 악명 높은 무림문파라고 할지라도."

말이 좋아 강단이지 사실은 관을 동원하겠다는 협박이다. 단극명의 한 마디면 지부대인은 당장에라도 관군을 내어줄 것이다.

단극명이 이렇게까지 나오는 데는 당군백을 쳐내더라도 나나 천룡표국이 비호를 해주지 않을 거라는 믿음이 있기 때문이다. 단극명과 신의방의 힘이 아무리 강하더라도 항주에서 천룡표국과 표왕의 권세를 넘을 수는 없었다. 정확히 말하면 발끝에도 미치지 못할 것이다.

당군백은 끝까지 고개를 숙이지 않았다.

“저희가 살인을 했다는 증거라도 있는지요?”

“내가 보았소!”

저만치 옆쪽에서 한 사람이 군중을 헤치고 나타났다.

사흘 전, 서호에서 살려 보내준 냉철양의 동생이었다.

그는 모두가 들으라는 듯 큰 소리로 말했다.

“나는 서호에서 당신들이 죽인 난풍파검 냉철양의 동생 냉철심이오. 그날 당신들은 내 형 외에도 스물여덟 명의 낭인들을 몰살했소.”

“당신들이 먼저 아무런 죄도 없고 무공도 모르는 당문의 의원들을 납치해서 좁고 더러운 배 밑에 감금했죠.”

“나도 관아로 가서 달게 벌을 받을 것이오. 하지만 우리는 겁만 조금 주고 돌려보낼 생각이었소. 한데 당신들은 갑자기 나타나 내 형님과 스물여덟 명의 동료들을 처참하게 몰살해 버렸지.”

“우리가 몰살하는 걸 직접 보았나요?”

“독공에 당해 피를 쏟아내며 쓰러지고, 도검에 당해 목이 뚫리고, 배가 갈라지고, 가슴이 벌어져 신음하는 동료들을 내 눈으로 똑똑히 보고 떠났소. 대라신선(大羅神仙)이 온다고 해도 살릴 수 없을 정도의 중상이었으니 당연히 모두 죽었겠지.”

“결국 직접 본 게 아니라는 말씀이군요.”

“그따위 수작이 먹힐 것 같소? 그들은 모두 내 동료들이오. 죽지 않았다면 대체 어디에 있기에 나타나지 않는단 말이오."

그때였다.

"비키시오!"

우렁찬 외침과 함께 천룡표국의 깃발을 단 표마차 다섯 대가 군중을 헤치고 나타났다. 마부석에는 왕소표를 비롯해 비룡당의 표사들이 앉아 있었다.

표마차는 정확히 당문의 의원들 앞에서 멈추었다. 그러자 뒷문이 벌컥 열리면서 또 다른 칼 찬 사람들이 들것에 환자들을 실어서 내리기 시작했다.

그 모습을 본 냉철심의 두 눈이 빠질 것처럼 튀어나왔다. 들것을 든 사람들은 그날 서호에서 마지막까지 부상을 거의 당하지 않은 낭인들이었다. 들것에 실려 붕대를 친친 감고 누운 환자들은 반대로 독공과 도검에 당해 처참하게 죽어가던 낭인들이었고, 그들 모두를 합치니 정확히 스물여덟이었다.

갑작스러운 상황에 영문을 모르는 군중이 크게 술렁이기 시작했다. 반면 돌아가는 상황을 짐작한 단극명과 신의방 의원들의 얼굴에선 놀람과 당혹감이 교차하고 있었다.

들것을 당문의 노의원들 앞에 모두 놓아둔 낭인들은 먼저 의원들을 향해 공손하게 포권지례를 올렸다. 이어 당군백에게도 한차례 고개를 숙이고는 좌중을 쓸어 보다 냉철심에게서 딱 멈췄다.

눈이 마주치는 순간 냉철심이 먼저 물었다.

"광견(狂犬), 어떻게 된 것이냐?"

"냉철심, 이 후레자식!"

"뭐?"

"네놈의 형제들은 처음부터 우리를 속였다. 우리 중 누구도 납치하는 대상이 당문의 의원이라는 걸 몰랐지. 그러고도 둘이서만 잘도 도망을 쳤겠다?"

"무슨 개소리를 지껄이는 거야!"

"왜, 우리가 살아서 돌아올 줄 몰랐나 보지? 노의원들이 다치지 않았다는 이유로 당군백 소저께서 죽어가던 동료들을 모두 살려주셨다. 그리고 아직까지 밤낮으로 치료를 해주고 계시지."

"그게 무슨!"

"가서 도망친 네 형에게 다시는 소주 땅을 밟지 말라고 전해라. 만약 우리 눈에 띄면 그날이 너희 형제의 제삿날이 될 것이다. 대신 오늘은 네놈 손모가지 하나만 내놓고 가라. 그래야 저기 쓰러져 있는 동료들에 대한 예의지."

그러면서 열세 명의 낭인들이 냉철심을 향해 슬금슬금 다가갔다.

"빌어먹을!"

대경실색한 냉철심이 갑자기 경공을 펼쳐 달아나기 시작했다.

처참하게 죽었다는 사람들이 비록 중상을 입었을지언정 전부 살아서 돌아오자 군중이 크게 술렁거리기 시작했다.

살인자들과는 같은 의원으로 불릴 수 없으니 항주를 떠나라던 단극명과 신의방의 의원들은 다 같이 사이좋게 공황 상태에라도 빠진 듯한 얼굴이었다.

그때쯤엔 당문의 노의원들이 중상 입은 낭인들의 붕대를 거의 벗긴 상태였다. 환자들의 부상 정도가 생각보다 심했던지라 군중 속에서 '아아'하는 탄성이 흘러나왔다.

그 광경을 보고 사람들이 한두 마디씩 하기 시작했다.

"대체 배를 몇 바늘이나 꿰맨 거야. 무슨 백 년 묵은 지네라도 붙어 있는 줄 알았네."

"저 정도 상처면 창자가 흘러나왔을 것 같은데, 용케도 살아 있군."

"저기 저 사람은 목구멍을 뚫리고도 살았어."

"피가 분수처럼 쏟아졌을 것 같은데, 대체 어떻게 살린 거지?"

"귀밑머리가 흰 당문의 의원들치고 명의가 아닌 이가 없다더니, 과연 그 말이 사실인가 보군."

"다른 건 몰라도 칼에 맞거나 어디 부러졌을 때는 당문의 의원들이 항주의 의원들보다 낫지 않을까? 아무래도 무림세가니까 말이야."

"무림의 고수들이 찾는 의원이라면 속병도 잘 보지 않을까? 게다가 당문의 의원들이라면 수백 년을 내려온 비기며 약방문이 산더미처럼 쌓였을걸."

"그거야 직접 확인해 보면 되지."

군중 속에서 한두 명이 걸어 나와 슬그머니 마음에 드는 노의원들 앞에 가서 섰다.

그들을 시작으로 사람들이 앞다투어 튀어나왔다. 눈 깜짝할 사이에 노의원들이 깔고 앉은 돗자리 앞에는 일곱 개의 기다란 줄이 생겨 버렸다.

줄은 계속해서 끝도 없이 길어졌다. 심지어 새치기를 했네 마네 하며 자기들끼리 싸우기도 했다. 그때쯤엔 단극명과 신의방 의원들은 앞으로 나온 군중에게 가려 보이지도 않았다. 자세히 보니 다들 썩어 문드러진 표정들을 하고 은근슬쩍 줄행랑을 치는 중이었다.

“군백은 처음부터 납치를 사주한 범인들을 찾을 생각이 없었던 거예요. 범인을 찾으면 그들이 누구이든 대가를 치르게 해야 하고, 그러면 항주에서는 언제까지고 전쟁만 해야 할 테니까요.”

“관즉득중(寬則得衆) 너그러우면 대중을 얻을 수 있다는 공자의 가르침에 딱 부합되는 판단이군. 한데 냉철양은 갑자기 왜 죽인 거요?”

“공자고 뭐고 간에 우두머리 하나는 족쳐야죠. 그나마 의원들이 모두 살았기에 망정이지, 아니면 정말 사주한 자까지 찾아내 모조리 숨통을 끊어놓았을 거예요. 제가 봐서 아는데 당문의 가풍은 정말 무서워요.”

“나한테 귀띔이라도 해주지.”

“상황이 그렇게 다급하게 돌아갈 줄 알았나요. 특히 맨 처음 뛰어든 어떤 사람이 워낙 독하게 칼질을 해대는 바람에 낭인들이 죽어가고 있어서 설명하고 말고 할 시간도 없었고요.”

“그 사람 덕분에 그나마 아군들이 덜 다쳤지.”

“비난하는 거 아니에요. 당주님 말씀처럼 초전에 기세를 꺾어놓지 않았다면 일이 훨씬 어려워졌을 거예요. 그런데 나한테 뭐 할 말 있지 않아요?”

“할 말? 무슨 말?”

“없으면 됐어요.”

내 무공이 비약적으로 높아진 것을 두고 하는 말인 모양이었다. 한데 왜 더 캐지 않고 조용히 넘어가 주려는 걸까?

"한데 소저는 어떻게 알고 맞장구를 쳐준 거요?"

"뭔가 사정이 있을 거라고 생각했어요."

"어째서?"

"지금 당장 눈 앞에 펼쳐진 상황이 아니라 내가 평소 알고 있던 당군백의 성품을 믿었기 때문이죠. 저 녀석이 저렇게 행동할 때는 분명 무언가 말 못 할 사정이 있을 거야 하고요."

당군백도 당군백이지만 남궁소소가 새삼 다시 보였다. 다른 사람을 이렇게까지 믿을 수 있다는 건 상대의 품성이 훌륭한 탓이라고만 할 수 없다. 그전에 내 품성이 상대를 믿을 만큼 의로워야 한다. 공자가 말한 군자의 덕이란 그런 것이다.

"비룡당에서 보호하고 있는 보물들의 그림과 목록입니다. 금과 은의 무게부터 시작해 대략적인 제작 시기까지도 적혀 있고요."

"최선을 다해 가장 좋은 가격으로 처분해 드리겠습니다. 또한 맡겨주시는 돈은 안전하게 잘 보관할 것을 약속드립니다."

"거래는 모두 차명으로 할 것입니다. 제가 이곳에 보물과 돈을 맡겼다는 사실을 누구에게도 발설하지 마십시오. 만약 그 사실이 알려지는 날엔 전액을 다른 전장으로 옮기겠습니다."

"명심하겠습니다."

"투자는 장주께서 판단하여 자유롭게 하시되 제게 항상 동의를 구하셔야 합니다. 언제든 거액을 출금할 수 있으니 금전 일만 냥 정도는 상시 준비를 해두시고요."

"알겠습니다."

"그리고 한 가지 부탁이 있습니다."

"말씀하십시오."

"용화전장이 소유하고 있는 향연루라는 소장원이 있습니다. 이걸 귀 전장에서 사들이실 수 있겠습니까?"

"본래 그곳은 용화전장의 입장에선 계륵 같은 것이었습니다. 하지만 지금은 신의방을 눈치를 보느라 아주 골치 아픈 물건이 되어버렸지요."

"돈은 달라는 대로 주십시오. 그리고 그 장원을 꼭 필요로 하는 사람에게 되팔아주세요. 들어가는 비용은 전부 제 돈으로 쓰시고요."

"고객의 귀한 돈인데 달라는 대로 다 줄 수야 있나요. 그 일은 제게 맡겨주십시오. 적절한 값에 잘 매입한 후 말씀하시는 대로 깨끗하게 처리를 해놓겠습니다."

"감사합니다."

"한 가지만 여쭈어도 되겠습니까?"

"말씀하십시오."

"항주에는 대형 전장들이 많은데, 어찌 저희처럼 작은 비룡전장(飛龍錢莊)에 이 큰돈을 맡겨주시는 겁니까?"

"그래서 싫으십니까?"

"그럴 리가요. 당주님께선 짐작도 못 하시겠지만, 저는 지금 꿈을 꾸는 것만 같습니다. 앞으로 한 달 동안 어떻게 잠이 들까 걱정입니다."

비룡전장의 장주 노적산. 지금은 항주와 소주와 소흥 세 곳에만 분타를 거느린 신생 전장주에 불과하다.

하지만 이십 년 후 그는 대륙 전역에 수백 개의 분타를 거느린 초거대 전장의 장주가 된다. 황금을 산더미처럼 쌓아놓는다는 뜻에서 금적산(金積山)이라는 별호도 얻고.

그를 그렇게 만든 것은 세상의 흐름을 읽는 탁월한 안목과 과감한 투자 그리고 한번 약속한 것은 아무리 작은 것이라도 목숨 걸고 지키는 고집이었다.

노적산의 뛰어남은 당장 올해부터 서서히 빛을 발하기 시작할 것이다. 나는 그를 암중에 숨겨두고 칼처럼 쓸 생각이었다. 진짜 칼로는 베지 못하는 자들을 상대할 금검(金劍)으로.

"이름이 같아서요."

"예?"

"제 별호가 풍운비룡이잖습니까. 비룡전장과 인연을 맺으면 왠지 좋은 일들만 일어날 것 같아서 그랬습니다."

"꼭 그렇게 되도록 만들겠습니다. 다시 한번 저희에게 이렇듯 큰 기회를 주셔서 진심으로 감사드립니다."

방 노인의 방물점은 한동안 문이 잠겨 있더니 무려 열흘 만에야 다시 열렸다.

다른 사람이 주인이었다면 폐업하고 도망쳤다고 생각했을 것이다. 하지만 방 노인은 이곳에서 무려 오십 년을 장사한 터줏대감이었다. 나는 남궁소소를 흉내 내 무슨 사정이 있겠거니 하고 기다렸다.

"약속을 지키지 못해 죄송합니다. 기왕이면 주문하신 물건에 가장 적합한 백수우각(白水牛角)을 구하러 다니느라 조금 늦었습니다."

"백수우각요?"

"백수우각은 왜국에서 난 것을 최고로 치는데, 대나무처럼 가벼우면서도 질기고 단단한 특유의 성질 때문에 결코 부러지는 법이 없지요. 빛깔도 백옥처럼 영롱하고 말입니다."

백수우각은 흰 물소 뿔을 말한다. 검은 물소 뿔에 비해 열 배쯤 귀하기 때문에 가격도 비싸고 무엇보다 구하기가 어려웠다. 특히 왜국의 백수우각은 조직이 치밀하면서도 가벼워 부르는 게 값이라고 들었다.

"기대되는군요."

"공방으로 들어가서 금방 갖고 나오겠습니다."

나와 남궁소소는 긴 의자에 나란히 앉아 방 노인이 사라진 오른쪽 문을 뚫어져라 바라보았다. 그 바람에 상대적으로 키가 작은 남궁소소의 정수리가 내 턱밑에 오게 되었다.

봉잠 대신 꽂아놓은 대나무 젓가락이 좀 우스꽝스러워 보였다. 비녀가 남궁세옥의 봉잠만 있는 게 아닐 텐데 왜 하필 대나무 젓가락을 꽂아놨는지 모르겠다.

"당군백은 좀 어떻소?"

"눈코 뜰 새 없이 바쁘죠. 아침부터 저녁까지 환자들이 줄을 서는 바람에 쉴 틈도 없이 호위를 서야 하거든요."

"아직 의원을 열 장원은 못 구했소?"

"곧 구할 것 같아요."

"어디를?"

"처음 목표대로 향연루요."

"용화전장에서 판다고 했소?"

"웬걸요. 용화전장에서 골치가 아프니까 비룡전장이라는 신생 전장에 헐값에 팔아치워 버렸나 봐요. 비룡전장이 그걸 당군백에게 비싼 값에 되팔 생각이고요."

"얼마나 비싸게 팔기에?"

"소문에 따르면 금전 서른 냥에 산 걸 쉰 냥에 내놓았다고 하더라고요. 무려 스무 냥의 차익을 남긴 거죠."

"하여튼 전장 놈들이란."

"그래도 신의방 눈치 안 보고 팔겠다고 하는 게 어디에요. 코딱지만 한 전장의 입장에서는 신의방 의원들을 어떻게든 구워삶아도 모자랄 판에."

"그건 그렇군."

"당군백에게 궁금한 게 많았나 봐요. 평소엔 어떻게 참았을까? 뭐든 물어봐요. 아는 건 다 말해줄게요. 좋아하는 음식이나 뭐 이런 것도."

"머리는 뭘로 감았소?"

"오늘요?"

"그렇소."

"그것까지 제가 어떻게 알아요?"

"본인이 감지 않았소?"

"혹시 지금 제 머리 얘기하는 거예요?"

"그렇소."

"갑자기 그건 왜요?"

"꽃 냄새가 나는 것 같아서."

"……!"

"……?"

"목련청으로 감았어요."

"목련 냄새였군."

"보통은 목련 향기라고 하죠."

"같은 말 아니오?"

"다르거든요."

그때 문이 열리면서 방 노인이 비단 보자기를 들고 나왔다.

탁자에 놓고 보자기를 풀자 감쪽같이 수리된 봉잠이 나타났다. 그 옆엔 백수우각에 목련을 조각하고 다시 금박을 입힌 목련잠이 다소곳이 놓여 있었다.

봉잠도 소박하면서 고아한 멋이 있었다. 하지만 목련잠의 화려한듯하면서도 우아한 기품에 비할 바가 아니었다.

"어떻습니까?"

"명불허전입니다."

"감사합니다."

"얼마인가요?"

남궁소소가 수리된 봉잠을 집어 얼른 품속에 챙겨 넣고는 방 노인에게 물었다.

"수리비는 지난번에 받았는데쇼?"

"그러니까요. 그 비용을 제가 이 남자에게 지금 줘야 하거든요. 수리비로 정확히 얼마가 책정되었나 해서요."

방 노인이 의아한 표정으로 나를 돌아보았다.

내가 말했다.

"됐소."

"아뇨. 갚을래요."

"됐다니까."

"갚겠다니까요."

"다른 때는 어떻게든 뜯어내려고 하더니."

"다른 때는 어떻게든 돈을 안 쓰려고 하더니."

"이번만 특별히 쓰는 거요."

그러면서 나는 목련잠을 쓰윽 남궁소소 쪽으로 밀어놓았다.

"뭐예요?"

"한번 해보시오."

"이걸 제가 왜 해요?"

"그럼 내가 하고 다니오?"

"큰어머니 드린다고 하지 않았어요?"

"큰어머니가 비녀를 좋아하시려나 모르겠다고 했겠지. 그리고 큰어머니께 드릴 은비녀는 이미 따로 하나 샀소. 모종의 일로 사과를 좀 드려야 해서. 그럼 다음에 봅시다."

팔다리가 오글거려서 앉아 있을 수가 없었다. 나는 슬그머니 일어나 잰걸음으로 달아나기 시작했다.

십여 걸음을 막 옮겼을 때였다. 갑자기 생각지도 않았던, 전생에서 오십 년을 사는 동안 단 한 번도 들어보지 못했던 말이 귓구멍을 팍 뚫고 들어와 박혔다.

"우리 한 달만 만나볼래요?"

"……!"

하늘에서 정수리로 번개가 내리쳐서 척추를 관통한 후 땅으로 빠져나간 것 같았다.

두 다리는 땅에 찰싹 붙어서 움직이질 않았다. 심장이 목구멍으로 튀어나올 것 같고, 귓속에서는 방금 남궁소소가 한 말이 송곳처럼 계속 고막을 찔러댔다.

'우리 한 달만 만나볼래요?'

'우리 한 달만 만나볼래요?'

'우리 한 달만 만나볼래요?'

마른침을 몇 번이나 삼켰는지 모르겠다.

한참이 지난 후에서야 나는 가까스로 심장을 진정시키고 돌아섰다. 십여 걸음 앞에 남궁소소가 불이라도 난 것처럼 빨개진 얼굴을 하고 서 있었다.

뒷머리에는 어느새 대나무 젓가락 대신 목련잠을 꽂아놓았다. 목련향기가 나는 머리카락에 목련잠이 꽂혔으니 이제야말로 완벽하게 무언가 조화를 이룬 것 같았다.

그리고 목련꽃만큼이나 예쁘고 아름다운 남궁소소의 어깨가, 팔이, 두 다리가 바람에 이는 나뭇가지처럼 달달 떨리고 있었다. 그녀도 나만큼이나 긴장한 것이다.

"한 달만 만나봐요, 우리. 한 달 후에도 좋으면 계속 만나는 거고, 싫으면 깨끗하게 헤어지고요. 나 정도면 예쁜 축에 들지 않나요? 그리고 계속 이렇게 나 혼자만 얘기해요?"

"혹시 지금 내 귀에서 피 나오?"

"알아듣게 말해요."

"너무 갑작스러워서."

"정말 갑자기라고 생각해요? 난 아닌 것 같은데."

"나도 소저가 마음에 아주 없었던 것은 아니오. 하지만 나이 차이가, 그러니까 내 말은 왠지 이러면 내가 파렴치한이 되는 것 같고……."

"언제부터 좋아했는데요."

"뭐요?"

"방금 마음에 아주 없진 않았다면서요. 그거 좋아했다는 말 아닌가. 그래서 언제부터 날 좋아했느냐고요."

"남궁세가에서 소저가 말도 없이 실종되던 날 밤에. 그날은 내 마음이 다른 때와 조금 달랐소. 꼭 화골산(化骨散-시체를 녹여 없애는 극독)을 물에 타서 한 사발 들이마신 것 같았다고나 할까."

"고백은 내가 먼저 했지만 좋아한 건 그쪽이 먼저였군요. 그 점은 서로 확실히 해두자고요. 이의 없죠? 그리고 내일 낮에 바빠요?"

"특별히 바쁜 일은 없소만."

"그럼 정오까지 월성교로 나와요."

"월성교는 왜?"

"월륜산(月轮山) 꼭대기에 있는 육화탑(六和塔) 구경하러 가게요. 사람들 말이 거길 올라가면 항주 시내를 한눈에 볼 수 있대요. 탑 속에는 개화사(開化寺)라는 절이 있어서 향을 사르며 소원도 빌 수 있고요. 이런 내 정신 좀 봐. 중요한 약속이 있었는데 깜빡했네."

그러더니 갑자기 간다는 인사도 없이 냅다 줄행랑을 놓기 시작했다.

잠시 후에는 완전히 사람들 속으로 사라져 버렸다.

혼자 덩그러니 남은 나는 무슨 귀신에라도 홀린 것 같았다.

무언가 뜨거운 시선이 느껴져 돌아보니 방 노인이 소맷자락 속에 양손을 척 끼우고 앉아서는 나를 빤히 쳐다보고 있었다.

퍼뜩 정신을 차린 나는 얼른 달려가서 은전 다섯 냥을 꺼내 탁자 위에 척 내려놓았다. 목련잠 가격과 똑같은 액수였다.

"비밀로 해주시는 겁니다."

방 노인이 은전을 싸악 쓸어 담아 품속에 챙기고는 꼭 다문 입술로 고개를 끄덕였다.

나는 그제야 안도의 한숨을 내쉬었다.

이어 나 역시도 잊었던 약속이 생각난 사람처럼 냅다 줄행랑을 쳤다.

3장
표사들을 모으는 고수

남직예성과 절강성의 경계에 구벽산(九壁山)이라는 절산이 있었다.

삼십여 개의 크고 작은 봉우리를 거느린 구벽산은 그 험난함 때문에 예로부터 사람들의 통행이 드물었다.

그런 구벽산 하고도 더욱 인적이 드문 서쪽 어느 산기슭에 표사들이 '박가 주점'이라 부르는 작은 주막이 있었다. 말이 좋아 주점이지 수백 년 묵은 팽나무 그늘에 탁자와 의자를 대충 뿌려놓고 이것저것 만들어 파는 곳이었다.

"잠시 쉬었다 간다."

나는 표사 일곱 명을 거느리고 어느 부호의 시집가는 딸을 건양(建陽)까지 호송해 준 후 항주로 돌아가는 길이었다. 예나 지금이나 지참금을 가지고 타지로 시집가는 젊은 여자는 온갖 비적들뿐만이 아니라 장가를 가지 못한 시골 남자들에게도 약탈의 대상이었다.

옆 탁자에서 남궁소소가 국수를 먹으며 말했다.

"이번 표행은 여러모로 뿌듯했어요."

"어째서?"

"새색시가 고맙다는 말을 백 번은 하더라고요."

"고작 그것 때문에?"

"고작이라뇨. 그때가 가장 보람 있었는데. 당주님이 왜 그렇게 명표가 되려고 하는 건지도 조금은 알 것 같고요. 더 응원하게 됐어요."

이번 호송 건에는 특별히 비룡당의 신입 여표 세 명을 전부 동원했다. 호송을 하는 열흘 동안 좀 더 세심한 곳까지 신경을 쓸 수 있을 거라는 계산에서였다. 애초 여자 표사들을 고용한 것도 그런 목적이었고.

예상은 적중해서 신부와 그녀를 데리러 항주까지 왔던 신랑은 건양 땅에 무사히 도착한 후 따로 은전을 다섯 냥이나 챙겨 주었다.

문제는 남궁소소가 그걸 보았다는 거다.

"그래서 말인데, 오늘 밤은 여각에서 묵으면 안 되나요? 따뜻한 물에 목욕도 좀 하고요. 가욋돈도 넉넉히 챙겼잖아요."

"노숙은 표행의 꽃이오."

"등에 굳은살 박이겠어요."

"마침내 진짜 표사가 되겠군."

"수전노."

"엄살쟁이."

"사기꾼."

"국수 귀신."

되는 대로 아무렇게나 주고받던 나와 남궁소소는 뭔가 뜨거운 시선을 느끼고 동시에 옆을 돌아보았다.

독고완, 탁중로를 비롯해 여표 염지약, 여소옥, 운휘향이 각자의 음식을 먹다 말고 우리를 빤히 쳐다보고 있었다. 유일하게 한 사람, 호리독사만 술을 병째로 홀짝이다가 더는 나오지 않자 주둥이에 눈을 갖다 대어 보고는 말했다.

"한 병 더 시켜도 됩니까?"

남궁소소는 얼른 돌아앉아 국수를 마저 후루룩 쩝쩝 빨아댔다. 나도 마주 앉은 남자들과 함께 돼지고기를 신나게 집어 먹었다.

"맛있군."

"돼지고기는 역시 뱃살이죠."

"확실히 비계가 많으니 풍미가 삽니다."

"돼지고기는 비계 때문에 먹는다는 말도 있지요. 여기에 죽엽청만 곁들이면 금상첨화인데, 느끼한 맛도 잡고."

나와 독고완과 탁중로와 호리독사가 차례로 한 말이었다.

표행을 하다 보면 공통적으로 여자들은 잠자리를 제일 따졌다. 그러나 남자들은 술과 고기만 실컷 먹여주면 딱히 불만이 없었다.

그때였다.

두두두두두.

갑자기 말발굽 소리가 들리기 시작하더니 잠시 후, 용 같고 범 같은 이십여 명의 기마인들이 한 대의 마차를 끌고 나타났다.

기마인들은 모두 도검궁으로 무장했는데, 앞줄 세 번째에서 달리는 사내는 흑수표국(黑獸標局)이라고 적힌 표기를 특수 제작한 지게에 장착해 짊어진 상태였다.

순간, 나와 독고완과 탁중로는 표정을 굳혔다.

반면 남궁소소와 세 명의 여표들은 오히려 반가운 기색을 드러냈다. 건양까지 가고 오는 동안 만난 다른 표국의 표사들이 천룡표국 비룡당의 표사라는 말을 듣고 하나같이 부러워했기 때문이다.

"당주님, 표기를 펼칠까요?"

여표들 중 막내인 운휘향이 신난 얼굴로 물었다. 항주로 돌아가는 길에는 표마차도 없이 단출했기 때문에 표기까지 접어버린 상태로 여행하는 중이었다.

"모두 저들과 말을 섞지 않도록."

나의 서늘한 명령에 여자들의 표정도 뒤늦게 굳어졌다.

눈치 빠른 남궁소소가 독고완을 붙들고 작은 목소리로 물었다.

"흑수표국은 어떤 곳이죠?"

"저들은 흑도들입니다."

"네?"

"복건성 최대의 흑도방파 중 한 곳인 흑사방(黑砂幇)에서 운영하는 표국인데, 표사들 역시도 흑사방 출신의 흑도들이 다수를 이루고 있죠."

"흑도방파에서 표국을 운영한다고요?"

"그렇습니다."

"그런 곳에 누가 표물을 맡기죠?"

"누가가 아니라 무엇을의 문제입니다. 정상적인 표국에서는 거절하는 온갖 더럽고 추악한 물건들을 고액을 받고 운송해 주지요. 그리고 그런 걸 의뢰하는 곳이 생각보다 꽤 많습니다."

"예를 들면요?"

다음 말은 탁중로가 받았다.

"흑시(黑市)를 가보셨습니까?"

"아직. 하지만 어떤 곳인지는 알아요."

"그곳에서 불법으로 거래되는 반인륜적인 물건들 대부분이 바로 흑수표국 같은 곳에서 운송하는 겁니다. 그 외에 돈만 주면 신분을 숨긴 채 납치, 감금, 파옥, 암매장 등도 서슴지 않고 자행하고요."

그때쯤 흑수표국의 표사들이 도착했다. 그들은 먼저 도착한 우리에게서 눈을 떼지 않은 채 말에서 내리고, 나무에 고삐를 묶었다.

정확히 말하면 남궁소소와 세 명의 여표들을 향한 시선이었다. 아무 생각 없이 들른 주점에서 눈이 번쩍 뜨이는 미녀 네 명이 나란히 앉아 국수를 먹고 있으니 눈이 회까닥 돌아갈밖에. 나를 비롯해 동석한 남자가 네 명이나 있고, 여자들까지 모두 탁자 위에 검을 올려놓았지만 그들은 조금도 신경 쓰지 않았다.

점소이가 얼른 달려가 물었다.

"뭘로 드릴깝쇼?"

"저쪽 손님들이 먹는 게 뭐지?"

"돼지고기와 죽엽청으로 드릴깝쇼?"

"말고, 예쁜 아가씨들께서 드시는 거 말이야?"

"국수를 드시고 계시는뎁쇼."

"그럼 우리도 국수로 줘. 쫙 깔아봐."

"국수는 시간이 좀 걸릴 것 같습니다. 보시다시피 저와 어머니가 단둘이서 주점을 꾸려 나가는지라."

"그럼 일단 돼지고기랑 술부터 좀 내와봐. 돼지고기는 미리 다 삶아

놨을 거 아냐."

"그게 남자 손님들께서 드시는 요리입죠."

"요리는 개뿔. 빨리 가져와!"

"예, 알겠습니다."

미간에 검상을 새긴 서른 줄의 털북숭이가 점소이에게 호통을 쳐놓고는 남궁소소를 보았다. 그러다 눈이 마주치자 누런 이를 드러내며 씨익 하고 웃었다.

'저 씨부럴 놈이!'

나는 슬그머니 젓가락을 내려놓았다. 이어 검갑으로 손을 가져가려는 찰나 남궁소소가 갑자기 술 호리병을 내게 쓱 내밀었다.

"한 잔 받으실래요?"

"……?"

"한 잔 받으세요. 어서요."

동시에 그녀의 전음이 머릿속을 파고들었다.

[난 괜찮아요. 검을 차지 않으면 저잣거리에만 나가도 항상 겪는 일이에요. 고작 여자들을 보고 예쁘다며 웃었다는 이유로 흑사방과 전쟁을 할 순 없잖아요. 안 그래요?]

저들은 단순한 흑도가 아니다. 어쨌거나 표국의 꼴을 갖추고 있으니 여기서 격돌이 벌어지면 천룡표국과 흑수표국의 싸움으로 번질 가능성도 배제할 수 없다. 그러면 흑사방까지 자동으로 개입할 것이다.

남궁소소는 그걸 우려하고 있었다.

"지금은 이 술을 마실 자격이 없는 것 같소."

나는 남궁소소가 주는 술을 거절한 후 자리에서 일어났다. 그러자 다른 사람들도 우르르 따라서 일어났다. 탁자 위에는 먹다 남은 돼지고기와 아직 밀봉도 제거하지 않은 죽엽청이 잔뜩 놓여 있었다.

남궁소소와 세 명의 여표는 죽립을 써서 얼굴을 가렸다. 그제야 흑수표국의 표사들은 잔뜩 아쉬워하는 표정을 지으며 시선을 거두었다.

그래도 표사랍시고 대놓고 희롱을 하지는 않았다. 나는 오히려 그게 더 약이 올랐지만 말이다.

계산을 하고 떠나려는 순간, 놈들 중 일부가 끌고 온 표마차의 차양을 확 걷었다. 그러자 놀랍게도 까무잡잡한 피부에 크고 아름다운 눈을 가진 남녀 곤륜노(崑崙奴) 일곱 명이 양손을 묶인 채 대나무 우리 안에 갇혀 있었다. 그중에는 열 살가량의 사내아이도 둘이나 섞여 있었다.

흑수표국의 표사들은 물동이에 물을 가득 떠 와서는 대나무 우리 앞에 섰다. 그러자 곤륜노들이 손을 허겁지겁 창살 밖으로 내밀었고, 어른이나 아이 할 것 없이 손바닥에 대충 부어주는 물을 앞다투어 마셔댔다.

남궁소소를 비롯해 세 명의 여표는 그대로 얼어붙어 버렸다. 그 모습이 흑수표국 표사들의 시선을 끌었다.

아까부터 눈에 거슬리던 털북숭이가 쓰윽 다가와 삐딱하게 서서는 우리에게 시비조로 물었다.

"무슨 하실 말씀이라도?"

내가 그를 돌아보며 말했다.

"내 눈으로 내가 보는데 무슨 문제라도?"

"음? 으하하. 그것도 그렇군요. 실컷 보십시오."

털북숭이가 웃자 주변에 있던 이십여 명의 표사들도 일제히 웃음보를 터뜨렸다.

웃음 사이로 작게 중얼거리는 소리가 귓속을 파고들었다.

"기생오라비처럼 생겨 가지고 꼴에 여자들 앞이라고 큰소리는 치고 싶은가 보지."

"내가 저자라도 그럴 것 같은데. 여자들 얼굴을 좀 보라고. 후우."

잠시 후 털북숭이가 누런 이를 드러내고 웃으며 내게 말했다.

"이렇게 만난 것도 인연인데 통성명이나 합시다. 이 몸은 복건성 흑수표국의 표사 방지중이라고 하오. 강호의 형제들은 냉심귀도(冷心鬼刀)라는 과분한 별호를 안겨주었지요. 귀하의 존성대명은 어찌 되시는지?"

"천룡표국의 이정룡이오."

"알고 봤더니 천룡표국의 이정……!"

사내는 말을 하다말고 그대로 석상이 되어버렸다. 주변에서 자리를 잡던 표사들도, 곤륜노들에게 물을 먹이던 표사들도 전부 동작을 멈추고 나를 바라보았다. 잘못 건드렸다 싶었는지 털북숭이는 마른침을 꼴깍꼴깍 삼킬 뿐 아무 말도 하지 못했다.

그때 우두머리로 짐작되는 오십 줄의 장년인이 표사들을 헤치고 다가왔다.

그가 나를 향해 공손하게 포권지례를 하며 말했다.

"소문으로만 듣던 풍운비룡 대협을 여기서 뵙는군요. 표행을 이끌고 있는 흑수표국의 표두 백몽추라고 합니다."

장년인은 털북숭이와 달리 자신의 별호를 말하지 않았다. 어떤 별호를 말하든 감히 풍운비룡이라는 네 글자와 견줄 수 없음을 알기 때문이다.

그의 말이 이어졌다.

"혹여 수하들이 무례를 저지른 것이 있다면 너그러이 용서해 주시길 바랍니다. 아시다시피 출신들이 비천한지라 예의를 모르는 녀석들이 많습니다."

"예의를 모르니 조심하라는 뜻입니까?"

"무슨 그런 말씀을."

"비켜주시죠."

장년인 난혼사검(難魂死劍) 백몽추가 옆으로 물러났다.

나는 털북숭이 방지중을 쏘아보듯 스쳐 가며 외쳤다.

"모두 출발한다!"

"많이 놀랐소?"

"저런 일이 자주 있나요?"

"항상 있는 일이오."

"항상요?"

"지금도 바다를 가운데 두고 한족 해적들은 곤륜노를 잡아다 노예로 팔아넘기고, 곤륜노의 해적들은 또 한족과 남만의 묘족들을 잡아다 자기들 나라로 끌고 가 노예로 팔아넘기고 있을 것이오."

"무서운 말들을 아무렇지도 않게 하는군요."

"세상은 본래 잔인하고 비정한 곳이오. 가난하고 힘없는 자들에겐 더더욱 그렇고."

"갑자기 철부지가 된 느낌이군요. 무림세가의 딸로 태어나 나름 산

전수전을 겪을 만큼 겪었다고 자부했는데."

"구해주자고 할 줄 알았소만."

"그랬다면 어떻게 했을 거예요?"

"세상 곳곳에서 수많은 악행들이 벌어지고 있소. 그런 것들을 볼 때마다 모두 참견할 수는 없는 노릇이오. 난 협객 노릇을 할 생각도 없고."

"저도 알아요."

남궁소소뿐만 아니라 세 명의 여표들도 굳은 표정이 좀처럼 풀어지질 않았다. 대나무 속에 갇혀 있던 아이들과 눈을 마주쳤기 때문일 것이다.

"그놈들 아마 돈푼깨나 지니고 있을 겁니다."

불쑥 끼어든 사람은 독고완이었다.

여표 운휘향이 물었다.

"어째서 그렇죠?"

"표사가 스무 명이나 되는 걸 보면 처음엔 표마차를 최소 다섯 대 이상 끌고 북쪽으로 갔을 겁니다. 표마차 한 대당 실려 있는 곤륜노의 숫자도 지금보다 많았을 것이고요."

"그 말은?"

"처분하고 남은 곤륜노만 데리고 돌아가는 중이라는 뜻이지요. 이동의 편의성을 위해 빈 표마차는 아마도 싸게 팔아치워 버렸을 것이고요."

독고완의 말에 남궁소소와 여표들 표정은 더욱 굳어졌다.

한편, 나는 계속해서 주변을 돌아보았다.

'슬슬 나타날 때가 되었는데.'

지금이 아닌가?

전생의 기억에 따르면 한때 이곳에 녹림산채가 있었다.

채주의 별호가 탈혼살부(奪魂殺斧)였던가? 그는 남직예의 대도시에서 떠돌던 삼류 무사 쉰여 명을 끌어모아 이곳에서 동가채(東家寨)라는 산채를 열었다. 내가 천룡표국에 들어간 시점을 시작으로 반년쯤 후의 일이고, 대략 삼 년 정도 이 자리에서 장사를 해먹었다.

그러나 산적질도 아무나 하는 게 아니다. 칼질은 말할 것도 없거니와 사람을 보는 안목도 있어야 하고, 협박하는 기술도 있어야 하고, 치고 빠지는 판단력도 있어야 한다. 한데 동가채는 채주의 미숙함으로 말미암아 삼 년 만에 수하들 절반이 죽거나 불구가 되어 떠나 버린다. 설상가상으로 탈혼살부 자신도 구벽산 남쪽 고갯마루를 장악하고 있던 남가채의 채주에게 패해 그만 그의 밑으로 들어가 버렸다.

그러니까 전생의 기억대로라면 지금은 탈혼살부가 동가채를 갓 열고 녹림의 길로 들어선 시점인 것이다.

그때 왼쪽 산비탈의 무성한 숲에서 무언가 기척이 느껴졌다.

'왔다!'

나는 속으로 반색을 했지만, 시치미를 뚝 떼고 말을 멈추었다. 이어 잔뜩 심각한 표정으로 산비탈의 숲을 뚫어지게 바라보았다.

남궁소소가 물었다.

"왜 그러세요?"

"저기 무언가 있소."

"뭐가요?"

"모르겠소. 한데 아주 많소."

"대체 뭐가 있기에?"

남궁소소의 말에 호리독사가 말에서 훌쩍 내리더니 주먹만 한 돌멩이를 집어 들었다. 이어 비탈의 숲을 향해 냅다 던졌다.

딱!

"악!"

"출동이다!"

갑작스러운 외침과 함께 한 무리의 사람들이 무슨 산사태라도 난 것처럼 우르르 쏟아져 나왔다. 시커멓게 그을린 얼굴에 하나같이 칼이며 도끼 등을 꼬나 쥐었는데 그 숫자가 오십여 명이나 되었다.

"저건 또 뭐야?"

호리독사가 후다닥 물러나며 목구멍을 쥐어짰다.

표사들이 놀란 말을 진정시키는 사이 괴인들은 어느새 전부 내려와 십여 장 앞에서 길을 막고 섰다.

누가 녹림도 아니랄까 봐 하나같이 얼굴에 '나쁜 놈'이라고 씌어 있었다. 그중에서도 특히 흉악한, 저게 과연 사람의 얼굴인가 싶은 자가 커다란 도끼를 어깨에 얹고는 휘적휘적 걸어 나왔다.

'탈혼살부.'

전생에서 나는 그를 십여 차례 이상 보았다. 물론 표사들이 전부 알아서 처리했기 때문에 나와 그가 직접 대화를 나눌 일은 없었다.

풋풋한 시절의 탈혼살부를 보니 한편으로는 반갑고, 한편으로는 깜깜한 그의 앞날이 심히 걱정되었다.

그가 대여섯 장을 앞에 두고 멈춰 서서 내게 말했다.

"단도직입적으로 말하겠다. 돈 될 만한 건 전부 내놓아라. 그렇지 않으면 명년 오늘이 네놈들의 제삿날이 될……."

말을 하다 말고 탈혼살부가 마른침을 꼴딱 삼켰다. 남궁소소와 여표들이 그의 얼굴을 자세히 보기 위해 죽립을 살짝 들어 올렸는데, 그 바람에 뒤늦게 여자들의 아름다운 용모를 확인하고는 화들짝 놀란 것이다.

하지만 그것도 잠시, 탈혼살부는 다시 나를 돌아보며 말했다.

"……것이다!"

채채채챙!

표사들 전부가 마상에서 도검을 뽑아 쥐었다. 협상을 할 때 하더라도 일단은 기 싸움에서 밀리지 않는 것이 표사들의 불문율이었다.

내가 한가롭게 물었다.

"여긴 본래 산채가 없던 곳인데. 내가 모르는 사이 새로운 산채라도 열렸나? 귀하가 채주이시오? 별호는 무엇이오?"

"탈혼살부."

"처음 들어보는 별호군."

"앞으로 자주 듣게 될 것이다."

"예로부터 녹림에겐 길목이 재산이오. 어떻게든 사람들이 자주 이 길을 이용하도록 만들 생각을 해야지. 그렇게 첫 대면하는 날부터 탈탈 털어먹으려고 하면 누가 이리로 다니겠소?"

"집이 어디지?"

"항주요."

"혼인은 했나?"

"그건 왜 묻는 거요?"

"훈수질은 집에 가서 어린 자식들에게나 실컷 하라고. 그러려면 일단은 살아서 돌아가야겠지?"

사내의 뒤쪽에 있는 녹림도들에게서 왁자지껄 웃음보가 터졌다. 탈혼살부는 한칼이라도 먹인 것처럼 의기양양해했다.

나는 품속에서 전낭 하나를 꺼냈다. 입구를 열어 거꾸로 들자 동전 쉰 개 정도가 손바닥에 가득 쌓였다.

동전을 본 탈혼살부와 그의 수하들은 실망한 기색이 역력했다. 부자인 줄 알고 은전을 기대했다가 동전만 잔뜩 나오자 맥이 탁 풀린 것이다.

나는 동전을 한 손으로 힘껏 움켜쥐기 시작했다. 그렇게 두어 번을 돌려가며 반죽 주무르듯 꾹꾹 움켜쥐자 쉰 개의 동전은 하나로 뭉쳐져 쇠떡이 되어버렸다.

"……!"

지켜보고 있던 표사들 전부 깜짝 놀라서 눈이 휘둥그레졌다. 한 손으로 동전을 주물러 쇠떡을 만드는 괴력은 일 갑자의 내가고수라도 쉽게 낼 수 있는 것이 아니기 때문이다.

그러니 탈혼살부와 녹림도들은 어떻겠나. 그들은 모두 넋이 나간 사람처럼 입이 쩍 벌어져서는 그대로 석상이 되어버렸다.

나는 여기서 그치지 않고 쇠떡으로 뭉친 동전을 내공을 담아 왼쪽 숲에 있는 도토리나무를 향해 냅다 던졌다.

터엉!

굉음과 함께 둥그런 쇠떡이 나무 둥치에 파고 들어가 박혔다. 그 충격으로 근처에 앉아 있던 새 떼들이 일제히 날아올라 어디론가 사라져버렸다.

"뽑아서 갖고 가시오."

한순간 좌중이 찬물을 끼얹은 것처럼 고요해졌다.

잠시 침묵이 흐른 후, 탈혼살부가 말했다.

"운이 좋군. 마침 오늘이 내 아버지의 제삿날이다. 자식 된 도리로 오늘만큼은 피를 보고 싶지 않으니 조용히 지나가라."

그러더니 홱 돌아서서 수하들과 함께 잰걸음으로 도망쳤다.

이렇게까지 쉽게 포기할 줄 몰랐던 나는 어처구니가 없었다. 옆에서 지켜보던 남궁소소와 표사들도 기가 막힌 모양이었다.

"거기 서!"

탈혼살부가 우뚝 멈춰 섰다.

"뒤로 돌아!"

그리고 천천히 돌아섰다.

한 발을 산비탈 쪽으로 내디뎌 도망칠 준비를 한 상태에서 그가 빽 소리를 질렀다.

"그냥 보내준다니까!"

"당신들 초짜지?"

"누구더러 초짜래!"

"그렇게 해서 밥 먹고 살겠소? 내가 좀 가르쳐 주리이까? 산적질이라면 나도 이골이 날 정도로 경험해 본 사람인데."

"무슨 헛소리야!"

"지금 산밑 박가 주점에 복건성 표사놈들이 잔뜩 와서 술과 고기로 배를 채우고 있소. 수중엔 곤륜노 수십 명을 처분하고 받은 돈이 있지. 어떻게 탈탈 털어먹는지 내가 직접 보여주겠소."

"당신이 뭘 어떻게?"

"역용에 변복을 하고 기다렸다가 동가채의 채주인 척하고 나타나는 거지. 입은 내가 털 테니 당신들은 뒤에서 머릿수만 채우고 있으시오. 정확한 위치와 자세 및 동선은 차차 알려주겠소."

"무슨 그런 어처구니없는……."

"대신 조건이 있소. 일이 끝나면 해 질 무렵이 될 것 같은데. 오늘 밤은 산채에서 재워주시오. 목욕을 할 수 있도록 따뜻한 물도 넉넉히 데워주고. 침상의 이불도 새 걸로 깔아주고. 오늘 저녁과 내일 아침도 정성 들여 지어주고. 어떻소?"

이쯤 되니 당황한 사람들은 오히려 우리 쪽 표사들이었다.

표사가 녹림으로 위장해 다른 표국의 표사들을 털어먹는다는 말에 독고완, 탁중로, 염지약, 여소옥, 운휘향은 얼굴이 노래졌다.

호리독사는 산적들이 담근 술을 훔쳐 마실 생각에 벌써부터 발갛게 상기되었고, 남궁소소는 내가 도망치듯 떠나자고 한 이유를 뒤늦게 알아차리고는 이를 하얗게 드러내며 웃었다.

그 사이 수하들에게 가서 한참을 상의하고 돌아온 탈혼살부가 조심스럽게 물었다.

"수익 분배는 어떻게……."

남궁소소는 나를 바위에 앉혀놓은 다음 마주 보고 서서 한 식경째 얼굴을 조물딱거리고 있었다. 그녀의 두 팔이 움직일 때마다 사락사락

옷자락 스치는 소리와 함께 은은한 꽃냄새가 풍겨왔다.

'산수국 냄새인가?'

내 오른쪽 팔을 슬그머니 들고 겨드랑이 냄새를 맡아보았다. 예상했던 대로 쉰내가 확 풍겨왔다.

남궁소소가 역용을 해주다 말고 뜨악해서 물었다.

"뭐 하는 거예요?"

"아무것도 아니오."

"뭔데요?"

"방아깨비 새끼를 내려다보느라 그랬소."

"겨드랑이 밑으로요?"

"그쪽으로 지나갔으니까."

"그래서 어땠는데요?"

"사람이건 짐승이건 어린 건 다 예쁘오."

"어리지 않아도 예쁠 수 있거든요."

이해할 수가 없다. 똑같이 일하고 땀을 흘리는데 왜 내 겨드랑이에서는 쉰내가 나고 남궁소소의 겨드랑이에서는 꽃냄새가 나는지.

조금 떨어진 곳에서 호리독사, 독고완, 탁중로가 땀을 뻘뻘 흘리면서 초보 산적들을 상대로 불량한 자세를 지도하고 있었다.

금전 열 냥을 걸고 장담할 수 있다. 저들의 겨드랑에서도 나랑 똑같은 쉰내가 진동할 것이라고. 잘 씻지 않는 호리독사에게서는 썩은 내까지 예상해 본다.

"표사들이 수군거려요."

"뭐라고 말이오?"

"당주님의 무공이 심상치 않다고요. 특히 내공이 최소 일 갑자 이상은 될 거라며, 나이를 감안하면 아무래도 엄청난 기연을 얻은 것 같다고요."

"소저의 생각은 어떻소?"

"나도 그래요."

"한데 왜 아무것도 묻지 않는 거요?"

"일부러 말하지 않는 거면 무언가 사정이 있겠죠."

"천지령을 내가 먹었소."

남궁소소가 눈을 동그랗게 떴다.

"화조신옹에게 잡혀갔을 때 소저가 기절한 사이 여러 가지 일들이 있었소. 그때 사실 천지령을 토해내지 않고 기적적으로 소화시켰소."

"역시 그랬군요."

"알고 있었소?"

이번엔 내가 눈을 동그랗게 떴다.

"확신은 아니고 짐작만."

"어떻게 말이오?"

"무공초식이야 훌륭한 스승들 밑에서 밤낮으로 수련하니 그렇다 치고, 내공은 기연을 얻은 것이 분명한데, 그렇다면 언제 얻었을까 곰곰이 생각해 봤죠. 그랬더니 천지령이 딱 떠오르더라고요. 인세에 보기 드문 영약이라는 게 흔한 것도 아니고요."

"하여튼 귀신이라니까."

"그런데 그 독한 걸 먹고도 어떻게 멀쩡할 수 있었던 거죠? 그건 강시들의 내장도 녹여 버릴 정도로 극독 중의 극독이었는데."

진짜 비밀은 그것이었다. 천지령이 내 몸속에서 내장을 태워 버리지 않고 순순한 진기로 흡수될 수 있었던 이유.

"말도 마시오. 밤새 냉탕과 열탕을 오가다 하마터면 죽을 뻔했소. 실제로 여러 번 까무러쳤고."

"왜 내게 말하지 않았어요?"

"화조신옹은 산 채로 내 피를 모조리 빨아 먹으려고 했소. 독성이 사라졌을 테니 더욱 잘 됐다면서. 혹시라도 내가 천지령을 복용했다는 소문이 돌면 밤마다 화조신옹 같은 고수들이 찾아올까 두려웠소."

"지금은 왜 말해주는 건데요?"

"이제 내 몸 정도는 지킬 수 있으니까."

"날 믿어서가 아니고요?"

"그런 것도 있고."

"나 처음 만났을 때 어땠어요?"

"기억이 잘 안 나오."

"예쁘지 않았어요?"

"그런 말을 대놓고 하라고?"

"지나가는 사마귀도 예쁘다고 하면서 나한테는 왜 못해요?"

"방아깨비라니까."

그때였다. 산 중턱에 올라가 망을 보던 산적 하나가 선창 맞은 멧돼지처럼 부리나케 달려왔다.

한데 정작 내 앞에 도착해서는 숨을 헐떡거리느라 제대로 말도 못했다.

"헉헉……."

"뭐, 왜?"

"헉헉……."

"말을 해!"

"헉헉……."

"놈들이 오고 있다고요?"

보다 못한 남궁소소가 물었다.

끄덕끄덕.

나는 벌떡 일어나며 외쳤다.

"전원 위치로!"

동가채의 산적들과 비룡당의 표사들은 하나로 뒤섞인 채 저마다의 위치에서 길을 막고 섰다.

위협적인 날붙이와 시건방진 짝다리는 기본이었다. 가래침을 퉤 뱉는 놈, 한쪽 다리를 까딱거리는 놈, 무료한 듯 육포를 질겅질겅 씹는 놈. 바짓가랑이에 한 손을 넣고 있는 놈까지. 일단 겉으로는 하나같이 산적질에 이골이 난 모습들이었다.

그들의 맨 앞에는 나와 남궁소소가 서 있었다.

정확하게 말하면 남궁소소가 두령인 것처럼 뒷짐을 쥔 채 쥘부채를 살랑살랑 부치며 섰고, 나는 부두령인 것처럼 장검을 찬 채 그녀의 옆에 서 있었다. 역용술로 기득권(?)을 쥔 남궁소소가 산적 두령 노릇을 꼭 한번 해보고 싶다고 해서 이렇게 된 것이었다.

나는 그녀가 받아야 할 표행비의 삼(三) 할을 깎는 조건으로 흔쾌히 수락해 주었다.

갑작스러운 녹림의 출현에 흑수표국 표사 스무 명은 다소 당황한 모양이었다. 하지만 그들의 얼굴 어디에서도 두려운 기색이라곤 찾아볼 수가 없었다.

손님이 오면 주인이 먼저 인사를 건네는 법. 나는 놈들을 향해 서너 개 아는 말 중 하나를 큰소리로 외쳤다.

“이랏샤이마세!(어서 오십시오!)”

느닷없이 튀어나온 왜국 말에 남궁소소가 깜짝 놀라서 나를 돌아보았다. 전방을 향하고 있어서 보이지는 않지만, 동가채의 산적들과 비룡당의 표사들도 당황하고 있다는 게 느껴졌다.

흑수표국의 표사들은 전부 눈을 동그랗게 떴다.

미간에 검상을 새긴 털북숭이가 몇 걸음 앞으로 나왔다. 그는 허리에 한 자루 장도를 차고 있었는데, 흉악한 생김새와 어울려 제법 위협적인 기세를 뿜어냈다.

“방금 뭐라고 하셨소이까?”

“우리 말을 하는군. 사람을 잡아다 노예로 팔아먹는 건 황해에 출몰하는 왜구들이나 하는 짓거리인 줄 알았더니.”

“큼!”

별로 웃긴 말도 아닌 것 같은데 남궁소소가 터져 나오려는 웃음을 멈추느라 한순간 멧돼지 소리를 냈다. 흑수표국 표사들의 얼굴이 와락 일그러졌다.

털북숭이가 어금니를 꽉 깨물며 말했다.

"우린 복건성 하문(厦門)에 총타를 두고 있는 흑수표국의 표사들로……."

"됐고, 표두가 누구요?"

"내게 말씀을 하시면 되오."

"졸자는 빠지시오."

"그러는 귀하도 두령은 아닌 것 같소만."

"거 참 일 복잡하게 만드네."

원래 처음 보는 산적들이 나타나면 이곳 사정에 밝은 표사나 부두목이 나가 먼저 이것저것 말도 붙이고 시비도 걸며 정탐을 해보는 법이다. 흑수표국은 정해진 지침대로 했다. 다만 이쪽에서 원하는 대로 끌려가 주지 않았을 뿐.

"무슨 말을 하려는 건지 잘 알겠소. 처음 보는 표행단에게는 왁자지껄하게 어깨부터 견주어보는 녹림의 오랜 관습도 알고. 하지만 앞으로 안 볼 사이도 아닌데 서로 말은 좀 조심하는 게 좋지 않겠소?"

"누가 보면 퍽이나 예의를 아는 족속들인 줄 알겠군."

"뭐요?"

채채채채채채챙!

내 뒤쪽에 있던 산적들과 표사들이 일제히 도검을 뽑아 쥐었다. 동시에 양쪽 산비탈의 숲에서는 각 열 명씩 도합 스무 명의 산적들이 벌떡 일어나 팽팽하게 당긴 화살을 겨누었다.

채채채채채채챙!

그에 반응하여 흑수표국의 표사들도 모조리 도검을 뽑아 들었다. 이어 재빨리 둥글게 원을 그리면서 검진을 펼쳤다.

모든 움직임이 노련하기 짝이 없었다. 흑도방파에서 운영하는 표국의 표사들만 아니라면, 그리고 같은 인간을 납치해 팔아먹는 짐승들만 아니라면 함께 술이라도 나누고 싶을 지경이었다.

"모두 물러서라!"

오십 줄의 장년인이 앞으로 나섰다.

난혼삼검 백몽추. 한 자루 장검을 귀신처럼 휘두르는 그는 복건성에서 이미 명성이 자자한 일류검수였다. 복건성 사정에 밝은 독고완의 말을 빌리자면 그가 익힌 귀형음혼(鬼形陰魂)의 현란하면서도 살인적인 검초로 말미암아 실제 수준은 한 차원 더 높을 거라고 했다.

그가 남궁소소를 향해 포권지례를 올렸다.

"표두 백몽추라고 합니다."

남궁소소는 쥘부채를 한 손바닥에 '탁' 치면서 접더니 다른 손으로 옮겨 잡고는 다시 '촤악' 펼쳐 부치며 말했다.

"풍진양이외다."

얼굴도 감쪽같지만 목소리도 영락없는 남자다. 그녀의 역용술은 일취월장했다.

백몽추는 조금도 의심하는 기색이 없었다.

"이곳에 산채가 들어선 줄은 몰랐군요."

"여길 지나가 본 적이 있소이까?"

"작년 겨울에 마지막으로 지나갔었지요."

"뭔가 달라진 것이 없소이까?"

"글쎄요."

"길이 훨씬 넓어졌을 텐데."

"그렇습니까?"

"올봄에 우리가 새로 닦았소이다. 돌멩이들도 모두 치우고. 표국과 상단의 마차들이 좀 더 편하게 지나갈 수 있도록 말이외다. 하니 성의를 좀 보여주셔야겠소이다."

"물론이지요."

이번엔 내가 두 눈이 휘둥그레져서 남궁소소를 돌아보았다. 입에 침도 안 바르고 저런 거짓말을.

정작 남궁소소는 아무렇지도 않은지 쥘부채만 부치고 있었다.

예전에도 그녀는 역용만 하면 거짓말을 술술 해댔다. 그러고 보니 풍진양이라는 이름도 그렇고, 콧잔등의 점도 그렇고. 딱 처음 만났을 때의 모습이었다.

추억이 새록새록 돋았다. 그때만 해도 이렇게 어리고 예쁜 여자와 사귈 줄은 꿈에도 생각 못 했다. 지금도 만지면 나뭇가지에 앉은 나비처럼 훽 날아가 버릴 것 같아 아직 손도 못 잡아봤다.

백몽추가 방지중을 돌아보며 고개를 끄덕였다.

방지중이 품속에서 전낭을 하나 꺼내 내게 냅다 던지려는 순간이었다.

"엣취!"

팡!

왼쪽 비탈에서 화살 한 발이 벼락처럼 날아갔다.

불과 대여섯 장의 거리에서 날아들었음에도 불구하고 방지중은 손에 든 전낭으로 화살을 막아내는 신기를 보였다.

퍼억!

하지만 날카로운 화살촉이 전낭 속 동전들을 비집고 들어가는 바람에 손등까지 뚫고 나와 버렸다.

모두가 화살이 날아온 방향으로 시선을 꽂았다. 동가채의 젊은 산적 놈 하나가 눈을 동그랗게 뜬 채 겁에 질려 있었다. 내게 보고를 하러 왔다가 숨만 헐떡거리던 그 산적 놈이었다. 어리바리하더라니 재채기를 하다가 그만 화살 쥔 손가락에 힘이 빠진 모양이었다.

좌중의 공기가 팽팽하게 당겨졌다.

호전적인 흑도들답게 흑수표국 표사들이 눈을 허옇게 뒤집어 떴다.

방지중이 어금니를 빠드득 갈며 말했다.

"이런 씨부럴 놈들이!"

표국의 자존심이 걸린 상황. 이제는 백몽추의 입장에서도 조용히 넘어갈 수가 없게 되어버렸다.

나는 남궁소소에게 재빨리 눈짓을 했다. 전면전을 각오하라는 뜻이다.

아니나 다를까, 백몽추가 먼저 일갈했다.

"놈을 잡아라!"

"와아아!"

남궁소소도 절부채를 탁 접으며 외쳤다.

"전부 죽여라!"

"와아아아!"

파파파파파팡!

양쪽 산비탈에서 이십여 발의 화살이 먼저 퍼부어졌다. 하지만 표사들이 모두 도검을 뽑은 상태인 데다 예상까지 하고 있었던 탓에 화살은 모조리 허공에서 잘리거나 튕겨 나갔다.

그때쯤 나는 백몽추를 향해 신형을 쏘고 있었다.

한층 익숙해진 천금풍의 경공은 나를 더욱 빠르게 만들어주었다. 초전박살! 적들로 하여금 감히 싸울 마음이 들지 않도록 만들어 버려야 한다. 그러려면 가장 잔인한 방법으로 최대한 빨리 난혼사검 백몽추를 잡아야 한다.

방지중이 먼저 앞을 막아섰다.

"네놈은 내 몫이다!"

놈은 부상을 당한 와중에도 상체를 착 가라앉히면서 내 허리를 베어왔다. 발도의 동작을 그대로 살초로 연결하는 한 수가 보통 노련한 게 아니었다.

나는 가뿐하게 솟구쳐 오르며 질풍처럼 공중제비를 돌았다. 방지중 정도의 고수는 죽었다가 깨어나도 이능력과 백년공력을 지닌 내 속도를 따라올 수 없을 것이다.

장도가 멋들어진 곡선을 그리며 아래로 흘러갔다.

찰나의 순간, 방지중이 눈을 부릅떴다. 무언가 잘못되었음을 깨달은 것이다.

공중에서 막 몸을 뒤집은 나는 놈의 정수리를 향해 벽돌 격파하듯 주먹을 내려쳤다.

빡!

막강한 공력을 감당하지 못한 방지중의 머리통이 그대로 곤두박질쳐서는 안면부터 땅바닥에 처박혔다.

나를 바짝 따라오던 남궁소소가 그의 뒤통수에다 진각(震脚)을 '쿵!' 밟으며 붕새처럼 높이 솟구쳐 올라 적 진영 한가운데로 뛰어들었다. 방지중은 그대로 까무러쳐 버렸다.

그사이 나는 상체를 무서운 속도로 찔러오는 백몽추를 맞았다. 흡사 대여섯 자루의 검이 동시에 쇄도해 오는 듯한 수법.

'환검(幻劍)!'

츄츄츄츄츅!

나는 귀영무의 보법을 펼치며 벼락처럼 비켜섰다.

백몽추의 검은 무슨 기관 장치에 달린 칼날처럼 어지럽게 요동치며 내 앞가슴을 아슬아슬하게 스쳐 갔다. 미처 몸의 속도를 따라가지 못한 머리카락 끄트머리가 검의 소용돌이에 휘말려 어지럽게 잘려 나갔다.

하지만 그게 전부였다.

순식간에 뒤쪽으로 다가간 나는 번개처럼 신형을 꺾어오는 백몽추의 턱에 오른쪽 팔꿈치를 작렬했다.

뻐억!

철퇴에 맞은 것처럼 팩 돌아가는 얼굴!

동시에 중심을 잃고 방황하는 그의 검신을 칠성의 공력을 담은 왼쪽 손가락으로 튕겼다.

따앙!

굉음과 함께 검신의 중단이 조총 총알에라도 맞은 것처럼 뚝 부러져 버렸다.

여기서 그치지 않고 토막 난 채 튀어 오르는 상단의 검신을 좌장으로 떨쳤다. 검신은 '푹!' 소리와 함께 백몽추의 오른쪽 쇄골 아래를 뚫고 들어가 박혔다.

이 모든 게 그야말로 눈 깜짝할 사이에 일어난 일이었다. 물론 이능력을 발동했기에 가능한 일이었고.

그건 시작에 불과했다.

백몽추는 반 토막 난 검으로도 사람을 죽일 수 있다는 걸 보여주려는 듯 필사적으로 내 목을 베어왔다. 하지만 이미 환검의 묘용을 잃어버린 검은 내게 아무런 위협이 되질 않았다.

나는 비스듬히 몸을 꺾어 그의 전권을 파고든 다음, 부러진 검신의 튀어나온 부분을 주먹으로 내려쳤다. '뚝!' 소리와 함께 백몽추의 오른쪽 쇄골이 뜯겨 올라갔다.

더는 어깨를 쓸 수 없으니 반 토막 난 검조차도 무용지물이 되었고, 그의 전권은 완전히 열렸다.

그때부터 십초박의 난사를 시작했다.

퍽! 퍼퍼퍼퍼퍽!

백몽추는 온몸에 난타를 허용하며 서너 장이나 뒷걸음질 쳤다. 그러다 도저히 안 되겠는지 마지막 남은 힘을 쥐어짜 쌍장을 떨치며 나를 털어내고는 외쳤다.

"그만!"

한쪽 손바닥으로 바닥을 짚으며 털썩 무릎을 꿇는 그의 입에서 시뻘건 피가 터져 나왔다.

얼굴은 만신창이가 따로 없었다. 내가 십초박의 선사초를 모조리 얼굴에다 꽂아주었기 때문이다.

그래도 죽일 생각이 없었기에 공력은 싣지 않았다. 만약 일 푼의 공력이라도 담아냈었다면 그의 얼굴 가죽 아래는 온통 뼛조각으로 가득했을 것이다.

"졌으니 제발 그만하시오."

"당신 수하들은 아닌 것 같소만."

"모두 멈춰!"

백몽추가 목을 쭉 빼고 나오지도 않는 목소리를 쥐어짰다. 그러자 주변에서 일어나고 있던 모든 싸움이 거짓말처럼 뚝 그쳤다.

길 가장자리에 황소가 엎드린 것처럼 생긴 바위가 하나 있었다.

무장을 해제당한 흑수표의 표사들은 양팔을 벌린 채 그 바위 곁을 한 명씩 지나갔다. 그러면 동가채의 산적들이 달라붙어 몸을 뒤진 다음 돈 될 만한 것들을 전부 빼앗아 바위 위에 올려놓았다.

"대충하지 말고 탈탈 털어!"

동가채의 채주 탈혼살부가 버럭 소리를 질렀다.

그는 횡재라도 한 사람처럼 아주 신바람이 나 있었다. 이처럼 큰 판을, 그것도 압도적인 대승을 거두면서까지 해먹을 날이 올 줄 몰랐기 때문이다.

남궁소소는 쥘부채 너머로 힐끔거리며 바위에 쌓이는 돈을 셌고, 나는 옆에서 팔짱을 낀 채 구경했다.

"다음!"

탈혼살부의 명령에 맞춰 백몽추가 수하의 부축을 받으며 들어섰다.

동가채의 산적들이 몸을 뒤지려는 순간 내가 말했다.

"그냥 통과시켜."

"예?"

"이유야 어찌 되었든 일개 표행단을 이끄는 표두다. 존경심을 보여라."

그러면서 나는 백몽추를 빤히 노려보았다. 내가 배려를 해준 것처럼, 당신도 행동으로 보여주어야 한다는 뜻이다.

백몽추는 노련한 만큼 상황 판단도 빨랐다. 그는 체념한 듯 품속에서 묵직한 전낭을 꺼내 수하에게 주었다. 수하가 그것을 받아 다시 바위 위에 올려놓았다.

탈혼살부가 얼른 전낭을 집어 끈을 풀고 내용물을 바위에다 부었다. 그러자 싯누런 금전 쉰여 개가 와르르 쏟아졌다.

곤륜노들을 처분하고 챙긴 돈이었다. 공식적으로는 이 산적질의 명분이 되었던 돈.

좌중이 찬물을 끼얹은 것처럼 고요해졌다. 말은 않지만 지금쯤 동가채 산적 오십여 명의 가슴 속에서는 격랑이 일 것이다.

놀란 탈혼살부가 눈을 동그랗게 뜨고는 나를 돌아보았다.

나는 가볍게 고개를 끄덕여 주었다.

"다음!"

탈혼살부가 더욱 큰 소리로 외쳤다.

다음에 들어선 사람은 방지중이었다. 그는 초전에 나의 주먹과 남궁소소의 진각을 맞아 까무러쳤다가 싸움이 모두 끝나고서야 뒤늦게 깨어났다. 하지만 코뼈가 주저앉고 앞니가 모조리 나간 상태였다.

그의 품속에선 동전만 잔뜩 든 전낭이 나왔다. 산적들이 몸을 샅샅이 뒤졌지만 더 이상 나오는 건 없었다.

산적들은 동전을 전낭에 담아 다시 돌려주었다. 가는 길에 국수 사

먹을 돈은 남겨주라는 내 명령 때문이었다.

"다음!"

"잠깐!"

무사히 통과하려는 방지중을 내가 붙잡았다. 이어 앞으로 나아가서는 갑자기 옆에 있던 산적의 검집에서 검을 뽑았다.

스릉!

놀란 사람들이 눈을 크게 떴다.

당황한 방지중이 두어 걸음을 뒷걸음질 치며 말했다.

"왜 이러시오?"

왜 이러긴, 고급 기술 들어가느라 그러니.

나는 검으로 방지중의 몸을 어깨부터 다시 천천히 더듬으며 내려오기 시작했다. 그러다 허리에 이르러 옷자락을 휙 들치고는 가죽 요대의 뒤쪽을 툭툭 쳤다.

딱! 딱!

벌써 소리부터 다르다.

옆에 있던 산적들이 눈을 번쩍 뜨고는 요대를 벗기고 뒤집었다. 그러자 안쪽에 나란히 붙어 있던 은전 열 개가 모습을 드러냈다.

"이런 날강도 같은 놈이!"

탈혼살부가 씹어 먹을 듯한 표정으로 소리쳤다.

이후로도 계속해서 흑수표의 표사들이 검색을 받았고, 나는 조금만 수상하다 싶으면 끼어들어서 숨겨둔 돈들을 정확히 찾아냈다. 신발 바닥, 상투 속, 사타구니 아래, 엉덩이 사이, 입천장 등등.

따지고 보면 전생에서 나와 쟁자수들이 노상강도단과 맞닥뜨렸을 때늘 하던 방식들이었다. 표사들이라고 해서 별반 다르지 않았다.

그런 사정을 알 리 없는 산적들은 내가 숨은 돈을 찾아낼 때마다 감탄해 마지않았다.

"대체 어떻게 알았지?"

"귀신이 따로 없군."

"무공은 또 어떻고. 투다닥 하더니 그냥 표두를 때려눕히더라니까. 내 평생 그렇게 빠른 권법은 처음 봤어."

"한 달 동안 공치다가 귀인을 만나 횡재하는군."

"저런 두령 밑에서라면 금방 부자 될 텐데."

"쉿, 흑수표국 놈들이 듣겠어!"

뒤로 빠져 있던 산적들이 삼삼오오 모여 자기들끼리 수군대는 소리였다. 백년공력을 지닌 내게는 바로 옆에서 말하는 것처럼 또렷이 들렸다.

이런 반응은 내가 곤륜노들을 표마차에서 모두 내리게 한 후 두 겹으로 된 바닥을 뜯어내 숨은 전낭을 찾아냈을 때 극에 달했다. 전낭 속에는 또 다른 금전 쉰 개가 들어 있었다.

"와아아아!"

금전을 본 동가채의 산적들은 그냥 눈이 뒤집혔다.

이것까지는 몰랐는지 독고완과 탁중로는 물론이고 염지약, 여소옥, 운휘향도 입이 쩍 벌어졌다. 호리독사와 남궁소소는 이제 놀라지도 않았다.

반면 방지중을 비롯한 흑수표의 표사들은 얼굴이 썩어 문드러졌다. 짐작하건대 곤륜노들을 팔아넘긴 후 받은 돈의 절반을 표마차 바닥에 숨겨놓은 모양이었다.

백몽추가 남궁소소를 향해 말했다.

"그건 우리 돈이 아니오. 우린 운송만 해줄 뿐 그 대금은 표주에게 돌려주어야 하오. 절반이라도 챙겨 가게 해주시오."

촥!

남궁소소가 쥘부채를 거칠게 접고는 냉랭하게 말했다.

"전면전을 벌였으면 이 정도는 각오를 했어야지. 승자가 모두 가져가는 건 흑도의 오랜 규칙이 아니었던가?"

"화살을 먼저 쏜 건 당신들이었소."

"화살 한 발 쏜 게 무슨 그리 대단한 일이라고. 우릴 얕잡아 본 나머지 화살을 핑계로 전면전을 벌였다가 뒤통수를 맞은 게 더 정확한 지금의 상황 아니오?"

"표주가 누군지 아시오?"

"사람 장사를 할 곳이 흑수방 말고 또 있나?"

"뒷일을 감당할 수 있겠소?"

백몽추의 목소리가 갑자기 착 가라앉았다.

남궁소소가 더욱 차가운 음성으로 말했다.

"흑사방주가 녹림맹을 상대로 전쟁을 벌일 간담이 있을까? 뭐, 있다고 해도 우린 별로 큰 관심이 없지만 말이지."

"무슨 뜻이오?"

"침을 뱉을 때도 자리를 보라고 했소. 이런 장사를 시작했으면 족보는 없어도 든든한 뒷배는 있어야지 않겠소? 우리는 녹림맹 구벽산지부 소속이오."

"……!"

"아, 그리고 곤륜노들은 두고 가셔야겠소. 우리 말을 가르쳐 이것저것 잡일이라도 시킬 생각이니까. 대신 말은 전부 돌려주겠소. 산에선 말을 탈 일이 별로 없어서 말이지."

흑수표국의 표행단을 털어서 나온 돈은 금전 백열한 냥에 은전 쉰 냥이었다.

나는 금전 쉰 냥을 동가채의 몫으로 탈혼살부에게 주었다. 은전으로 치면 무려 오백 냥에 달하는 거액이었다. 아껴서 쓴다면 오십 명이 족히 오(五) 년은 먹을 수 있는 돈.

졸지에 돈벼락을 맞게 된 탈혼살부와 동가채의 산적들은 입이 귀밑까지 찢어졌다. 무려 절반 가까이나 나눠줄 줄 몰랐던 탈혼살부는 자기가 진짜 두령이라는 것도 잊은 채 나를 향해 허리가 부러져라 인사를 했다.

"이 은혜를 어떻게 갚아야 할지."

"함께 강도질한 인간들끼리 은혜는 무슨."

"실은 몇 달 동안 벌이가 변변치 않았습니다. 평소 어울리던 칼잡이들을 규합해 어찌어찌 산채는 열었는데 통 장사가 되어야 말이지요. 덕분에 한 수 잘 배웠습니다."

"마지막으로 한 가지 더 충고해도 되겠소?"

"물론이지요. 경청하겠습니다."

"내가 볼 땐 채주나 수하들 모두 아직 산적질 할 준비가 제대로 되지 않았소. 이대로 갔다간 애꿎은 수하들만 계속해서 죽어 나갈 것이오."
"하면 어떻게 해야 할까요?"
"구벽산 남쪽에 있는 남가채(南家寨)에 의탁을 하는 게 어떻겠소?"
"남가채요?"
"남가채주가 성질이 포악해 가끔 발작을 하기는 해도 산적질하는 수완만큼은 근동에서 최고외다. 수하들을 이끌고 가서 투신한 후 비위를 살살 맞춰주면 밥 굶는 일은 없을 것이오."
"비위를 살살 맞추라고요?"
"고작 그 정도 실력으로 산채를 이끄는 것보단 나을 것이오. 남가채주가 천년만년 사는 것도 아닌데, 밑에서 열심히 일을 배우다 보면 언젠가 채주께도 좋은 기회가 오지 않겠소?"
탈혼살부는 수하들을 한 차례 쓰윽 돌아보았다. 오십여 명의 산적들은 어딘지 모르게 간절한 눈빛으로 그를 바라보고 있었다.
탈혼살부야 남 밑에 들어가는 것이 죽기보다 싫을 것이다. 하지만 수하들은 어차피 남 밑에서 구르는 거 기왕이면 센 놈 밑에서 구르는 게 훨씬 낫다. 먹는 것도 그렇고 안전상으로도 그렇고.
비록 산적의 길로 들어섰지만 탈혼살부는 아주 나쁜 인간은 아니었다. 그는 땅이 꺼져라 한숨을 쉬더니 말했다.
"그리하겠습니다."
동가채의 산적들이 크게 웅성거리기 시작했다.
어떤 자들은 두 주먹을 움켜쥐었고, 어떤 자들은 터져 나오려는 환호성을 참기 위해 입을 꾹 다물었다. 하나같이 좋아서 죽을 것 같은 얼굴들이었다.

이런 반응까지는 나도 전혀 예상을 못 했다. 그동안 욕심만 앞서고 수완은 없는 두령 밑에서 마음고생이 심했던 모양이다.

탈혼살부와 이야기를 하는 사이 산적들이 밧줄에 손을 묶인 곤륜노 일곱 명을 끌고 와 내 앞에 무릎 꿇렸다.

남궁소소의 눈빛이 대번에 차가워졌다.

내가 말했다.

"밧줄을 풀어주시오."

"예?"

"무슨 문제라도 있소?"

"그럴 리가요!"

산적들이 우르르 달라붙어 칼로 밧줄을 잘라주었다. 얼떨결에 자유의 몸이 된 곤륜노들은 이러지도 저러지도 못하고 눈치만 보았다.

그 와중에 어른들은 열 살가량의 아이들을 끌어다가 자기들 뒤로 감추었다. 우리가 무슨 일을 벌일지 모르기 때문에 잔뜩 경계하는 것이다.

"우리말을 할 줄 아는 사람이 있소?"

"제가 조금 압니다."

건장한 체격의 젊은 사내가 두어 걸음 앞으로 나왔다. 얼굴이며 목에 칼자국이 여러 군데 나 있었는데, 딱 보기에도 평범하게 산 인간은 아니었다.

아마 그런 이유 때문에 노예로 팔리지 않았을 것이다. 건장한 건 좋지만 포악하면 오히려 주인을 해칠 수가 있으니까.

나는 남궁소소에게 눈짓을 했다.

남궁소소는 탈혼살부에게 주고 남은 금전 예순한 냥과 은전 쉰 냥이 든 전낭들을 모조리 곤륜노의 사내에게 주었다.

"이게 무엇입니까?"

"지켜봤으니 알 텐데."

"이걸 왜 우리에게……."

"앞서 떠난 표사들이 당신들의 동족을 팔아서 번 돈이니 그나마 당신들이 가장 가까운 주인이겠지. 산적들에게 준 나머지 절반은 당신들을 구해준 대가라고 생각하시오."

언제부턴가 다소 굳어 있던 독고완, 탁중로, 염지약, 여소옥, 운휘향의 표정이 활짝 펴졌다. 아무리 흑도들이라고는 하나 표사의 몸으로 다른 표사들을 약탈하는 것이 찜찜했다가 이제야 비로소 내 진짜 의도를 알아차렸기 때문이다.

동가채의 산적들은 이런 복잡한 감정 따윈 없었다. 그들은 그저 저 큰돈을 단 한 푼도 따로 챙기지 않고 모조리 줘버리는 내 배포에 놀라 하나같이 눈을 동그랗게 떴다.

"아이들도 있으니 오늘 밤은 산채에서 우리와 함께 지내고 내일 남은 동족들을 이끌고 고향으로 돌아가도록 하시오."

"우리를 돌려 보내준다는 말입니까?"

"그렇소."

여태 평정심을 유지하던 곤륜노의 사내가 치밀어 오르는 격정을 감추지 못하고 입술을 바르르 떨었다. 옆에 있던 그의 동족들이 걱정스러운 표정으로 무언가를 물었다. 아마도 무슨 일이냐고 하는 것 같았다.

사내가 그들 말로 무언가 한참을 설명해 주자, 모두가 기뻐서 어쩔 줄을 몰라 했다. 여자들은 쏟아져 나오는 눈물을 훔치기 바빴다. 한데 한 노인만큼은 여전히 걱정스러운 표정으로 무언가를 말했다.

사내가 내게 통역을 해주었다.

"땅을 밟고 한 달 동안 북쪽으로 끌려갔다가 닷새 정도를 다시 내려왔다고 합니다. 바닷가까지 가는 데만 스무날이 넘게 걸릴 텐데, 우리끼리 가면 어차피 또 나쁜 놈들에게 붙잡힐 거라고 합니다."

당연한 말이다. 아무리 변복에 죽립을 쓴다고 해도 먼 거리를 가다 보면 분명히 사람들의 눈에 띄고, 관군들에게 붙잡혀 갈 것이다. 흑도들에게 잡히면 십중팔구 흑시의 상인들에게 노예로 팔려갈 것이고.

나는 탈혼살부를 돌아보며 말했다.

"부탁을 하나 해도 되겠소?"

"이를 말씀입니까."

"지금 당장 수하 한 명을 구벽산 넘어 순안(淳安) 땅으로 보내 내일 아침 일찍 청운표국(青雲鏢局)의 조제길 표두를 찾아서 모시고 오도록 하시오."

"청운표국의 표두를요?"

"남해로 가는 호송 건이 있다고 하면 알아서 표행단을 꾸려 올 것이오. 숫자는 어린아이 둘이 섞인 일곱이고 표비는 두당 금전 석 냥씩이라고 하시오."

청운표국의 조제길은 표사가 되지 않았다면 협객이 되었을 사람이었다. 성격도 호방에서 그와 사사롭게는 의형제를 맺은 표사들도 적지 않았다. 그라면 곤륜노들을 책임지고 남해까지 안전하게 호송해 줄 것이다.

"만약 조제길 표두가 부재중이라면 반드시 그와 의형제를 맺은 표사들 중 아무나 한 분께 말씀을 드리도록 하시오."

"알겠습니다."

탈혼살부가 당장 수하 한 명을 골라서 쫓아 보냈다.

나는 다시 곤륜노의 사내를 돌아보며 말했다.

"어떻게 된 상황인지 이해하겠소?"

"물론입니다."

"금전 스물한 냥은 표비로 지급해야 하오."

"이 빚을 어떻게 갚아야 할지……."

"당신들이 만약 무사히 고향으로 돌아간다면 그건 순전히 함께 끌려왔던 동족 덕분이오. 그들의 몸값으로 표사들을 산 것이니까. 그러니 꼭 살아서 돌아가도록 하시오."

바위처럼 단단할 것 같던 사내의 눈동자에 눈물이 그렁그렁 맺혔다.

그가 잔뜩 궁금한 표정을 짓고 있는 동족들에게 그들의 말로 설명했다. 그러자 남녀노소 할 것 없이 참았던 눈물을 쏟아내기 시작했다.

이어 사내와 노인을 중심으로 나를 향해 어설프게 우리식의 인사법인 포권지례를 해왔다. 다음엔 남궁소소를 비롯해 독고완, 탁중로, 호리독사, 염지약, 여소옥, 운휘향에게도 일일이 포권지례를 올렸다.

다음 날, 나는 표행단을 이끌고 일찌감치 동가채를 나섰다.

하지만 곧장 길을 재촉하지 않고 구벽산 고개 중간쯤에서 산비탈의 숲으로 들어가 숨어 기다렸다.

해가 중천에 떠오르자 청운표국의 조제길이 강인한 인상의 표사 열 명을 데리고 나타났다. 지붕과 창문이 있는 표마차도 두 대나 동원한 채로였다.

한 시진 후에는 조제길의 표행단이 반대쪽에서 다시 나타났다. 동가채에 들렀다가 되돌아가는 길이 분명했다.

두 대의 표마차에는 까무잡잡한 피부에 크고 아름다운 눈동자를 가진 이국의 아이들이 창밖으로 얼굴을 내민 채 산천을 구경하고 있었다.

"천룡표국의 표사가 되길 정말 잘한 것 같아요."

운휘향이 느닷없이 한 말이었다. 세 명의 여표들 중 가장 막내인 그녀는 언니들과 달리 당찬 면이 있어서 가끔씩 이렇게 엉뚱한 말을 하곤 했다.

"표행을 하는 내내 그랬는데 어제와 오늘은 특히 더 그렇네."

여소옥이 말했다.

"천룡표국이 아니고, 천룡표국의 비룡당."

염지약이 두 사람의 말을 바로 잡아주었다.

잠시 후, 마차는 산모퉁이를 돌아 완전히 모습을 감췄다.

"다들 출발한다!"

나는 짧게 명령을 내리고 말을 몰아 숲을 내려갔다.

남궁소소가 얼른 달려와 말 머리를 나란히 했다.

"뭐요?"

"뭐가요?"

"할 말이 있는 것 같은데."

"전혀요."

그러면서도 입은 환하게 웃고 있었다.

한참이 지나서야 그녀가 물었다.

"가까운 객점이 어디쯤 있나요?"

"순안의 초입에 양회반점이라고 있소. 스무 살에 과부가 된 아주머니가 삼십 년째 한 자리에서 국수를 말아 팔지."

"거기서 국수에 반주나 한 잔씩 곁들이고 갈래요?"

"갈 길이 머오."

"내가 살게요."

"사실 그 집은 만두가 더 유명하오."

"그것도 살게요."

"돼지고기도 먹을 만하고. 다섯 가지 약재를 넣고 가마솥에 삶아 내는데, 신기하게도 잡내가 하나도 나지 않소."

"언제는 갈 길이 멀다더니."

"먹고 두 배로 빨리 가면 되긴 하지."

"좋아요, 가요. 다 살게요."

구벽산을 넘은 지 이틀 후, 나는 마침내 표사들을 이끌고 항주로 돌아왔다.

한데 아주 뜻밖의 인물이 천룡표국에 머물고 있었다.

이종산의 부름에 대충 옷만 갈아입고 표왕부로 갔더니 바로 그 문제의 손님이 있었다. 곰처럼 뚱뚱한 체구에 호화로운 비단으로 온몸을 휘감은 장년인이었다.

피부는 평생 햇볕이라곤 보지 않은 것처럼 희고 깨끗했다. 전체적으로 보아 고관대작이나 부유한 상인 같았다.

그러나 굳은살이 박인 주먹과 불쑥 솟은 정수리 그리고 눈동자에 가득한 정광은 그가 무림인이라는 것을 말해주었다. 그것도 절정의 공력을 지닌 내가고수.

"인사 올리거라. 네게는 까마득한 선배님이시니라."

이종산의 말에 나는 일단 포권지례부터 올렸다.

"비룡당주 이정룡입니다."

"듣자 하니 설인탁이 자신의 별호 중 앞 두 글자를 따서 자네에게 풍운비룡이라는 별호를 선물했다지?"

이종산이 구태여 까마득한 선배님이라고 소개한 걸 보면 분명 표국업에 종사하는 사람이다. 한데, 표국업에 몸담은 이들 중 천하의 설인탁을 저렇게 이름으로 부를 수 있는 사람이 몇이나 될까.

"송구하게도 그렇습니다."

"내가 누군지 짐작하겠는가?"

"글쎄요."

"평범한 용모는 아닐 텐데."

"죄송합니다."

"실망이군. 국주님께 전해 듣기로는 나처럼 되는 것이 꿈이라고 하던데, 이제 보니 선배님께서 이 후배를 놀리신 게 아닌가."

뚱뚱한 체구에 비단옷, 내가고수, 이종산을 깍듯이 선배로 모시며, 내가 닮고자 하는 사람……. 여기까지 생각이 미친 나는 한 사람을 떠올리고 정신이 번쩍 들었다.

"황금장표(黃金匠鏢)!"

그는 대답 대신 가볍게 웃었다. 내 짐작이 맞는 모양이었다.

너무나 놀란 나는 그만 자리에서 벌떡 일어났다. 이어 나도 모르게 다시 정성껏 포권지례를 올렸다.

"뵙게 되어 영광입니다!"

옆에서 지켜보고 있던 곽석산과 손지백이 죽겠다며 웃어댔다.

황금장표 석불원. 그는 어느 표국에도 소속되지 않고 혼자 떠돌아 다니는 독표(獨鏢)였으며, 산동에서 다섯 손가락 안에 드는 거부였다. 또한 자타가 공인하는 절정고수였다.

엄청난 거부이자 절정의 고수가 한낱 표사 노릇을 하고 다니는 것도 기이한 일인데, 그에게는 강호인들이 붙여준 또 다른 수식어가 하나 더 있었다.

그는 풍운표검 설인탁과 어깨를 나란히 하는 천하 사대명표 중 한 명이었다.

석불원이 얼굴 가득 미소를 띠며 말했다.

"만나서 반갑네."

"알고 보니 국주님께 정말 귀한 손님이 오셨군요. 어쩐지 서둘러 집으로 돌아오고 싶더라니, 늦지 않게 도착해서 정말 다행입니다."

"무언가 오해를 하고 있군."

"예?"

"난 표왕이 아니라 그분의 아들인 풍운비룡을 만나러 온 것이네."

표왕부에서의 만남은 시작에 불과했다.

다음 날 아침, 나는 비룡당의 집무실에서 황금장표 석불원과 독대했다.

본격적인 이야기를 시작하기도 전에 그는 다짜고짜 전표 하나를 내밀었다. 만금전장주의 수결이 선명하게 찍힌 것이었는데, 마치 며칠 전에 발행한 것처럼 깨끗했다.

항주의 본장이 마교도들에게 보름씩이나 장악당한 일로 뿌리가 흔들렸던 만금전장은 기적적으로 되살아났다. 한 달 전 이종산이 내가 갖다 바친 마총의 보물 전부를 만금전장을 통해 처분하고 그 수익마저 위탁하겠다고 했기 때문이었다.

이는 절강성 최고의 부호인 천룡표국이 만금전장을 여전히 신뢰하고 있다는 신호를 강호인들에게 보낸 것이다. 덕분에 봇물 터지듯 만금전장을 빠져나갔던 돈들이 조금씩 다시 돌아오고 있었다.

만금전장으로선 구사일생한 것이지만 무작정 좋아할 수만도 없었다. 전장의 생사여탈이 이종산의 손에 달려 버렸기 때문이다.

전립성은 이제는 천룡표국으로부터 독립하려는 만금전장의 고독하고 처절한 싸움이 시작될 거라고 했다.

아무튼, 석불원이 바로 그 만금전장의 전표를 내게 내밀었다. 그것도 무려 금전 일천 냥짜리. 짐작하건대 산동의 갑부인 그가 만금전장과 거래를 함으로써 표국업계의 대선배인 이종산에게 조금 힘을 실어주려는 것 같았다.

무언가 부탁할 게 있는 것이다.

"이게 뭡니까?"

"자네를 객표(客鏢)로 고용하는 대가일세."
객표는 표국업에 종사하는 사람들이 쓰는 공식적인 용어로 객원표사를 말한다.
내가 객원표사를 고용한 적은 있어도, 고용을 당한 적은 없는지라 기분이 묘했다. 일전에 무림맹의 일을 하긴 했으나, 그땐 여러 표국의 표사들이 동등한 위치에서 참여한 공동 표행이었다. 지금처럼 일방적인 객표로 고용된 것은 아니었다.
"금전을 일천 냥씩이나 준다고요?"
"이건 계약금일세. 표행에 성공해서 표물을 표주에게 무사히 인계하는 날 그곳에서 똑같은 전표를 하나 더 주지. 표행에 걸리는 시간은 길어야 한 달을 넘지 않을 걸세."
정리하자면 석불원이 누군가로부터 모종의 의뢰를 받았고, 그 일을 완벽하게 수행하기 위해 나를 객표로 고용하겠다는 뜻이다.
꿀꺽!
산동에 사는 천하 사대명표 중 한 명인 황금장표 석불원이 나를 객표로 고용하기 위해 이 먼 항주까지 찾아왔단다. 그리고 지금, 내 앞에는 그가 내민 금전 일천 냥짜리 전표가 놓여 있었다.
사실 돈이야 이제는 평생 써도 모자라지 않을 만큼 있다. 하지만 그건 재산이고, 이건 표행의 대가로 받는 표행비였다. 다시 말해 표사로서의 내 몸값이 무려 금전 일천 냥이라는 뜻이다.
이건 내게 금전 삼십만 냥을 수중에 넣은 것보다 더 큰 의미가 있었다. 이런 건 일반 표사들에게는 절대로 있을 수 없는, 그야말로 명표들에게나 일어나는 일이었으니까.

실제 이종산이 현역으로 왕성하게 활동하며 명표라 불리던 시절, 숱한 부호들이 먼 길을 마다치 않고 달려와 그에게 표행을 부탁했었다.

그때 부호들이 내민 것이 바로 금전 일천 냥짜리 전표였다고 한다. 물론 그만큼 위험하고 어려운 의뢰였고, 이종산은 단 한 건의 실패도 없이 모조리 해치워 버렸다.

결국, 명표라는 칭호만으로는 이종산의 대단함을 표현할 수 없었던 강호인들은 그에게 표왕이라는 별칭까지 안겨주었다.

떨리는 가슴을 가까스로 진정시키며 물었다.

"왜 하필 저입니까?"

"자네가 이 일의 가장 적임자니까."

"저를 어떻게 아시고요?"

"강호에 소문이 자자한 자네를 어찌 모르겠나. 항주에 두 마리의 잠룡이 웅크리고 있는데, 하나는 다선초당의 창룡검이고, 다른 하나는 천룡표국의 풍운비룡이라고 하더군."

본래 이 말은 남직예가 자랑하는 두 명 젊은 고수 남궁세옥과 양조창을 두고 떠돌던 말이었다. 한데 남궁세옥이 항주에 와서 지내다 보니 소문도 자연스럽게 따라서 옮겨 온 모양이었다.

남궁세옥에게 묻어가는 면이 없지는 않지만 나도 모르게 어깨가 으쓱해졌다. 이렇게 차근차근 경력을 쌓아 나가다 보면 언젠가는 명표로 불릴 날이 있지 않겠나.

"대체 무슨 일이기에 그러십니까?"

"표행단이 모두 꾸려지기 전까지는 가르쳐 줄 수 없네. 물론 자네도 표행단에 들어와야 한다는 전제 조건이 붙지만."

"저 말고도 표사들이 또 있습니까?"

"물론이네."

"몇 명이나요?"

"그것 역시 지금은 말해줄 수 없네."

"아시다시피 최소한의 정보는 주셔야 결정을 내릴 수 있습니다. 외람된 말씀입니다만, 무조건 승낙을 했다가 알고 보니 암표나 밀표였다고 하면 피차 곤란해지니까요."

암표는 표물이 무엇인지 묻지 않고 무조건 운송해 주는 것을 말하고, 밀표는 나라에서 유통을 금한 물건들을 비밀리에 호송하는 걸 말한다. 암표는 불법과 합법을 오가고, 밀표는 명백한 불법이며 천룡표국에선 취급하지 않는다. 최소한 공식적으로는.

석불원은 잠시 나를 뚫어지게 바라보더니 말했다.

"칠마종의 전설에 대해 잘 알고 있겠지?"

"어쩌다 보니 최근에 연루가 되어서요."

"이백여 년 전, 천성교의 교주가 마교통일대전을 벌일 당시 매번 칠마종의 허를 찌르는 기습전을 펼치기로 유명했네. 그게 칠마종이 패망하는 결정적인 이유가 됐지. 이후 강호인들은 천성교의 교주가 달렸던 진격로를 마교일통지로(魔敎一統之路)라고 불렀네. 한데 그때 일만 마병의 길 안내를 한 사람이 누군 줄 아는가?"

"누굽니까?"

"바로 표사였네. 그 시대의 명표로 불렸던."

"……!"

"역설적이게도 오랜 세월이 흘러 무림맹이 철옹성 같은 십만대산을 뚫고 들어가 천마성교를 무너뜨릴 수 있도록 길잡이 역할을 해준 사람 역시 표사였네. 마찬가지로 그 시대에 가장 유명했던 표사 중 한 명이었지."

천마성교가 멸망한 것은 불과 30년이 채 되지 않았다. 그때는 이갑룡이 태어날 무렵이었고, 이종산이 명표의 칭호를 얻으며 천하가 좁다 하고 이름을 떨칠 때였다.

'혹시!'

삼십 년 전 젊은 이종산이 무림사의 중요한 현장에 서 있었을지도 모른다는 생각에 나는 불현듯 심장이 두근거렸다.

"강호인들이 무림의 전설이라고 생각하고, 또 그렇게 알고 있는 일들이 사실은 표사들과 연관된 경우가 많다네. 이런 일들은 비밀리에 진행되고 대량의 살인을 동반하지만, 암표니 밀표니 하는 잣대로는 말할 수가 없는 것들이지."

작은 바람은 숲의 나뭇가지에 모조리 걸리지만, 큰바람은 나무를 타고 넘으며 숲 위에서 분다고 했다.

석불원은 지금 내게 표행의 천외천(天外天)에 대해 말하고 있었다. 세상의 규칙이나 도덕 너머에 존재하는 다른 차원의 표행, 그리고 그걸 해내는 최고 수준의 표사들.

인간으로서 지켜야 할 최소한의 도리마저 저버리는 건 아닐까 염려할 필요는 없다. 표행단을 이끌 표두가 황금장표 석불원이기 때문이다. 그를 협객이라고 할 수는 없지만, 절대 인간의 도리를 저버릴 위인은 아니었다. 그랬다면 표왕이 그를 후배로 인정해 주며 반가워하지도 않았을 것이고.

사실 석불원은 여러 가지 면에서 매우 괴팍하고 입지전적인 인물이었다.

첫 번째, 산동에서 다섯 손가락 안에 드는 갑부의 외동아들로 태어났으면서 힘들고 험난한 표사의 길로 들어선 것이 그렇다.

두 번째, 그는 지금까지 단 한 번도 표국에서 일을 해본 적이 없었다. 하지만 모두가 그를 표사라 불렀고, 그 역시도 그렇게 불리는 걸 가장 좋아했으며, 결국엔 사대명표 중 한자리까지 당당하게 차지했다.

세 번째, 그는 어떤 의뢰가 들어오든 그 일에 딱 맞는 사람을 귀신같이 찾아내서 최소의 인원으로 표행단을 꾸리는 거로 유명했다. 그 과정에서 돈이 얼마가 들어가든 상관하지 않았다. 그에게 표행은 일이 아니라 끊을 수 없는 취미이자 유일하게 즐거움을 주는 유희였으며, 한계를 향한 끝없는 도전이었다.

강호인들은 그를 미쳤다며 손가락질했지만 나는 충분히 이해할 수 있었다.

"하겠습니다."

"신중히 생각하게. 금액을 보면 알겠지만 아주 위험한 일이네. 말하자면 난 자네에게 목숨값을 제시한 것이지."

"표사에게 위험은 거북의 등껍질 같은 것이죠."

"평생 짊어지고 가야 할 숙명이다?"

"그렇습니다."

"듣던 대로 대단한 배짱이군."

"감사합니다."

"이제 이 전표는 자네 것이네."

석불원이 전표를 내 쪽으로 밀었고, 나는 즉석에서 계약서를 작성해 한 부씩 나눠 가졌다.

이로써 나는 당분간 석불원의 객표로 활동을 하게 되었다. 만약 둘 중 한 사람이 중간에 계약을 파기한다면 두 배로 보상해야 함은 물론 이거니와 경력에 치명적인 흠집이 생길 것이다.

"한데 표행단 속에서 제 지위는 무엇입니까? 표두는 당연히 선배님이실 테고요."

"쟁자수일세."

"예?"

한순간 정신이 아득해졌다.

표사로서의 내 소문을 듣고 찾아왔다고 할 땐 언제고 고작 쟁자수로 쓰겠다고? 그것도 무려 금전 일천 냥에?

"이제부터 표행이 끝날 때까지 자네는 내 쟁자수일세. 첫 번째 임무를 주지. 지금 당장 튼튼한 말 네 필과 당분간 먹을 건량을 준비하게. 한 식경 후에 출발할 테니."

"잠깐만요. 선배님."

"표두님이라고 부르게."

"잠깐만요. 표두님. 저는 어제 막 보름간의 표행을 마치고 돌아왔습니다. 최소 사흘은 휴식을 취해야 합니다. 그리고 제 지위 말씀인데요. 무언가 착오가……."

"다른 표사들을 구하려면 최소 열흘은 걸릴 걸세. 그때까지 가면서 쉬도록 하게. 그럼 나는 마지막으로 선배님이나 한 번 더 뵙고 오겠네. 자식을 사지로 데려가는데 보고는 하고 가야지."

"저기요. 선배님, 아니, 표두님."

나는 몇 번이나 눈을 비비고 다시 떴다. 석불원을 따라서 온 항주의 구석진 곳 어느 작고 오래된 객점에서 우연히 아는 노인을 만났기 때문이다.

그 노인은 지금 여기 있으면 안 되는, 정확하게는 사천성 성도에 있어야 할 사람이었다. 그는 내가 성도에 머무를 당시 그곳 하오문 향주인 장인보와의 접선 장소로 쓰고, 또 숙박 장소로도 썼던 '천하제' 객점의 황 노인이었다.

"여긴 어쩐 일이십니까?"

"나는 항주에 오면 안 되나?"

"너무 뜻밖이어서 그렇지요."

"반갑지는 않고?"

"반갑죠. 반가운데. 대체 어떻게 된 겁니까?"

성도에서는 분명히 존댓말을 했는데, 지금은 대뜸 반말이다.

나이 차이가 워낙 많이 나니 그 정도는 뭐 괜찮다. 어차피 처음 보는 사이도 아니었고.

"당분간 여기서 지내기로 했네."

"왜요?"

"원래 특별한 일이 없다면 대륙의 이곳저곳을 떠돌며 한두 달씩 머문다네. 이번엔 어쩌다 보니 항주로 오게 된 것이고."

"천하제 객점은 어쩌고요?"

"그거야 장인보가 알아서 하겠지."

[조심하십시오. 보시면 아시겠지만, 저와 함께 온 사람도 무림인입니다. 그리고 아무리 연배가 있으시다고 해도 하오문 성도 분타의 향주를 그렇게 막 불러도 되는 겁니까? 노인장께서도 하오문의 문도이신 것 같던데.]

황 노인의 말에 나는 전음으로 응수했다. 거지 콧구멍만 한 객점에 손님이라곤 나와 석불원밖에 없었지만, 그래도 남의 문파의 내밀한 사정인데 누가 들으면 곤란하지 않겠나.

한데 배려가 무색하게 황 노인은 대놓고 말했다.

"내가 내 수하를 부르는데 왜."

"그게 무슨!"

그러더니 손에 들고 있던 엽차와 주전자를 탁자 위에 내려놓고 털썩 맞은편 자리를 차지하고 앉았다.

석불원이 가볍게 웃으며 말했다.

"이미 안면이 있으신가 봅니다."

"도화곡의 문도들을 이끌고 성도로 왔을 때 내가 옆에서 지켜보며 먹여주고 재워주고 했지. 필요한 정보가 있으면 아이들 시켜서 물어다 주기도 하고."

"그렇게 친절한 분이신 줄 몰랐습니다."

"내 일곱 번째 제자가 준 신표를 허구한 날 검수(劍首)에 매달고 다니는데 모른 척할 수가 있어야지. 어렸을 적에는 항주의 하오문도들에게 꽤 잘해주기도 했고."

하오문도, 일곱 명의 제자를 둔 스승, 장인보를 수하라고 부르는 위치. 순간 나는 양주의 매용초가 했던 말을 떠올렸다.

"하오문주의 칠 제자인 소수옥녀(素手玉女)를 상징하는 증표예요. 가는 동안 검의 손잡이 끝에 매달아주세요. 하면 하오문도들이 공자님을 찾아갈 거예요."

"엇!"

나는 벌에 쏘이기라도 한 것처럼 그 자리에서 벌떡 일어났다. 이어 두 손을 이마까지 올려 맞잡으며 더할 나위 없이 공손한 태도로 포권지례를 올렸다.

"천룡표국 비룡당주 이정룡. 하오문주님을 뵙습니다. 후배가 눈이 있어도 귀인을 몰라뵙고 그만 결례를 저질렀습니다."

"성도에서도 그렇고, 지금도 그렇고 자네는 내게 결례를 한 적이 없네. 용초의 신표를 이용해 도움을 요청할 때에도 꼭 문도들에게 따로 충분한 사례를 했었고."

"그리 말씀해 주시니 감사합니다."

심장이 금방이라도 튀어나올 것처럼 벌렁거렸다. 개방과 함께 천하 제일의 정보력을 다툰다는 하오문의 문주 천망회안(天網恢眼) 황가량이 다 쓰러져 가던 성도 천하제 객점의 황 노인이었다니.

하지만 저 얼굴은 진짜가 아닐 것이다. 문주의 용모는 하오문 내에서도 극비 중의 극비인데 진짜 얼굴을 내게 보일 리 없지 않겠나.

그건 그렇고, 석불원은 또 어떻게 하오문주를 알고 있는 걸까? 대화를 보아하니 하오문주가 그에게 반말을 할 정도로 막역한 사이인 것 같은데. 오늘 여기로 온 것도 하오문주를 만나기 위해서였음이 분명했다. 그렇다면 하오문주가 항주에 와서 지내는 것도 이미 알고 있었다는 말이 된다. 궁금증이 꼬리에 꼬리를 물고 이어졌다.

그런 내 생각을 아는지 모르는지 황 노인 불쑥 말했다.

"다들 잘 지내고 있네."

"예?"

"도화곡 사람들 말일세. 궁금할 것 같아서."

나는 또 한 번 정신이 번쩍 들었다.

이래 봬도 내가 도화곡 역사상 첫 번째 속가제자다. 이따금 사천성을 다녀온 표사들이 전해 들은 이야기를 다시 내가 전해 듣고 대충의 소식은 알았다. 하지만 보다 정확한 소식이 늘 아쉽던 터였다.

모두 어떻게 지내고 있을까? 여종매의 뒤를 이어 새로운 곡주가 된 이막하는 모두의 바람처럼 잘 해내고 있을까? 그녀의 제자인 칠검향주 섭부용은, 그림을 곧잘 그리던 안여여는, 어린 나이에도 하고 싶은 말을 참지 못하던 예홍은 또 어떻게 지내고 있을까?

"다들 별일 없겠지요?"

"사천구룡방은 다시 아홉 개의 방파로 갈라져 버렸네. 전쟁은 멈췄지만, 서로를 견제하느라 다른 곳을 살필 여력이 없지. 덕분에 도화곡은 빠르게 성도에서의 영향력을 확대해 나가고 있네. 민강의 물길을 장악한 조양방과의 독점 계약이 결정적이었지. 다시 흑도들의 세가 커지는 걸 우려한 사천당문과 청성파의 지원도 한몫했고."

"그렇군요."

"도화곡에 그림을 제법 잘 그리는 친구가 하나 있었나 보더군. 이름이 뭐라고 하더라……."

"안여여입니다. 솜씨가 기가 막히죠."

"글쎄 그 아이가……."

"……?"

"……."

"왜 말씀을 하다가 마십니까?"

"하오문의 정보를 사려면 돈을 내야지."

"예?"

"은전 다섯 냥만 주게."

나는 잠시 기가 막혔지만 안여여에게 무슨 큰일이라도 생겼는지 걱정되어 얼른 품속에서 은전 다섯 냥을 꺼내 앞으로 밀어놓았다.

은전을 쓰윽 챙긴 황 노인의 말이 이어졌다.

"도화곡 내 곡주가 기거하는 전각의 벽에다 대별산에서부터 성도로 오기까지의 과정을 벽화로 그려놓았다네. 특히 자네를 녹림의 고수와 싸우는 초절정 고수에다가 절세의 미공자로 그려놓았다더군."

지난날 도화곡 이전은 나에게 그동안 해왔고 앞으로도 하게 될 수많은 표행 중 하나에 불과했다.

하지만 도화곡의 제자들에겐 그 한 달간의 여정이 문파 역사의 가장 중요한 한 장면이었을 것이다.

도화곡의 역사에 영웅으로 길이 남을 생각을 하니 민망하면서도 한편으로는 뿌듯했다. 혹시나 무슨 일이 있나 해서 걱정했더니만, 이렇게 흐뭇한 소식일 줄이야. 황 노인의 심술궂은 장난에 걸려들었지만, 전혀 불쾌하지가 않았다.

"다들 잘 지내나 보군요."

"꼭 그렇지만도 않네."

"무슨 일이 있습니까?"

"구대 제자 중에 어리고 용모가 출중한 아이가 하나 있더군. 이름이 예홍이라고 하던가. 장차 천하절색이 될 거라고 벌써 성도에 소문이 자자하지."

"그 아이가 왜요?"

"글쎄, 그 아이가……."

"……?"

"……."

"방금 다섯 냥 드렸잖습니까?"

"나는 자네가 그동안 만났던 평범한 향주들이 아니라 하오문의 지존일세. 내 입을 열기 위해 어떤 이들은 천 리를 달려와 금전 백 냥을 지불하기도 하지. 옆에 있는 자네의 선배만 해도 열흘 전 한 사람을 찾아달라고 내게 금전 스무 냥을 주고 갔었고 말이지."

"그건 수천수만 명의 문도들을 움직여야 하는 맞춤 의뢰였고, 이건 어차피 알고 계시는 내용을 조금 말씀해 주시는 거잖습니까."

"그래서 은전으로 받는 걸세."

"……!"

싸우지 말자. 다른 곳도 아니고 하오문에서 잔뼈가 굵어가며 칠순이 된 노인이다. 그것도 무려 지존의 자리에 오른 입지전적인 인물을 내가 말로 싸워서 이길 가능성은 희박하다. 그렇다고 내게 돈이 없는 것도 아니고.

품속에서 은전 다섯 냥을 꺼내 또 한 번 탁자 위에 올려놓았다. 그러자 끊어졌던 황 노인의 말이 거짓말처럼 다시 이어졌다.

"다른 구대 제자들과 함께 도화곡 경내에다 커다란 새장을 만들어 놓고는 암수 비둘기 백여 마리를 사다가 기르고 있네."

"왜요?"

"비둘기들이 알을 까고 새끼를 낳으면 전서구로 훈련시켜 천룡표국과 도화곡을 오가게 할 거라고 하더군."

"그건 또 왜요?"

"문파가 자리를 잡아가니 먼 길을 떠나는 제자와 연락을 취해야 할 필요성도 있지만, 그것보다는 천룡표국에 있는 어떤 무심한 속가의 젊은 사숙에게 편지를 보내고 또 받고 싶어서라고 하더군."

아무리 생각해도 무언가 이상하다.

나는 뱁새눈을 뜨고 황 노인을 응시했다.

"왜 그러나?"

"방금 지어내신 거 아닙니까?"

"지어내다니. 내가 왜?"

"정보랍시고 말씀해 주시는 것들이 죄다 소소한 것들뿐이어서요. 무려 금전 백 냥까지 받으신다는 하오문주께서 주시는 고급 정보인데."

"이런 말까지는 안 하려고 했는데……."

"……?"

"……."

"또요?"

"정보의 가치는 사려는 사람이 매기는 것이네. 필요하면 사고 없으면 말게. 복잡하게 생각할 것 없네."

싸우지 말자. 싸우지 말자. 싸우지 말자.

나는 품속에서 전낭을 통째로 꺼내 쩔그럭 소리가 나도록 내려놓았다. 하지만 아직 손을 떼지 않고 말했다.

"은전 서른 냥이 들었습니다. 이걸로 중간에 끊지 말고 전부 말씀해 주십시오. 아니면 저도 여기서 그만 멈추도록 하겠습니다."

"그렇게 함세."

나는 그제야 전낭에서 손을 뗐다.

황 노인이 전낭을 집어 두어 번 공중으로 던졌다가 받아 소리와 무게를 가늠해 보고는 품속에 챙겨 넣으며 말했다.

"어느 날부터 구대 제자 몇 명이 내가 있던 '천하제일 단단면 객점' 아, 간판의 글자가 떨어지는 바람에 자네가 '천하제' 객점이라고 하는 그 객점 말일세."

"알고 싶지 않습니다. 그건 정보에서 빼주세요."

"어차피 끝까지 말해줄 텐데 무슨 걱정인가."

"그래도요."

"아무튼, 구대 제자 몇 명이 언제부턴가 객점을 들락거리더군. 어떻게 알고 왔는지 여기가 풍운비룡과 그의 동료들이 묵었던 곳이 맞느냐며. 그리고 자네들이 먹은 죽엽청과 삶은 돼지고기를 시켜 먹고 돌아가곤 했지."

"그럼?"

"짐작대로 방금 내가 말한 것들은 전부 그 아이들이 떠드는 걸 옆에서 듣고 알게 된 것들이네. 이름을 알게 된 것도 그 때문이고. 그러니 소소할밖에. 어린 여자아이들이 죽엽청에 삶은 돼지고기를 놓아두고 천하패권을 논할 리는 없지 않겠나?"

전서는 제아무리 멀리 떨어져 있어도 기어코 제가 태어난 곳으로 돌아가고야 마는 비둘기의 습성을 이용한 원거리 통신 수단이었다.

가령 천룡표국이 중원 전역에 있는 열일곱 개 분타와 연락을 주고받으려면 분타에서는 천룡표국에서 기른 비둘기가, 천룡표국에서는 분타에서 기른 비둘기가 필요한 것이다.

어디 그뿐인가. 천룡표국에서 출발하는 모든 표행단은 특별한 경우가 아니면 총타로의 회귀 본능을 가진 전서구 두 마리씩을 가지고 가도록 되어 있다. 때문에 천룡표국은 전서각을 따로 두어 평상시에도 수천 마리의 전서구들을 기르고 훈련시켰다.

그러니까 예홍은 지금 열심히 비둘기들을 훈련시켜 그중 일부를 인편에 항주로 보낼 생각인 것이다. 그리고 천룡표국에서 기르고 있는 전서구들을 적당한 숫자로 얻어갈 생각이었고.

아니면 도화곡이 안정되는 대로 제자들을 보내겠다는 곡주의 말을 믿고 항주로 오는 날만 기다리고 있는지도 모르겠다.

문득 내가 그동안 얼마나 무심했는지를 깨달았다. 이러고도 사숙이라 불릴 자격이 있을까.

"다른 별일은 없습니까?"

"없네."

"정보는요?"

"그게 끝일세."

이 양반이 장난하나. 은전을 서른 냥이나 받아먹고 이게 끝이라니. 아무래도 강호의 늙은 강태공에게 오늘 제대로 낚인 것 같다.

"혹시 도화곡에 편지를 보내고 싶나?"

"그야 당연하지요."

"내가 좀 도와줄까?"

"어떻게요?"

"하오문은 어디에나 전서를 보낼 수 있고, 어디에서도 전서를 받을 수 있지. 그게 우리가 지닌 진짜 힘이고."

이 방법도 생각을 안 해본 건 아니다.

중원 전역에 있는 많은 무림문파들은 급히 먼 곳의 다른 문파나 급파되어 있는 제자에게 연락을 취해야 할 때 하오문이나 개방의 전서망을 이용하기도 한다.

다만 이 경우 편지의 내용은 밀봉을 아무리 잘하더라도 개방과 하오문에게 노출되는 것을 각오해야 한다. 하지만 나는 딱히 비밀스러운 내용을 쓸 게 아니니 봐도 크게 상관이 없었다.

문제는 따로 있었다.

"비용은 따로 받겠죠?"

"아까는 정보를 사는 것이었고 이번엔 새로 의뢰를 하는 것이니까."

"그래서 얼마나 받으실 건데요?"

"방금 은전 서른 냥을 받았잖나."

"그걸로 대신하시겠다고요?"

"그렇네."

"정말입니까?"

"나는 그리 야박한 사람이 아닐세."

"감사합니다."

"대신 서른한 번째 글자부터는 돈을 내야 하네."

"예에?"

"한 글자당 은전 한 냥일세. 열 자가 추가되면 열 냥인 셈이지. 물론 돈만 충분히 낸다면야 무한정 써도 상관은 없고."

개방이나 하오문에 위탁하는 전서는 원래 글자당 계산하는 게 맞기는 하다. 글자가 늘어나면 종이도 그만큼 늘어나고 비둘기가 감당해야 할 무게와 바람의 저항 또한 가중되니까.

"아무리 그래도 한 글자당 은전 한 냥은 너무 비싸지 않습니까?"

"마음이 바뀌면 언제든 찾아오게."

황 노인은 간단하게 정리를 해버리고는 석불원을 향해 돌아앉았다. 아쉬운 건 자기가 아니라는 투다.

'뭐 이런 고약한 노인네가.'

성도에서 느꼈던 고마움은 물론이거니와 초거대 문파의 문주를 향한 존경심이나 경외감마저도 아침 안개처럼 싸악 사라지는 것 같았다.

그러는 사이 오늘 만남의 목적인 황 노인과 석불원의 대화가 시작되었다.

석불원이 먼저 물었다.

"제가 말씀드린 자들은 찾으셨습니까?"

"한 명은 찾았네."

"어디에서요?"

"소주부(蘇州府)의 관아에 잡혀 있었더군."

"소주부 관아라고요?"

"제 고향으로 돌아가기 위해 배편을 알아보려 장강구(長江口)의 바닷가를 기웃거리다가 그곳 군병들에게 잡혀 태창현으로 인계되었고, 태창현에서 다시 좀 더 크고 튼튼한 소주부 관아의 뇌옥으로 이송되었다고 하네. 한데……."

"무슨 문제라도."

"한 달 전에 죽었네."

말꼬리를 흐리기에 더 듣고 싶으면 돈을 내놓으라고 할 줄 알았더니만 석불원에게는 순순히 알려주었다. 나한테만 골탕을 먹인 것이다.

"어쩌다가요?"

"지부대인이 자신의 생일에 여흥을 돋운답시고 옥에 갇혀 있는 그를 끌어내 무공 강한 포쾌 일곱과 검술 대결을 시켰다고 하네."

"미쳤군요."

"지부대인 딴에는 한쪽 팔을 잘라 버린 상태라 포쾌들의 일방적인 싸움이 될 거라고 생각한 게지. 하지만 왜국 무사들의 검이 무서운 건 번개처럼 치고 빠지는 특유의 보법에 있는 것을."

"포쾌들은 모두 죽었겠군요."

"딱 열 호흡만이었다고 하네. 정신을 차렸을 때는 그가 지부대인을 향해 신형을 쏘고 있었다고 하더군. 때마침 개방의 고수가 신분을 숨긴 채 걸식을 하던 중 그 광경을 보고는 손을 써서 가까스로 목숨을 건졌다고 하네. 왜국 무사는 그날 저녁에 처형되어 버렸고."

"두 번째 인물은요?"

"태호(太湖)에서 그곳의 유명한 흑도 고수 다섯 명을 목 베어 죽인 것을 마지막으로 완전히 종적을 감췄네. 대륙에 있는 것은 분명한데……."

"못 찾으셨군요."

"그렇네."

"낭패로군요."

"좀 더 시간을 줄 수 없겠나?"

"늦어도 열흘 안에는 출발해야 합니다."

"그건 내 능력 밖이네. 미안하게 됐군."

그러면서 황 노인은 품속에서 사슴 가죽으로 만든 붉은 전낭을 꺼내 쓰윽 밀어놓았다. 애초 두 명을 찾아달라고 했는데 한 명은 죽고 한 명은 찾지 못했으니 의뢰비를 전부 돌려주려는 모양이었다.

표국도 그렇고, 하오문도 그렇고, 의뢰를 정확하게 완수하지 못하면 돈을 전부 돌려주는 걸 원칙으로 했다. 신뢰가 가장 중요하기 때문이다.

금전 스무 냥을 받았다고 했으니 아마 저 전낭 안에는 스무 냥이 그대로 들어 있을 것이다. 노인네가 어쩐지 애꿎은 나를 탈탈 털어먹더라니. 실컷 발품만 팔고 돈은 한 푼도 못 건지게 생기자 함께 온 내게서 최소한의 인건비라도 벌충할 생각이었던 모양이다.

한편, 두 사람의 대화를 가만히 듣고 있자니 묻지 않아도 저절로 알게 되는 것이 몇 가지 있었다.

일단 석불원이 나에 이어 두 번째로 찾는 표사는 왜인 무사였다.

왜인은 마음만 먹는다면 흑시에서 얼마든지 만나고 고용할 수 있다. 무공이 강한 고수 역시 중원 전역에 차고 넘친다. 그러니 석불원이 원하는 자는 왜인이면서 동시에 무공의 고수라는 두 가지 조건을 모두 충족시켜야 하는 것 같았다.

슬그머니 끼어들어 보았다.

"혹시 딱 그자들이어야 하는 이유라도 있습니까? 그러니까 제 말은 왜국의 고수라는 것 외에 다른 조건이 또 있느냐는 것이죠."

"있네."

"그게 무엇입니까?"

"그냥 고수가 아니라 절정의 고수여야 한다는 것."

"절정까지는 모르겠으나 엄청난 신분의 왜국 무사가 한 명 있는 곳을 압니다. 무공도 무지막지하게 강하다고 들었고요. 그를 표사로 쓸 수 있을지 없을지는 모르겠지만요."

"그곳이 어디인가?"

"그곳이 어디냐면 말이지요."

"……?"

"……."

"뭐 하는 건가?"

"배운 걸 써먹는 겁니다."

석불원은 백전의 고수답게 내 의중을 바로 간파했다.

그는 피식 웃더니 황 노인의 앞에 놓여 있던 사슴 가죽 전낭을 가운데로 쓰윽 옮겨놓으면서 말했다.

"만약 자네가 주는 정보가 쓸 만한 것이라면 이 전낭의 주인은 자네가 될 걸세. 하지만 그렇지 않다면 비록 실패했을망정 고생을 한 하오문도들을 생각해 문주님께 다시 돌려드릴 것이네."

맞은 편에 앉아서 지켜보고 있던 황 노인의 얼굴이 발갛게 상기되었다. 만약 이 전낭을 내가 가져가면 황 노인은 하오문주로서의 체면이

상해서라도 한 달간은 잠을 못 잘 만큼 약이 바짝 오를 것이다. 생각만으로도 묵은 체증이 내려가는 것 같았다.

나는 씩씩하게 대답했다.

"양주의 남궁세가입니다."

남궁세가에 잡혀 있는 왜인 무사에 대해 좀 더 정확히 알아보기 위해 석불원과 함께 다선초당을 찾았다.

한데 남궁세옥은 출타 중이었고 남궁소소만 남아 있었다.

그녀는 후원에서 초상지풍(草上之風)인지 뭔지 하는 이상한 점혈법을 수련하다 말고 황급히 달려와 우리를 맞았다. 그리고 나와 함께 온 부유해 보이는 뚱보 장년인이 그 유명한 사대명표 중 한 명인 것을 알고는 깜짝 놀랐다.

석불원은 석불원대로 남궁소소의 빼어난 용모에 속으로 적지 않게 놀란 모양이었다. 하지만 무림의 한참 선배인 데다 점잖은 사람이었던 탓에 함부로 내색하지는 않았다.

자초지종을 들은 남궁소소의 첫마디는 이거였다.

"그는 단순한 왜구가 아니에요. 우리로 치면 무벌호족가문의 유력한 후계자라고나 할까. 검술은 절정의 반열에 든 것이 거의 확실하고요."

"그걸 어떻게 아시오?"

"세옥 오라버니가 왜국의 검술을 견식하고 싶은 마음에 할아버지께 허락을 득하고 뇌옥으로 들어가 그와 세 번을 겨루었어요. 한데 한 번

밖에 이기지 못했죠."

"세옥 형님이 두 번이나 졌다고요?"

나도 석불원도 깜짝 놀랐다. 남궁세옥이 누군가. 백 년에 한 번 나올까 말까 하다는 검술의 천재이자 불과 서른의 나이에 북무림을 떨어 울리는 신진고수가 아닌가. 그런 그가 왜구와 세 번을 싸워서 두 번을 지고 고작 한 번을 이겼다니.

"두 번은 무승부였어요."

"음?"

"초저녁부터 시작해 자정까지 싸웠지만 승부를 내지 못했죠. 그 때문에 호승심이 생긴 오라버니가 두 번이나 더 뇌옥을 찾아간 것이고요."

어쩐지 이상하더라니.

하지만 창룡검 남궁세옥을 상대로 무려 두 번이나 무승부를 거둔 것만으로도 충분히 놀라운 일이었다. 왜국에도 무시무시한 검술들이 존재한다는 얘긴 들었지만 그 정도였을 줄이야.

나는 석불원을 돌아보았다. 그는 가만히 고개를 끄덕이며 만족감을 표시했다. 합격이었다.

그때 남궁소소가 물었다.

"어떻게 그를 빼내려고요?"

"가서 가주님께 자초지종을 말씀드리고 부탁을 드려야겠지."

"쯧쯧. 이러니 안 나설 수가 있나."

"뭐가 말이오?"

"당주님도 보아서 아시겠지만, 왜인 수하들이 남궁세가로부터 그를 빼내기 위해 온갖 수단을 동원하고 있어요. 그럼에도 불구하고 할아버지께서 그를 억류하고 계시는 이유가 뭐라고 생각해요?"

"풀어주면 또다시 수하들을 규합해 노략질하고 다닐까 봐 그러신 것 아니오?"

"그것도 있지만 보다 정확하게는 그의 수하들이 더는 해안 마을에 상륙해 양민들을 상대로 약탈을 하고 다니지 못하도록 억누르기 위함이에요. 한 마디로 인질이죠. 그러니 할아버지께서 쉽게 내어주실 리가 없죠."

"그럴듯하군."

"할아버지는 한번 안 된다고 하시면 당신이 하신 말씀을 지키기 위해서라도 고집을 꺾는 법이 없으세요. 대충 부딪히려 들지 말고 처음부터 철저하게 계획을 세우고 접근해야 해요."

"무슨 좋은 방법이 없겠소?"

"대체 무슨 표행인데 그래요?"

"말했다시피 알려줄 수 없소."

사실은 나도 모른다. 하지만 남궁소소 앞에서 그대로 말하자니 너무 자존심 상했다. 그래도 명색이 천룡표국 비룡당주인데. 내가 쟁자수로 고용된 것까지 알면 아마 배꼽을 잡고 데굴데굴 구를 것이다.

석불원이 나를 빤히 쳐다보았다. 나는 모른 척 딴청을 피웠다.

남궁소소의 말이 이어졌다.

"선물 같은 거라도 하나 준비하는 게 좋겠어요. 쓸데없이 비싸기만 한 것 말고 소소한 거라도 정성이 보이는 걸로요. 하면 분위기가 훨씬 부드러워질 거예요."

"어떤 선물이 좋겠소?"

"최근 우연히 들른 항주의 어느 전당포에서 할아버지께서 매우 좋아하실 만한 물건을 발견해 사둔 게 있어요. 양주로 갈 일이 있으면 선물로 드리려고요."

"전당포에는 왜 간 거요?"

"그냥 구경하러요."

"무슨 구경거리가 있다고?"

"아무튼 중요한 건 그게 아니고요. 할아버지께서 이 물건을 선물로 받으시면 같은 무게의 황금이 공짜로 생긴 것보다 더 좋아하실 거라고 장담해요."

"대관절 무슨 물건인데 그러오?"

"그건 얘기가 길어지니 가는 동안에 차차 하기로 하고요. 이 물건을 구입한 금액에 그대로 넘겨 드릴 테니 가지고 가도록 하세요."

"가는 동안에?"

"선물은 경계심만 누그러뜨릴 뿐 본격적으로 설득할 사람이 필요해요."

"그게 소저란 말이오?"

"할아버지께선 아직 내 부탁을 한 번도 거절한 적이 없으세요. 그래서 아버지도 세옥 오라버니도, 어려운 부탁을 드릴 땐 꼭 날 데리고 찾아뵈셨죠. 열에 아홉은 성공했고요."

"소가주님과 세옥 형님이 쓰셨던 전술이라."

"그렇게 말하니 정말 그럴듯하네요."

"좋소이다. 해봅시다."

"대신 조건이 있어요."

"안 되오."

"내가 뭐라고 할 줄 알고요?"

"표행에 따라가겠다는 말을 하려는 거 아니오?"

"귀신이 따로 없다니까."

"그건 안 되오."

"왜요?"

"무슨 일인지도 모르잖소."

"당주님이 알잖아요."

"물론 나는 알고 있지."

"그럼 됐어요."

"그리 간단한 문제가 아니오."

"가서 표행복으로 갈아입고 올게요."

"표행복?"

"한 벌 맞췄어요."

"소저! 소저!"

다급해진 나는 목을 쭉 빼면서까지 불러보았지만 소용없었다. 남궁소소는 뒤도 돌아보지 않고 달아나 버렸다.

그녀가 후원 쪽으로 완전히 사라지는 것을 확인한 후에야 얼른 석불원을 돌아보며 말했다.

"이제 주시죠."

석불원이 품속에서 사슴 가죽으로 만든 붉은 전낭을 꺼냈다. 하오문주가 자신은 받을 자격이 없다면서 도로 내놓은 금전 스무 냥이었다. 석불원은 남궁세가에 있다는 왜인이 적임자라는 걸 확인한 후에야 내게 주겠다며 잠시 맡아둔 상태였었고.

석불원이 전낭을 내 손바닥 위에 떨어뜨리려다 말고 말했다.

"한 가지 물어볼 게 있네."

"빨리 물어봐 주십시오."

"둘이 어떤 사인가?"

"동업자입니다."

"동업자?"

"비룡당으로 독립할 당시 남궁 소저가 제게 투자를 좀 했습니다. 그 바람에 사사건건 이렇게 참견을 하려고 합니다. 비룡당이 커지면서 자신의 몫도 점점 커졌거든요. 돈맛을 본 것이죠."

"그렇군."

"그나저나 데려가도 되는 겁니까?"

"나야 딱히 상관이 없네만 뇌검께서 금쪽같은 손녀를 위험한 일에 딸려 보내실지 모르겠군."

"그건 문제없을 겁니다."

"어째서?"

"할아버지 말을 잘 안 듣거든요."

"……!"

나는 좀처럼 떨어질 생각을 않는 전낭을 확 낚아채서는 얼른 품속에 챙겨 넣었다.

한 시진 후, 나는 석불원과 함께 관도를 타고 양주로 향하고 있었다.

옆에는 예쁘게 생긴 혹이 하나 붙어서 따라가는 중이었다. 그 혹의 이름은 남궁소소였다.

그녀가 내게 전음으로 물었다.

[표행비로 얼마를 받았어요?]

[얼마 안 되오.]

[그러니까 얼마냐고요.]

[그건 왜 자꾸 묻는 거요?]

[얼마 받았는지를 알아야 나도 기준을 잡고 협상을 하죠. 당주님의 절반 정도만 달라고 하면 속으로 도둑이라고 욕할까요?]

이걸 솔직히 말할 수도 없고, 그렇다고 거짓말을 할 수도 없다. 기왕에 동참하는 거라면야 그녀도 돈을 좀 만져야 하지 않겠나.

현재 그녀의 무공 실력은 아무리 낮게 잡아도 일류. 순수하게 무공으로만 놓고 보자면 천룡표국 내에선 표두급의 고수였다. 천군만마까지는 아니어도 웬만한 무인 열 명 몫은 충분히 해낼 것이다. 다만 내게는 좀 특별한 사람이다 보니 안전이 걱정되어 그러는 것일 뿐.

[아직 확정된 것도 아니니 기다려 봅시다. 다시 한번 말하지만 남궁세가에 있는 왜인을 고용한 후에라야 소저도 함께 고용하는 조건이오.]

[알았어요. 귀에 딱지 앉겠네.]

그러면서 입술을 삐죽 내미는데 확 잡아당기고 싶을 정도로 귀여웠다.

남궁소소의 올해 나이 벌써 스물다섯이었다. 앞에 남궁세옥이 버티고 있어서 그렇지 그녀 역시 혼인 적령기를 넘겨도 진작에 넘겼다. 만약 이씨 가문의 사남이자 서자인 내가 자신의 금쪽같은 손녀와 만난

다는 걸 알면 남궁유룡은 어떤 표정을 지을까?

지금에야 그가 사용하던 패왕궁(霸王弓)도 하사할 정도로 내게 호의적이었다. 하지만 나와 남궁소소의 사이를 알고도 여전히 그렇게 대해줄까?

'에라. 모르겠다.'

걱정한다고 해서 달라질 건 아무것도 없다. 설사 최악의 상황으로 치닫는다고 해도 전생보다는 나을 것이다. 최소한 남궁소소 같은 여자와 한번 사귀어보기는 했으니까. 전생에서는 남궁소소보다 백 배쯤 겸손하게 생긴 여자와도 말 한마디 못해 본 내가 아니었던가.

'보름 후면 한 달이군.'

"산동성에서 온 석불원이라고 합니다. 가주님의 명성은 오래전부터 천둥소리 듣듯 듣고 있었습니다. 평소 한번 뵙기를 고대했사온데 오늘 이렇게 귀한 시간을 내어주셔서 감사드립니다."

"과공은 비례라고 했소. 황금장표의 명성은 나 또한 익히 듣고 만나보고 싶었던바. 그렇게 겸양할 것 없소이다."

"무림 말학 이정룡, 대가주님을 뵙습니다. 그간 별래무양하시옵고 서하(暑夏)에 존체(尊體) 평안하시온지요?"

찔리는 게 있으니 나도 모르게 입과 몸이 납작 엎드려진다.

"그게 아니지."

"예?"

"'천룡표국의 비룡당주 이정룡입니다' 앞으로는 어딜 가서도 이렇게 자신을 소개하게. 그래야 더욱 당당함이 느껴지지 않겠나."

"그렇게 하겠습니다."

"늦었지만 당주가 된 걸 축하하네. 그것도 형님들이 당주로 있는 다른 당들과 달리 운영의 독립성까지 보장받은 당이라지?"

"부끄럽습니다."

"축하할 일이 그것뿐만이 아니던데."

"예?"

"고대의 마교 놈들이 숨겨둔 보물을 찾아 엄청난 부자가 되었다고 들었네. 금전 십만 냥은 족히 챙겼을 거라고들 하던데."

"그걸 어떻게 아시고……."

"어떻게 알긴. 돈벼락 맞은 풍운비룡에 대한 소문이 이곳까지 자자하니 알지. 금전 십만 냥이면 거부가 많다는 양주에서조차 열 손가락 안에 드는 부자일걸세. 그것도 불과 스물세 살에. 껄껄껄."

실제로는 삼십만 냥이다.

호리독사가 남궁소소에게 무슨 이유에선지 금전 십만 냥이라고 대충 말한 것을 다선초당의 누군가가 들어서 그대로 본가에도 보고를 한 모양이었다.

한데 남궁유룡은 자신의 손녀가 투자 한번 잘한 덕분에 금전 일천 냥을 날로 먹게 생겼다는 것까지는 까맣게 모르는 것 같았다.

그때 남궁소소가 불쑥 끼어들었다.

"범선 다섯 척도 있어요."

"음?"

"정룡 공자가 회시에 장원급제하고 받은 상금으로 국주님 몰래 목장을 운영했었다고 해요. 한데 최근에 북방에서 전란이 일어나 말값이 폭등했고, 말을 팔아서 남긴 거액으로 항주의 유명한 선방에다 범선 다섯 척을 주문했다더라고요."

"우리도 알고 있느니라."

인자한 웃음과 함께 조용히 끼어든 사람은 소가주이자 남궁소소의 아버지인 남궁중백이었다. 그의 옆에는 어머니 연화부인도 다소곳하게 앉아 있었다.

본래 남자들의 만남에 부인들은 모습을 드러내지 않는 것이 일반적이었다. 한데 오늘은 이상하게 그녀까지 동석해서는 우아한 기품과 아름다운 용모로 남편보다도 더 강렬한 존재감을 뿜어내고 있었다.

그리고 내게서 눈을 떼지 않았다. 남궁중백 역시 마찬가지였다. 무슨 신기한 구경거리라도 찾아온 것처럼 요리 뜯어보고 조리 뜯어보았다.

남궁유룡이 진지한 음성으로 내게 물었다.

"조운을 개척할 생각인가?"

"그렇습니다."

"범선을 띄울 요량이면 당연히 장강일 것이고."

"그렇습니다."

"장강을 통한 조운업으로의 진출은 대륙의 어느 표국도 하지 못한 일이네. 표왕이라고까지 불린 자네의 부친께서도 마찬가지고."

"잘 알고 있습니다."

"한데 어찌하여?"

"육로로의 확장은 이제 한계에 다다랐다고 생각했습니다. 효율도 많이 떨어지고요. 해서 장강의 조운을 개척한 다음 호광의 광활한 곡창 지대에서 나는 미곡을 강동으로 운송할 작정입니다. 동시에 강동의 소금과 풍부한 물자들을 호광으로 운송하고요."

"누구나 태산의 꼭대기를 볼 수 있지만 직접 오르기는 어려운 법이라네. 아무도 가지 못한 그 길을 정녕 갈 수 있으리라고 보는가?"

"잘 모르겠습니다."

"확신도 없이 그런 큰일을 벌였다고?"

남궁유룡이 다소 실망한 표정을 지었다. 잔뜩 호기심 어린 얼굴로 지켜보던 남궁중백도 한숨 비슷한 숨소리를 내는 기척이 느껴졌다.

연화부인은 살짝 고개를 갸우뚱할 뿐이었다.

"수백 년 전 천룡표국의 태조사님께서 달랑 검 한 자루와 깃발 하나만 들고 항주로 오셨을 때도 모두 그렇게 말했다고 합니다. 이 살벌한 항주무림에서 과연 혼자 표국을 열 수 있겠는가 하고요."

"그래서?"

"사람들의 우려대로 태조사님께서는 실패를 하셨습니다. 하지만 당신께서 평생 쌓으신 인맥과 신뢰를 바탕으로 다음 대의 조사님께서 비록 세 칸짜리일망정 전각을 세우고 천룡표국이라는 현판을 거는 데 성공하셨지요. 그렇게 일곱 번의 대를 거쳐 지금의 천룡표국이 되었습니다."

"그래서?"

"누군가는 첫걸음을 떼야지 않겠습니까. 만약 제가 성공을 하지 못한다고 해도 다음 대의 누군가는 제가 걸어가다 넘어진 그 자리에서 다시 시작을 할 겁니다. 가업이란 본디 그렇게 100년을 내다보고 가는 것이라고 배웠습니다."

별것 아닌 질문으로 시작된 내 대답이 한참 만에야 끝이 났다. 그러자 좌중이 무슨 소낙비라도 지나가고 난 숲처럼 고요해졌다.

남궁유룡은 물론이거니와 남궁중백, 연화부인, 남궁소소 그리고 심지어 왜놈을 달라고 찾아온 석불원까지도 석상이 되어 나를 뚫어지게 바라보고 있었다.

한참 만에야 남궁유룡이 내게서 시선을 거두며 편안한 미소를 지었다. 이어 손으로 하얗게 센 수염을 쓰다듬으면서 착 가라앉은 음성으로 말했다.

"나무가 이리 바른데 어찌 달그림자가 비뚤어진 것을 걱정할 것인가. 내 평생 누구도 부러워한 적 없지만 오늘만큼은 표왕과 어떤 늙은 거지가 더할 나위 없이 부럽군."

남궁중백과 연화부인이 웃으며 고개를 끄덕였다.

칭찬도 못 알아들을 정도로 나는 바보가 아니었다. 의도한 건 아닌데 이 정도면 한고비는 충분히 넘긴 것 같았다.

그나저나 슬슬 본론으로 들어가야 하는데, 이 노인네는 좀처럼 나를 놓아줄 생각이 없어 보였다.

그때 눈치 빠른 남궁중백이 조용히 말했다.

"아버지, 석 대협께서 귀한 선물을 가지고 오셨습니다."

"선물?"

남궁중백이 뒤를 돌아보며 고개를 끄덕였다. 그러자 시비 하나가 비단 방석 같은 곳에다가 검 한 자루를 받쳐 들고 왔다. 검갑에 다닥다닥 붙여놓은 황동 장식에서 고태미가 좔좔 흐르는 것이 누가 보아도 최근에 만들어진 물건은 아니었다.

석불원이 말했다.

"유림일검(儒林一劍) 남악비 대협께서 사용하셨다는 송문고검(松紋古劍)입니다. 안타깝게도 소생에게는 진품을 알아볼 안목이 없어 큰 결례를 저지르지나 않을까 저어됩니다."

남악비는 유림일검이라는 별호에서 알 수 있다시피 유학에 조예가 깊은 검사였다. 공맹을 배운 사람이어서 그런지 불의를 참지 못해 협객으로도 잘 알려졌다.

한번은 우연한 기회에 무당파의 제자를 구해준 일이 있었는데, 아무것도 가진 게 없던 무당파의 제자가 답례로 그에게 송문고검을 선물했다고 한다. 이후 송문고검은 남악비의 성명병기가 되었다.

사실 검수로서 남악비의 명성은 그리 대단하지 않았다. 일류의 끄트머리에서 죽을 때까지 절정의 경지를 보지 못했으니 실력도 보통 사람들에게는 어마어마한 수준이지만 남궁유룡의 눈에는 까마득한 하수였다. 그럼에도 불구하고 남궁소소가 전당포에서 이 검을 보는 순간 바로 사들인 것은 사십 세 나이에 요절한 남악비가 바로 남궁유룡의 죽마고우였기 때문이다.

남궁소소는 이 검을 금전 열 냥을 받고 석불원에게 넘겼다. 장담하건대 전당포에서 그녀가 사들일 때는 은전 열 냥도 안 줬을 것이다.

검을 유심히 살펴보던 남궁유룡이 두 눈을 부릅떴다. 검을 알아본 것이다.

"이걸 어떻게."

"지인의 도움으로 우연한 기회에 얻었습니다. 다행히 진품이었나 보군요."

"이렇게 고마울 데가."

남궁유룡은 죽은 친구가 돌아오기라도 한 것처럼 반가운 표정으로 검을 쓰다듬었다. 그러다 불현듯 석불원에게 물었다.

"소가주에게 듣자 하니 본가에서 억류하고 있는 왜인 무사를 데려가고 싶어 한다지요? 모종의 표행을 하는 데 쓰실 거라고."

"그렇습니다."

"그렇게 하시구려."

"예?"

"……!"

"……!"

"데리고 있자니 안 그래도 귀찮았는데 잘됐소이다. 황해에서 활동하던 놈의 수하들도 다들 뿔뿔이 흩어져 버린 것 같고. 한데 그자가 순순히 객표 노릇을 하려나 모르겠군."

허무하게도 그게 끝이었다. 남궁소소가 나서서 설득하거나 손녀 필살기를 쓸 필요도 없었다. 나도, 석불원도, 남궁소소도 한동안 벙쪄서 할 말을 잃었다.

그게 끝이 아니었다. 남궁유룡은 죽마고우가 썼다는 검은 뽑아보지도 않고 시비에게 일러 자신의 방에 갖다 놓으라고 했다. 그러곤 나를 돌아보며 살짝 달아오른 표정으로 말했다.

"이제 도화곡 옮긴 이야기나 좀 들어볼까? 듣자 하니 복마산에서 녹림맹 서열 세 번째 고수인 파산신권을 때려눕혔다지?"

"할아버지 그건 제가 다 말씀드렸잖아요."

위기감을 느낀 남궁소소가 뭐라도 역할을 해야겠다고 생각했는지 다급하게 끼어들었다.

남궁유룡은 살짝 아쉽다는 표정을 짓더니 다시 말했다.

"그럼 마교 놈들이 숨겨둔 보물을 찾아 남만으로 갔던 얘기나 좀 들어볼까나? 듣자 하니 물이 차오르는 암동에서 거대한 문짝을 떼어내 뗏목을 만든 다음 거기다 보물을 싣고 탈출했다던데."

연화부인이 차분하게 말했다.

"아버님, 이야기가 길어질 듯하니 저는 나가서 술과 음식을 좀 준비하겠습니다."

남궁중백도 한입 보탰다.

"술은 주고(酒庫)의 가장 깊은 곳에 있는 봉황명주(鳳凰銘酒)로 내오시오. 정룡이가 귀한 손님을 모시고 왔는데 마땅히 예를 갖추어야 할 것이오."

"그렇게 할게요."

뇌옥(牢獄)은 남궁세가의 장원과 맞닿은 서쪽 산기슭에 자리하고 있었다.

암반을 수평으로 오십여 장이나 뚫고 들어간 자연 동굴에 인공의 장치들을 가미한 수십 개의 뇌옥은 탈출이 원천적으로 불가능해 보였다.

굵은 쇠창살이 촘촘하게 박힌 뇌옥 안, 햇빛 한 줌 들지 않는 그곳에서조차 그는 양 손목을 쇠사슬에 묶여 있었다. 쇠사슬은 다시 안쪽의 굵은 쇠말뚝과 연결되어 있었는데, 그 바람에 반 장 정도 되는 쇠사슬의 길이만큼이 그가 이 세상에서 누릴 수 있는 유일한 자유였다.

"미나모토 히카루."

"……?"

"놈의 이름이외다."

남궁유룡의 조용한 설명이었다.

남궁유룡은 괜찮다는 석불원의 말에도 불구하고 구태여 직접 안내를 해주겠다며 따라왔다. 내색은 하지 않지만 석불원이 어떻게 저 쇠심줄처럼 질긴 왜인 무사를 설득하고 고용하는지 궁금한 것이다.

이곳이 남궁세가인 데다 상대가 무림의 까마득한 대선배였던 탓에 석불원은 감히 안 된다는 말을 할 수가 없었다. 딱히 안 될 이유 또한 없었고.

그러자 남궁중백과 남궁소소도 슬그머니 따라붙어서 뇌옥을 찾은 사람은 나까지 모두 다섯 명이나 되었다.

남궁유룡의 말이 이어졌다.

"작년 가을 노부가 본가의 고수들을 이끌고 황해안으로 가서 사흘에 걸쳐 왜구 삼백 명을 격퇴한 일이 있지요. 저자는 그때 사로잡은 두목이외다. 함께 사로잡은 놈의 수하들에게서 얻어낸 정보에 의하면 한때 유명한 무벌이었던 가문의 후예인 듯하오."

"대화를 필담으로만 하진 않으셨을 것 같습니다만."

"본가의 총관이 왜국 말을 능숙하게 하외다. 하지만 오늘은 노부의 손녀에게 맡겨보시오. 누가 가르쳐 주지 않았는데도 떠듬떠듬하는 것이 신기해 왜인들을 심문할 때마다 동석시켰더니 나중엔 제법 곧잘 하게 되었소."

석불원도 나도 깜짝 놀라서 남궁소소를 바라보았다.

특히 나는 더욱 놀랐다. 그녀를 제법 잘 안다고 생각했었는데, 왜국 말까지 하는 줄은 까맣게 몰랐다.

남궁소소는 쑥스러워하면서도 어쩐지 어깨가 살짝 올라갔다.

석불원은 고개를 끄덕이고는 가만히 쇠창살 너머의 왜인 무사를 응시했다.

나도 따라서 그에게로 시선을 던졌다.

서른예닐곱 살가량이나 되었을까? 애초 그들 식의 변발을 했을 머리카락은 어느새 덥수룩하게 자라 산발이 따로 없었다. 하지만 왜인답지 않게 큰 키에 이목구비가 뚜렷한 것이 누구라도 다시 돌아볼 만큼 수려한 용모를 자랑했다.

정좌를 한 채 눈을 감고 앉아 있던 그는 적지 않은 인기척에도 불구하고 눈을 뜨지 않았다. 마치 그대로 지박령이라도 되어버린 것 같았다.

석불원은 왜인 무사에게서 시선을 떼지 않은 채 남궁소소에게 말했다.

"내 말을 그대로 통역해 주게. 내 이름은 석불원이고, 중원에서는 표사라는 직업을 가졌으며, 한 달간 너의 목숨을 사고 싶다."

"(내 이름은…….)"

생전 처음 들어보는 왜국 말이 남궁소소의 입을 통해서 술술 흘러나왔다. 그 모습이 어찌나 자연스러운지 불현듯 그녀가 매우 낯설게 느껴질 지경이었다.

남궁소소가 말을 하는 중간에, 정확하게는 입을 여는 순간 왜인 무사가 눈을 번쩍 떴다. 이글이글 불타는 눈동자에서 뭐라 말할 수 없는 격정이 느껴졌다.

석불원의 말이 이어졌다.

"일을 성공적으로 끝내고 나면 충분한 보상과 함께 자유를 주겠다. 가주님께서도 이미 허락을 하셨고."

왜인 무사는 남궁소소에게서 한참이나 시선을 떼지 않다가 천천히 석불원에게로 옮기고는 말했다.

"(바보 자식!)"

"바보 자식이라고 하네요."

"그건 대답이 아니다."

"(네가 알아듣지 못한 거다!)"

"표두님이 못 알아들은 것이라고 하네요."

왜인 무사의 자세와 목소리 그리고 상대를 쏘아보는 눈빛에서 만만치 않은 힘이 느껴졌다. 그건 무인들이 뿜어내는 특유의 기세였다.

왜인 무사의 기세가 사나운 맹수를 연상시킨다면, 석불원의 그것은 온갖 맹수들을 품은 산악처럼 고요하고 깊었다.

"거절인가?"

"자신에게 명령을 내릴 수 있는 사람은 세상에 한 명밖에 없답니다. 그 한 명이…… 돼지처럼 뚱뚱한 대륙인은 아니라고 하고요."

"단지 고용을 할 뿐이다. 너는 돈을 받은 만큼 값을 하는 것이고. 왜국에도 낭인들은 있을 것이 아닌가."

"또 바보 자식이라고 합니다."

"지금 즉시 금전 이천 냥을 주고, 일을 성공적으로 끝내면 그때 또 이천 냥을 주지. 이 정도면 사병 일천 명을 중무장시키고도 오(五) 년은 배불리 먹일 수 있을 것이다. 더는 힘들게 남의 나라 해안 마을을 약탈할 필요가 없지."

"……!"

선금으로 금전 이천 냥을 주고 나중에 또 그만큼을 주면 도합 사천 냥이었다. 생각지도 못했던 엄청난 금액에 남궁유룡, 남궁중백, 남궁소소는 그대로 석상이 되어버렸다.

남궁세가도 남직예에서 열 손가락 안에 드는 갑부였고, 어딜 가서도 돈 때문에 불편한 일은 없었을 것이다. 그럼에도 불구하고 금전 사천 냥은 어마어마한 돈이었다. 더구나 단일 표행의 표행비로는 더더욱.

이쯤 되자 세 사람은 석불원이 누군가로부터 의뢰받았다는 표행의 중요성을 새삼스럽게 자각한 것 같은 표정이었다.

그러다 갑자기 남궁유룡이 호기심과 기대가 반반 섞인 표정으로 나를 돌아보았다. 잠시 후에는 남궁중백과 남궁소소까지도 따라서 나를 보았다. '그렇다면 너는 도대체 얼마를 받느냐?'라고 묻는 것 같았다.

비슷하게 생긴 세 명의 집요한 눈길에 나는 어찌할 바를 몰라 손으로 애꿎은 볼만 긁었다. 미안하게도 내가 받기로 한 금액은 절반밖에 되지 않는다. 게다가 저 왜인 무사는 쟁자수인 나와 달리 진짜 표사로 고용되려는 모양이었다.

한편, 자유를 준다는 말에도 '빠가야로(바보 자식)'라고 응수하던 왜인 무사가 이번에는 선뜻 대답을 내놓지 않았다.

그는 석불원을 빤히 노려보더니 착 가라앉은 음성으로 말했다.

"(도대체 무슨 일이냐.)"

"대관절 무슨 일이냐고 합니다."

"알 필요 없어. 너는 그저 내가 시키는 대로만 하면 그뿐. 대신 성공하면 그 즉시 나머지 금전 이천 냥과 함께 자유의 몸이 될 것이다."

"자신은 명예를 아는 무사랍니다. 표두님께서 시키시려는 일이 무사도, 그러니까 무도에 어긋나는 일이 아니라는 걸 어떻게 보장할 것이냐고 묻습니다."

"사천 냥에는 너의 신념값도 포함되어 있다."

"무사도는 돈으로 사는 것이 아니라고 합니다."

"헛소리하고 자빠졌네."

나도 모르게 불쑥 튀어나온 말이었다. 혼잣말로 중얼거린 것이었는데도 불구하고 워낙 조용했던 탓에 한순간 모두의 시선이 내게로 집중되었다.

왜인 무사도 적개심이 가득한 눈으로 나를 노려보았다. 본래 뜻을 몰라도 자기 욕한다는 건 아는 법이다.

"왜 그러나?"

남궁유룡이 차분한 음성으로 물었다.

"남의 나라를 침략하는 건 그렇다고 쳐도, 양민을 베거나 마을을 약탈하는 자가 무도를 논하니 기가 차서 그랬습니다."

"그럼에도 불구하고 무사로서의 명예를 더럽혔다고 생각하면 스스로 배를 갈라 죽기도 하지. 저놈들과 반평생을 싸워왔지만 아직도 놈들이 말하는 무사도를 나 역시도 이해할 수가 없다네."

"금수만도 못한 놈들이니까요."

"왜인들에게 감정이 많나 보군."

"죄송합니다. 저도 모르게 그만."

"젊어서 불의를 보고 피가 끓지 않는다면 어찌 사내라 할 수 있겠나. 그 마음 더 나이 들어서도 변치 않기를 바라네. 물론 그땐 지금보다 훨씬 더 참을성이 있어야겠지만 말일세."

"명심하겠습니다."

남궁유룡은 이어 석불원을 돌아보며 물었다.

"어떻소이까?"

"뇌옥에 갇혀 지낸 지 일 년이 되어감에도 불구하고 눈빛이 시퍼렇게 살아 있는 걸 보니 쉽게 기개를 꺾을 자가 아닌 것 같습니다."

"하면?"

"오늘은 그만 물러나야 할 것 같군요. 큰 미끼를 두 개나 던졌으니 인내심을 가지고 기다리면 마음속에서 갈등이 독버섯처럼 자랄 겁니다."

"과연 그렇군요."

"해서 가주님께 청이 한 가지 있습니다. 당분간 남궁세가의 객당에서 지낼 수 있도록 허락해 주십시오. 매일 찾아와 저자와 바둑이라도 두려면 조금이라도 가까이 있는 것이 나을 듯해서요."

"그거야 당연한 말씀이지요."

"후배가 불순한 목적을 가지고 찾아뵈었는데도 불구하고 이리 따뜻하게 맞이해 주셔서 감사할 따름입니다."

"그 무슨 말씀을. 귀하가 내게는 무림의 후배일지 모르나 풍운비룡에게는 우러러보는 선배라고 들었소이다. 풍운비룡은 내게 사질과도 같은 아이외다. 부디 표행을 함께하는 동안 많은 경험과 지혜를 나눠주시길 부탁드리오."

내가 그의 의제인 북해투왕의 제자인 것을 염두에 두고 하는 말이다.

남궁유룡의 말에 나는 불현듯 가슴이 복받쳐 올랐다. 남궁소소는 흐뭇한 표정으로 지켜보았고.

"그리하겠습니다."

그러면서 석불원은 쓰윽 돌아서 가려고 했다.

순간, 철그렁하고 쇠사슬을 끄는 소리와 함께 왜인 무사가 소리쳤다.

"(뭐라고 말했지?)"

모두가 걸음을 멈추고 왜인 무사를 돌아보았다. 무슨 이유에선지 잔뜩 화가 난 표정의 그는 턱으로 나를 힐끗 가리키고는 남궁소소에게 다시 말했다.

"(저 녀석은 누구냐. 뭐라고 한 거야!)"

"저 녀석이, 그러니까 정룡 공자가 누구냐고 묻고 있어요. 아까 자신에게 뭐라고 한 거냐고도 묻고요."

모두가 어리둥절한 표정으로 눈빛을 교환했다.

석불원이 눈을 반짝이더니 내게 말했다.

"그와 얘기를 한번 해보겠나?"

"제가요?"

"협상의 첫 번째 원칙은 상대를 먼저 경동시키는 것일세. 나는 긴 대화에도 불구하고 실패했는데 자네는 고작 한 마디 던진 것으로 성공을 한 것 같군."

"일부러 그런 건 아닙니다."

"만약 그의 고집을 꺾는다면 자네에게 두 명을 더 고용할 수 있는 전권을 주지. 표행비는 두 당 금전 백 냥씩 지급하고."

천룡표국의 표사 두 명을 데려가면 금전 이백 냥을 더 벌 수 있다.

내 몸값이 워낙 비싸서 그렇지, 금전 이백 냥이면 결코 작은 액수가 아니었다. 무엇보다 나도 좀 더 편할 수 있고.

나는 잠깐 머리를 굴려보다가 말했다.

“두 명 받고, 그에게 줄 예정이었던 금전 사천 냥 중 이천 냥을 제게 주십시오. 물론 제가 이천 냥만으로 그를 끌어들인다면 말입니다.”

“이천 냥 받고, 만약 실패하면 내가 자네를 고용하는 기간을 두 달로 늘리겠네. 보았다시피 새로운 왜인을 찾아야 할지도 모르거든. 그때까지 대기를 해야 한다는 뜻이지. 아니면 나와 함께 찾으러 다니거나.”

“좋습니다.”

“나도 좋네.”

남궁유룡과 남궁중백이 눈을 동그랗게 떴다. 갑작스럽게 훅 치고 들어간 내 제안과 얼떨결에 성사되어 버린 내기에 크게 당황한 것이다. 그것도 목전의 액수로만 금전 이천 냥짜리.

순간, 남궁소소의 전음이 귓속을 파고들었다.

[그런 말을 하면 어떡해요?]

[무슨 문제라도 있소?]

[안 그래도 도박쟁이였다고 소문이 자자한데. 난 몰라요.]

아차차!

이 몸뚱어리의 원래 주인은 과거 허구한 날 기루와 도박장에서 살기로 악명이 높았다. 당연히 남궁유룡과 남궁중백도 보고를 받거나 소문을 들어서 알고 있을 것이다. 그러니까 방금 내가 한 제안은 가까스로 호감을 느끼기 시작한 남궁유룡과 남궁중백에게 나의 한심한 과거를 떠올리게 하는 말이었다.

'망했다!'

괜히 욕심을 부려가지고.

나와 남궁소소는 잔뜩 긴장된 표정으로 두 사람을 살폈다. 그중에서도 특히 남궁유룡을 유심히 살폈다.

잔뜩 굳어 있던 남궁유룡이 말했다.

"그것참 재미있겠군!"

"그러게 말입니다."

"만약에 정룡이 이기면 이 자리에서 무려 금전 이천 냥짜리 전표를 구경하게 되는 것인가?"

"일단은 그런 셈이지요."

"집에 반가운 손님들이 찾아오니 도무지 심심할 틈이 없군. 껄껄껄."

나와 남궁소소는 얼떨떨했다.

한참을 웃던 남궁유룡이 돌연 정색을 하고는 나를 돌아보며 말했다.

"만약 자네가 정말로 금전 이천 냥에 저 왜인의 고집을 꺾는다면 소소도 표행에 데려갈 수 있도록 도와주겠네."

"예?"

"뛰어난 무공에, 감쪽같은 역용술에, 능숙한 왜국 말에. 황금장표께서 허락하신 두 명 중 한 명은 마땅히 소소여야 할 것 같네만. 아닌가?"

"그건."

"하지만 다른 때는 몰라도 이번만큼은 반드시 부모의 허락을 받아야 하네. 특히 어미의 허락을 득해야 하지. 내가 책임지고 받아줌세."

남궁중백은 이미 남궁유룡과 생각이 같은 모양이었다.

나는 남궁소소를 슬그머니 보았다. 그녀는 잔뜩 긴장한 채 두 주먹을 꼭 말아쥐고 있었다. 어떻게든 함께 가고 싶은 것이다.

'에라, 모르겠다.'

한차례 길게 심호흡을 하고는 왜인 무사를 노려보았다. 이어 그에게서 시선은 떼지 않은 채 남궁소소에게 말했다.

"한 글자도 빼놓지 말고 그대로 통역하시오."

"알았어요."

"남궁세옥에게 졌다며?"

"(남궁세옥에게 졌다며?)"

"왜국에도 쓸 만한 무술이 있었다니 놀랍군."

"(왜국에도 쓸 만한 무술이 있었다니 놀랍군.)"

"나랑도 붙어보자. 왜구 놈아."

유쾌하던 좌중의 분위기가 순식간에 얼어붙었다.

모두가 딱딱하게 굳은 얼굴이 되어 나를 바라보았다. 그도 그럴 것이, 왜인 무사의 검술은 초절정이라 평가받는 남궁세옥과 세 번을 싸워 두 번을 비기고 고작 한 번을 지는 수준이었다. 그런 괴수에게 내가 도전을 했으니 당황할밖에.

"어서 통역을 하시오."

남궁소소가 긴장된 목소리로 통역을 하자 이번엔 왜인 무사가 고개를 갸우뚱했고, 뭐라고 짧게 지껄였다.

남궁소소가 다시 그대로 통역을 해주었다.

"무슨 수작이냐고 묻는데요?"

"간단하다. 나랑 싸워서 이기면 너를 비롯해 함께 끌려온 열 명의 수하들 전부를 풀어달라고 여기 계신 무서운 어르신께 부탁해 보겠다."

남궁소소가 여기까지 통역을 했을 때 왜인 무사가 돌연 남궁유룡을 돌아보았다. 이번에도 사실인지를 묻는 것이다.

남궁유룡이 일단 고개를 끄덕였다.

내가 계속 말을 이었다.

"만약 진다면 너는 지금부터 금전 이천 냥만 받고 한 달 동안 내가 시키는 일이라면 뭐든지 해야 한다. 설사 그것이 너의 무사도에 어긋나는 일일지라도."

"더 원하는 것이 없느냐고 묻는데요?"

"검은 큰일을 앞두고 서로 상하게 할 수도 있으니 적수공권으로 싸운다. 대신 난 한 손만 사용하도록 하지. 설마, 검이 없으면 아무것도 못 하는 바보는 아니겠지?"

왜인 무사가 피식 웃더니 늑대가 가르랑거리는 듯한 소리로 무언가를 말했다.

남궁소소가 마지막으로 통역했다.

"반드시 두 손 모두 다 사용하고 최선을 다해라 애송이. 안 그러면 너는 내 손에 불구가 될 것이다…… 라고 하네요."

대결은 왜인 무사가 충분히 먹고 몸을 풀 수 있도록 사흘 후로 미루어졌다. 덧붙여 출입이 엄격히 제한되는 내원의 가주부에 딸린 소연무장에서 조용히 치르기로 했다.

한데 당일 아침이 되고 보니 연못가에 고급스러운 의자들이 빽빽하게 늘어선 가운데 쉰여 명의 사람이 앉아 있었다.

이들 중 절반은 소가주인 남궁중백보다 나이가 많아 보였으며, 아예 남궁유룡처럼 백발인 노강호도 여럿 있었다.

그리고 단 한 명도 기도가 출중하지 않은 이가 없었다. 마치 산중에 숨어 지내던 은둔 고수들이 갑자기 몰려온 것 같았다.

대결이 시작되기 전 남궁소소에게 전음으로 물었다.

[저분들은 누구요?]

[장로님들과 각 당의 당주님들, 그리고 인근에 사시는 일가친척 어른들이세요. 지난번 할아버지의 팔순잔치 때도 오셨는데 그땐 손님들이 워낙 많아서 제대로 못 보셨으려나.]

[그분들이 왜 저기 계신 거요?]

[할아버지께서 초청하셨어요.]

[가주님께서 왜?]

[재미난 구경거리가 있으니 와서 보시라고요.]

[……!]

슬쩍 석불원을 돌아보았다. 손님에 대한 예우인지, 아니면 다른 이유에선지 그는 남궁유룡의 바로 옆자리를 차지하고 앉아 있었다.

그 역시도 곤란한 기색이 역력했다. 딱히 비밀로 해야 할 필요는 없었지만, 그렇다고 일이 이렇게까지 커질 줄은 몰랐던 것이다.

"시작하시오!"

총관 좌고학이 외쳤다.

마침내 비무가 시작되었다. 나는 주먹을 말아 쥔 후 허공을 두어 번

휙휙 내질렀다. 이어 왼쪽 어깨를 살짝 낮춘 채 비스듬히 서서 왜인 무사를 노려보는 자세를 취했다. 천룡표국의 비전 권법인 박룡수의 기수식(起手式)이었다.

귀영무의 보법과 어우러진 십초박이 워낙 빠르고 강렬해서 그렇지, 박룡수 역시 결코 만만한 권법이 아니었다.

왜인 무사는 수도(手刀), 즉 손날로 허공을 두어 번 썰더니 갑자기 '하잇!' 하고 날카로운 기합성을 내질렀다.

이어 뒤로 뻗은 오른발에 체중을 실은 상태에서 왼발 끝을 세워 딛고는 두 다리 모두 살짝 무릎을 굽혔다. 동시에 양손은 손가락을 쫙 펼쳐 들고 나를 찢어 죽일 것 같은 자세로 노려보았다. 그 모습이 꼭 천적을 만난 사마귀 같았다.

"그게 기수식이냐?"

"(덤벼라 애송이!)"

"대륙에 왔으면 대륙 말을 해!"

"(겁쟁이.)"

"예의라곤 눈곱만큼도 모르는 인간들 같으니라고."

"(바보 자식이!)"

"내 오늘 너에게 공맹의 도리를 가르쳐 주마."

팡!

보법을 펼치자 석 장의 거리가 순식간에 사라져 버렸다.

질풍처럼 전권을 파고든 나는 왜인 무사의 가슴을 향해 좌권을 빠르게 뻗어갔다. 왜인 무사는 '고작 이 정도냐?' 하는 표정과 함께 상체를 오른쪽으로 가볍게 비틀었다.

순간, 나는 과감하게 한 걸음 깊숙이 내디디며 우권을 벼락처럼 뻗었다. 그 궤적에 왜인 무사의 턱주가리가 있었다. 그야말로 기습적인 일격이었기에 나는 이 한 방으로 왜인 무사를 거꾸러뜨릴 것임을 믿어 의심치 않았다. 그러나 내 주먹은 그의 턱을 아슬아슬하게 스치며 헛되이 허공을 격했다.

문제의 상황은 그다음에 벌어졌다. 놀라서 나를 밀치려는 줄 알았던 그의 손과 발이 내 몸 여기저기에 착착 달라붙었다.

무얼 어떻게 해볼 틈도 없었다. 갑자기 내 몸이 의지와 상관없이 붕 뜨더니 체중까지 실어 주먹을 내지르던 방향 그대로 허공을 쭉 날았다. 애초 턱을 노리느라 비스듬히 내질렀기 때문에 체공 상태에서 의지와 상관없이 회전력까지 실렸다. 그게 낙법을 펼칠 수 없게 만들었다.

쿠당탕탕!

나는 무려 석 장이나 날아간 끝에 내팽개쳐진 것으로도 모자라 맨땅을 대여섯 번이나 데굴데굴 굴렀다.

구르는 힘을 이용해 마지막 순간 아무렇지도 않은 척 벌떡 일어나긴 했지만, 그렇다고 이미 당한 망신이 사라지는 건 아니었다. 비단 무복은 흙으로 범벅이 되었고, 그에게 잡혔던 옷자락은 살짝 찢어져 앞가슴이 훤히 드러나고 있었다. 꼴사납기 짝이 없는 모습. 그에 반해 왜인 무사는 뒷짐을 진 채 산발이 된 머리카락과 장포 자락을 바람에 날리며 오연하게 서 있었다.

의자를 삼 열로 세워놓고 앉아서 구경하던 쉰여 명의 고수들이 일제히 웅성거리기 시작했다. 앞줄에 앉아 있던 남궁유룡·남궁중백·남궁소소·석불원은 그대로 석상이 되어버렸다.

'이게 무슨!'

권법가인 내가 검술가에게 권법으로 싸우자고 해놓고 단 이 초식 만에, 그것도 한차례의 공방도 없이 일방적으로 나가떨어져 버리다니.

왜인 무사가 다시 조금 전의 그 기수식을 취했다. 이어 앞으로 쭉 내민 손바닥을 홱 뒤집더니 다가오라는 듯 까딱까딱했다.

'소원대로 해주마!'

팡!

분기탱천한 나는 신형을 쭉 쏘았다. 앞서의 실수를 반복하지 않기 위해 이번엔 충분한 거리를 두고 정면에서 그의 면상을 향해 정권을 찔러 들어갔다.

순간, 그가 갑자기 뒤로 홱 돌아서며 주먹을 피하는 한편 엉덩이를 내 쪽으로 쭉 밀어 넣었다. 적을 눈앞에 두고 등과 뒤통수를 보이다니, 이는 상리를 완전히 벗어난 움직임이었다.

'이런 미친!'

동시에 그의 왼손은 허공을 격한 내 손목을 끌어 잡고, 오른손으로 멱살을 틀어쥐었다. 이어 나를 통째로 제 어깨에다 걸머지더니 살짝 띄워 올렸다가, 허공에서 한 바퀴를 빙글 돌린 다음, 도리깨질하듯 땅바닥에다 패대기쳐 버렸다.

철퍼덕!

"끕!"

등줄기부터 시작된 고통이 온몸으로 퍼져 나갔다. 오장육부가 진탕당하는 충격과 함께 숨이 턱 막히며 한순간 정신이 아득해지는 것 같았다.

그의 이어지는 공격에 당하지 않기 위해 몸을 벌떡 뒤집고 일어나며 세 걸음을 물러났다. 하지만 몸과 정신에 전해진 충격은 좀처럼 가시질 않았다.

한편, 구경을 하고 있던 쉰여 명의 내외 귀빈들(?)에게서 '오오!' 하는 탄성이 쏟아져 나왔다. 뒤통수와 등을 보이면서도 상대를 메다꽂아 버리는 왜인 무사의 저 기이막측한 수법에 보내는 찬사였다. 적어도 이 순간만큼 저들은 왜인 무사를 남궁세가에 갇혀 있는 왜구가 아니라 한 명의 무인으로 바라보고 있었다.

반면, 남궁유룡·남궁중백·남궁소소·석불원은 아까부터 굳은 표정이 좀처럼 풀리질 않고 있었다. 볼 것도 없이 단 일 합의 공방도 펼치지 못하고 나가떨어져 버리는 나 때문에 크게 당황한 것이다.

'대체 무슨 무공이지?'

상대의 힘을 역이용하는 걸 보면 소문으로만 들어본 태극권의 사량발천근과 비슷하고, 전권을 뚫고 들어온 손이 옷과 위팔을 감아 잡는 건 금나수와 비슷하다. 그러면서도 타격은 하지 않고 사람을 잡아다 냅다 던지고 메다꽂아 버리기만 한다. 이런 종류의 무공에 대해선 한 번도 들어본 적이 없다.

이제야 왜 주먹을 말아쥐지 않는지 그 이유를 알 것 같았다. 그가 펼치는 무공은 타격을 목적으로 하는 권법이 아니었다.

나는 삭신이 쑤시는데, 그는 이번에도 멋들어지게 서서는 머리카락과 옷자락을 날리고 있었다.

그러다 남궁소소를 돌아보며 뭐라 뭐라 지껄였다.

남궁소소가 내게 통역을 해주었다.

"고작 그 정도 실력으로 내게 도전을 한 것이냐. 아니면 대륙의 무인들은 검이나 칼을 쥐지 않으면 모조리 바보가 되는 것이더냐. 라고 하네요."

"네가 펼치는 무공의 이름이 뭐지?"

남궁소소가 나를 대신해 다시 물었고, 두 사람이 잠시 대화를 주고받았다.

그러다가 왜인 무사가 한 손을 내뻗었다.

남궁소소가 잠시 망설이는가 싶더니 돌연 허리에 차고 있던 검을 뽑아 휙 던져주었다. 검은 왜인 무사의 발치에 꽂혀 낭창낭창 흔들렸다.

모두가 깜짝 놀랐다. 맨 뒷줄의 일부 고수들은 자리에서 일어나 옆으로 쏟아져 나오기까지 했다. 왜인 무사가 만약 불손한 생각이라도 품는다면 남궁세가의 혈족들을 호위해야 하기 때문이다.

나는 나대로 화들짝 놀라서는 서너 걸음을 후다닥 물러났다.

남궁중백이 차분하지만 강한 어조로 남궁소소에게 물었다.

"무슨 일이더냐?"

"무공의 이름을 알고 싶다면 잠시 제 검을 빌려달라고 했습니다."

"그런다고 함부로 검을 빌려주었다고?"

"고작 검 하나 빌려주는 일로 망설이는 모습을 보여주고 싶지 않았습니다. 그리고 그를 표사로 쓰려면 우리 쪽에서 먼저 신뢰를 보여야 한다고 생각했습니다."

"무슨 말을 하려는지는 알겠다. 허나, 검사에게 있어 검은 분신과도 같은 것. 다음에는 더욱 신중을 기하도록 하거라."

"명심하겠습니다."

남궁유룡과 남궁중백이 서로를 바라보며 미세하게 웃으며 고개를 끄덕였다. 석불원도 다소 의외라는 듯한 표정으로 남궁소소를 바라보았다.

남궁소소의 말이 백번 맞다. 지금 이 자리에 어떤 인물이 있는데, 그리고 어떤 사람들이 모여 있는데 고작 왜인 무사 한 명에게 검을 빌려주는 일로 호들갑을 떨어서야 되겠나. 그건 천하십검의 수좌를 다투는 뇌검 남궁유룡에 대한 모독이며, 나머지 사람들 또한 무시하는 처사였다.

벌떡 일어나 옆으로 쏟아져 나왔던 뒷줄의 고수들이 슬그머니 제자리로 돌아갔다.

나는 서너 걸음이나 물러난 성급함을 탓하며 조용히 눈을 감았다.

그사이 왜인 무사는 남궁소소가 던져준 검을 뽑아 바닥에다 유술(柔術)이라는 두 글자를 쓱쓱 써 갈겼다.

그러고는 검을 바닥에 꼭 찍으며 말했다.

"(유술)!"

이어 밑에다가 다시 유생심안류(柳生心眼流)라는 다섯 글자를 추가로 쓰더니 또 검으로 콕 찍고는 말했다.

"(유생심안류)!"

남궁소소가 무언가를 물었고, 왜인 무사가 웃으며 대답했다.

왜인 무사는 어쩐지 남궁소소와 대화하는 걸 즐기는 듯했다. 그러고 보니 사흘 전 뇌옥을 찾아갔을 때 그가 눈을 번쩍 뜬 것도 남궁소소의 목소리가 들리기 시작했을 때였다.

'설마!'

구경하는 사람들은 구경하는 사람들대로 두 사람의 대화에 집중했다. 왜인 무사가 펼친 이국적인 무공과 바닥에 쓴 글자들의 의미가 궁금했기 때문이다. 그건 솔직히 나도 궁금했다.

이윽고 대화를 끝낸 남궁소소가 통역했다.

"그가 '주우주츠'라고 부르는 '유술'은 병장기를 쓰지 않는 모든 무공의 총칭이래요. 타격보다는 상대의 힘을 역이용해서 잡아 던지거나 관절을 꺾거나 조이는 초식들이 주를 이루고요. 그리고 '야규신간류', 그러니까 '유생심안류'라고 쓴 것은 자신이 익힌 유술의 유파라고 하네요."

여기까지 이야기를 했을 때 사람들은 그제야 왜인 무사가 펼친 그 기묘한 수법의 초식들을 이해하고 고개를 끄덕였다. 그리고 매우 흥미를 보였다.

다들 다시 왜인 무사를 바라보았다. 이번엔 또 어떤 기묘한 동작과 초식을 펼쳐 나를 던지고 메다꽂을지 궁금한 것이다.

기대에 부응하려는 듯 왜인 무사가 검을 도로 홱 던져주었다. 검은 남궁소소의 발끝에서 딱 한 뼘의 거리에 떨어져 꽂혀 낭창거렸다.

이어 나를 향해 돌아서서 아까와 같은 기수식을 취하고는 손가락을 까딱까딱하며 말했다.

"(덤벼라. 애송이!)"

"덤벼라. 애송이! 라고 말하네요."

여기저기서 피식피식 웃음이 흘러나왔다.

나는 다시 박룡수의 기수식을 펼쳤다. 하지만 아까와 달리 주먹을 말아쥐지 않았다. 대신 왜인 무사처럼 손가락을 활짝 펼쳤다.

"이번엔 네가 와라!"

남궁소소가 그대로 통역을 했고, 왜인 무사가 '훗!' 하고 웃더니 상체의 자세를 흐트러뜨리지 않은 상태에서 두 발을 빠르게 놀리며 다가왔다. 그 모습이 흡사 수면 위를 미끄러져 오는 것 같았다.

이어 지척에 이르자 돌연 보법을 바꾸어 나를 앞에다 두고 차륜전(車輪戰)을 펼치듯 옆으로 뱅뱅 돌았다.

'이건 또 뭐야?'

그러다 갑자기 쌍수를 뻗으며 성난 멧돼지처럼 달려들었다.

그의 좌수는 내 오른손을 막듯이 틀어쥐고, 우수는 왼쪽 어깨의 옷자락을 잡아당기면서 왼쪽 발바닥으로 발목을 힘차게 걷어차 왔다. 그야말로 전광석화와 같은 움직임.

한편, 나는 싸움이 시작된 후 처음으로 이능력을 발동하고 있었다. 그리고 왜국에는 없는 것 같은 개념인 공력을 육성이나 끌어 올렸다.

공력을 담아낸 초식은 위력도 위력이지만 속도 면에서 감히 범인들이 따라올 수가 없다. 백년공력을 지닌 내가 육성을 담아내면 어지간한 고수가 아니고서는 두 눈을 멀쩡히 뜨고도 보지 못한다.

나는 먼저 오른발로 그의 왼쪽 발등을 찍어 밟아 걷어차기를 뚝 멈추게 만들었다. 이어 내 어깰 잡은 그의 오른팔을 금나수의 수법으로 휘어 감았다.

왼쪽 발과 오른쪽 팔을 동시에 옴짝달싹 못 하게 되면서 그는 그대로 나무토막이나 다름없는 상태가 되었다. 그 상태에서 오른쪽 팔꿈치로 그의 턱주가리부터 사정없이 깠다.

빽!

다음엔 올라간 팔꿈치를 그대로 끌어당기며 가슴골의 전중혈 찍고.
찍!
감았던 오른팔을 풀어주면서 왼쪽 팔꿈치로 다시 한번 그의 턱을 올려 깠다.
빽!
이어 가슴과 복부 이곳저곳을 쌍수로 대여섯 차례 난타한 다음.
빽! 빠버버버벅!
그의 멱살을 잡고 안쪽으로 파고드는 한편 질풍처럼 뒤돌아서며 어깨에 걸어 멨다.
다음엔 허릿심을 이용해 그를 올려 띄우고, 공중으로 날아가려는 그를 끌어당겨다가 한 바퀴를 뱅글 돌린 다음, 땅바닥에다가 거꾸로 메다꽂아 버렸다.
철퍼덕!
"커억!"
박룡수의 여러 초식에 이어 마지막에는 그에게 당했던 수법을 그대로 흉내 내본 것이었다.
동작은 형편없었지만 그 위력은 그가 내게 펼친 것에 비할 바가 아니었다. 먼지를 풀썩 날리며 패대기쳐진 그는 하늘을 향해 대자로 누운 상태에서 두 눈을 허옇게 까뒤집고는 온몸을 부르르 떨었다. 그러다 회까닥 까무러쳐 버렸다.
단순히 까무러치기만 한 것이 아니었다. 한참 숨이 가쁠 텐데도 불구하고 기도가 막혔는지 가슴이 부풀어 오르지 않았다.
나는 쓰러진 그의 오른쪽 위팔 옷자락을 잡고는 반 바퀴를 돌려 힘을 축적한 다음 대여섯 장 밖에 있는 연못에다 냅다 던졌다. 이번엔 그에게 첫 번째로 당한 수법을 그대로 흉내 낸 것이었다. 그는 풍덩 소리와 함께 차가운 물 속에 그대로 빠져 버렸다.

연못은 물이 허리까지 차오를 정도로 그리 깊지는 않았다. 하지만 물을 뒤집어쓸 정도로는 충분히 깊었다.

"쿨럭! 쿨럭!"

뒤늦게 정신을 차린 왜인 무사가 손발을 허우적대면서 일어났다.

물에 빠진 생쥐 꼴이 된 그는 자신이 어떻게 연못 속에 들어와 있는지 어리둥절한 모양이었다. 그러다 인상을 있는 대로 찡그리며 밖으로 나왔다.

이어 가슴을 부여잡고는 털썩 주저앉아 고통스러워했다. 전정혈을 팔꿈치로 맞았으니 지금쯤 가슴에 창이 꽂혀 있는 것 같은 고통을 느낄 것이다. 보통 사람이었다면 데굴데굴 구르며 죽겠다고 비명을 질러야 하는 상황. 한데도 그는 끝까지 앉아서 버티는 독기를 보여주었다.

'지독한 놈.'

나는 그에게로 다가갔다. 화들짝 놀란 그가 앉은 상태에서 뒤로 게걸음을 치며 뭐라고 소리쳤다.

남궁소소가 빠르게 통역했다.

"그만하자. 그만!"

나는 한쪽 무릎을 꿇은 다음 왼손으로 그의 어깨를 덥석 잡아 옴짝달싹 못 하게 했다. 이어 오른손으로 가슴의 혈도 서너 군데를 타다닥 짚었다.

자신을 공격하는 줄 알고 잔뜩 긴장했던 왜인 무사가 한순간 살짝 당황해했다.

잠시 후, 고통이 씻은 듯 사라진 것을 확인한 그는 눈을 동그랗게 떴다.

"점혈법이란 것이오."

남궁소소가 그대로 통역을 했다.

꿇었던 무릎을 펴고 일어나자 왜인 무사가 무언가를 말했다.

"왜 처음부터 최선을 다하지 않았냐고 물어요."

"당신은 나를 쓰러뜨리기 위해 싸웠는지 모르지만, 난 당신에게서 왜국의 권법을 배우기 위해 싸웠소. 우리는 이걸 비무(比武)라고 하지."

비무가 끝난 직후부터 나는 말투를 하대에서 평대로 바꾸었다.

왜국에도 그런 구별이 있는지 모르겠다만 남궁소소가 그대로 통역을 했다. 그러자 나를 바라보는 왜인 무사의 표정이 지금까지와는 조금 달라졌다.

나는 아직도 주저앉아 있는 그에게 한 손을 내밀며 말했다.

"나는 당신을 여전히 싫어하고 앞으로도 그럴 것이오. 하지만 당신의 그 유술이라는 무공은 정말 대단한 것이었소. 기회가 닿으면 꼭 배우고 싶을 만큼."

남궁소소의 통역이 끝나자 그가 내 손을 덥석 잡았다.

나는 그를 힘차게 끌어당겼고, 그는 그대로 일어나 나와 마주하고 섰다. 그리고 나를 똑바로 노려보며 어눌한 발음으로 말했다.

"나는 미나모토 히카루다."

"이정룡이오."

그가 또 무언가를 말했고, 남궁소소가 통역했다.

"약속대로 한 달 동안 정룡 공자가 시키는 일은 무엇이든 하겠다고 해요. 설사 그것이 무사도에 어긋나는 일이라고 할지라도. 그리고 일이 끝나면 이천 냥을 꼭 달래요."

돈은 내가 주는 게 아니지만 석불원은 분명히 약속을 지킬 것이다.

나는 가볍게 고개를 끄덕이고는 그때까지 잡고 있던 미나모토의 손을 놓아주었다. 그리고 천천히 돌아섰을 때 크게 웅성거리는 쉰여 명의 고수들을 볼 수 있었다.

그들과는 십여 장 이상 떨어진 데다 작은 소리가 뒤죽박죽으로 섞였지만, 백 년의 내공을 지닌 내게는 또렷이 들렸다.

"호부 밑에 견자 없다더니."

"표왕이 자식을 제대로 가르쳤군."

"천룡표국의 박룡수가 저 정도였을 줄이야."

"고작 스물세 살이고 보면 장차 중원을 떨어 울리는 권사로 성장할 가능성이 다분해 보입니다."

"깊고 신중한 성품은 또 어떻고요. 다른 후기지수들이었다면 우리에게 잘 보이기 위해서라도 처음부터 공력을 과도하게 담아냈을 것인데, 두 번이나 땅바닥에 패대기쳐지는 수모를 당하면서까지 왜국의 권법을 견식하려 했다니."

"후기지수다운 후기지수는 세옥이 이후로 처음 보는 것 같군. 암, 그래야지. 그게 무인의 진짜 기개이지."

"게다가 부자라고 합니다. 저 녀석이 나이는 어려도 표사로서의 수완이 대단해 벌써 금전 십만 냥 정도로 추산되는 재산을 모았다고 하더군요.”

“항주의 해룡선방을 통해 범선도 다섯 척이나 건조 중이라고 합니다. 아무래도 조운을 개척할 모양인 것 같습니다.”

“정말 마음에 쏙 드는 녀석입니다.”

“이 정도면 소소의…….”

“커험!”

마지막 헛기침은 남궁유룡의 입에서 나온 것이었다. 그러자 웅성거리던 소리가 거짓말처럼 뚝 그쳤다.

석불원은 왜인 무사를 표사로 고용할 수 있게 되어서 그런지 입가에 웃음을 감추지 못했다.

나는 눈빛으로 그에게 따지듯 물었다.

‘이래도 제가 쟁자숩니까?’

이제 금전 이천 냥짜리 전표를 받을 차례였다. 이러면 쟁자수로 고용된 내가 사천 냥을 벌고, 표사로 고용된 왜인 무사가 이천 냥을 벌게 되는 셈이다. 기분이 날아갈 것 같다.

그리고 사람들이 까맣게 모르는, 이 자리에서는 오직 나와 남궁유룡과 남궁중백만 아는 비밀이 한 가지 있었다.

이번 싸움에서 나는 성명절기인 북해투왕의 귀영무와 십초박은 단일 초식도 펼치지 않았다. 그 무공의 예사롭지 않음을 알아볼 고수가 지금 이 자리에는 너무나 많았다. 자칫하다간 북해투왕의 흔적을 남길 수도 있었다.

이런 나의 의도를 아는 남궁유룡과 남궁중백은 눈이 마주치자 더할 나위 없이 뿌듯한 표정으로 고개를 끄덕여 주었다. 나도 간단한 묵례로 마주 인사를 올렸다.

한편, 남궁소소는 하얀 치아까지 보이며 환하게 웃고 있었다.

그녀의 전음이 귓속을 파고들었다.

[잘했어요.]

[잇몸 보이오.]

[그쪽은 코에서 피나요.]

깜짝 놀란 나는 얼른 손등으로 코밑을 훔쳤다. 그러자 정말로 시뻘건 피가 한 줄로 쭉 그어진 채 묻어 나왔다.

'이런 왜구 새끼가!'

사흘 만에 남궁세가를 떠난 우리는 장강을 따라 서쪽으로 향하고 있었다.

처음 나와 석불원 둘로만 이루어졌던 표행단은 이제 남궁소소와 왜인 무사까지 가세해 네 명으로 늘어났다.

남궁유룡은 약속대로 남궁중백과 함께 연화부인을 만나 남궁소소를 표행단에 합류할 수 있도록 허락해 달라고 부탁했다.

세 사람만 조용히 만났기 때문에 정확히 무슨 이야기들이 오갔는지는 알 수가 없다. 다만 회동이 끝난 후 연화부인이 나를 따로 불러다가 한 말은 전혀 생각지 못한 것이었다.

"할아버지께서는 모두가 불가능하다고 했던 표행을 다섯 차례나 하는 동안 단 한 명의 표사도 잃지 않았다는 것이 공자의 가장 놀라운 점이라고 하시더군요. 마치 젊은 날의 표왕을 보는 것 같으시다고."

"……!"

"난 표왕께서 젊은 시절 어떠했는지 잘 몰라요. 하지만 공자에 관한 이야기라면 귀가 따갑도록 들었지요. 그래서 공자를 믿고 소소를 보내주겠어요. 건강히 잘 다녀오세요."

연화부인은 남궁소소를 지켜달라는 식의 말은 한마디도 하지 않았다. 하지만 나는 딸에 대한 그녀의 지극한 사랑을 느낄 수 있었다. 말하지 않음으로써 웅변을 하는 것보다 더 강한 전언을 상대에게 보내는 것이다.

내가 세 사람이 만나는 자리에서 무슨 이야기가 오갔는지 모르는 것처럼, 남궁소소도 나와 연화부인 사이에 무슨 대화가 오갔는지 몰랐다. 그래서 지금도 말을 타고 가는 내내 힐끔거리며 나를 곁눈질했다.

"아무리 그래도 소용없소."

"뭐가요?"

"어머니께서 내게 하신 말씀이 궁금한 거잖소."

"알면 좀 말해주면 안 되나요?"

"안 되오."

"왜요?"

"사내는 입이 무거워야 하는 법이오."

"사기나 치지 마세요."

"그 얘기 한 열 번쯤 들은 것 같소만."

"나도 그쯤 한 것 같아요."

"내가 무슨 사기를 얼마나 쳤다고."

"어제 일 기억 안 나요?"

"비무에 문제라도 있었단 말이오?"

"물론 비무에는 문제가 없었죠. 다만 저 왜인 무사는 아직도 당주님을 권법에도 조예가 깊은 검객으로 알고 있을 뿐. 현실은 검술에도 조예가 깊고 싶은 권법가인데 말이죠."

"혹시 나 지금 협박받는 거요?"

"협박이라고 하면 먹힐까요?"

"전혀."

"냉혈한."

"협박범."

"사기꾼."

"진드기."

"뭐라고요!"

그때 남궁소소와 나 사이로 얼굴 하나가 쑥 들어왔다. 턱과 머리를 붕대로 친친 감은 왜인 무사였다.

남궁소소가 그에게 웃으며 왜국 말로 물었다.

"(다친 곳은 좀 어때요?)"

"(이 정도는 아무것도 아니오.)"

"(다행이군요.)"

"(못 본 사이에 우리 말이 훨씬 능숙해졌소.)"

"(그런가요?)"

"(그동안 어디에 있었던 거요?)"

"(저 남자와 함께 돌아다녔어요.)"

"(어디를 말이오?)"

"(세상 이곳저곳이오.)"

"(왜?)"

"(그게 저 남자의 일이고 전 그에게 고용되었거든요. 바쁘다고 하는데도 어찌나 도와달라고 부탁을 하는지. 아무튼 그랬어요.)"

"(그와는 어떤 사이오?)"

"(그의 사업에 투자를 좀 했어요.)"

도무지 이해할 수가 없었다. 남궁소소야 그렇다고 쳐도, 어떻게 자기를 잡아다 가둔 사람의 후손에게 저리 다정하게 굴 수가 있는 걸까?

왜인 무사와 한참이나 대화를 주고받던 남궁소소가 돌연 내게 물었다.

"그가 당주님도 무사냐고 묻는데요."

"보았으면서도 모르나?"

남궁소소가 다시 왜인 무사에게 통역했다.

"(그는 최고의 무사예요. 유명한 가문의 후예들과 인맥을 쌓거나 허명을 떨치는 것에만 혈안이 된 가짜들과는 질적으로 다르죠. 여자를 밝히는 게 문제라면 조금 문제일 뿐.)"

왜인 무사가 가만히 고개를 끄덕였다.

내가 남궁소소에게 물었다.

"뭐라고 한 거요?"

"아마 그럴 거라고 했어요."

"엄청 길게 말하던데."

"엄청 길게 그럴 거라고 했어요."

미심쩍지만 왜국 말을 모르니 어쩔 수가 없다.

"지금부터 내가 하는 말을 그대로 통역하시오."

"말해보세요."

"미야모토. 잘 들으시오."

"(미야모토. 잘 들으시오.)"

내가 말을 이어 가려는 순간, 갑자기 왜인 무사가 끼어들더니 한참을 뭐라고 지껄이다가 마지막에 이르러 '이전욘'이라고 했다.

"내 이름은 미야모토가 아니라 미나모토 히카루다. 성은 미나모토 이름은 히카루. 미나모토 가문의 빛나는 사람이라는 뜻이지. 다음부턴 발음을 똑바로 해라. 이정룡……. 이라고 했어요."

"혹시 이전욘이 내 이름이오?"

"그런 것 같아요. 큭."

"웃는 거요?"

"미안해요. 나도 모르게 그만."

"전혀 미안한 얼굴이 아닌데."

"이게 나한텐 최대한 미안한 얼굴이거든요."

"아무튼 사람들이 보는 앞에서는 절대 입을 벌리지 말라고 전해주시오. 안 그러면 당신의 안전을 장담할 수가 없다고."

남궁소소가 그대로 통역을 했고, 왜인 무사가 뭐라고 지껄이다가 또 '이전욘'이라고 했다.

"내 일은 내가 알아서 할 테니 네 목숨이나 잘 지켜라. 이정룡……. 이라고 하네요."

청해성에서 시작된 물이 통천하, 금사강, 장강 등으로 불리며 만 리를 달리다가 마침내 바다를 만나는 곳에 해문(海門)이라는 포구촌이 있었다.

이름에서도 알 수 있듯이 이곳은 바다로 나가는 길목이면서 동시에 육지로 들어오는 길목이기도 했다. 그러나 바다 밑에 암초가 워낙 많아서 돈이 되는 큰 배들은 주변의 다른 항구도시들에게 모조리 빼앗겨 버리고 작은 고기잡이배들만 열심히 들락거렸다.

바다를 보자 미나모토의 눈동자가 반짝였다. 다시 배를 타고 바다로 나가고 싶은 왜구의 본성이 되살아나는 모양이었다.

말 머리를 붙이며 석불원에게 물었다.

"여긴 왜 오신 겁니까?"

"마지막 표사가 이곳에 있네."

"그가 누군데요?"

"오십 년이 넘도록 대륙과 왜국을 오가며 밀무역을 해온 뱃사람이지. 양국의 관선과 군선은 물론이고 개떼같이 들끓는다는 해적선들까지 전부 피해 왜국으로 들어갈 수 있는 유일한 인물이고."

나와 남궁소소는 동시에 얼어붙어 버렸다. 석불원의 말에서 표행의 목적지를 어렴풋하게나마 짐작했기 때문이다.

그래도 몰라 혹시나 하고 물어봤다.

"목적지가 왜국입니까?"

"그렇다네."

"아니, 왜요?"

"그곳에 가서 물건을 하나 가져올 걸세."

"무슨 물건인지는 말해주지 않으시겠죠?"

"그렇네."

"물건의 주인이 누군지 모르지만 순순히 내어주진 않을 것 같다는 생각이 드는군요."

"그랬다면 자네들이 필요 없었겠지."

"강탈입니까?"

"협상에 실패한다면."

"그러면 왜구와 다를 게 없잖습니까?"

"천만에. 그렇게 되면 왜구들이 해안가 마을을 약탈하는 것과는 비교도 할 수 없을 만큼 위험해질 걸세."

"그 말이 아니지 않습니까."

"그게 가장 중요한 문젤세."

"……!"

문득 석불원이 나를 찾아온 다음 날 비룡당에서 했던 말이 떠올랐다. 그때 그는 세상의 규칙이나 도덕 너머에 존재하는 다른 차원의 표행에 대해 말했었다. 나 또한 그것을 각오하고 온 것이었고.

"대체 표주가 누굽니까?"

"살아서 돌아온다면 만날 수 있을 걸세. 그러려면 자네나 나나 반드시 표행을 성공시켜야 하고."

석불원이 나를 찾아와 객표비로 금전 이천 냥을 주겠다고 한 이유를 이제야 알 것 같았다.

전생에서도 30년 넘게 표국업에 종사했지만 타국으로, 그것도 왜국으로 표행을 간 사람 얘긴 들어본 적이 없다. 이건 비유로써의 목숨을 걸어야 한다가 아니라 진짜 목숨을 걸어야 하는 일이었다. 석불원도 방금 표행에 성공하지 못하면 자신을 포함해 모두가 다시 고향 땅을 밟을 수 없을 거라는 말을 분명히 했다.

고개를 돌려보니 남궁소소도 놀란 토끼 눈이 되어 있었다. 오직 우리 말을 모르는 미나모토만 마상에서 두 팔을 벌리고 숨을 들이쉬며 바다 내음을 맡는 중이었다.

"아직 늦지 않았네."

"예?"

"표단(鏢單)의 내용을 알지 못하니 계약금만 돌려주면 돌아갈 기회가 아직 있다는 뜻이네. 아마도 마지막 기회가 될 걸세."

표단은 표국에서 쓰는 계약서로 표주가 누구인지, 표물이 무엇인지, 어디에서 어디로 운송하려는 건지 등을 적어 넣는다.

"못 들은 걸로 하겠습니다."

"후회하지 않겠나?"

"그건 솔직히 자신 없습니다."

"한데 왜?"

"인간이 신도 아닌데 어떻게 항상 후회 없는 삶을 살겠습니까? 하지만 후회를 한다는 게 꼭 과거로 돌아가면 다른 선택을 하겠다는 뜻은 아닐 겁니다. 지금도 그렇고요."

"자네는 확실히 보통의 표사들과는 다르군."

"대신 제 권리를 행사하겠습니다."

"권리?"

"왜인 무사를 고용하는 데 성공하면 제가 지정한 사람 두 명을 추가로 고용할 수 있도록 허락해 주신다고 하셨지 않습니까. 한 명은 남궁소소로 하고, 다른 한 명을 지금 부르겠습니다."

"그가 누구인가?"

"만약 협상에 실패할 경우 강탈을 절도로 바꿔줄 인물입니다."

나는 남궁소소를 돌아보며 말했다.

"여기서 소주까지 반나절이면 도착할 것이오. 천룡표국 소주 분타로 가서 항주의 본타에 전서구를 날려 호리독사를 이리로 보내라고 하시오. 필요한 장비들이 있다면 전부 챙기라고도 하고. 그렇게만 말하면 알아들을 것이오."

"알았어요."

남궁소소가 말 머리를 돌려 달아났다. 할아버지를 닮아 어려서부터 말타기를 좋아했다더니, 갑자기 꺾고 치닫는 솜씨가 가히 예술이었다.

남궁소소가 말도 없이 사라져 버리자 미나모토가 깜짝 놀라서는 내게 왜국 말로 물었다.

"(무슨 일이지?)"

"뭐라고 하는지 모르오."

"(그녀는 어디로 갔지?)"

"서로 못 알아듣는데 뭘 자꾸 묻는 거요?"

그때쯤 석불원이 탄 말이 걸음을 멈추었다.

눈앞에는 작은 포구마을과는 어울리지 않게 엄청난 크기를 자랑하는 목옥(木屋), 즉 나무로 만든 이 층 건물이 버티고 서 있었다.

사방에 탁자가 가득한 가운데 사람들이 한쪽에선 술을 마시고, 한쪽에선 도박을 하고, 한쪽에선 여자들을 무릎에 앉혀놓고 열심히 주물러 대고 있었다.

생김새는 또 다들 얼마나 험상궂은지, 구릿빛으로 그은 얼굴에 어깨와 팔뚝은 비정상적으로 발달했고, 눈동자에서는 불이 번쩍번쩍했다. 생김새도 그렇고 옷차림도 그렇고 결코 평범한 뱃사람들은 아니었다. 십중팔구 밀무역을 하는 방파의 방도들일 것이다. 이 목옥 역시 주루가 아니라 그들의 소굴이었고.

협소한 장소, 두려움을 모르는 범죄자들. 전면전이 벌어지면 열 명 스무 명은 쓰러뜨려도 백 명은 불가능하다.

'남궁소소를 보내기 잘했구나.'

낯선 사람들이 들어서자 왁자지껄하던 소음이 뚝 끊어지면서 숨소리조차 들리지 않을 만큼 고요해졌다. 그나마 미나모토를 우리식 복장에 상투까지 틀어주었기에 망정이지, 아니면 왜구가 나타났다고 다들 칼부터 뽑아 들었을 것이다.

석불원은 가까운 탁자 아무 데나 털썩 자리를 잡고 앉았다. 이어 주방 쪽을 돌아보며 큰소리로 외쳤다.

"여기도 먹을 것 좀 내오지."

십여 명의 사내들이 어슬렁거리며 다가왔다. 하나같이 흉악한 기세를 폴폴 풍겼다.

그중에 근육질의 산더미 같은 녀석이 있었다. 크다 크다 해도 이렇게까지 큰 인간은 처음인지라 나와 미나모토는 본능적으로 마른침을 꼴깍 삼켰다.

그가 우렁우렁한 소리로 말했다.

"여긴 술집이 아니다."

"근처에 술 있는 곳이 여기밖에 없어서."

"말귀를 못 알아듣는군."

"황해노경(黃海老鯨)은 어딨소?"

순간, 좌중에 가득한 적개심이 찐득찐득한 살기로 바뀌었다. 거인의 얼굴도 흉악하게 일그러졌다.

경고도 없었다. 그는 갑자기 두어 걸음을 쿵쾅 내딛더니 석불원을 향해 커다란 주먹을 뻗어왔다.

나는 재빨리 오른발을 차올려 오금으로 그의 팔을 감아 꺾어 내렸다. 동시에 뒷머리를 잡아채서는 탁자 위에다 얼굴을 힘차게 찍어버렸다.

쾅!

둔탁한 소리와 함께 거인은 그대로 까무러쳤다.

그런 다음 번개처럼 돌아서니 놀라운 광경이 펼쳐지고 있었다. 거인의 뒤에서 칼을 뽑아 들고 달려들던 세 명이 산발을 한 채 굳어 있고, 발 아래에는 각자의 것으로 짐작되는 상투가 떨어져 있었다.

조금 떨어진 곳에서는 미나모토가 묘도(苗刀)를 뽑아 든 채 그들을 찢어진 눈으로 노려보고 있었고.

'대체 언제…….'

그때였다.

"(움직이는 녀석은 죽여 버리겠어!)"

이런 멍청한! 어차피 알아듣지도 못할 말을 뭐 하러. 내가 그렇게 사람들 앞에서 입을 벌리지 말라고 경고했거늘.

"왜놈들이잖아."

"우리더러 한 걸음이라도 움직이면 죽인다는데."

"(바보 자식!)"

"(개새끼!)"

"(죽고 싶다! 어쩔래?)"

놀랍게도 왜국 말을 아는 자들이 있었다. 눈치를 보아하니 그런 자가 한둘이 아니었다.

부지불식간에 왜국 말로 경고를 한 미나모토가 오히려 살짝 당황한 눈치였다.

백여 명의 사내들이 일제히 탁자 밑에서 칼을 뽑아 들었다.

채채채채채채채채챙!

"이런 제길!"

나도 검을 뽑아 들었다.

챙!

일촉즉발의 순간 '철그렁!'하고 어린아이 머리통만 한 가죽 주머니가 탁자 위에 떨어졌다. 살짝 벌어진 입구 사이로 싯누런 금전이 가득 모습을 드러내고 있었다.

황금의 힘은 위대해서 금방이라도 성난 늑대처럼 달려들 것 같던 사내들을 다시 전부 석상으로 만들어 버렸다.

석불원은 마치 어딘가에 있을 특정한 누군가를 향해 말하듯 다소 큰 소리로 말했다.

"금전 이천 냥입니다. 한 달간 범선과 귀하와 수하들을 사는 값의 절반이지요. 다섯을 셀 때까지 내 앞에 앉아 있지 않는다면 거절한 것으로 알고 조용히 떠나겠습니다. 하나, 둘……."

선금으로만 내놓은 것이 금전 이천 냥이다. 목옥 안에 있던 사람들 모두가 깜짝 놀라서는 마른침을 꼴깍꼴깍 삼켰다.

"셋, 넷……."

또각, 또각, 또각…….

이 층에서 반백의 노인이 목발을 짚으며 천천히 내려왔다.

자세히 보니 왼쪽 다리의 무릎 아래가 사라지고 없었다. 그러나 칠순은 되어 보이는 나이에도 불구하고 우람한 체구에 각진 턱과 형형한 눈빛이 젊은 시절을 어떻게 보냈는지 짐작게 했다.

이윽고 절름발이 노인이 앞자리에 앉았고, 석불원이 마지막 숫자를 셌다.

"다섯."

"기다려 주어 고맙소."

"아쉬운 사람이 기다려야지요."

"전혀 아쉬운 사람 같지 않소만."

"그리 보였다면 다행입니다."

"내가 황해노경이오."

"석불원이라고 합니다."

"황금장표……."

"그렇게도 불리지요."

황금장표라는 말이 흘러나오는 순간 좌중의 공기가 다시 한번 크게 출렁였다. 놀랍게도 이들 대부분이 사대명표 중 한 명인 석불원을 아는 모양이었다.

"아무리 황금장표라고 해도 고작 두 명의 객표만 데리고 이곳을 찾는 건 매우 위험한 일이외다."

네가 아무리 황금장표라고 해도 이곳은 나의 영역이니 함부로 설쳤다가는 살아서 돌아가지 못할 거라는 경고다.

"새겨두도록 하겠습니다."

"원하는 게 무엇이오?"

때마침 누군가 엽차를 가지고 왔다.

석불원은 손가락으로 물을 찍어다가 탁자 위에 살마(薩摩)라는 두 글자를 쓴 후 바로 지웠다. 눈치를 보아하니 그곳이 목적지인 모양이었다.

황해노경의 표정이 어두워졌다.

"나는 은퇴한 몸이외다."

"마지막 항해가 되겠군요."

"보시다시피 몸도 이렇고."

"바다를 걸어서 건너는 사람은 없지요."

"표물이 무엇이오?"

"모르셔도 됩니다."

"가고 오고 뱃길만 책임져라?"

"그편이 서로 좋지 않을까요?"

"목숨값의 절반이라 함은?"

"성공하고 돌아오는 즉시 이천 냥을 더 드리겠다는 뜻입니다."

좌중에 나직한 술렁거림이 번져갔다.

황해노경은 만만치 않은 인물이었다. 그는 물 들어왔을 때 노 저어야 한다는 교훈을 확실히 알았다. 더불어 표비는 물건의 가치가 아니라 표주가 얼마나 간절하느냐에 달려 있다는 것도.

"흑룡선(黑龍船)은 왜국과 대륙을 통틀어 가장 빠른 범선이외다. 이 배의 돛을 올리고 항해를 하려면 최소 쉰 명의 노련한 뱃사람들이 필요하지요. 금전 이천 냥이 큰돈이기는 하나 쉰 명의 목숨을 걸고 배를 띄울 만큼 크지는 않소이다."

"제 소문을 들으셨다면 첫 번째 제시하는 금액이 가장 큰 액수라는 것도 아실 텐데요."

"무엇이든 처음은 있는 법이지요. 귀하가 왜국으로 표행을 하는 것도 처음인 것처럼."

"하지만 노사께는 늘 해오셨던 항해이지요."

"나에 대해 많이 아시는구려."

"금액을 절반으로 내리겠습니다."

"……!"

석불원은 가죽 주머니를 집어 들고 일어났다.

"마을 어귀에 작은 여각이 하나 있더군요. 내일 아침까지 그곳에서 머무를 생각입니다. 생각이 있다면 아침 식사나 같이하시지요."

석불원은 이어 탐욕으로 이글거리는 백여 명의 뱃사람들을 쓸어 보며 착 가라앉은 음성으로 말했다.

"참고로 금전을 빼앗으러 오는 것도 얼마든지 환영합니다. 단 살아서 돌아갈 생각들은 마시길."

4장

바다 건너 동쪽으로

마을 어귀에 자리한 여각은 연대를 짐작할 수 없을 만큼 낡고 오래된 목조 건물이었다. 게다가 손님이 한 명도 없었던 터라 사실상 우리가 통째로 독차지한 셈이 되어버렸다.

석불원은 혼자서 족히 오 인분이나 되는 술과 음식을 주문한 후 먹어댔다.

'아직 해도 지지 않았는데.'

며칠 동안 동행을 하면서 느낀 거지만 그는 실로 엄청난 대식가였다. 심지어 그렇게 부자이면서 음식을 딱히 가리지도 않았다. 곰처럼 뚱뚱한 데는 다 이유가 있었던 것이다. 그럼에도 불구하고 사대명표의 한 명으로 불리는 데다 절정고수 소리까지 듣는 걸 보면 신기할 지경이었다.

남궁소소가 내게 물었다.

"숫자가 몇 명이었다고요?"

"백여 명 정도였소."

"그건 일부에 불과할 거예요. 소문에 따르면 흑룡도방(黑龍蹈幇)의 방도는 삼백이 넘는다고 했어요."

"더 있을 줄은 알았지만 그 정도일 줄이야."

"그들이 아침까지 기다릴까요?"

석불원은 절름발이 황해노경에게 금전 천 냥이라도 벌어볼 생각이 있다면 내일 아침까지 오라고 했다. 그러니 깜깜한 밤사이에 찾아온다면 의뢰를 받아들이기 위해 오는 것이 아니다. 석불원이 수중에 가지고 있는 금전 이천 냥을 비롯해 얼마가 더 있을지 모르는 돈과 전표 등을 노리고 오는 것이다.

나는 대답 대신 석불원을 바라보았다. 이건 일을 벌인 당사자가 가장 잘 알 것 같아서였다.

그때쯤 식사를 끝낸 석불원이 젓가락을 놓더니 엽차로 입을 헹구고는 자리에서 일어났다.

"난 그만 좀 쉬어야겠네."

"벌써 주무시려고요?"

"배가 부르니 잠이 살살 오는군."

"저들이 강도로 돌변해서 찾아올 수도 있습니다."

"그럴 수도 있겠지."

"……?"

"그럼 내일 아침에들 보세."

그러더니 정말 이 층의 객방으로 사라져 버렸다.

그의 모습 어디에도 황해노경의 수하들이 강도가 되어 찾아오면 어떻게 할까 하는 두려움 따윈 없었다. 둘 중의 하나다. 그들이 밤사이 오지 않을 거라고 확신하거나, 온다고 해도 당해낼 재간이 있거나.

보통 사람들은 표정만 봐도 눈치로 어느 정도 때려 맞힐 수 있는데, 석불원의 생각은 좀처럼 읽을 수가 없었다.

그때 미나모토가 남궁소소에게 무언가를 물었고, 두 사람이 몇 차례 대화를 주고받았다.

그런 다음 남궁소소가 내게 말했다.

"낮에 어딜 갔다 왔었느냐고요. 사람을 한 명 더 불렀다고 했더니, 대체 어디로 가는데 이렇게 호들갑을 떠냐고 그러네요. 뭐라고 대답해줘요?"

목옥에서 석불원이 황해노경과 협상할 때 탁자에다 분명 '살마'라고 썼었다. 그때 미나모토는 황해노경의 뒤쪽에 있는 방도들과 눈싸움을 하느라고 못 본 모양이다. 아니면 봤어도 그게 자기 나라의 어떤 지명인 줄을 까맣게 모르고 있거나.

"그건 알 필요 없고. 이따가 깨울 테니 해 지기 전에 두 시진 정도 눈을 붙여두라고 하시오."

"자기 일은 자기가 알아서 할 테니 신경 끄래요."

"내가 시키는 건 뭐든지 한다고 하지 않았나?"

"그건 임무와 관련된 것에 한정해서래요. 자기는 어디까지나 무사로 고용이 된 것이니 꼭 필요할 때만 쓰고 수하에게 하듯 이래라저래라 하지 말라고요."

"일을 시킬 때마다 일일이 설명까지 해주게 생겼네. 초저녁에 조금

자두고 나와 밤새 번갈아 가며 경계를 서야 한다고……."

"왜 그러세요?"

"그렇군. 그랬어. 어쩐지 이상하더라니."

관성적으로 경계를 서야 한다고만 생각했지, 앞뒤 상황을 살펴볼 생각을 못 했다.

"무슨 일인데 그래요."

"낮에 목옥에서 봤던 놈들이 강도로 돌변해 찾아올지 모르니 오늘 밤 나와 함께 경계를 서야 한다고 전해주시오. 나는 일 층을 지킬 테니 미나모토는 지붕에서 꼼짝 말고 동이 터오를 때까지 살펴보라고."

"그런 거면 알았대요."

경계는 개뿔, 나는 객방에 들어가 아침까지 늘어지게 잤다. 예상이 맞았다. 밤새 아무 일도 일어나지 않았다.

일은 다음 날 아침, 해가 중천에 뜨고서야 일어났다.

밤새 지붕에서 뜬눈으로 새운 미나모토가 잠을 자러 들어간 사이 다섯 명의 뱃사람이 여각을 찾아온 것이다. 그중 한 명은 전날 목옥에서 내게 당했던 바로 그 거인이었다.

뱃사람들은 어제 낮에는 보지 못했던 남궁소소를 발견하고 깜짝 놀랐다. 궁벽한 어촌에 항주 사대미인 중 한 명이 나타났으니 눈이 회까닥 뒤집힐밖에.

거인이 내게 말했다.

"해가 지면 북쪽 해안가 절벽 아래로 오시오."

"밤에 승선을 하는 겁니까?"

"그렇소."
"하루를 꼬박 기다려야 하는 이유라도?"
"이게 무슨 나룻배 타고 장강을 건너는 일인 줄 아시오?"
"그렇게 하겠다고 전해주시오."
갑자기 뒤에서 들려온 목소리의 주인공은 석불원이었다.
이 층 계단을 내려온 그는 금전 천 냥이 든 가죽 주머니를 주저 없이 건네주었다. 가죽 주머니를 챙긴 거인이 꾸벅 인사를 하고 사라졌다.
내가 말했다.
"함정을 파놓고 기다릴 수도 있습니다."
"그럴 수도 있겠지."
"매사에 그렇게 태평하십니까?"
"그래 보이나?"
"어제도 그렇고 오늘도 그렇고, 도무지 긴장하시는 모습을 못 뵈었습니다."
"혹시 밤을 새운 건가?"
"천만에요."
"어째서?"
"그들이 오지 않을 걸 알았으니까요."
"왜 그렇게 생각했나?"
"바다에서는 무슨 일이 일어날지 모르고, 어떤 일이 일어나더라도 육지에서는 알 길이 없지요. 설령 대여섯 명이 뱃머리에서 달구경을 하다가 한꺼번에 파도에 휩쓸려 사라진다고 해도 말입니다."
"무슨 뜻인가?"

"단언하건대 흑룡도방에서 표두님을 벨 수 있는 사람은 없을 겁니다. 하지만 바다라면 얘기가 다르지요. 제가 만약 황해노경이고 표두님의 행낭을 노린다면 일단 배에 태워 바다로 나갈 것 같습니다. 금전 이천 냥은 그만한 수고를 할 가치가 충분히 있고요."

남궁소소가 옆에서 눈을 동그랗게 떴다.

석불원은 나를 한참이나 바라보더니 웃음을 터뜨리며 말했다.

"제법이군."

"사실은 표두님의 행동이 수상해서 이유가 뭘까 하고 생각하다가 얼떨결에 눈치챈 겁니다. 저의 통찰이 아닙니다."

"상대를 잘 관찰하는 것이 모든 일의 시작이지."

"……?"

"내가 보는 상황이 절반이고 상대가 보는 상황이 절반일세. 이걸 하나로 합칠 수 있어야 비로소 완벽한 상황이 보인다는 걸 잊지 말게."

"명심하겠습니다."

오후가 되자 호리독사가 도착했다. 전서구를 받자마자 말 세 마리를 번갈아 타며 쉬지 않고 달려왔다고 했다.

남궁소소가 그를 석불원과 미나모토에게 소개했다.

미나모토가 남궁세가에 잡혀 있던 왜인 무사라고 하자 호리독사는 놀라서 눈을 떼지 못했다.

남궁소소가 물었다.

"왜 그러세요?"

"살아 있는 왜구는 처음 봅니다."

"(바보 녀석이!)"

"뭐라는 겁니까?"

"바보 자식이라는 뜻이에요."

"저게 얻다 대고 욕을!"

"왜구라는 말 때문에 그래요. 우리 말은 몰라도 욕하는 건 다 알아들어요."

"웃긴 인간일세. 왜구 소리가 듣기 싫으면 도적질을 하지 말든가. 그것도 남의 나라에까지 와서."

왜구(倭寇)의 구(寇)는 도적을 뜻하니 틀린 말은 아니었다. 하지만 다른 사람은 몰라도 호리독사가 할 말은 아니지 싶었다.

나는 그가 타고 온 말에 달려 있는 전통과 비단 주머니를 씌운 길쭉한 막대기를 보며 물었다.

"저건 무엇이오?"

"남궁가주님께서 당주님께 하사하셨다던 패왕궁입니다."

"그걸 왜 갖고 온 거요?"

"국주님께서 갖고 가라고 주셨습니다."

"아버지께서 왜요?"

"글쎄요."

호리독사가 민망한지 제 턱을 벅벅 긁었다.

지금까지 여러 번 표행을 했지만 이런 적은 없었다. 이종산은 이번 표행에 활이 꼭 필요하다고 생각한 것 같았다.

'내가 어디로 가는 줄 어떻게 아시고.'

북쪽 해안가 절벽 아래에 도착하자 저녁 안개가 자욱한 가운데 작은 어선 한 척이 기다리고 있었다. 배에는 거인을 비롯해 낮에 여각을 찾아왔던 네 명의 뱃사람들이 횃불을 밝힌 채 대기 중이었다.

석불원를 비롯해 나와 남궁소소, 미나모토, 호리독사까지 차례로 타자 작은 배가 꽉 차버렸다.

그 상태에서 오리처럼 뒤뚱거리며 한 식경 정도 노를 저어갔다. 그러자 거짓말처럼 안개가 걷히면서 끝도 없이 펼쳐진 밤바다가 나타났다. 광활한 바다의 저 끝에서는 은하수가 수많은 별을 품은 채 펼쳐졌다.

바다와 아름다운 은하수를 배경으로 커다란 범선 한 척이 둥둥 떠 있었다. 십여 장 정도의 길이에, 하늘을 향해 솟은 세 개의 돛대를 지녔으며, 선수에는 큼지막한 용머리가 새겨져 있었다.

"흑룡선!"

남궁소소가 목구멍을 쥐어짰다.

흑룡선의 측면에는 줄사다리가 잔뜩 늘어져 있었다. 다른 십여 개의 어선들이 무언가를 잔뜩 싣고 와서는 사다리를 통해 열심히 범선으로 옮기는 중이었다. 물과 식량을 싣는 모양이었다.

우리가 탄 어선은 반대쪽 측면으로 붙었고 역시 줄사다리가 내려졌다.

갑판에 오르자 분주히 오가는 선원들과 함께 황해노경이 보였다. 그가 다가오더니 남궁소소와 호리독사를 발견하고 말했다.

"처음 보는 선객들이 있군."

"일행입니다."

내가 말했다.

거인과 함께 여각으로 온 뱃사람들이 그랬던 것처럼, 갑판 위에 있는 뱃사람들 전부가 끊임없이 남궁소소를 흘끔거렸다.

황해노경은 다시 석불원을 보며 말했다.

"귀하가 이겼소이다."

"양보해 주셔서 감사합니다."

"대신 한 가지 조건이 있소."

"배에 오른 후에 말씀하시는 걸 보니 틀림없이 제가 거절할 수 없는 조건일 것 같군요."

"바다를 무사히 건넌 후 목적지에 다다르면 꼭 필요한 것들은 빼고 행낭들을 전부 배에 두고 내려주시오. 특히 금전과 전표가 든 가죽 주머니는."

"이유가 있겠지요?"

"만약에 정해진 시간까지 살아서 돌아오지 못하면 여러분이 남긴 행낭 속 돈들은 모두 우리가 가지도록 하겠소이다."

나도, 남궁소소도, 호리독사도 발끈했다.

저 노인네가 미쳤나. 아직 시작도 안 했는데 초장부터 재수 없게시리.

"정해진 시간까지 떠나지 않고 기다린다는 보장은 무엇으로 하시겠습니까?"

"이 늙은이의 이름으로는 부족한 모양이구려."

"신뢰를 쌓기엔 만난 시간이 너무 짧군요."

"만약 내가 약속을 지키지 않는다면, 그리고 귀하가 살아 있다면 어떻게든 배편을 마련해 대륙으로 돌아올 것이고, 그땐 나와 흑룡도방을 상대로 무자비한 보복을 할 것인데 어찌 속임수를 쓸 수 있겠소이까, 안 그렇소?"

석불원은 황해노경을 한참이나 노려보더니 피식 웃으며 말했다.
"듣던 대로 지독하시군요."
"험한 곳에서 살아남으려다 보니."
"그게 제가 노사를 찾아온 이유이기도 하지요. 알겠습니다. 그렇게 하겠습니다."
"짐을 모두 싣는 대로 출발하겠소이다. 연안에서 활동 중인 관선과 군선 그리고 해적선들의 눈에 띄지 않으려면 밤새 전속력으로 달려야 하니까요."
말이 떨어지기 무섭게 거인이 다가와 짐을 모두 실었다고 보고했다.
황해노경이 고개를 끄덕였다. 그러자 거인이 천둥 같은 목소리로 외쳤다.
"출항한다!"
순간, 갑판 위에 있던 선원들이 늑대를 만난 양 떼처럼 흩어졌다. 이어 '철거렁'거리는 소리와 함께 닻이 올라오고, '펑펑' 대포 소리와 함께 커다란 박쥐의 날개 같은 돛들이 펼쳐졌다. 한데 돛의 색깔이 일반적인 것들과 달리 바다를 닮은 푸른색이었다.
바람을 잔뜩 머금은 돛이 터질 것처럼 부풀어 올랐다. 동시에 커다란 범선이 한차례 기우뚱하더니 이내 물살을 가르며 나아가길 시작했다.
그제야 나는 사람들이 왜 이 배를 흑룡선이라고 부르는지 알아차렸다. 깜깜한 밤에 멀리서 이 배를 만나면 정말 검은 용이 바다를 가로질러 가는 것처럼 보일 것 같았다.
"그가 약속을 지킬까요?"
황해노경이 없는 틈을 타 내가 석불원에게 물었다. 남궁소소와 호리독사도 궁금한지 옆에서 귀를 쫑긋 세웠다.

"자네 생각엔 어떨 것 같나?"

"먹고 튀기에는 황금장표라는 이름이 너무 무겁지요. 하나같이 예사롭지 않아 보이는 우리도 께름칙할 테고요."

"그럼 왜국까지 무사히 가기만 하면 되겠군. 이제는 자네가 실력을 발휘해야 할 차례일세."

"예?"

"만약의 경우를 대비해 오늘부터 우리가 먹을 음식들은 저들의 손에 맡기지 말고 자네가 직접 준비하고 조리하게. 특히 물을 잘 살펴보아야 할 것이네."

"그건 쟁자수들이 하는 일인데요."

옆에서 호리독사가 불쑥 끼어들었다.

석불원이 무언가 말을 하려는 찰나 내가 얼른 호리독사를 나무랐다.

"지금 표사가 어딨고 쟁자수가 어딨소!"

이어 석불원에게도 말했다.

"그리하겠습니다."

출항한 지 이틀날 오후가 되자 해안선이 보이지 않았다. 망망대해라는 말이 절로 실감 났다.

흑룡선을 띄우려면 노련한 선원이 최소 쉰 명은 필요하다는 황해노경의 말을 나는 뒤늦게 이해했다. 선원들은 종일 중노동에 시달렸다. 항해하는 내내 배의 구석구석을 수리하고 청소하는 것 외에도 나로서는 무얼 하는 건지 도통 알 수 없는 일들을 쉬지 않고 했다.

끼니는 주로 염장한 돼지고기나 말린 채소를 물에 불린 다음 갖가지 요리들을 해 먹는 것으로 때웠다.

특이한 것은 선미의 귀퉁이에 대나무를 엮어 만든 닭장을 두고 오십여 마리의 암탉을 길렀다는 점이다. 덕분에 선원들은 이틀에 한 번 정도 달걀을 먹을 수 있었다.

아무도 몰랐지만 나와 남궁소소와 미나모토는 아침저녁으로 한 개씩 먹었다. 모두 호리독사가 훔쳐다 준 것이었다.

사흘째 되는 날 아침, 간단하게 식사를 끝낸 나는 남궁소소와 함께 갑판에 나와 굽이치는 바다를 구경하고 있었다.

때마침 황해노경이 나타나자 물었다.

"살마까지 얼마나 걸릴까요?"

"그거야 바람에 달렸지."

"대충의 여산은 있을 것 아닙니까?"

"가장 빨랐을 때는 닷새 만에도 갔고, 느렸을 때는 보름도 걸렸지."

"그렇게나 차이가 납니까?"

"바다 한가운데서 갑자기 바람이 사라져 버리면 속수무책이지. 그땐 해류에 떠내려가느라 항로에서 한참을 벗어날 수도 있네."

그때였다. 아침나절 내내 돛대 위에 올라가 천리경으로 바다를 살피던 사내아이가 갑자기 빽빽 호각을 불었다. 이어 사람들의 시선이 자신에게로 쏠리자 북서쪽을 가리키며 배가 나타났다고 소리를 질러댔다.

나는 안력을 돋우어 북서쪽 바다를 살폈다. 과연 일렁이는 대기 너머로 돛을 활짝 펼친 범선 한 척이 보였다.

황해노경도 난간으로 다가가 천리경으로 바다를 살폈다.

잠시 후, 뱃사람들이 범주(帆柱)라고 부르는 거인이 황해노경의 곁으로 다가와 말했다.

"해월단(海月團)의 해적 놈들입니다. 항로에서 매복하고 기다렸던 것 같습니다. 이대로라면 해 질 무렵쯤에는 앞을 막아설 겁니다."

"그렇겠지."

"하루 정도 지체될 각오를 하고 동남으로 우회하면 내일 아침쯤에는 따돌릴 수 있습니다."

"대신 태풍에 잡아먹히겠지."

"예?"

"남쪽에서 태풍이 북상 중이다."

말이 끝나기 무섭게 모두가 남쪽 하늘을 바라보았다. 과연 햇무리와 함께 새털을 닮은 구름이 점점 발달하고 있었다.

'고작 저걸로?'

30년간의 쟁자수 생활 덕분에 관천망기라면 나 역시 누구에게도 뒤지지 않을 자신이 있었다. 한데 저 정도를 가지고 태풍이 올 거라고 단정하는 건 아무리 생각해도 무리였다.

하지만 선원들의 표정을 보니 황해노경의 말에 한 치의 의심도 없었다.

"어떻게 할까요?"

"항로를 유지하며 전속력으로 달린다."

범주는 무언가 불안한 듯했지만 황해노경의 말에 감히 더는 토를 달지 못했다.

"알겠습니다."

아침나절에 희끄무레한 점으로만 보이던 해적선은 오후가 되자 완전히 모습을 드러냈다.

모양은 전체적으로 흑룡선과 비슷했다. 대신 고래의 앞지느러미 같은 판자가 옆으로 튀어나와 있고, 선체가 두 배나 컸으며, 돛이 모두 합쳐 무려 일곱 장이나 되었다.

호리독사에게 물어보았다.

"무슨 배가 저렇게 생겼소?"

"저도 잘 모르겠습니다."

"돛은 또 왜 저렇게 많고."

"전 두 척이 겹쳐 보이는 줄 알았습니다."

"해적들도 많이 탔겠죠?"

"아무래도 크기가 크니까요."

"선원들 말이 해 질 무렵이면 저 배가 앞을 막아설 거라던데, 그다음에는 어떻게 되는 거요?"

"글쎄요."

"귀하가 장강에서 수적질할 때는 어떻게 했소?"

"일단 대거리를 좀 하다가 상대가 항복하지 않으면 갈고리를 사방에서 던져 배를 끌어당기죠. 그런 다음엔 도끼며 칼이며 몽둥이 등을 꼬나줘고 우르르 건너가 선상백병전을 펼치고요."

"이번에도 그럴 것 같소?"

"해적들이라고 크게 다를까요?"

"……?"

"……?"

우리는 잠시 서로를 물끄러미 바라보았다.

바다와 범선에 대해 무지렁한 것들 둘이서 대화를 하고 있자니 딱히 얻는 것도 없고, 오히려 하면 할수록 더 미궁에 빠져드는 것 같았다.

조금 떨어진 옆에서는 남궁소소와 미나토모가 왜국어로 대화를 나누기 시작했다.

"('사선'이군.)"

"(그게 뭔데요?)"

"(대륙 북쪽 지방에서 주로 건조해 타는 범선의 한 종류를 부르는 말이오. 저건 그중에서도 특히 덩치가 커서 '대사선'이라고도 부르지.)"

"(우리나라의 배를 잘 아시네요?)"

"(바다에는 국경이 없고 해적들에게는 나라가 없소. 오직 어느 바다에서 활동하는 누가 어떤 배를 가지고 있으며 수하들은 또 얼마나 거느렸는지가 중요하지.)"

"(우리가 탄 흑룡선은 어떤가요?)"

"(흑룡선은 '조선'이오. 조선은 배의 밑바닥 용골이 날카롭게 물살을 가르는 침저선인 데다 선체가 좁고 길어서 새처럼 빠르게 항해를 할 수가 있지.)"

"(그래서 흑룡선을 제일 빠른 배라고 했군요.)"

“(반면 대사선은 배 밑바닥이 평평한 평저선인 데다 좌우의 선체까지 볼록한 곡선을 이뤄 속도가 느린 편이오. 해월단의 해적선들은 돛의 숫자를 늘려 어느 정도 속도를 끌어 올리긴 했지만.)”

“(해적질을 하려면 빠른 배가 무엇보다 중요하지 않나요. 구태여 느린 사선에다가 저렇게 많은 돛을 달 필요가 있나.)”

“(평저선은 침저선에 비해 비록 속도는 느리지만 방향 전환이 쉽고, 밑걸림이 적어 얕은 바다도 쉽게 들어갔다가 나올 수 있소. 무엇보다 화포를 쏴도 반동으로 인한 흔들림이 적어 재발포 시 정확도가 매우 높지.)”

“(화, 화포라고요?)”

“(해월단에는 모두 일곱 척의 범선이 있는데, 저건 그중에서도 화포가 가장 많은 것으로 알려진 화룡선(火龍船)이오. 좌우 각 열두 문씩, 무려 스물네 문이나 장착되어 있소.)”

“맙소사!”

“왜, 무엇 때문에 그러오?”

“저 배의 이름이 화룡선이래요.”

“그게 뭐 어쨌다는 거요?”

“화포가 스물네 문이나 있고요.”

“뭐요!”

“뭐라고요!”

흑룡선은 본래의 항로를 따라 북동으로 달려가고 있었다.

반면 화룡선은 훨씬 앞쪽 하고도 항로에서 그리 멀지 않은 북서 방향에서 직각을 이루며 달려오는 중이었다. 때문에 배의 속도는 흑룡선이 빨랐어도 해 질 무렵이면 화룡선이 앞을 막아설 거라는 게 흑룡선

선원들의 계산이었다.

예측은 정확히 들어맞았다. 해가 반 뼘쯤 남았을 때 화룡선은 선체를 옆으로 한 채 항로를 칼로 토막 치듯 자르며 버티고 서 있었다.

놈들과의 거리는 불과 삼백여 장. 생각했던 것보다 훨씬 크고 웅장했다.

갑판을 분주히 오가거나 난간에 서서 이쪽을 바라보고 있는 해적들의 수는 어림잡아도 이백 명은 될 것 같았다. 갑판 아래의 선실에서 대기하고 있는 자들까지 포함하면 삼백 명은 될 거라는 게 미나모토의 설명이었다.

한데도 황해노경은 흑룡선의 돛을 전부 올리게 하고는 성벽처럼 버티고 선 화룡선을 향해 전속력으로 돌진했다.

"대체 어쩌려는 거지?"

"들이받으려는 게 아닐까요?"

"그전에 화포가 작렬할 텐데."

"화포의 사정거리는 얼마나 될까요?"

우리끼리 이야기해 봐야 아무 소용없다. 나와 호리독사는 동시에 남궁소소를 바라보았다.

남궁소소가 미나모토에게 우리를 대신해 물어본 후 통역해 주었다.

"최대 사거리는 삼백여 장인데 보통은 명중률을 높이기 위해 백여 장 정도까지 가까워진 후에야 쏘기 시작한대요. 하지만 지금은 오십 장까지 접근해도 맞추기가 쉽지 않을 거라고."

"그건 또 왜?"

"파도 때문이래요."

나와 호리독사는 동시에 난간으로 달려가 파도를 살폈다.

오늘 아침 황해노경은 관천망기를 통해 남쪽으로부터 태풍이 북상할 거라고 예언했었다.

과연 오후가 되자 남쪽 하늘이 거뭇거뭇해지더니 바람이 불고 파도가 하얀 포말을 토해낼 정도로 높아지고 있었다.

"백파(白波)!"

내가 비록 선원은 아니지만 바다에서 백파가 치기 시작하면 모든 배가 운항을 멈추고 가까운 항구로 피신한다는 것쯤은 상식으로 알고 있었다. 태풍의 전조가 본격적으로 시작된 것이다.

덕분에 전속력으로 달리는 흑룡선도 그렇고, 삼백여 장 밖에서 기다리고 있는 화룡선도 그렇고 널을 뛰고 있었다.

배가 아무리 빨라도 태풍보다 빠를 수는 없다. 아무래도 황해노경은 지금의 이 상황을 아침에 이미 머릿속으로 그려놓았던 것 같다.

거리는 점점 가까워져 어느새 이백여 장이 되었다.

분주하게 오가던 선원들은 어느새 각자의 위치에서 대기했다. 딱딱하게 굳은 얼굴과 경직된 어깨에서 긴장감이 그대로 전해졌다.

시간은 빠르게 흘러 잠깐 사이에 다시 백여 장 정도로 좁혀졌다.

그때였다. 흔들리는 화룡선의 측면에서 포문 네 개가 열리더니 시커먼 포가 모습을 드러냈다.

그리고 시원하게 불을 뿜어대기 시작했다.

뻥!

"(하나.)"

뻥!

"(둘.)"

빵!

"(셋.)"

빵!

"(넷.)"

화룡선에서 화포를 쏠 때마다 미나모토가 숫자를 세는 것 같더니 네 번째에서 둘 다 뚝 그치고 멈추었다.

네 발의 대포알은 흑룡선을 전혀 위협하지 못했다. 죄다 동서남북으로 십여 장 밖에서 퐁당거리며 빠져 버렸다.

나와 호리독사가 낄낄거리며 비웃는데 옆에서 미나모토가 심각한 표정으로 뭐라고 했다.

남궁소소가 그의 말을 통역했다.

"본격적으로 포를 쏘기 전에 방향과 거리를 재는 거래요. 노련한 포잡이들을 구했는지 이 정도면 엄청나게 정확한 거라고. 아마 오십 장까지 다가가면 본격적으로 불을 뿜을 것 같다고요."

"……!"

"……!"

잠깐 사이 배는 오십여 장까지 가까워졌다. 화룡선 갑판에 서서 이쪽을 바라보고 있는 해적들의 생김새까지 모두 식별할 정도였다.

그때 화룡선 오른쪽 갑판 아래의 포문 열두 개가 일제히 열렸다. 이어 약속이나 한 것처럼 일제히 불을 뿜어대기 시작했다.

빵 빵 빵 빵 빵.

날아오는 화살도 잡는 무림고수에게 고양이 머리통만 한 포탄을 보는 건 어렵지 않았다.

포탄은 흑룡선을 아슬아슬하게 빗나갔다.

포탄이 떨어진 지점의 물줄기가 십여 장씩 솟구쳤다. 한데 그중 두 발이 선체를 직격했다.

쾅! 쾅!

포탄을 맞은 측면의 판자 조각들이 튀어 오르며 구멍이 뻥뻥 뚫렸다.

아직 한 발이 더 있었다. 가장 마지막에 쏘아진 포탄은 조금 높아서 갑판을 향해 날아들었다.

순간, 나는 직접 보고도 믿지 못할 광경을 목격했다. 줄곧 선수에 서 있던 석불원이 쇠닻을 머리 위로 휘둘러 포탄을 쳐낸 것이다.

깡!

귀청을 찢는 소리와 함께 포탄과 닻이 동시에 튕겨 나갔다.

육중한 쇠닻을 혼자 들고 휘두른 것도 경악할 지경인데, 날아오는 포탄까지 쳐내다니. 이른바 절정고수의 듣도 보도 못한 신기에 나는 물론이거니와 선원들 전부가 아연실색했다.

화룡선의 난간에서 지켜보던 해적 이백여 명도 적지 않게 당황한 모양이었다.

그때쯤엔 화룡선의 포신들이 세 번째 불을 뿜었다.

뻥 뻥 뻥 뻥 뻥.

쾅! 쾅! 쾅!

이번엔 무려 세 발이 갑판과 난간에 떨어져 구멍을 냈다. 그나마 석불원이 돛대 쪽으로 날아드는 한 발을 또 쳐내는 바람에 심각한 피해는 막을 수 있었다.

"저 새끼들이!"

나는 패왕궁의 궁간을 두 다리 사이에 넣고 꺾은 다음 시위를 걸었다. 이어 혹시라도 흔들림에 빠지는 일이 없도록 전통 속에 단단히 고정해 놓았던 철전 세 발을 뽑아 아래로 촥 뿌렸다.

뚜두둥!

철전이 갑판에 보기 좋게 꽂혔다.

남궁소소가 물었다.

"이런 강풍에 화살이 제대로 날까요?"

"이건 평범한 화살이 아니오. 철전이지."

"하긴 할아버지라면 틀림없이 맞췄을 거예요."

나와 천하십검 중 한 명을 비교하는 건 좀 그렇지 않나?

그사이 철전 하나를 뽑아 시위에 건 나는 선미 상갑판의 두령으로 보이는 놈을 한참이나 겨누다가 쏘았다.

펑!

아뿔싸.

시위를 놓기 직전에 배가 크게 흔들리더라니, 철전은 한참 위쪽을 날아 저 멀리 바다로 사라져 버렸다. 화룡선에 타고 있던 해적 놈들이 죽겠다고 웃어댔다.

텅!

두 번째 철전은 굉음을 내며 선체의 측면을 뚫고 들어가 박혔다.

그게 끝이었다.

화룡선의 해적 놈들은 더욱 큰 소리로 웃어젖혔다.

"소리만 들으면 배가 부서진 것 같은데 말이죠."

옆에서 호리독사가 말했다.

나는 호리독사를 날카롭게 쏘아보고는 세 번째 철전을 시위에 걸었다. 이어 무릎을 살짝 굽혀 흔들리는 배의 충격을 몸으로 흡수하는 한편 선미 상갑판의 두령 놈을 다시 겨누었었다.

팡!

굉음과 함께 날아간 철전은 엉뚱하게도 빵빵하게 부풀어 오른 주돛에 구멍을 뻥 뚫어버렸다.

그러자 거대한 돛이 바람을 감당하지 못하고 그만 '쫘아아악' 하는 소리와 함께 둘로 찢어졌다. 그런 다음 통제력을 잃고 제멋대로 펄럭이기 시작했다. 허공에서 펑펑 울려대는 소리가 마치 거대한 북소리 같았다.

당황한 화룡선의 갑판장이 고래고래 고함을 질렀고, 해적 놈들이 밧줄을 잡고 이리저리 뛰고 날아다녔다.

반면 흑룡선의 선원들 사이에서는 우레와 같은 환호성이 터져 나왔다.

"와아아아!"

고작 돛을 찢어놓았을 뿐인데 이게 이렇게 소리 지르고 좋아할 일인가?

우연히 눈이 마주친 석불원과 황해노경도 잘했다는 듯 나를 향해 고개를 끄덕여 주었다. 영문을 모르는 나와 호리독사와 남궁소소는 서로를 바라보며 어리둥절한 표정을 지었다.

그때 선미 상갑판의 황해노경으로부터 천둥 같은 대갈일성이 터져 나왔다.

"우현으로 최대한 꺾어라!"

황해노경의 바로 옆에 있던 범주가 키를 힘차게 꺾었다.

하갑판 위에서는 돛과 연결된 밧줄을 잡고 있던 선원들이 기다렸다는 듯이 천지 사방으로 날아다녔다.

화룡선에서는 화포가 네 번째 불을 뿜었다.

뻥 뻥 뻥 뻥 뻥.

그러나 배가 급격하게 선회를 시작하면서 포탄은 전부 빗나가고 말았다.

그게 끝이 아니었다.

"물닻을 던져라!"

황해노경의 일성에 오른쪽 갑판에서 대기 중인 선원들이 갑자기 이상한 물건들을 바다로 던지기 시작했다. 굵은 대나무를 둥글게 휘어 뼈대로 삼고 광목을 튼튼하게 붙여 만든 거대한 주머니였다. 얼마나 컸던지 마차도 통째로 담을 수 있을 것 같았다. 그런 주머니 세 개가 단 하나의 밧줄에 굴비처럼 연결되어 차례로 바다를 향해 던져졌다.

주머니는 순식간에 가라앉는가 싶더니 밧줄이 팽팽하게 당겨지면서 다시 수면 근처로 올라왔다. 수중에서 빵빵하게 부풀어 오른 주머니들은 그 자체로 하나의 거대한 닻이 되었다.

순간, 흑룡선이 쓰러질 것처럼 기울더니 지금까지와는 비교도 할 수 없을 만큼 빠른 속도와 짧은 반경으로 선회하기 시작했다.

"돛대를 잡아!"

석불원이 일성을 내질렀다.

화들짝 놀란 나와 남궁소소와 호리독사는 바다로 떨어지지 않기 위해 미친 듯이 갑판 위를 달렸다. 그때쯤엔 배가 사정없이 기울었기 때문에 꼭 미끄러운 절벽을 오르는 것 같았다.

이대로 미끄러지면 그냥 바다에 빠져 죽는 거다. 나는 천금풍의 경공술을 펼쳐 가까스로 돛대를 부둥켜안는 데 성공했다.

순간, 남궁소소가 양팔로 내 목을 휘감으며 등에 올라탔다.

호리독사는 돛대를 코앞에 두고 철퍼덕 자빠지며 미끄러졌다. 하지만 어떻게든 살겠다는 일념으로 내 두 다리의 발목을 양손에 하나씩 덥석 나눠 잡았다.

그게 끝이 아니었다. 어디서 날아왔는지 미나모토가 갑자기 나타나서는 호리독사의 허리를 양팔로 안아 조이며 마지막으로 찰싹 달라붙었다.

흑룡선은 계속해서 비스듬히 누운 채로 선회를 했고, 나와 남궁소소와 호리독사와 미나모토는 하나로 엮여 허공에 두둥실 떠올랐다.

얼핏 발밑을 보니 바다가 시커멓게 넘실대고 있었다. 온 세상이 거꾸로 뒤집힌 것 같았다. 웬만한 일에는 눈 하나 깜짝 않는 나도 모골이 송연해졌다.

남궁소소가 무서웠는지 내 귓구멍에다 대고 소리를 빽 질렀다.

"돛대를 놓치면 안 돼요!"

"목이 조여 죽을 것 같소!"

"죽어도 혼자는 안 죽을 테니까 내 걱정은 말고요!"

"그전에 내가 먼저 죽겠다고!"

호리독사는 호리독사대로 자신의 허리에 매달려 있는 미나모토를 발로 툭툭 걷어차며 소리쳤다.

"떨어져. 이 왜구 새끼야!"

"(닥쳐. 이 바보 자식아!)"

"너 때문에 나까지 죽는다고!"

"(꽉 잡아!)"

"둘 다 닥쳐!"

흑룡선은 원래 침저선이었고, 최대한 키를 꺾고 돛의 방향을 바꾸어도 선회하는 데 한참의 시간과 긴 회전 반경을 필요로 했다. 한데 물닻인지 뭔지 하는 저 기괴한 물건이 시간과 반경을 획기적으로 줄여주었다.

흑룡선은 잠깐 사이에 애초의 항로를 기준으로 완벽한 직각이 될 때까지 방향을 틀었다.

"밧줄을 끊어라!"

황해노경의 일성이 터졌다.

선원들이 갑자기 도끼로 물닻의 밧줄을 끊어버렸다. 그러자 흑룡선은 금방 똑바로 섰고, 그때부터는 순풍을 타고 냅다 내빼기 시작했다. 화룡선과의 거리를 불과 이십여 장 앞두고 벌어진 일이었다.

그사이 화룡선에서는 화포를 계속해서 쏴댔지만 쓰러질 것처럼 누운 채로 선회하는 흑룡선을 단 한 발도 맞추지 못했다.

화룡선이 뒤늦게 모든 돛을 부풀어 올리며 추적의 속도를 높였다. 하지만 시원하게 찢어져 버린 주돛의 부재로 말미암아 좀처럼 속도를 내지 못했다.

'처음부터 이걸 노린 거였어!'

나는 그제야 황해노경의 계획을 알아차렸다.

화룡선의 해적들은 다잡은 흑룡선이 눈앞에서 도망치는 광경을 얼빠진 듯한 얼굴로 지켜보아야 했다.

반대로 흑룡선의 선원들은 그런 화룡선의 해적들을 향해 평생 듣도 보도 못한 욕지거리들을 해대며 실컷 비웃어주었다. 그리고 바다가 떠나가라 함성을 질러댔다.

"와아아!"

석불원은 선미 상갑판에 서 있는 황해노경을 향해 조용히 고개를 숙였다. 탁월한 판단과 오랜 경험에 경의를 표한다는 뜻이었다.

나도 석불원과 똑같은 심정이었다.

'저 노인네 욕심난다.'

한 식경쯤 지나자 화룡선을 완전히 따돌리는 데 성공했다.

그때부턴 여유를 두고 천천히 좌현으로 방향을 튼 후 본래의 항로를 따라 항해를 이어갔다.

한숨 돌리자 선원들은 부서진 배들을 수리하기 위해 분주하게 오고 갔다. 그러면서 나와 눈을 마주칠 때마다 호의적인 표정과 함께 씨익 씨익 웃어댔다. 미나모토에게 이유를 물었더니 주돛이 찢어지면 새로 교체하려는 돛과 활대들을 일일이 연결해야 하기 때문에 사흘은 꼬박 고생해야 한다고 말했다.

그리고 밤이 되어 태풍을 만났다. 동남쪽으로 우회하지 않았기에 태풍을 정면으로 만나지만 않았을 뿐, 영향권에서 완전히 벗어날 수는 없었다.

나와 남궁소소와 호리독사는 지옥을 보았다.

끊임없이 덮쳐오는 산더미 같은 파도들, 하늘에 구멍이라도 뚫린 것처럼 쏟아붓는 폭우, 미친 듯이 널을 뛰는 범선까지. 나와 남궁소소와 호리독사에게 망망대해 한가운데서 만난 태풍은 인간 세상에 구현된 지옥이나 다름없었다. 우리는 다섯 평 남짓한 선실에 틀어박혀 상자 속

구슬처럼 이리저리 굴러다니며 낮 동안 먹은 것들을 밤새도록 게워내야 했다.

거대한 대자연의 진노 앞에서는 운기조식으로 다스리니 뭐니 하는 말들이 아무짝에도 쓸모가 없었다. 일단 가부좌를 틀고 앉아 있는 것이 불가능했다. 행공(行功), 즉 움직이면서 운공을 해보려고 해도 몸의 중심을 잡기도 바쁜 터라 도저히 집중할 수가 없었다.

평소와 별로 다르지 않은 괴수들도 있기는 있었다.

석불원은 상황이 어떻게 돌아가는지를 보겠다며 밖으로 나간 이후 바다에 빠졌는지 어쨌는지 감감무소식이었다.

미나모토는 모두 오 층으로 된 대나무 침상의 가장 위층에 올라가 자신의 사지를 묶고는 코까지 드렁드렁 골며 잠을 잤다.

"저 왜구 새끼!"

"하 표사도 배 좀 탔다고 하지 않았어요?"

"제가 탄 건 범선이 아니었고, 무엇보다 장강에선 이런 파도가 칠 일이 없습니다. 설사 태풍이 불어 집채만 한 파도가 친다고 해도 그럴 때는 아예 배를 띄우지 않고요."

"대답이 길고 호흡도 멀쩡한 걸 보면 그래도 배를 탄 경험이 조금 도움이 되기는 되는 모양이네요. 난 아주 죽겠어요. 뱃멀미에 비하면 마차 멀미는 댈 것도 아니에요."

그러면서 남궁소소는 나를 돌아보며 물었다.

"당주님은 좀 어때요?"

"말 시키지 마시오!"

밤새 태풍과 뱃멀미에 시달린 나는 다음 날 해가 중천에 떠서야 비로소 잠에서 깨어났다.

갑판으로 나가보니 지난 밤에 일어난 일들이 전부 꿈이었던 게 아닐까 싶을 만큼 잔잔한 바다와 청명한 하늘이 펼쳐졌다.

난간을 양손으로 덥석 잡고 긴 숨을 토해냈다.

"후우……."

그제야 정신이 좀 들었다.

문득 고개를 들었더니 청명한 하늘을 배경으로 저 멀리 육지가 희미하게 보였다.

선미의 상갑판에서는 석불원이 황해노경과 함께 나란히 서서 육지를 바라보고 있었다.

우연히 눈을 마주친 석불원이 고개를 끄덕여 보였다. 아마도 저기 보이는 육지가 목적지라는 뜻인 것 같았다.

그런가 하면 선수 쪽 난간에는 미나모토가 묘도를 허리에 찬 채 육지를 바라보고 있었다. 그는 해적 출신이니 지금쯤이면 저곳이 자신의 고향인 왜국이라는 걸 알아차렸을 것이다. 내가 볼 수 있는 건 그의 등뿐이지만, 뭐라 말할 수 없이 복잡한 심경이 느껴졌다.

그때 남궁소소가 다가와 속삭이듯 작은 소리로 말했다.

"한 시진째 저러고 있어요."

"해안선을 살펴 정확한 위치를 가늠하려는 거요."

"괜찮을까요?"

"뭐가 말이오."

"그가 만약 배신이라도 하면."

"오히려 내가 묻고 싶은 말이오. 어떨 것 같소? 그에 관해서라면 소저가 가장 잘 알 것이 아니오."

"왜요?"

"둘이 많이 친해 보이던데. 누가 보면 오래된 벗인 줄 알 정도로."

남궁소소는 내 말의 진의를 해석하느라 잠시 고개를 갸우뚱했다. 그러다 이내 배시시 웃으며 물었다.

"혹시 질투하는 건가요?"

"질투는 무슨."

"맞는 거 같은데."

"아니라니까."

남궁소소가 잠시 주변을 두리번거리더니 쓰윽 다가와 나란히 섰다. 이어 한 손으로는 난간을 잡고 다른 손으로는 내 손등을 덥석 잡았다. 순간 번개가 관통하고 지나가는 것 같았다.

화들짝 놀라는 나를 남궁소소가 재밌다는 듯 방글방글 웃으며 바라보았다.

"뭐 하는 거요?"

"뭐 하는 거 같아요?"

"누가 보면 어쩌려고."

"겁쟁이."

"소저."

그때였다. 어디에 있다가 나타났는지 호리독사가 쫄레쫄레 걸어왔다. 남궁소소는 벌에 쏘이기라도 한 것처럼 얼른 손을 뗐다.

가까이 다가온 호리독사는 눈알을 이리저리 굴리더니 사람들 몰래 나와 남궁소소의 손에 무언가를 슬그머니 쥐여주었다.

"이게 무엇이오?"

"날달걀입니다."

"이걸 왜?"

"하나씩 까 잡수세요."

"갑자기?"

"그럼 전 이만."

그러고는 아무 일 없다는 듯 다시 눈알을 굴리며 어디론가 사라졌다.

밤이 되자 석불원은 표행단 전부를 조용한 선실로 불러 모았다. 당연하게도 나와 남궁소소와 미나모토와 호리독사가 배석했다.

남궁소소와 호리독사는 석불원의 입장에서 보자면 예정에 없던 인물들이었다. 다시 말해 나와 미나모토만 본래의 계획에 있던 사람들이었다. 이로 미루어 석불원은 미나모토를 표사로 고용해 길잡이를 시키고, 나를 쟁자수로 고용해 하인 비스름한 역할을 시키며 어딘가로 갈 생각이었던 것 같다.

위험을 무릅쓰고서라도 최소한의 인원으로, 사람들의 눈에 띄지 않고 조용히 가야 할 곳이 과연 어디일까?

궁금증이 꼬리에 꼬리를 물고 이어지는 가운데 석불원이 미리 준비해 온 행낭 다섯 개와 왜도 다섯 자루를 앞으로 밀어놓았다.

호리독사가 얼른 달려들어 행낭 하나를 풀었다. 그러자 낯선 복장과 신발과 초립이 들어 있었다. 딱 봐도 왜국 무사들의 복장이었다.

석불원이 말했다.

"흑룡선은 여기서 우리를 내려주고 먼 바다로 나갔다가 약속한 날 다시 돌아올 것이다. 새벽이 되면 우리는 변복을 한 후 비조선을 타고 육지로 들어간다. 다들 짐작하겠지만 왜국 사람들과 마주치더라도 절대 말을 섞지 말도록."

"명심하겠습니다."

"명심하겠습니다."

"명심하겠습니다."

석불원은 이어 남궁소소에게 말했다.

"자네는 나를 비롯해 우리 세 사람의 머리를 미나모토처럼 만들어 주게. 본래 왜국 무사들처럼 변발이었는데 일 년 정도 내버려 두어 제멋대로 자란 것처럼. 자네도 마찬가지로 남장을 하고."

"무슨 말씀인지 알아들었습니다."

석불원은 또 미나모토에게로 시선을 준 후 남궁소소에게 말했다.

"내 말을 통역하게."

"말씀하세요."

"지금부터는 네가 우리를 이끈다. 사람들과 조우하는 걸 최소한으로 하되 필요한 경우라면 내게 먼저 허락을 구해라. 돌발 행동은 용서하지 않겠다."

딱히 언성을 높이지도 않고, 반대로 가라앉히지도 않았다. 그럼에도 불구하고 석불원의 목소리에는 감히 항거할 수 없을 것 같은 어떤 힘이 실려 있었다.

미나모토는 조용히 고개를 끄덕였다.

그가 배신을 하면 어떡하나 하는 걱정은 할 필요가 없다. 그는 가병을 일으킬 거액의 돈이 필요했고, 남궁세가에 두고 온 열 명의 충직한 수하들도 있었다. 그리고 남궁소소의 말을 빌리자면 이곳은 그의 고향과 한참이나 떨어진 곳이었다.

내가 말했다.

"이제 표행에 대해 설명해 주십시오. 표물이 무엇인지 계획은 어떻게 되는지. 어느 정도는 알아야 예상치 못한 상황이 벌어져도 각자가 알아서 순발력 있게 대처할 수 있습니다."

"자네 말이 옳네. 하지만 배에는 귀가 많으니 새벽에 비조선을 타고 가면서 모두 이야기해 주지."

그러면서 석불원이 행낭과 왜도를 하나씩 집어 들고는 밖으로 나갔다.

미나모토와 호리독사가 뒤를 이었다. 각자 적당한 곳을 찾아가 옷을 갈아입고 오려는 것이다.

이제 좁은 선실 안엔 나와 남궁소소만 남게 되었다.

남궁소소가 물었다.

"내가 나갈까요?"

"아니오. 내가 나가겠소."

슬그머니 문을 열고 밖을 살폈다. 아무도 없다는 것을 확인하자 얼른 문을 닫아버리고는 안쪽에서 걸쇠로 잠갔다.

"뭐 하는 거예요?"

"가만있어 보시오."

나는 운철검을 비롯해 품속에 넣고 다니는 것들을 전부 꺼내놓았다. 다음엔 웃통을 훌렁훌렁 벗어젖혔다. 그러자 그을음을 씌어 거무죽죽하게 빛을 죽인 용린신갑이 몸에 착 달라붙은 채 모습을 드러냈다.

"뭐 하는 거냐고 묻잖아요!"

"왜국 땅으로 들어가면 소저나 나나 무슨 일을 당할지 모르오. 기회는 지금밖에 없소. 소저는 어떨지 모르나 나는 남은 세월을 후회하며 보내고 싶지 않소."

그러면서 마지막으로 입고 있던 용린신갑마저 위로 훌러덩 벗어버렸다.

그 바람에 아주 잠깐 시야가 가려졌다가 다시 트였다. 한데 방금까지 코앞에 있던 남궁소소가 구석진 곳으로 냅다 도망가서는 가자미눈을 뜬 채 나를 노려보고 있었다.

"거기서 뭐 하는 거요?"

"몰라서 물어요?"

"칼은 또 왜 뽑아 들고 있고."

"귀하야말로 옷은 왜 벗고 난리죠?"

무슨 상황인지 바로 이해했다.

용린신갑을 그녀 쪽으로 툭 밀어놓으며 말했다.

"입으시오."

"내가요?"

"그렇소."

"왜요?"

"방금 말했잖소. 왜국 땅으로 들어가면 무슨 일을 당할지 모른다고. 나중에는 이걸 입을 만한 시간도 장소도 마땅치 않을 것이오. 지금 속에다 미리 입어두시오."

"그럼 문을 잠근 게……."

"누가 보면 안 되니까."

"확실히 이거 주려고 한 거 맞아요?"

"아니면."

"내가 생각보다 강하게 나오자 임기응변으로 둘러대는 거 아니고요? 원래 그런 식으로 머리가 기가 막히게 돌아가잖아요."

"……?"

자기가 생각해도 말이 안 되는지 남궁소소가 고개를 절레절레 흔들었다. 들고 있던 칼도 슬그머니 뒤로 감추었다.

"미안해요. 오해했어요."

"먼저 손을 잡을 때는 언제고."

"그거랑은 다르죠."

"알았으니까 빨리 입으시오."

"귀하는 어쩌고요."

"소저가 다치면 세옥 형님이 날 가만두지 않을 거요. 나를 귀하게 대해주시는 남궁 대가주님과 소가주님 그리고 가모님을 뵐 낯도 없고. 그러니 누군가 다쳐야 한다면 내가 다치는 게 낫소."

"정룡 공자……."

여자들은 정말 알다가도 모르겠다. 낮에는 손까지 잡아가며 나를 놀리더니, 지금은 똑바로 바라보지도 못하고 얼굴이 홍시처럼 빨개진다.

"혹시나 해서 말해두는 건데 어디까지나 빌려주는 거요. 표행을 끝내고 돌아가는 배 안에서 꼭 돌려줘야 하오. 알았소?"

대륙인들이 살마라고 부르는 왜국 사쓰마번의 남쪽 군도에는 원래 유구국(琉球國)이라고 불리는 작은 왕국이 있었다.

언어도 인종적으로도 본토의 왜국인들과 달랐던 이들은 고대로부터 대륙과 교역을 해왔으며 조공을 바쳤다. 심지어 세 개의 소국으로 나뉘어 싸우다 최초로 통일을 이루었을 때는 대륙의 황제가 사신을 보내 왕을 책봉하기까지 했다.

이후로도 유구국은 왕족들 사이에 내분이 일어나 왕이 바뀔 때마다 대륙의 황제로부터 책봉을 받음으로써 정통성을 확보하기 위해 노력했다. 그렇게 이백여 년 동안 왕조가 이어졌다.

한데 지금으로부터 삼 년 전 봄, 사쓰마번을 다스리고 있던 제후가 고작 삼천의 병력을 이끌고 유구국을 침략했다. 유구국의 병사들은 맹렬하게 저항했지만 선진 문물인 총포 앞에서 두 달을 버티지 못하고 무너져 버렸다.

유구국의 왕과 백 명의 신하들은 포로가 되어 사쓰마번으로 끌려갔다. 이후 갖은 수모와 고초를 겪은 끝에 속국이 되어 조공을 바치겠다는 맹세를 하고서야 비로소 고향으로 돌아갈 수 있었다. 하지만 어린 왕자와 유력한 가문의 자식들 아홉 명을 볼모로 남겨두어야 했다.

한데 무슨 이유에선지 작년부터 유력한 가문의 자식들이 하나둘씩 죽기 시작했다. 공식적으로 통보하기로는 전염병 때문이었다는데, 유구국에서 그걸 믿는 사람은 아무도 없었다. 심지어 주검을 돌려받지도 못했다. 역병의 확산을 우려한 나머지 불에 태워 바다에다 뿌려 버렸기 때문이다.

석불원은 인질로 잡혀 있는 유구국의 왕자를 구출해 범선에 태워 대륙으로 돌아가는 것이 이번 표행의 최종 목적이라고 했다.

나는 유구국이 아니라 왜 대륙으로 돌아가냐고 물었지만, 석불원은 더 이상 이야기해 주지 않았다. 그걸 말해주면 표주가 누구인지를 짐작할 수 있기 때문인 것 같았다.

사실 유구국으로 데려간다고 해도 이상하긴 마찬가지였다. 남의 나라 왕자가 인질로 잡혀 있든 말든 대체 무슨 상관인가.

하지만 남궁소소는 나와 생각이 조금 다른 것 같았다.

"그 망할 제후 가문의 이름이 뭐죠?"

"우리식 표기로는 도진(島津)이라고 하네. 하지만 왜인들은 다르게 부르지. 흉내를 내자면……."

"(시마즈.)"

바닷바람이 쌩쌩 부는 비조선 위에서 나직한 목소리로 끼어든 사람은 미나모토였다.

그는 왜도를 가슴에 품은 채 배의 꼬리에 올라앉아서는 머리카락을 날리며 왜국어로 말을 이었다.

"(한때 사이카이도의 패권을 놓고 도요토미 히데요시 간파쿠-관백, 관직의 하나-와도 세 차례나 전쟁을 벌일 정도로 거대한 다이묘 가문이지. 나도 그렇지만 너희 모두 아주 더럽고 위험한 일에 휘말려 든 것 같군. 후후.)"

나도 남궁소소도 멀뚱멀뚱한 눈으로 미나모토를 바라보았다. 석불원은 어쩐지 모르겠는데, 우리 두 사람은 무슨 말인지 하나도 알아들을 수 없었기 때문이다.

그때 미나모토의 바로 앞에 앉아서 열심히 노를 젓고 있던 호리독사가 바닥에 떨어진 노를 집어 던지듯 안기면서 말했다.

"이거나 저어!"

하늘을 향해 쭉쭉 뻗은 삼나무 숲과 푸석푸석한 땅과 해안을 따라 늘어선 이국적인 집들은 이곳이 왜국임을 실감케 했다.

우리는 미나모토를 앞세우고 부지런히 북쪽으로 걸었다. 무작정 가는 것이 아니었다. 석불원의 머릿속에 새겨진 지도를 따라 특정한 장소로 향하고 있었다.

넓은 소매, 좌우의 섶을 겹친 상의, 치마 두 개를 붙여 만든 것 같은 바지까지. 왜국 무사의 복장은 어색한 건 둘째 치고 불편하기 짝이 없었다.

그중에서도 특히 사람을 괴롭히는 건 신발이었다. 나무 판때기에다 가죽끈을 몇 개 묶어놓고 엄지발가락 사이로 끼워 신게 만든 신발은 정말 미치도록 불편했다. 그나마 버선을 신고 그 위에다 신발을 신었기에 망정이지 안 그러면 발가락 사이에서 피가 철철 났을 것이다.

참고로 버선도 엄지발가락과 다른 발가락들 사이가 벌어져 있었다. 그 모습이 꼭 돼지 발굽 같다며 호리독사는 한 식경째 투덜댔다.

"미개한 놈들 같으니라고."

"그런 건 상대적이지 않을까요?"

"예?"

"왜국의 물건들 중에서도 분명 우리 것보다 발전된 것들이 많으니까요. 당장 칼만 봐도 그렇잖아요. 강도가 다른 두 개의 철을 접합해 만든다는 왜국의 칼은 얇고 가볍고 날카로우면서도 잘 휘지 않아 검과 도의 장점을 모두 갖고 있기로 정평이 높죠."

"제 말이 그 말입니다. 그렇게 질 좋은 칼을 만드는 놈들이 신발은 왜 이따구로 만들어서 신고 다니는지. 싸울 때는 대체 어쩌는지 모르겠습니다."

"익숙해지면 괜찮을 거예요."

"그때까지 있으려고요?"

"그것도 그렇네요."

호리독사와 남궁소소가 나누는 대화였다. 다행히 마주치는 사람들이 없었기에 석불원도 딱히 제지하지 않았다.

그러나 길이 넓어지고 마을을 지날 때는 이른 아침인데도 불구하고 이마에 흰 수건을 두른 농민들이 계속해서 눈에 띄었다.

체격이 눈에 띄게 작다는 것 외에는 대륙이나 왜국이나 농민들의 부지런함은 별반 다르지 않았다. 심지어 무사들을 두려워하는 것도 똑같았다.

그들은 칼을 옆구리에 찬 우리가 보일 때마다 눈을 마주치지 않으려고 갖은 애를 썼다. 특히 젊은 여자들과 함께 있는 사람들은 아예 여자들을 데리고 도망치거나 어딘가에 숨기기 바빴다.

시간이 흐를수록 농민들이 무사들을 두려워하는 정도가 조금 심한 것 같다는 생각이 들었다. 모두가 이 점을 이상하게 여길 즈음 미나모토가 뭐라고 했다.

남궁소소가 다시 물었고, 뜻이 정확하게 전달되지 않는지 비슷한 단어를 가지고 확인하듯 몇 번의 대화를 주고받았다.

"우리를 로닌(牢人)이라고 생각한대요."

"그게 뭐요?"

"전쟁으로 주군을 잃어버리는 바람에 자신들을 고용해 줄 새로운 주군을 찾아 떠도는 '사무라이'들, 그러니까 직업 무사라는 뜻이에요."

"낭인을 말하는 건가?"

"떠돈다는 측면에서 비슷하긴 한데, 이곳은 대륙처럼 관과 무림이 별개의 개념으로 존재하지 않는 곳이라 딱 들어맞지는 않아요."

"한데 왜 저렇게 두려워하는 거요?"

"잠깐만요."

남궁소소가 다시 미나모토에게 물었고, 미나모토가 열심히 설명해 주었다.

저 자식은 나와 호리독사를 대할 때는 욕을 하는 게 아닌가 싶은 말투를 썼다. 한데 남궁소소와 대화할 때만큼은 마치 어린 누이를 대하듯 그렇게 부드러울 수가 없었다.

잠시 후, 대화를 끝낸 남궁소소가 설명해 주었다.

"십여 년 전 왜국 전체가 동군과 서군으로 나뉘어 큰 전쟁을 벌였대요. 그때 동군이 승리하면서 서군에 속해 있던 수많은 제후의 가문들이 풍비박산 났대요."

"그래서?"

"그때 그 가문에 속해 있던 칼잡이 수십만 명이 한꺼번에 직업을 잃고 떠돌아다니기 시작했는데, 그들의 범죄가 끊이질 않는다고요. 특히 젊은 여자들을 상대로 한 범죄가."
무슨 말인지 금방 알아들었다.
그때 미나모토가 뭐라고 했다.
남궁소소가 통역했다.
"하지만 모든 로닌이 그러는 건 아니래요."
미나모토는 같은 무사로서 자기 나라 무사들의 치부를 보인 것 같아 불편한 모양이었다. 자기도 남의 나라 양민들을 상대로 노략질을 했으면서 무슨 헛소리를.
범죄자로 전락한 무사들은 비난받아 마땅하지만, 그런 일로 미나모토가 그토록 자긍심을 가지는(?) 무사도까지 조롱할 생각은 없었다.
"대륙의 무림인들도 모두 칼밥을 먹지만 흑도와 백도가 있고 심지어 사마외도와 좌도방문도 있다고 전해주시오. 우리는 너희와 규모부터가 다르다고."
"사마외도와 좌도방문을 어떻게 설명하죠?"
"대충 설명하면 알아들을 거요. 무림은 없다고 해도 왜국에도 분명히 그런 놈들이 도처에 널렸을 테니까."
남궁소소가 통역을 하자 미나모토가 의외라는 듯 잠시 나를 빤히 보았다. 대륙에도 그런 자들이 있다는 사실이 놀라운 게 아니었다. 내가 대륙의 예를 들어 자신의 말을 인정하고 공감해 주는 게 뜻밖인 것이다.
그러고 보니 문득 왜국의 무공에 대해 너무나 모른다는 생각이 들었다.
"왜국의 무공엔 어떤 것들이 있는지 한번 물어봐 주시오."
"주로 검술이 발달했고 수많은 검술유파가 있다고 해요. 그중에서도 이곳 사쓰마를 다스리는 시마즈 가문에 전해 내려오는 지겐류(示現流)는 서해도 일대에서 적수가 없다고요."

"지겐류?"

"상대를 죽이는 걸 첫 번째 목표로 하는 강검 중의 강검인데, 시마즈 가문에 도전을 해온 수많은 무사들이 발도와 함께 펼쳐지는 첫 번째 초식에 목숨을 잃었다고요. 자신이 가장 두려워하는 검술유파 중 한 곳이래요."

"……!"

"……!"

나와 호리독사는 눈이 동그래졌다.

남궁세옥과 세 번을 싸워 두 번이나 동수를 이루었다는 미나모토가 가장 두려워한다는 것도 그렇고, 이야기를 들으면 들을수록 심상치 않은 검술이라는 생각이 들었기 때문이다.

슬쩍 석불원을 돌아보니 그는 시종일관 주변을 살피기만 할 뿐 이렇다 할 표정의 변화가 없었다. 이미 알 만큼 안다는 뜻이다.

그때 미나모토가 씨익 웃으며 뭐라고 했다.

"'너희는 이제 엿 된 거야'라고도 하네요."

이국적인 풍경은 도시로 들어서자 절정에 달했다.

주변에 울창한 산과 아름드리 삼나무가 많아서인지, 대부분의 민가는 삼나무로 벽체를 쌓고 이엉이나 기와로 지붕을 얹은 것이었다. 재료는 대륙의 그것과 크게 다르지 않지만 모양들은 확연하게 달랐다. 일단 크기가 작았고, 지붕은 뾰족했으며, 대륙의 처마는 높고 끝이 살짝 말려 올라간 데 비해 왜국의 그것은 그냥 뚝 끊어졌다.

그런가 하면 칼 찬 무사들도 부쩍 자주 눈에 띄었다. 그들은 대부분 삼삼오오 무리를 짓고 놀아나녔는데, 어떤 때는 십여 명이나 되는 무리와 마주치기도 했다.

무사들은 하나같이 변발에 허리를 감은 요대 사이로 길고 짧은 칼 두 자루를 비스듬히 찔러 넣은 차림새였다. 자세히 살펴보면 변발의 모양도 복색도 제각각이지만, 큰 틀에서 보자면 대동소이했다. 특히 칼을 두 자루씩 차고 다니는 게 무척이나 신기했다.

어쨌거나 우리도 칼을 차고 있으니 왜인들이 함부로 말을 걸지 않아서 좋았다. 일단 말을 걸면 신분이 노출될 우려가 컸으니까.

반대로 같은 처지의 칼잡이들로부터는 오히려 시선을 끌었다. 아무래도 걸음걸이가 부자연스럽고 다섯 명 모두 칼을 하나밖에 차지 않았기 때문인 것 같았다.

그러던 어느 순간이었다. 골목길에서 갑자기 튀어나온 이십여 명의 칼잡이들과 하마터면 그대로 부딪힐 뻔했다. 지금까지 만난 무리 중 가장 큰 규모였다.

앞서가던 미나모토는 절정의 고수답게 그대로 멈추었고, 아무렇지도 않게 오른쪽으로 돌아서 가려 했다. 한데 하필 놈들도 그쪽으로 걸음을 옮겼다.

미나모토가 다시 재빨리 왼쪽으로 옮기자 놈들도 똑같이 그랬다. 일부러 길을 막아선 게 아니라 정말 우연의 일치로 일어난 일이었다. 그러자 상대방 쪽에서 대번에 욕설이 튀어나왔다.

"(멍청한 자식!)"

"(죄송합니다.)"

미나모토가 고개까지 숙이며 다시 오른쪽으로 걸음을 옮기려는 찰나였다. 상대방 쪽 선두에 있던 근육질에 날카로운 인상의 애꾸눈이 따라서 똑같이 오른쪽으로 옮겨 디뎠다. 이번엔 우연이 아니었다. 누가 보아도 일부러 막아선 것이었다.

그리고 욕설이 분명한 한마디.

"(이 바보 같은 놈들은 뭐야?)"

뒤쪽에 있던 놈들에게서 왁자지껄한 웃음보가 터져 나왔다. 그러자 놈들로부터 짙은 술 냄새가 확 풍겨왔다.

미나모토의 눈동자에서는 살기가 번뜩였다.

일촉즉발의 순간, 석불원과 남궁소소의 입술이 차례로 미세하게 달싹거렸다. 석불원이 남궁소소에게 전음을 보내고, 그걸 다시 남궁소소가 미나모토에게 전음으로 통역을 하는 것이다. 경거망동하지 말고 조용히 보내라는 경고가 분명했다.

그래서인지 미나모토는 어금니를 꽉 깨물면서 조용히 눈을 내리깔았다.

한데 놈들은 그냥 넘어갈 생각이 없어 보였다. 우리의 숫자가 고작 다섯 명밖에 되지 않는 데다 어정쩡하게 서 있는 모습이 어리바리하게 보인 것 같았다.

아니나 다를까, 앞을 막아선 근육질의 애꾸눈이 손가락으로 미나모토를 가슴을 쿡쿡 찌르며 계속해서 뭐라고 했다.

"(건방진 자식. 사람을 칠 뻔하고 그냥 도망가겠다는 거냐? 어디에서 굴러먹던 개뼈다귀들인지 모르겠다만, 내 가랑이 사이를 기어가면 용서해 주겠다.)"

또다시 왁자지껄하게 웃음보가 터졌다.

모두가 같은 부류는 아니었는지, 몇몇 칼잡이들은 정색하고 애꾸눈을 만류하는 듯한 말을 했다. 하지만 한참 흥이 오른 애꾸눈을 막지는 못했다.

그는 아무리 뭐라고 해도 미나모토가 눈을 아래로 내리깐 채 상대를 해주지 않자 갑자기 턱을 덥석 잡고는 들어 올리려고 했다.

그때였다.

스캉!

미나모토가 한 걸음을 물러나고, 그의 칼집에서 한 줄기 빛이 뽑혀 나오고, 쇳소리가 울리고, 턱을 잡던 애꾸눈의 손목이 뎅겅 떨어지고, 잘려 나간 손목의 단면에서 피가 솟구치는 게 거의 동시에 일어났다.

그리고 정적을 깨는 비명.

"으아아악!"

비명을 신호로 이십여 명의 칼잡이들이 파편처럼 흩어지며 우리를 동그랗게 에워쌌다. 이어 일제히 허리에 차고 있던 칼을 뽑았다.

채채채채채채채채챙……!

이 머나먼 왜국 땅까지 와서 그냥 서서 죽을 수야 있나. 우리도 모두 칼을 뽑았다.

채채채챙!

우리는 서로에게 등을 맡기고 원을 그린 채 놈들의 공격에 대비했다.

나와 호리독사는 입으로 계속해서 '빠가야로!'를 연발했다. 신분을 숨겨야 하기 때문에 우리 말로 욕을 할 수가 없으니 그나마 아는 왜국 욕 한 가지만 주야장천 반복하는 것이다. 물론 욕을 하는 대상은 미나모토였다.

석불원은 석불원대로 화가 머리끝까지 난 표정이었다. 시비의 원인은 물론 놈들에게 있었지만, 미나모토에게도 융통성 있게 처리를 못한 책임이 분명히 있었다.

아무래도 그런 주변머리가 없는 것 같았다. 주군 외에는 평생을 누구에게 머리 숙여본 일이 없기 때문일 것이다.

그사이 놈들에게서는 온갖 사나운 기세의 말들이 쏟아져 나왔다. 특히 시비 한번 잘못 걸었다가 졸지에 불구가 되어버린 애꾸눈은 제 손목을 쥐어 잡은 채 미친 듯이 고함을 질러댔다.

'쌍욕을 하는 것이 분명한데, 알아듣지를 못하니 그렇게 화가 나지도 않네. 제기랄.'

한편 갑작스러운 칼잡이들의 싸움과 대치에 근처를 지나던 사람들은 행여라도 불똥이 튈까 봐 후다닥 물러났다. 그리고 어느 정도의 거리를 두게 되자 더는 도망치지 않고 서서 구경을 하기 시작했다. 멀리서 가던 사람들 역시 걸음을 멈추고 이쪽을 지켜보았다.

어떻게 알았는지, 대로를 따라 늘어선 객점에서는 손님들이 우르르 튀어나왔다. 그들 중에는 우리처럼 칼 찬 무사들도 적지 않았다.

잠시 미나모토와 놈들 사이에 설전이 벌어졌다.

"(네놈이 죽으려고 환장을 했구나!)"

"(조용히 물러나는 게 좋을 것이다.)"

"(길바닥에 창자를 쏟게 만들어주마!)"

"(정 그렇다면 어쩔 수 없지.)"

어느 순간 설전이 뚝 그쳤다.

대신 팽팽한 기 싸움이 이어졌다. 눈빛과 눈빛이 부딪히고 기세와 기세가 얽혔다. 누군가 먼저 빈틈을 발견하고 공격하면 그 즉시 전면전이 벌어질 것이다.

그야말로 일촉즉발의 순간.

"(비켜라! 비켜라!)"

어디선가 우렁찬 외침과 함께 경쾌한 말발굽 소리가 들려오기 시작했다. 그 바람에 애꾸눈 쪽 칼잡이들도, 우리도 모두 대치를 유지한 채 말발굽 소리에 귀를 기울였다.

잠시 후, 한 무리의 말 탄 무사들이 거리를 가득 메우며 나타났다. 족히 쉰 명은 될 것 같았는데, 가장 앞줄에서 십여 명 정도는 세로로 긴 깃발을 등에 꽂은 상태였다. 붉은색 깃발에는 도진(島津)이라는 두 글자가 적혀 있고, 흰색 깃발에는 동그라미 안에 십(十)자를 그려놓은 그림이 새겨져 있었다. 깃발의 뒤로는 커다란 투구에 요란 뻑적지근한 갑옷을 입고, 허리에는 길고 짧은 칼 두 자루를 찬 기마무사들이 뒤따르는 중이었다.

기마무사들 중 절반은 겨드랑이 아래의 가죽집에 활을 꽂아놓은 채 고삐를 잡고 있었다.

무슨 놈의 활이 시위를 건 상태에서도 사람 키를 훌쩍 넘길 정도로 컸다. 거기다 밑 장과 위 장의 대칭도 맞지 않았다.

왜도는 많이 봤어도 왜궁은 처음 본 나는 어리둥절하기 짝이 없었다. 게다가 과연 저걸 입고 싸울 수나 있을까 싶을 정도로 크고, 과장되고, 무거워 보이는 갑옷이라니.

한데, 그들이 나타나자 평민들은 물론이거니와 칼잡이들까지 앞다투어 길가 가장자리로 물러났다. 심지어 우리와 대치하고 있던 칼잡이들도 일제히 칼을 도갑에 꽂아 넣고는 도망치듯 길가로 물러났다.

미나모토가 보이지 않아서 두리번거렸더니 어느새 반대쪽 길가의 건물 벽에 찰싹 달라붙어서 우리를 손짓해 부르고 있었다.

"(바보 자식!)"

욕이지만 지금 이 순간만큼은 빨리 이리로 오지 않고 뭐 하냐는 호통으로 들렸다.

나와 석불원과 남궁소소와 호리독사는 영문도 모른 채 후다닥 달려가 미나모토의 옆에 나란히 섰다.

돌아가는 분위기로 보아 저들이 싸움을 멈추게 만든 것 같았다. 대체 어떤 자들이기에 칼잡이들은 물론이고 미나모토조차 이처럼 몸을 사리게 만드는 걸까.

그때 미나모토의 입에서 신음 같은 말이 흘러나왔다.

남궁소소가 우리만 들을 수 있도록 작은 목소리로 설명해 주었다.

"시마즈 가문의 사무라이들이래요!"

칼과 활로 중무장 한 오십여 명의 기마무사들이 이십여 장 앞까지 다가왔다. 가까이에서 보자 위용이 더욱 대단했다.

저들이 나타난 것은 우리에게 행운이었다. 그 바람에 이십여 명에 달하는 낭인무사들과의 싸움을 일단 멈출 수 있었으니까.

기마무사들이 떠나고 나면 낭인무사들은 다시 싸움을 시작하려 들 것이다. 물론 우린 그전에 냅다 도망치고 없겠지만.

“기마무사들의 시선을 끄는 어떤 행동도 하지 말래요. 저들은 군벌이나 마찬가지여서 만약 대륙인이라는 걸 들키는 날엔 첩자로 간주, 성(城)으로 끌고 가 처형해 버릴 거라고요.”

남궁소소가 우리만 들을 수 있도록 작은 소리로 말했다. 미나모토의 경고를 대신 전하는 것이다.

범선에서는 잘 몰랐는데 뭍으로 오르고 보니 확실히 미나모토를 데려온 보람이 있었다.

이번엔 내가 석불원에게 속삭였다.

“우리 목적지는 정확히 어디입니까?”

“지금 그건 왜 묻나?”

“기마무사들이 멀어지기 전에 도망을 쳐야 하지 않겠습니까? 한꺼번에 정신없이 내빼다 보면 다들 우왕좌왕할 겁니다. 대략이라도 목적지를 알면 좀 더 일사불란하게 움직일 수 있습니다.”

석불원은 점점 다가오고 있는 기마무사들 쪽을 힐끗 본 후 역시나 작은 소리로 모두에게 들으라는 듯 말했다.

“이 길을 따라 십 리쯤 가면 수백 년 수령의 벚나무가 보일 것이네. 그 옆에 있는 푸른 기와집이 최종 목적지일세.”

“기와집요?”

“표주의 말로는 자신의 편지를 보여주면 집주인이 우릴 도와줄 거라더군. 그 집에 머물면서 최대한 빨리 필요한 정보를 입수하는 것이 첫 번째 계획이네.”

"무슨 정보를 말입니까?"

"시마즈 타키히로의 동선과 용모파기."

"그건 또 누군데요?"

"성주(城主)인 시마즈 료타료의 아들이자 장차 아비의 뒤를 이어 이곳 사쓰마를 다스리고 통치할 무장이지. 듣자 하니 영지를 순찰하기 위해 하루에 한 번씩 성 밖으로 나온다고 하더군."

사쓰마에 볼모로 잡혀 있는 옛 유구국 왕자를 구하러 와놓고 뜬금없이 제후의 후계자는 왜 찾겠다는 걸까?

"혹시, 그를 납치할 생각입니까?"

"그렇네."

"왜요?"

"오랜 시간 고민해 보았지만 왕자의 몸값으로 시마즈 가문에 지불할 만한 것이라곤 그것밖에 없었네."

"하면 협상을 한다는 게?"

"인질 교환 협상이지."

"……!"

애초 표물을 놓고 협상할 거라길래 무슨 거금이라도 지불하고 데려가려는 줄 알았다. 한데 성주의 아들을 납치해서 교환할 계획이었다니.

대륙에서 황해노경을 만나러 갔을 때도 이런 식이었다. 위기 때마다 보여주는 석불원의 화끈한 방식에 살짝 기가 질릴 지경이었다.

옆에서 이야기를 듣고 있던 남궁소소와 호리독사도 크게 놀란 눈치였다.

어쩐지 거금을 척척 내놓더라니.

그때쯤엔 기마무사들이 대여섯 장 앞까지 다가왔다.

자연스럽게 길 건너 낭인무사들 쪽을 살피던 나는 저만치 길바닥에 나뒹굴고 있는 손모가지를 발견하고는 소스라치게 놀랐다.

"저꼽!"

외침도 비명도 아닌 이상한 말이 목구멍을 비집고 새어 나왔다.

석불원, 남궁소소, 호리독사, 미나모토가 죽일 것처럼 나를 노려보았다. 그러다 내 시선을 따라 길바닥으로 향했다가 뒤늦게 주인 없는 손모가지를 발견하고는 모두 눈이 빠질 것처럼 튀어나왔다.

손모가지는 처음 싸움이 벌어졌을 때 미나모토가 뎅겅 잘라 버린 술 취한 낭인무사의 것이었다.

"저게 왜 길 한복판까지 나와 있는 거죠?"

"아까 혼전 중에 미나모토가 발로 찼습니다."

"이런 멍청한!"

남궁소소, 호리독사, 석불원이 차례로 목구멍을 쥐어짜면서 한 말이었다. 모기의 날갯짓처럼 작은 음성들이었지만, 대갈일성을 내지르는 것보다 더 큰 분노가 느껴졌다.

미나모토는 우리 말을 모르면서도 자기 욕하는 건 또 귀신같이 알아들어서 호리독사를 향해 눈알을 부라렸다.

그러거나 말거나 호리독사는 딴청을 피웠다.

석불원이 마지막으로 조용히 읊조렸다.

"다들 정신 바짝 차리게."

또각 또각 또각…….

우려는 현실이 되었다. 선두에서 오고 있던, 커다란 뿔 투구를 쓴 중

년의 기마무사가 한 손을 들어 올리더니 행렬이 멈춘 것이다.

그 바람에 길 한복판의 손모가지를 가운데 두고 우리와 낭인무사들 그리고 시마즈 가문의 기마무사들이 삼각형을 이루게 되었다.

뿔 투구는 앞쪽에 떨어진 손모가지를 물끄러미 응시하다가 천천히 고개를 들어 좌우를 쓸어 보았다. 깨진 흑요석 조각을 박아 넣은 듯한 눈동자가 여간 날카로워 보이지 않았다. 각진 턱과 튀어나온 광대뼈에서는 뭐라 말할 수 없는 호전성이 느껴졌다.

'새끼, 인상 한번 더럽네.'

뿔 투구의 시선은 결국 손목을 잘린 채 길 건너 벽 쪽에 붙어 신음하고 있는 낭인무사에게서 멈추었다. 이어 맹수가 가르랑거리는 듯한 묵직한 저음으로 무언가를 말했다. 그러자 낭인무사들 중 우두머리로 보이는 자가 잽싸게 튀어나와서는 연신 허리를 구부리며 대답으로 보이는 말을 했다.

그때부터 두 사람의 대화가 시작되었다.

거리가 거리인 만큼 남궁소소가 재빨리 내게 전음으로 통역을 해주었다.

[뿔 달린 투구를 쓴 기마무사가 어디서 온 자들이기에 감히 시마즈 가문의 영지에서 칼부림을 벌이느냐고 묻자 낭인무사의 우두머리가 자신들은 한때 후지타 가문에 몸담았던 무사들로, 지금은 시마즈 가문에서 솜씨 좋은 무사들을 구한다는 얘길 듣고 찾아 왔대요. 그러자 기마무사가 감사장이 있느냐고 물었고요.]

[감사장?]

[미나모토에게 들은 바에 의하면 거느리고 있는 무사가 전쟁에서 공

을 세울 때마다 제후들이 하사하는 증서 같은 거예요. 무사들이 다른 주군을 찾아 떠날 때 자신의 신분과 경력을 증명하는 역할을 하고요.]

나는 재빨리 석불원을 돌아보며 물었다.

[혹시 우리도 감사장이 있습니까?]

[그게 뭔가?]

[호패는요?]

[대륙에서 차던 것이 있네만.]

[남궁소소 말이 지금 기마무사가 낭인무사들의 신분을 확인 중이랍니다. 우리에게도 정체를 묻고 확인할 것입니다. 신분을 증명하지 못하면 대륙인이라는 걸 들키는 건 시간문제입니다.]

[그런 것처럼 보이는군.]

[기회를 보아 경공을 펼쳐 빠져나가도록 하시죠.]

[그러면 더 수상하게 여기고 우리를 찾기 위해 온 도시를 뒤질 걸세. 현상금이라도 내걸면 도시에 있는 낭인무사들 전부가 사냥꾼으로 변해 우릴 찾으러 다닐 수도 있고. 그땐 타키히로를 납치하기는커녕 은신처에서 한 발자국도 움직일 수 없게 되네.]

[그럼 어쩌자고요.]

[가만 좀 있어 보게. 나도 지금 열심히 머리를 굴리고 있는 중이니까. 후우, 그렇게 조심해서 이동한다고 했건만.]

그때쯤엔 낭인무사들의 우두머리가 호패와 함께 붉은 비단 봉투를 꺼내서는 마상의 뿔 투구를 향해 성큼성큼 다가가 공손히 바치고 있었다.

뿔 투구는 고삐를 놓더니 호패 따위는 필요 없다는 듯 손등으로 밀어버렸다. 대신 봉투를 받아 들고 내용물을 꺼내 읽기 시작했다.

낭인무사의 우두머리는 민망한지 호패를 도로 품속에 집어넣고는 반 장 정도를 뒷걸음질을 쳐서 물러났다.

한데 그가 호패를 넣는 순간 살짝 벌어진 옷자락 사이로 무언가 번쩍이는 것이 보였다. 그건 뽑아서 던지기 좋도록 가죽집에다 나란히 꽂아놓은 작은 수리검 끄트머리였다.

순간, 머릿속에 번쩍 떠오르는 생각이 있었다.

'될까?'

그때 석불원이 마침내 결심한 듯 내게 전음으로 말했다.

[일단 미나모토로 하여금 모든 대화를 나누게 하고 우리는 전부 벙어리 무사인 척하세. 다들 말을 못 하다 보니 자연스럽게 말을 할 수 있는 미나모토의 주변으로 모였고 함께 조를 이루어 떠도는 것이지. 그럼 최소한 대륙인이라는 건 숨길 수 있을 걸세.]

[……?]

[다른 방법이 없잖나.]

진짜 사대명표 중 한 명이 맞나 싶다.

그러고 보니 여기까지 오는 동안 석불원이 한 일이라고는 결정적 순간에 무모할 정도의 똥배짱을 부리거나 누구도 거절하지 못할 만큼 돈을 펑펑 써재낀 것 외엔 딱히 기억나는 게 없었다.

소문이 과장된 것이었나?

'에라 모르겠다!'

나는 기마무사들의 뒤쪽을 향해 소리 나지 않는 휘파람, 즉 망혼소를 가만히 불었다. 내공이 경지에 이르고 천무진경의 심법이 익숙해지자 소리의 방향까지 어느 정도 통제할 수 있게 되었다.

뒤쪽에 있던 십여 마리의 말들이 일제히 투레질을 하며 이리저리 날뛰기 시작했다. 당황한 기마무사들이 고삐를 잡아당기며 진정시켜 보려 했지만 소용이 없었다. 그러자 낭인무사들이며, 기마무사들이며, 우리 일행들이며 할 것 없이 전부가 소란이 일어나는 뒤쪽으로 시선을 던졌다. 심지어 뿔 투구까지도 감사장을 양손에 든 채 뒤쪽으로 고개를 돌렸다.

'지금이다!'

나는 고도의 집중력을 발휘하며 선천오법술을 펼치기 시작했다.

뿔 투구와 얼마 떨어지지 않은 낭인무사의 가슴팍 옷자락을 주인도 모르게, 마치 바람이 그런 것처럼 슬그머니 열어젖힌 것이다.

그러자 좀 전에 보았던 바로 그 수리검의 끄트머리가 모습을 드러냈다.

그중 하나를 선천오법술로 살짝만 뽑아보았다.

'된다!'

지금 내 소맷자락의 끝에 꽂아둔 비격쌍뇌창은 비록 작은 바늘 모양을 지녔지만 무게는 대못에 육박했다.

저 수리검은 못해도 대못 두 개 정도의 무게가 나갈 것이다. 한데도 움직이는 게 가능한 것은 공력이 증진된 만큼 선천오법술 또한 조금씩 높은 경지로 나아가고 있기 때문이었다.

더는 망설일 필요가 없었다.

"위험해!"

발도와 함께 대갈일성을 내지르며 뿔 투구를 향해 달려들었다.

뿔 투구의 반응은 기민했다. 그는 감사장을 내게 던져 시야를 가린 다음 상체를 뒤로 눕혔다. 동시에 허리춤에서 칼을 뽑아 벼락처럼 감사장을 가르고 나까지 베어버리려고 했다.

'고수다!'

하지만 귀영무의 보법을 익힌 데다 먼저 뛰쳐나가기까지 한 내 속도를 감당할 수는 없었다.

나는 그를 베는 대신 스치듯 아슬아슬하게 지나쳤다. 이어 뿔 투구의 목덜미를 향해 쏘아지고 있는 수리검을 힘차게 내려쳤다.

깡!

새파란 불똥과 함께 수리검이 튕겨 나갔다.

눈 깜짝할 사이에 뿔 투구의 앞을 막아선 나는 뒤를 돌아보며 대놓고 대륙 말로 물었다.

"괜찮소?"

그런 다음 지금 이게 무슨 상황인지 몰라 어리둥절해하고 있는 낭인무사를 향해 냅다 칼을 휘두르기 시작했다.

"비겁한 새끼!"

그러나 최선을 다하지는 않았다. 내 목적은 어디까지나 사람들로 하여금 생각할 시간을 주지 않는 것이고, 그리하여 낭인무사들과 기마무사들을 싸움 붙이는 거였으니까.

그러려면 다른 낭인무사들을 끌어들여야 하고, 또 그러려면 지금 상대하고 있는 이놈을 아슬아슬하게 몰아붙여야 한다.

깡! 까까가강! 깡깡!

의도는 적중했다. 자신들의 우두머리를 구하기 위해 낭인무사 대여섯 명이 달라붙었다.

그 모습을 본 뿔 투구의 뒤쪽에 있던, 아마도 부장쯤으로 짐작되는 기마무사가 빽 하고 소리쳤다.

"(함정이다!)"

쉰여 명의 기마무사들이 질 수 없다는 듯 마상에서 표표히 날아올라 낭인무사들을 향해 쇄도하기 시작했다. 그 모습이 흡사 독수리 떼가 먹이를 발견하고 날아드는 것 같았다.

상대가 공격해 오는데 무작정 당하고 있을 사람은 없다. 낭인무사들 역시 전부 칼을 뽑아 들고 격렬하게 저항했다.

그들은 억울하다는 듯 싸우는 중에도 뭐라고 고래고래 고함을 질러댔다. 하지만 기마무사들은 저항하면 오직 죽음뿐이라는 듯 닥치는 대로 살수를 펼쳐댔다.

날카로운 기합이 오고 가고 새파란 불똥이 살벌하게 튀었다.

피가 사방으로 뿌려지고 죽어가는 자의 단말마가 허공에 울려 퍼지길 한참. 조용하던 거리는 어느새 지옥도로 변해 버렸다.

똑바로 서 있는 낭인무사들의 숫자는 이제 고작 대여섯 명에 불과했다. 그들은 도저히 방법이 없다고 생각했는지 갑자기 자신들이 튀어나왔던 좁은 골목길로 뛰어들어 도망치기 시작했다.

기마무사들 중 절반이 그들을 추적했다. 나머지 절반은 나를 비롯해 우리 일행을 에워쌌다.

그때까지도 말을 타고 있던 뿔 투구가 사람들을 제치고 또각또각 원 안으로 들어섰다. 그리고 마상에서 오만하게 나를 내려다보며 뭐라고 말했다.

남궁소소가 전음으로 통역했다.

[우리가 누군지 물어요.]

"대륙에서 왔다고 전하시오."

석불원, 호리독사, 미나모토가 두 눈을 부릅뜨고는 나를 노려보았다.

"이미 대놓고 세 번이나 우리 말을 해버렸는데 지금 와서 눈알을 부라린들 무슨 소용이 있다고. 어서 그대로 전하시오."

남궁소소가 체념한 듯 땅이 꺼져라 한숨을 쉬고는 내 말을 전했다.

뿔 투구가 다시 무어라고 했다.

"대륙인들이 왜 이곳에 있냐고 해요."

"우리는 대륙과 왜국을 오가는 상단의 호위무사들로, 이틀 전 바다에서 큰 태풍을 만나는 바람에 배가 난파되었소. 이후 다른 선원들은 생사를 알 길이 없고, 살아남은 사람들끼리 판자 쪼가리에 의지해 표류하다가 이곳까지 떠밀려 온 것이오."

큰 태풍이 몰아친 것만은 사실이었다. 바닷가에 위치한 이곳 사쓰마 또한 태풍이 휩쓸고 간 흔적이 곳곳에 남아 있는 상태였다.

"(양국은 서로 무역을 금한 것으로 아는데.)"

"장사꾼에게는 국경이 없소."

"(밀무역상이라는 말을 당당하게도 하는군.)"

"달리 방법이 없잖소. 우리가 사절단일 리는 없고, 그렇다고 귀하의 말처럼 양국 모두 강력한 해금책(海禁策)을 펼치고 있는 마당에 평범한 상단인 척할 수도 없는 노릇이고."

무언가를 감추려면 상대의 시선을 다른 곳으로 끌어야 한다. 내가 던져준 미끼는 거칠고 호전적이며 산전수전 다 겪은 밀무역상들이었다.

옆에서 지켜보고 있는 석불원과 남궁소소와 호리독사와 미나모토는 마른침만 꼴깍꼴깍 삼켰다.

"(복장과 머리는 왜 그 모양이지?)"

"뭍에 오른 후 민가에서 신발과 옷을 훔쳐 입고 머리 모양도 이곳 사람들인 것처럼 꾸며 도시로 들어온 것이오."

"(어째서?)"

"돌아갈 배편을 구하기 위해서요."

"(한데 왜 이곳에서 저들과 싸우고 있었나?)"

"신분이 신분이라 최대한 눈에 띄지 않게 길을 가고 있었는데, 저들이 갑자기 골목에서 튀어나와서는 이유 없이 시비를 걸어왔소. 영문도 모른 채 칼부림을 벌이던 중 귀하들이 나타났고."

내가 의도한 건 낭인무사들이 동료들의 복수를 위해 시마즈 가문의 기마무사들을 노렸고, 시선을 끌기 위해 지나가는 무사들에게 시비를 걸었으며, 애꿎은 우리가 걸려들었다는 식의 그림이었다.

저 뿔 투구가 얼마나 믿어줄지는 모르겠다. 하지만 낭인무사가 감사장을 전달하는 척 그에게 접근해 수리검을 던졌고, 내가 그걸 막아주었다는 사실만큼은 믿지 않을 도리가 없을 것이다.

"(왜 나를 구하려고 했지?)"

"귀하가 뒤돌아보는 틈을 타 놈이 수리검을 뽑아 드는 걸 보았소. 뭐가 어떻게 돌아가는 건지 모르겠지만, 까딱하다간 우리까지 한패로 몰릴 것 같아서 나도 모르게 뛰어들었소."

"(같은 편이 아니라는 걸 증명하기 위해서였다?)"

"그렇소."

"(대륙인이라는 걸 들키는 건 괜찮고?)"

"암살자들보다는 난파당한 대륙인들이 낫지 않소?"

뿔 투구가 냉소적인 음성으로 뭐라고 하자 주변에 있던 기마무사들이 왁자지껄 웃음을 터뜨렸다.

남궁소소가 한발 늦게 통역을 해주었다.

“도둑이 남의 집에 몰래 들어왔다가 먼저 들어와 있던 떼강도를 보고는 놀라서 얼른 자수했단 말이로군……. 이라고 말했어요.”

“내 행동이 조금이라도 도움이 되었다면 우릴 못 본 척 보내주시오. 하면 죽은 듯 지내다가 배편을 구하는 즉시 이곳을 떠나겠소. 길어도 닷새를 넘지 않을 것이오.”

그러면서 나는 석불원에게 눈짓을 했다.

눈치는 또 빨라서 석불원이 품속으로부터 전낭 하나를 얼른 꺼내서는 통째로 가져다 바쳤다.

부장쯤으로 보이는 기마무사가 중간에서 전낭을 가로채더니 자신의 손바닥에다 내용물을 털었다. 그러자 조개 모양의 싯누런 금원보 다섯 개가 모습을 드러냈다. 놀랍게도 만약의 경우를 대비해 석불원이 따로 준비해 둔 모양이었다.

“(뭔가?)”

“우리 다섯 명의 호패요.”

“(칼질도 쓸 만하더니만 배짱까지 아주 두둑하군.)”

그때 낭인무사들을 뒤쫓아 골목으로 들어갔던 기마무사들이 돌아왔다. 그중 한 명이 뿔 투구에게 작은 소리로 무언가를 보고했다. 눈치로 미루어 놓쳤다고 하는 것 같았다. 하지만 길바닥에는 비록 중상을 입었을지언정 아직 숨이 붙어 있는 낭인무사들이 여섯 명 정도 있었다. 이들을 데려가도 얼마든지 심문이 가능했다.

뿔 투구가 무언가 명령을 내렸다. 그러자 기마무사들이 다친 낭인무사들을 부축해 무릎 꿇렸다. 이어 여섯 명의 다른 기마무사들이 낭인무사들의 뒤쪽으로 슬그머니 가서 섰다. 그러곤 아무런 망설임도 없이 한 명씩 척척 목을 치기 시작했다.

"으악!"

"아악!"

"크악!"

목이 뚝뚝 떨어지고 피가 사방에 뿌려졌다. 길 이쪽저쪽에서 구경하고 있는 사람들, 특히 여자들이 비명을 지르며 돌아섰다.

갑작스러운 전개에 나와 일행들은 모골이 송연해졌다. 길 한복판에서 이렇게 무자비한 처형식을 거행할 줄이야. 분위기를 보아하니 자신들을 죽이려 한 것에 대해 사람들이 보는 앞에서 일벌백계로 삼으려는 것 같았다.

불똥이 어디까지 튈지를 몰라 나는 가만히 두 다리를 벌리고 섰다. 석불원, 남궁소소, 호리독사, 미나모토도 각자의 방식으로 싸울 준비를 했다.

상황이 정리되자 뿔 투구가 나를 내려다보며 지금까지와 달리 제법 긴 말을 했다. 그러고는 대답도 듣지 않고 홱 돌아서 가버렸다. 기마무사들 전부가 그의 뒤를 따랐다. 심지어 부장으로 보이는 기마무사는 전낭을 석불원에게 도로 던져주기까지 했다.

남궁소소가 눈을 동그랗게 뜨고는 마른침을 꼴깍꼴깍 삼켰다. 미나모토도 눈이 빠질 것처럼 튀어나왔다.

"저 소 대가리가 뭐라고 했소?"

"우릴 풀어주겠다고 한 건가?"

"그럼 그냥 가도 되는 겁니까?"

왜국 말을 못 알아듣는 나와 석불원과 호리독사가 차례로 물었다.

남궁소소가 달달 떨리는 음성으로 말했다.

"나는 시마즈 타키히로라고 한다. 이제부터 너희는 내 손님이다. 배편을 구할 때까지 성(城)안에 머물러도 좋다. 따라와라……. 라고 했어요."

정오 무렵 우리는 시마즈 가문의 본거지인 쓰루마루성(鶴丸城) 하고도 객당쯤으로 짐작되는 어느 전각 삼 층 돗자리 방에 모여 있었다.

왜국의 모든 것이 생소한 나와 호리독사는 창가에 얼굴을 걸치고 서서 이국적인 풍경을 구경하느라 정신이 없었다.

"성안이 미로처럼 복잡하군."

"담과 나무도 쓸데없이 많고요."

"마차가 들고나는 동선을 모조리 방해하는 것이 여러모로 불편하기 짝이 없는 구조이오."

"진퇴로가 복잡한 데다 높은 창문들이 많아서 함부로 들어왔다간 눈에 띄어 잡히기에도 딱 좋습니다."

"복잡한 와중에도 간편한 지름길이 분명 있을 거요. 성안에서 쓰는 물자의 원활한 수급을 위해서라도 꼭 필요하니까."

"이 정도 규모와 역사를 지닌 성이라면 가보(家寶)로 내려온 보물들이 적지 않을 겁니다. 다른 제후들과의 전쟁에서 빼앗은 것도 엄청날 것이고요. 왜인들은 특히 골동품을 귀중히 여긴다던데."
"골동품?"
"대륙에선 부르는 게 값이죠. 왜국의 골동품이라면 사족을 못 쓰는 부호들이 상상을 초월할 만큼 많거든요."
"그게 그렇게 돈이 되오?"
"되다 말다요."
"두 사람 지금 뭐 하는 거예요?"
뾰족한 목소리에 뒤를 돌아보니 남궁소소가 허리에 두 손을 척 걸치고는 우리를 노려보고 있었다.
나는 태연하게 말했다.
"성의 구조에 관해 이야기하고 있었소."
"보물 훔치는 얘기 하는 거 다 들었거든요."
"각자가 잘하는 방식으로 보는 것이오. 하 표사는 물건을 훔치는 상상을 통해, 나는 물건을 운송하는 상상을 통해."
"됐고요. 이제 어떡해요? 성 밖에 매복해 있다가 타키히로를 납치해야 하는데, 오히려 그에게 잡혀 와버렸으니 말이에요."
"잡혀 온 건 아니지."
"오기 싫은 걸 억지로 왔으면 잡혀 온 거죠."
"그건 나도 어쩔 수 없었소."
"그러게 왜 거기서 사기를 쳐가지고."
"사기가 아니라 사고였소."
"사기로 사고를 친 거겠죠."
그때 팔짱을 낀 채 벽에 기대어 있던 미나모토가 나를 노려보며 조용히 '빠가야로'라고 말했다.

살짝 어처구니가 없었다. 따지고 보면 이 모든 게 저 인간이 술 취한 낭인무사의 손모가지를 잘라 버리는 바람에 생겨난 일이 아니던가.

이건 분명히 짚고 넘어가야 할 것 같아서 한마디 하려는 순간, 남궁소소가 선수를 쳤다.

"(그건 아니죠. 그때 이 당주가 나서서 임기응변으로 수습하지 않았다면 우린 지금쯤 도망자 신세가 되어 있을 거예요. 수천 명의 왜국 무사들은 우리를 잡기 위해 온 도시를 뒤지고 다니는 중일 것이고요.)"

"(……!)"

"(그리고 이 모든 게 귀하가 칼을 함부로 뽑는 바람에 벌어진 일이라는 걸 잊지 않았으면 좋겠네요. 하다못해 낭인무사의 손목을 길 한복판으로 차버리는 일만 없었어도…….)"

"(나도 호리독사가 그럴 줄 몰랐소.)"

"(네?)"

"(혼전 중에 낭인무사가 자신의 손모가지를 주우려고 하자 그가 냅다 발로 차버리더군. 그럴 시간이 있으면 칼질이나 한 번 더 할 것이지. 멍청하게시리.)"

"(확실히 봤나요?)"

"(알고서 하는 말 아니오?)"

"(……!)"

남궁소소의 얼굴이 갑자기 딱딱하게 굳어졌다. 이어 무슨 이유에선지 호리독사를 힐끗 보더니 땅이 꺼져라 한숨을 쉬었다.

나는 궁금함을 참지 못하고 물었다.

"저자한테 뭐라고 한 거요?"

"각자 최선을 다하고 있는데 기운 빠지지 않게 말을 좀 가려서 하라고 했어요. 앞으로는 허락 없이 칼을 뽑지도 말고요."

"그랬더니?"

"죄송하대요. 자기도 후회하고 있다고."

"표정은 전혀 미안한 게 아닌데."

"그만들 하게."

석불원이 슬그머니 끼어들었다.

그는 이어 남궁소소에게 통역을 하라는 눈짓을 하고는 미나모토를 돌아보며 착 가라앉은 음성으로 말했다.

"결과가 좋으니 이번 한 번은 그냥 넘어가는 줄 알아라. 하지만 또다시 내 허락 없이 칼을 뽑았다간 너의 손모가지가 먼저 잘릴 것이다."

석불원의 말에 나와 남궁소소와 호리독사는 어리둥절한 표정을 지었다.

내가 대표로 물었다.

"결과가 좋다고요?"

"애초 티카히로를 납치해 몸값으로 삼으려 한 것은 철옹성 같은 성에 침투하고, 왕자를 찾고, 데리고 나오는 세 단계를 하룻밤 사이에 처리하는 게 불가능했기 때문일세. 하지만 자네 덕분에 첫 번째 단계에 성공했고 오랜 시간 머물 수도 있게 되었지."

"그 말씀은?"

"왕자를 바로 훔치도록 하세."

일순 모두의 얼굴에 긴장감이 흘렀다.

좌중의 공기가 저절로 팽팽하게 조여지는 가운데 나는 한층 진지해진 음성으로 물었다.

"일단 다른 과정은 다 생략하고서라도 찾으면 데려갈 방법은 있습니까? 제 말은 볼모로 와 있는 그가 없어지는 순간 유구국의 왕실이 곤란해질 텐데, 그걸 아는 왕자가 순순히 우릴 따라나서겠냐는 것이죠."

"나도 똑같은 질문을 했었지."

석불원은 품속에서 한 자 정도 길이의 막대기를 꺼냈다.

자세히 보니 그건 구리로 만든 피리, 즉 동적(銅笛)이었다. 동록 특유의 빛깔로 말미암아 고태미가 물씬 풍겼다. 한데 재질만 특이할 뿐 생김새는 대륙의 다른 대나무 피리들과 크게 다르지 않았다.

"그게 뭡니까?"

"표주가 내게 준 증표일세. 이걸 왕자에게 보여주면 두말하지 않고 따라나설 거라고 하더군. 그리고 유구국의 왕은 이미 죽고 없네. 지금은 경쟁 관계에 있던 전왕의 동생이 뒤를 이어 권좌에 오른 상태이지."

역사를 살펴보면 이런 경우 새로 권좌에 오른 왕은 볼모로 잡혀간 조카의 귀환을 바라지 않는 경우가 대부분이었다. 대국(大國)의 정치와 선진 문물을 보고 배운 조카가 성인이 되어 돌아오면 그를 중심으로 정적들이 힘을 뭉쳐 왕권에 도전하기 때문이다.

해서 아예 귀환을 하지 못하도록 갖은 방법을 동원한다. 심지어 평소 줄을 대고 있던 대국의 실력자들에게 손을 써서 쥐도 새도 모르게 없애 버리기도 한다.

왕자와 함께 볼모로 잡혀간 귀족의 자제들이 하나둘씩 죽어 나갔다고 하더니, 무언가 더러운 음모가 진행 중인 듯한 느낌이었다.

"알겠습니다."

세상일이 그렇듯 모든 게 계획대로 되진 않았다.

쓰루마루성에 머문 지 사흘째가 되었다. 그동안 우리는 타키히로와 저녁 식사를 했고, 왜국 무사들의 마상 활쏘기 시합을 구경했으며, 사람들이 화려한 복장에 이상한 가면을 쓰고 나와 춤과 노래를 하는 공연을 관람했다.

하지만 볼모로 잡혀 왔다는 유구국의 왕자를 만나기는커녕 그에 관한 어떤 정보도 얻지 못했다.

남궁소소가 밥을 가져다주는 하인들에게 이것저것 말을 붙여도 보았지만 아무런 소득이 없었다. 왕자를 언급하는 것이 무슨 금기라도 되는 듯 모두가 입을 꾹 다물어 버렸다.

그렇다고 대놓고 왕자의 거처가 어디인지 물어볼 수도 없었다. 그랬다간 대번에 의심을 살 테니까.

나흘째 되는 날 밤 나는 특단의 조치를 취했다. 우리 중 은신술과 잠행술이 가장 뛰어난 호리독사를 성안에 풀어놓은 것이다.

새벽이 깊어서야 돌아온 호리독사는 고개를 절레절레 흔들었다.

"말도 마십시오. 경계가 삼엄한 건 둘째 치고 성의 구조가 어찌나 복잡한지 한참을 헤맸습니다. 특히 걸핏하면 나타나는 성벽과 해자 때문에 잠행이 여간 불편한 게 아닙니다."

"그래서 어디까지 들어갔소?"

지난 며칠간 살펴본 결과 왜국의 성은 천수각(天守閣)이라 불리는 성주 일족의 거주지를 중심으로 삼중의 높다란 성벽에 둘러싸여 있었다.

성벽과 성벽의 거리는 수백 장이 넘었는데, 당연하게도 그 사이는 전부 복잡한 정원이나 전각 등으로 채워진 상태였다. 쉽게 말해 성안에 성이 있고, 또 그 성안에 성이 있었던 것이다.

지난 사흘 동안 우리는 제일 바깥의 외성에만 머물렀으며, 중성으로 들어가는 건 오직 타키히로의 초대가 있을 때만 한시적으로 가능했었다. 가장 안쪽의 본성은 아예 꿈도 못 꾸었다.

석불원은 유구국의 왕자가 아무리 볼모라지만 신분이 신분이니만큼 중성의 어느 구석진 전각에 억류되어 있을 거라고 했다.

"중성까지 들어갔습니다."

"왕자의 거처로 짐작되는 곳은?"

"못 찾았습니다."

"어째서요?"

"하룻밤 사이에 이 넓은 성안을 혼자 어떻게 다 훑고 다니겠습니까? 설사 다 뒤진다고 해도 여기 유구국의 어린 왕자가 산다고 누가 지붕에다 표시를 해놓은 것도 아니고요."

"그러니까 눈치껏 찾아야죠. 귀족처럼 보이는데 혼자 이상한 복장을 하고 마당에서 왔다 갔다 하는 아이가 있다거나."

"아이들은 이 시간에 보통 자지요."

"그건…… 그렇지요."

나는 금방 수긍해 버리고 말았다. 야밤에 안내자도 없이 몰래 돌아다니며 한 번에 왕자의 거처를 찾는다는 것부터가 무리한 기대이긴 했다.

가만히 석불원을 돌아보았다. 성안까지 들어온 이상 왕자에 대한 정보를 쉽게 접할 거라고 생각했던 그는 뜻밖의 장벽에 매우 당황하는 눈치였다.

한편, 보고를 끝낸 호리독사가 눈치를 보더니 등에 짊어진 것을 슬그머니 내려놓았다. 그건 자신의 상의를 탈의해 임시로 만든 보자기였다. 그 속에서 예사롭지 않은 빛깔의 백자 호리병 다섯 개가 모습을 드러냈다.

이 인간이 기어이 골동품을 훔쳐 온 것인가?

남궁소소가 물었다.

"이게 뭐죠?"

"술입니다."

"술요?"

"어디서 향냄새가 나기에 따라갔더니만 역시 사당 같은 것이 나오지 않겠습니까? 옳다구나 하고 들어갔더니 제단과 함께 술이 잔뜩 있더라고요."

"일부러 사당을 찾아갔다는 건가요?"

"그렇습니다."

"왜요?"

"본시 어느 집이든 조상에게 올리는 술은 가장 좋은 걸로 쓰는 법이지요. 왜놈들이라고 뭐 다르겠습니까?"

"정말 대단하시네요."

"뭘 이 정도 가지고. 후후."

그러면서 호리병 하나를 집어 밀봉을 제거하더니 벌컥벌컥 마시기 시작했다. 다른 사람들도 남은 병들을 하나씩 집어 들었다. 고작 한 모금을 했을 뿐인데도 이름 모를 꽃향기가 입안 가득 은은하게 퍼졌다.

미나모토가 뭐라고 했다.

남궁소소가 몇 가지를 묻고 난 후 통역해 주었다.

"기나이라는 지방에서 가져온 벚꽃주라고 해요. 그중에서도 좀처럼 보기 드문 극상품이라고 하네요."

내가 물었다.

"기나이?"

"여기서 수천 리 떨어진 북쪽 지방이래요. 어렸을 때 그곳 어느 성(城)에서 살았고요. 성 곳곳에는 오래된 벚나무 수천 그루가 있었는데, 해마다 봄만 되면 벌을 쳐서 얻은 꿀과 꽃잎으로 술을 담가 마셨다고요."

"어렸을 때라고 말하는 걸 보면 최소 이십여 년은 전일 듯한데, 그때 마셨던 술맛을 아직도 정확히 기억하고 있다는 게 놀랍군."

"고작 술맛을 기억하는 걸로 무슨 놀랍기까지나. 저는 열네 살 때 들었던 절간의 깨진 풍경 소리도 기억하는걸요."

호리독사가 불쑥 끼어들며 한 말이었다.

"그게 무슨 소리요?"

"보광사(寶光寺)라고, 특이한 불상으로 유명했던 절이 하나 있었습니다. 부처님 눈알 자리에 주먹만 한 금덩어리 두 개가 박혀 있었죠."

"흉측했겠군."

"천만에요. 솜씨 좋은 장인이 조각해서 끼워 넣었는지 감쪽같았습니다. 독특한 데다 영험하다는 소문까지 돌면서 찾아오는 신자들도 제법 많았고요. 거기서 일 년 정도 행자 생활을 했었습니다."

"스님이 되려고 했단 말이오?"

"그렇습니다."

"한데 왜 그만둔 거요?"

"어느 날 큰스님 심부름으로 연등에 쓸 종이를 사러 시내로 나갔는데, 글쎄 계산을 하려고 보니 제 품속에 주먹만 한 금덩어리 두 개가 들어 있지 뭐겠습니까? 그길로 승은 내 길이 아니다 싶어 내뺐습니다."

"……!"

"아무튼 그때 그 절간 대웅전 한 귀퉁이에 깨진 풍경이 하나 매달려 있었는데, 바람만 불면 다른 멀쩡한 풍경들과 어울리어 나는 소리가 그렇게 좋을 수가 없었지요."

중이 되려고 절간에 들어갔다가 자신의 끼와 재능을 발견하고 본격적인 도둑의 길로 들어섰다는 말을 이렇게 당당히 할 수 있는 사람이 몇 명이나 될까? 석불원과 남궁소소는 기가 막히는지 고개를 절레절레 흔들었다.

순간, 번쩍 떠오르는 생각이 있었다.

"이거다!"

나는 술을 마시다 말고 벌떡 일어났다. 사람들도 깜짝 놀라서 나를 올려다보았다.

석불원이 물었다.

"무슨 일인가?"

"우리가 왕자를 찾을 수 없다면 왕자로 하여금 우리를 찾아오게 하면 됩니다."

"어떻게 말인가?"

"동적을 보여주면 왕자가 아무 말 없이 따라나설 거라고 했다지요? 그 말은 곧 왕자가 동적을 아주 잘 안다는 뜻이 됩니다. 한데 동적은 결코 흔한 물건이 아니죠. 저는 말로만 들었지 실제로 본 건 처음입니다."

뒤늦게 내 의중을 간파한 남궁소소가 흥분한 목소리로 덧붙였다.

"저는 들어본 적 있어요. 구리로 만든 피리와 대나무로 만든 피리는 소리가 확연히 달라요. 게다가 왜인지 모르지만 선배님께서 보여주신 동적은 대륙의 것이에요. 왕자가 그 소리를 듣는다면 호기심을 느끼고 찾아올 수도 있어요."

석불원이 두 눈을 부릅떴다.

연신 호리병을 꺾던 호리독사는 물론이거니와 멀뚱거리며 우리를 지켜보던 미나모토까지 남궁소소의 설명을 듣고는 놀란 표정을 지었다.

다음 날 밤, 석불원은 객당의 삼 층 창가에 서서 동적을 불었다.

내공의 고수인 데다 각종 악기 연주에도 조예가 깊어서 그의 곡은 심금을 울리는 무언가가 있었다. 소리는 어둡고 습한 밤의 공기를 타고 멀리멀리 퍼져갔다.

하지만 기대와 달리 왕자는 찾아오지 않았다. 다음 날, 그다음 날에도 마찬가지였다.

그나마 소득이 있었다면 석불원의 연주에 심취한 성내의 몇몇 무사들과 하인들이 하루 일과를 끝내고 찾아와 동적을 연주해 달라고 조른 것이다. 덕분에 누구의 눈치도 보지 않고 신나게 불어댈 수 있었다.

그렇게 엿새째가 되었다.

왕자는 여전히 찾아오지 않았다.

인정할 수밖에 없었다. 동적을 불어 왕자로 하여금 우리를 찾아오게 만든다는 내 작전은 사실상 실패했다.

"황해노경과 약속한 날이 오늘까지예요."

늦은 저녁 남궁소소가 말했다.

지금쯤이면 왜인들의 눈을 피해 먼 바다로 나갔던 흑룡선이 육지로 향하고 있을 것이다. 그와 만나기로 약속한 시각은 정확히 자정까지였다.

어두워지면 육지 쪽으로 접근했다가 날이 밝기 전에 무조건 먼 바다로 빠져나가야 한다는 게 황해노경의 조건이자 경고였다. 그래야 들어오고 나갈 때 왜국의 군선이나 해적선 등과 맞닥뜨리지 않을 수 있다고 했다. 설사 맞닥뜨려도 도망칠 수가 있고.

모두의 시선이 석불원을 향했다. 어디까지나 그가 표행단을 이끄는 표두였으므로 어떻게 할지를 묻는 것이다.

"세 번째 계획을 실행해야겠군."

"그게 무엇입니까?"

내가 물었다.

석불원은 대답 대신 호리독사에게 되물었다.

"시킨 건 어떻게 됐나?"

"본성까지 침투하는 길은 확실히 알아두었습니다. 하지만 천수각은 끝내 들어가 보지 못했습니다. 경계가 너무 삼엄해서요."

"타키히로의 거처는?"

"천수각에서 백여 장 정도 떨어진 서쪽 별채에서 처자식들과 함께 기거하고 있습니다. 젊은 놈이 벌써부터 첩이 한둘이 아니더군요."

"수고했네."

나도 모르는 사이 석불원이 호리독사에게 무언가를 지시했나 보다.

나는 두 눈을 동그랗게 뜨고 석불원에게 물었다.

"이게 다 무슨 말입니까?"

"반 시진 후 우리는 본성의 천수각으로 침투해 성주를 납치한다. 그런 다음 인질로 잡고 왕자를 불러내 함께 성을 빠져나간다. 인질은 안전을 확보한 후에 풀어줄 것이고."

"타키히로가 아니고요?"

"자정까지 바닷가에 도착하려면 협상이고 뭐고 할 시간이 없네. 몸값이 아니라 왕자의 거취를 결정할 수 있는 자를 곧장 인질로 잡아야 한다는 뜻이지."

"우리로 치면 무려 한 성(省)을 다스리는 제후입니다. 엄청난 숫자의 무사들과 상상도 할 수 없는 고수들이 지키고 있을 겁니다."

"대신 위치가 아주 명확하지."

"너무 위험합니다."

"자네들이 마침내 돈값을 할 때가 왔군."

"다른 방법을 찾아보겠습니다."

"시간이 없네."

"표두님!"

"배짱만큼은 누구에게도 뒤지지 않는다고 들었는데, 내가 사람을 잘못 본 것인가? 아니면 이번 표행의 위험성을 충분히 설명하지 않았었나?"

나도, 남궁소소도, 호리독사도 모두 합죽이가 되어버렸다.

대담한 사람인 줄은 진작 알았지만 이 정도로까지 미친 인간인 줄은 몰랐다. 마치 심장이라는 게 없는 사람처럼 느껴졌다.

남만으로 이병룡을 구하러 갔을 당시 나를 보는 비룡당의 신입 표사들의 심정이 이랬을까 싶기도 했다.

"작전을 말해주지. 일단 본성까지는 호리독사를 따라 침투한다. 그런 다음 이 당주는 남궁소소와 호리독사를 데리고 타키히로의 거처로 가서 바람을 살펴 불을 지르도록 하게. 최대한 크게. 그 틈을 타 나와 미나모토는 달빛이 비치지 않는 천수각의 반대쪽 벽을 타고 오를……."

"쉿!"

갑작스러운 내 신호에 석불원이 하던 말을 뚝 그쳤다. 이어 약간의 시차를 두고 표정이 굳어졌다. 누군가 마당을 가로질러 오고 있는 기척을 뒤늦게 감지한 것이다.

석불원은 믿을 수 없다는 듯 잠시 나를 보았다. 내가고수인 자신보다 뛰어난 내 기감에 당황한 모양이었다. 하지만 남궁소소와 호리독사와 미나모토는 여전히 영문을 몰라 이리저리 눈알만 굴리고 있었다.

그러다 잠시 후, 누군가 계단을 따라 삼 층으로 천천히 올라오는 소리를 듣고는 그제서야 표정을 굳혔다.

발걸음 소리는 우리가 머무는 문밖에서 뚝 그쳤다. 한데 어찌 된 영문인지 인기척을 내지 않았다.

답답해진 남궁소소가 다가가서 먼저 문을 열었다. 그러자 아름다운 용모에 크고 넓은 치마를 입은 젊은 여자가 회랑에 서 있었다.

딱 봐도 하인은 아니었다. 그렇다고 귀족이라고 하기에는 옷차림이 지나치게 수수한 편이었다.

남궁소소가 왜국어로 물었다.

"(누구시죠?)"
"오늘은 동적을 연주하지 않나요?"
"우리 말을…… 아세요?"
"조금요."
남궁소소가 고개를 돌려 석불원을 바라보았다. 어찌할지를 묻는 것이다.
석불원은 조용히 고개를 가로저었다.
남궁소소가 다시 젊은 여자에게 말했다.
"오늘은 피곤해서 연주를 하지 않기로 했어요. 초저녁에 찾아오셨던 분들도 그래서 전부 돌려보냈고요."
"사례는 충분히 해드리겠어요."
"죄송해요."
남궁소소가 문을 닫으려는 순간 내가 말했다.
"잠깐."
나는 천천히 젊은 여자를 향해 다가갔다. 이어 그녀의 뒤쪽을 향해 부드러운 음성으로 말했다.
"연주가 듣고 싶다면 얼굴을 보이시오."
그러자 여자의 치맛자락 뒤에서 잠시 바스락거리는 소리가 나더니 열 살가량의 사내아이 하나가 얼굴을 쑥 내밀었다.

방 안으로 들어온 사내아이는 마치 믿을 사람은 세상에서 그녀가 유일하다는 듯 젊은 여자에게 착 달라붙어 겁에 질린 표정을 짓고 있었다.

기품 있는 얼굴, 맑은 눈동자, 예사롭지 않은 복장까지. 누가 보아도 귀족이라는 걸 알 수 있었다. 하지만 아직 방심해선 안 된다. 시마즈 일족의 아이가 호기심에서 찾아왔을 가능성도 얼마든지 있으니까.

"동적 연주를 듣고 싶다고요?"

"안 되나요?"

나는 사내아이를 보며 말했지만 당연히 젊은 여자가 통역할 거라고 생각했다. 한데 대답은 엉뚱하게 사내아이에게서 바로 튀어나왔다. 그것도 제법 그럴듯한 발음으로.

"우리 말을 잘하시는군요."

"모모카에게 배웠어요."

그러면서 젊은 여자의 손을 꼭 잡았다. 여자의 이름이 '모모카'인 모양이었다.

"대륙어를 왜 배우셨는지요?"

"그런 것까지 말해야 해요?"

"싫으면 안 하셔도 됩니다."

그러면서 나는 팔짱을 끼고 사내아이를 뚫어지게 보았다. 네가 대답하지 않는 것도 자유지만, 우리가 동적을 연주하지 않는 것 또한 자유라는 듯.

사내아이는 잠시 시무룩한 표정을 짓더니 말했다.

"우리 유구국은 오랜 세월 대국과 많은 교류를 해왔어요. 해서 왕자들은 어려서부터 모두 대륙어를 배워야 해요."

"하면 존성대명이……."

"쇼고."

뒤를 돌아보니 석불원, 남궁소소, 호리독사, 미나모토가 숨을 죽인 채 나를 바라보고 있었다. 저 사내아이가 거짓말을 하는 게 아니라면 왕자로 하여금 우릴 찾아오게 만든다는 내 작전이 성공한 셈이었다.

나는 석불원을 향해 고개를 끄덕이고는 한 걸음 물러났다.

석불원이 앞으로 나오면서 말했다.

"귀한 분께서 왕림하셨군요."

"그럼 연주를 들을 수 있나요?"

"물론이지요."

말과 함께 석불원이 품속에서 동적을 꺼냈다. 이어 연주를 하기 위해 파지를 하고 취구를 입에 붙이는 순간, 왕자의 두 눈이 튀어나올 것처럼 커졌다.

"왜 그러십니까?"

"동적이 낯익어서요."

"자세히 보시겠습니까?"

동적을 건네받아 이리저리 살피던 왕자는 금방이라도 울음을 터뜨릴 것 같은 얼굴이 되었다.

나는 호리독사와 남궁소소에게 얼른 눈짓을 했다. 호리독사는 재빨리 창가에 붙어 바깥을 감시했고, 남궁소소는 출입문에 붙어 밖에서 나는 소리에 귀를 기울였다.

"당신들은 누구죠?"

모모카가 살기를 끌어 올리더니 왕자의 앞을 막아섰다. 우리가 자신들을 감금하려 한다고 생각한 모양이었다.

한데 모모카에게서 느껴지는 기도가 예사롭지 않았다.

'무인?'

석불원이 차분한 음성으로 말했다.

"우리는 대륙에서 온 표사들이오."

"그게 뭔가요?"

"돈을 받고 물건이나 사람을 원하는 목적지까지 안전하게 운송하고 호송해 주는 사람들이오. 내가 표행단의 우두머리이고."

"한데 우리에게 왜 이러는 거죠?"

"이 동적의 원래 주인이 우리를 고용했소. 사쓰마로 가서 볼모로 잡혀 있는 유구국의 어린 왕자를 구해 대륙으로 데려와 달라고."

모모카의 눈까풀이 파르르 떨리고 입술이 살짝 벌어졌다. 왕자는 기어코 눈물을 뚝뚝 떨어뜨리기 시작했다.

석불원이 예의를 갖추어 왕자에게 물었다.

"함께 가시겠습니까?"

왕자는 선뜻 결정하지 못하고 모모카를 올려다보았다.

눈치를 보아하니 무공을 익힌 시녀인 듯한데, 피붙이 하나 없는 이곳에서 그녀를 친누나처럼 따르고 의지한 것 같았다.

모모카도 망설이기는 매한가지였다. 갑작스러운 상황이 혼란스럽기도 할 것이다. 거기엔 낯선 대륙인들에 대한 경계심도 분명히 있을 것이고.

그때였다.

삐이이익!

어디선가 날카로운 호각 소리가 길게 울려 퍼졌다. 그러자 왕자의 얼굴이 새파랗게 변했다.

모모카가 말했다.

"돌아가야겠어요."

"무슨 일이시오?"

"시마즈 가문의 시비들이 왕자님의 부재를 알아차리고 부는 호각이에요. 저 소리가 울리면 왕자님께서는 어디에 계시든 일각 안에 처소로 돌아가야 해요."

"일국의 왕자를 호각으로 부른다고요?"

이야기를 듣고 있던 남궁소소가 불쑥 끼어들었다.

"그래요."

"만약 일각 안에 도착하지 않으면 어떻게 되죠?"

"시비들에게 고초를 당하시게 돼요."

"어떻게요?"

"방 안에 가둬놓고 사흘 동안 먹을 것을 주지 않아요. 씻는 것에서부터 대소변을 보는 일까지도 모두 방 안에서 해결해야 하고요."

"이런 돌로 쳐 죽일 것들이!"

나와 호리독사는 깜짝 놀라서 남궁소소를 돌아보았다. 그녀의 입에서 저런 노골적인 욕이 튀어나올 줄은 상상도 못 했다.

남궁소소도 겸연쩍은지 살짝 얼굴을 붉히며 쭈뼛거렸다. 그 모습을 보고 왕자의 입꼬리가 미세하게 올라가는 걸 나는 놓치지 않았다.

순간, 남궁소소가 왕자의 경계심을 누그러뜨리려 일부러 그랬다는 걸 알아차렸다. 하여튼 영악하다니까.

슬그머니 전음을 보내보았다.

[욕이 아주 찰지오.]

[처음 해본 건데 잘했어요?]

[살인 나는 줄 알았소.]

그 사이 호각 소리는 다른 여러 곳에서도 동시다발적으로 울려댔다. 처음에 울린 호각 소리를 듣고 곳곳에서 번을 도는 무사들이 함께 왕자에게 경고를 하는 것이다.

“내일 다시 오겠어요.”

“그건 안 돼요!”

말과 함께 왕자의 손목을 잡아끄는 모모카를 남궁소소가 불러 세웠다. 그리고 얼른 덧붙였다.

“오늘 밤 자정을 기해 왕자님을 모시러 온 배가 대륙을 향해 떠날 거예요. 우리는 무슨 일이 있어도 그 배를 타야 하고요. 그러니 이 미친 곳에서 탈출할 생각이 조금이라도 있다면 기회는 지금밖에 없어요.”

모모카와 왕자가 잠시 서로를 응시했다. 이어 결심을 한 듯 고개를 끄덕이고는 우리를 돌아보았다.

모모카가 왕자를 대신해 말했다.

“지금쯤 성 밖으로 나가는 모든 출입구가 봉쇄되었을 거예요. 해자와 연결되는 외성벽 위에도 감시 병력이 증강되었을 거고요. 저들에게 들키지 않고 여길 나가는 건 불가능해요. 반면 한 번이라도 들키면 인근에 있던 무사들이 전부 몰려들면서 모든 게 끝이에요.”

“어려운 결정을 해주어 고맙소.”

석불원은 모모카의 경고는 아랑곳하지 않고 자신의 말만 짧게 했다. 이어 창가로 가서 문을 열었다. 그런 다음 문에 바른 종이를 쭉 떼내더니 그걸 다시 수십 개로 잘게 찢어 허공에 휙 던졌다.

남궁소소가 내게 착 달라붙으며 속삭이듯 물었다.

"뭐 하시는 거죠?"

"바람을 살피는 거요."

"풍향이야 창밖으로 손만 내밀어도 알 수 있는 거 아닌가요?"

"건물에 부딪혀 생기는 돌풍이 아니라 육지에서부터 바다를 향해 부는 큰바람을 보려는 것 같소."

"바람은 본래 바다에서 육지로 불지 않나요?"

"밤이 되면 반대로 바뀌오."

"왜요?"

"자연의 섭리가 그렇소."

"잘 모르는군요."

"엇, 저것 보시오!"

석불원이 뿌린 수십 개의 종이 쪼가리는 한참을 솟구쳤다가 돌연 방향을 바꿔 바다 쪽으로 날아가기 시작했다. 순식간에 시야에서 사라지는 것으로 보아 강풍이 불고 있었다.

다시 자리로 돌아온 석불원이 말했다.

"세 번째 작전을 그대로 감행한다. 단, 표물을 이미 손에 넣었으므로 판을 좀 더 키우고 각자의 역할도 다시 정해주겠다. 먼저 이정룡."

"하명하십시오."

"자넨 나와 함께 호리독사를 따라 본성까지 들어간다. 그런 다음 천수각을 시작으로 사방의 건물마다 불을 질러 적들을 유인한다."

"알겠습니다."

"미나모토."

"……?"

"자넨 남궁소소와 함께 왕자님을 모시고 적당한 곳에 숨어 대기하다가 무사들이 불을 끄기 위해 본성으로 모여드는 틈을 타 성 밖으로 탈출한다. 그래도 여전히 막아서는 무사들이 적지 않을 걸세."

남궁소소가 그대로 통역하자 미나모토가 뭐라고 얘기를 했고, 그걸 다시 남궁소소가 석불원에게 통역해 주었다.

"괜찮대요. 천 명을 백 명으로 줄여주시는 게 어디냐고요."

평소답지 않은 미나모토의 반응에 모두 살짝 어리둥절한 표정을 지었다.

유일하게 나만 놈의 시커먼 속을 꿰뚫어 보았다. 우리를 사지에 남겨두고 남궁소소와 함께 뛰어가며 그녀 앞에서 혼자 멋지게 무공을 보여줄 생각에 신바람이 난 것이다. 죽느냐 사느냐 하는 판국에 허세라니. 새삼 느끼는 거지만 저 인간도 정상은 아니었다.

"그럼 시작하지."

"맹화유(猛火油)가 있는 곳을 알아요!"

불쑥 끼어든 사람은 모모카였다.

모두가 눈이 휘둥그레져서 그녀를 보았다.

석불원이 잔뜩 흥분한 목소리로 물었다.

"양이 어느 정도요?"

"성 전체를 태워 버리고도 남을 만큼요."

"위치는?"

"중성의 서쪽 창고에 있어요."

"본성이 아니라?"

"맹화유는 발화 위험이 커서 전시에 적들이 중성까지 침투해 온 경우가 아니라면 절대 본성으로 들이지 않는다고 들었어요."

"항아리의 크기는?"

"어린아이 하나가 들어가 앉을 정도요."

"그건 너무 큰데."

맹화유는 석유를 정제해서 얻는 기름으로, 수성전에서 성벽에 달라붙어 오르는 적들을 그슬러 버릴 때 쓴다. 불도 잘 붙지만 한번 붙으면 좀처럼 꺼지질 않아서 당하는 입장에선 그야말로 지옥불을 만난 것 같다.

하지만 맹화유가 아무리 많은들 그 크고 무거운 항아리를 들고 본성 깊숙한 곳까지 침투할 수는 없다. 호리독사도 홀가분한 몸으로 세 번을 시도한 끝에 겨우 한번 성공할 만큼 본성의 경계는 삼엄했다.

내가 불쑥 말했다.

"오히려 잘됐습니다. 덕분에 어쩌면 힘들게 본성으로 침투할 필요가 없을지도 모르겠습니다."

"무슨 말인가?"

"맹화유를 작은 호리병에 나눠 담은 다음 중성의 높은 전각 지붕에 올라가 본성 쪽으로 던지는 겁니다. 내공을 끌어 올리면 본성에 있는 전각들 전부 사정권에 들게 할 수 있습니다."

"호리병이 어디서 나서?"

나는 호리독사를 돌아보며 물었다.

"사당에 술 호리병이 몇 개나 있었소?"

"백 개는 족히 될 것 같았습니다."

"딱 좋군."

그제야 내 의중을 알아차린 사람들이 두 눈을 부릅떴다. 남궁소소는 가슴이 복받쳐 오른 나머지 '하아!'하고 탄성까지 내질렀다.

석불원은 꾹 다문 입술로 고개를 끄덕여 보였다.

다시 모모카에게 물었다.

"사당에서 맹화유가 있는 곳까지 거리가 얼마나 됩니까?"

"이백여 장 정도예요."

"생각보다 멀군."

"본성으로 침투하는 것보다는 몇 배나 쉬울 거예요."

"사당에서 맹화유가 있는 곳까지 가는 길을 지도로 그려줄 수 있겠소?"

"물론이죠."

운 좋게도 방 안엔 작은 좌탁과 함께 지필묵이 놓여 있었다.

잠깐 사이에 중요한 지형지물만 대충 그린 지도가 완성되었다. 그중에서 사당과 맹화유 창고를 잇는 크고 기다란 구조물을 손가락으로 가리키며 물었다.

"이건 무엇입니까?"

"해자예요."

나는 눈동자를 빛내며 석불원에게 말했다.

"달도 뜨지 않은 밤이니 물속에 반쯤 잠겨 천천히 이동하면 들키지 않고 이동할 수 있을 겁니다. 설사 누군가 횃불을 비춰 본다고 해도 잠시 물속으로 숨어버리면 그만이고요. 우리 때문에 작은 물결이 일기는 하겠지만……."

"강풍이 만든 물결에 모조리 감춰지겠지."

"그렇습니다."

"하지만 호리병에 불을 붙여 던지기 시작하면 그 즉시 우리의 위치가 발각되고, 수많은 적 궁수들이 사방에서 화살을 쏘아대기 시작할 걸세."

"궁수들은 우릴 찾지 못할 겁니다."

"어째서?"

"가면서 설명해 드리죠."

"좋아. 가세."

"저도 함께 가겠어요."

불쑥 끼어든 사람은 모모카였다.

"귀하가 왜요?"

이번에 남궁소소가 끼어들었다.

"길도 잘 알고, 호리병을 하나라도 더 옮겨야죠. 그리고 여러분만큼은 아니겠지만 저도 대륙의 도법과 경공술을 조금 익혔어요."

"왕자님은 어쩌고요?"

"본성의 전각들이 불타면 불탈수록 그걸 끄기 위해서 많은 병력이 동원될 거예요. 그러면 두 분께서 왕자님을 모시고 성을 탈출하기도 훨씬 수월해질 테고요. 제가 없는 동안 왕자님을 부탁드리겠습니다."

그러면서 모모카가 갑자기 남궁소소에게 포권지례를 올렸다. 남궁소소도 얼떨결에 마주 포권을 쥐었다.

석불원이 마지막으로 선언하듯 말했다.

"이제 진짜로 시작하자고."

타키히로는 눈살을 있는 대로 찌푸렸다.

일각 전의 일이었다. 새로 들인 첩과 모처럼 허심탄회한 시간을 가지려는 찰나 수하 놈 하나가 큰일 났다며 처소로 들이닥쳤다.

별일 아니라면 저놈의 목을 쳐버릴 것이라 다짐하며 따라나섰다. 한데 목적지에 도착하고 보니 과연 자신을 부를 만한 일이었다.

"(언제 발견했나?)"

"(반 식경 전입니다.)"

중성의 어느 전각 모퉁이 으슥한 곳에 쓰러져 있는 놈들의 숫자는 다섯. 모두 목이 꺾인 채 죽어 있었다. 그중 네 명은 옷이 홀라당 벗겨져 있었고.

시체를 살펴보니 비명을 지를 사이도 없이 즉사했다.

"(성문은 굳게 잠갔겠지?)"

"(물론입니다. 또한 요처마다 경계병을 배로 증강하고, 신명조(神命組)의 무사 삼백을 동원해 성안을 샅샅이 뒤지는 중입니다.)"

"(놈들은 아직 성안에 있다.)"

"(명심하겠습니다.)"

그때 삐이익 하는 호각 소리가 울렸다. 신명조의 무사들이 신호를 주고받을 때 쓰는 호각 소리가 아니었다.

"(왕자는 아직 처소로 돌아오지 않았나?)"

"(그런 것 같습니다.)"

"(그런 것 같습니다?)"

"(속히 확인하겠습니다.)"

마사토 부장의 눈짓에 가까이 있던 무사 하나가 쏜살같이 사라졌다. 그가 사라짐과 동시에 어둠 속으로부터 다른 무사가 튀어나왔다.

"(대륙 놈들이 사라졌습니다.)"

"(마사토!)"

"(말씀하십시오.)"

"(병력을 천 명으로 늘려라. 외성의 성벽 전체에 일 장 간격으로 경계병을 세우고, 동원되는 무사들은 모두 활을 지참하게 시켜라.)"

"(알겠습니다.)"

마사토가 휘하의 장수들에게 명령을 전달했다. 십여 명의 장수들이 각자의 병력을 동원하기 위해 쏜살같이 사라졌다.

순간, 어디선가 퍽퍽 하고 무언가 깨지는 듯한 소리가 미세하게 들려오기 시작했다. 타키히로는 재빨리 신형을 쏘아 가장 가까운 곳에 있는 삼 층 전각의 지붕 위로 뛰어 올라갔다.

이어 정신을 집중하며 귀를 기울였다. 소리는 놀랍게도 본성 쪽에서 들려오고 있었다.

때마침 본성의 경계를 책임진 무사들이 호각을 빽빽 불어대기 시작했다.

"(무슨 일인지 알아봐라. 어서!)"

마사토가 알아서 명령을 내렸고, 지붕 아래에 대기 중이던 무사 한 명이 쏜살같이 사라졌다.

그 와중에도 퍽퍽 깨지는 소리는 계속해서 들려왔다.

잠시 후, 본성으로 뛰어들어갔던 무사가 돌아와 보고했다.

"(맹화유가 가득 든 호리병이 천수각을 향해 계속해서 날아들고 있답니다. 한데 어디서 날아오는지 정확한 위치를 모르고 있습니다.)"

"(성주님은.)"

"(급히 피신 중이라고 들었습니다.)"

"(흉수들을 빨리 찾아라. 어서!)"

석단 위에 나무로 지어 올린 칠 층 높이의 천수각에는 세 개의 부속 건물이 달려 있었다. 그곳엔 성주를 비롯해 쉰여 명에 달하는 시마즈 가문의 직계혈족들이 기거했다.

저곳에다 맹화유가 든 병을 던져 깨뜨리는 이유는 명확하다. 천수각을 통째로 불태워 없애 버리려는 것이다. 한데도 놈들이 어디에서 호리병을 던지고 있는지 전혀 알 수가 없었다. 아무래도 한 장소에서만 던지는 게 아닌 것 같았다.

불길한 순간은 생각보다 빨리 찾아왔다. 천수각 아래쪽에서 작은 불길이 이는가 싶더니 순식간에 위로 타고 오르기 시작했다.

불길이 삼 층쯤 올라가자 허공이 밝아지며 호리병 날아오는 것이 보다 선명하게 보였다. 그때마다 펑펑 소리와 함께 화염이 솟구쳤다.

화염은 잠깐 사이에 거대한 화마로 변해 천수각을 통째로 집어삼켜 버렸다.

"(이런 빌어먹을!)"

그건 시작에 불과했다. 천수각을 사실상 끝장내 버린 흉수들은 이제 본성의 다른 전각들을 향해 호리병을 던지기 시작했다. 그 전각들 중에는 자신의 마누라와 첩들과 아이들이 거주하는 별채도 있었다.

"(신명조를 제외한 모든 병력을 본성으로 집중시켜라. 함지박이든 뭐든 주워 들고 가서 해자의 물을 길어다 불을 끄도록 하란 말이다!)"

적들은 여전히 어디에 있는지 알 수가 없다. 더불어 달조차 뜨지 않은 이 칠흑 같은 밤에 어떻게 정확히 목표물을 향해 던지는지도 의문이었다.

"(창문! 창문으로 새어 나오는 불빛을 표적으로 삼고 있다. 본성의 모든 전각에 창문을 닫고 등잔불을 끄라고 전해라. 어서!)"

마사토가 지붕 아래에 있는 수하들에게 그대로 명령을 전달했다.

하지만 적들이 더 빨랐다. 수십 장의 간격을 두고 세 곳의 큰 전각에서 불이 난 것이다. 그러자 천수각을 비롯해 동서남북에서 불타는 네 개의 전각이 거대한 횃불 역할을 하며 본성의 절반을 환하게 비추었다.

얼굴을 시커멓게 그을린 무사 하나가 헐레벌떡 나타나서는 지붕을 올려다보며 외쳤다.

"(웬 미친놈이 사방팔방으로 돌아다니면서 불을 지르고 있습니다. 활을 쏘아 잡으려고 했지만 어찌나 신출귀몰한지. 천수각에 불을 지른 놈도 그놈인 듯합…….)"

보고하던 무사가 이마에 정통으로 수리검을 맞고는 픽 쓰러졌다.

타키히로가 마사토를 노려보며 악에 받친 고함을 질렀다.

"(이제 보고는 필요 없다. 남은 병력을 전부 동원해 불을 끄고 흉수들을 잡아라!)"

나와 석불원과 호리독사와 모모카는 외성 경내를 가로질러 신나게 도망치고 있었다.

본성의 전각들을 향해 퍼부은 호리병은 도합 칠십여 개, 그중 절반이 천수각에 집중되었다.

결과는 대성공이었다.

"시발, 이게 되네!"

"확신도 없이 일을 벌였다고?"

"표두님 시키는 대로 했다가는 죽을 것 같으니 뭐라도 해봐야죠."

"그래서 금전을 이천 냥씩이나 준다고 하지 않았나."

"그게 말이 됩니까?"

"자네 같은 표사는 처음 보네."

"피차일반입니다."

"그래도 수고했네."

"표두님도요."

혼란을 틈타 성을 탈출하는 데 성공한 우리는 곧장 바닷가를 향해 달렸다.

처음엔 분명 앞서거니 뒤서거니 하며 달렸다. 한데 어느 순간 보니 사람들이 어미 쫓는 새끼 오리들처럼 전부 내 뒤에서 한 줄로 따라오는 중이었다. 석불원, 호리독사, 모모카 순이었다.

"무얼 하시는 겁니까?"

"앞이 보이지 않아 다들 몸을 사리는데 자네 혼자 전력으로 내빼고 있으니 믿고 뒤를 따르는 중일세. 대체 뭘 주워 먹은 겐가?"

"주워 먹다뇨?"

"안력(眼力)과 경공술은 내공과 직결되는 법. 내 짐작이 틀리지 않는다면 자네의 내공은 결코 내 아래가 아닐세."

"과찬이십니다."

"고작 이십 대 중반의 나이에 그만한 내공을 지니려면 영약의 기연을 얻지 않고서야 불가능한 일이지. 그것도 인세에 보기 드문."

"원래가 허약하게 태어나는 바람에 어려서부터 벌모세수(伐毛洗髓)한 후 이런저런 영약들을 밥 먹듯이 했습니다."

"무림세가의 후기지수들치고 어려서부터 벌모세수에 영약을 꾸준히 복용하지 않은 이가 몇이나 있을 것 같은가?"

"저는 특별히 약발이 잘 받았던 것 같습니다."

"약발을 받아도 정도껏……."

순간, 나는 왼발을 바닥에 찍으며 질주를 멈추었다. 하마터면 부딪힐 뻔한 세 사람이 서둘러 내 옆으로 다가와 섰다.

"무슨 일인가?"

"저기!"

내 손가락을 따라 모두가 시선을 던졌다.

칠흑 같은 어둠 속 저 멀리에서 수십 개의 횃불이 일렁이는 게 보였다. 그 빛무리 속으로부터 깡깡 쇳소리와 함께 새파란 불똥이 작렬하듯 번쩍이고 있었고.

"저긴 바닷가 쪽인데."

"앞서간 사람들에게 문제가 생긴 듯하군."

"지금부터 전속력으로 달리겠습니다!"

호리독사와 석불원과 내가 차례로 한 말이었다.

피를 흘리며 쓰러져 있는 무사들의 숫자는 어림잡아도 삼십여 명, 하나같이 숨통이 끊어졌는지 요동조차 없었다. 어떤 자는 배가 쩍 갈라진 채 하늘을 향해 누웠는데, 시뻘건 핏물과 함께 창자가 주르륵 쏟아져 나와 있었다.

좌우로 깎아지른 절벽 사이의 외길에다 이런 참혹한 지옥도를 만들어놓은 사람은 다름 아닌 미나모토였다. 피를 얼마나 뒤집어썼는지 그는 머리끝에서부터 발끝까지 전부 붉은색이었다. 아래로 축 늘어뜨린 칼자루에서는 아직 굳지 않은 피가 뚝뚝 떨어졌다.

그의 뒤쪽엔 남궁소소 역시나 피가 튀었지만, 미나모토와는 비교도 할 수 없을 만큼 깨끗한 상태로 왕자의 앞을 막고 서 있었다.

마지막으로 왕자는 움푹 팬 절벽 틈새에 들어가 새처럼 웅크리고 있었다. 남궁소소가 최후의 보루가 되어 왕자를 지키는 사이 미나모토가 사실상 혼자 적들을 썰어대고 있었던 것이다.

'남궁세옥과 맞서는 수준이라더니 과연!'

그럼에도 불구하고 아직도 족히 백여 명은 될 것 같은 칼잡이들이 길을 막고 서 있었다.

우리가 나타나자 남궁소소와 왕자가 반색을 했다. 특히 왕자는 금방이라도 눈물을 쏟을 것 같았다.

"(모모카!)"

"(왕자님!)"

나는 착 가라앉은 음성으로 남궁소소에게 물었다.

"저것들은 다 무엇이오?"

"지난번 길에서 만났던 그 떠돌이 낭인무사들이 동료들을 데리고 왔어요. 아무래도 본진이 따로 있었던 것 같아요."

"우리가 이리로 올 줄 어떻게 알고?"

"쓰루마루성 밖에서 대여섯 명이 몇 날 며칠 동안 대기하고 있다가 우리가 나오자 뒤를 밟는 한편 인근에서 대기 중인 동료들을 부른 것 같아요."

"다친 곳은?"

"덕분에 살았어요."

범상치 않은 대답에 자세히 남궁소소를 살펴보았다.

그러자 무언가 날카로운 것에 맞았는지 배 부분의 겉옷이 한 뼘 정도 잘려 나간 상태였다. 왜국으로 들어오기 전 용린신갑을 벗어주었기에 망정이지, 하마터면 그녀의 시체를 대륙으로 싣고 갈 뻔했다. 생각만 해도 아찔했다.

"어떤 놈이 그랬소?"

"저기 왼쪽 절벽에 매달려 있는 자가 그랬어요."

나는 대번에 왼쪽 절벽으로 고개를 꺾었다.

백여 명의 적들 중 일부는 박쥐처럼 좌우의 절벽에 매달려 있었는데, 한 손에는 기다란 사슬 낫을 추려 잡은 상태였다.

모모카가 내 등 뒤로 바싹 다가와 말했다.

"인자(忍者)들이에요. 암살을 전문으로 하는 무사들인데, 은신술을 통한 기습 공격에 특히 뛰어나요."

그때 낭인무사들 중 몇 놈이 칼끝으로 나를 찌를 듯이 가리키며 무어라고 소리쳤다.

"(저놈이다!)"

"(저놈은 반드시 죽여야 한다!)"

"(저놈이 타키히로를 속여 우릴 죽이게 했다!)"

채앵!

내가 칼을 뽑으며 말했다.

"선공은 제가 하겠습니다."

"기꺼이 양보하지."

놈들에게 시선을 고정한 채 한 발을 살짝 비틀었다.

석불원, 미나모토, 남궁소소, 모모카도 각자의 병기를 뽑아 쥐며 싸울 준비를 했다. 백여 명의 낭인무사들 역시 칼날을 번뜩이며 살기를 있는 대로 끌어올렸다.

일촉즉발의 순간, 앞쪽에 버티고 선 낭인무사들의 얼굴이 갑자기 굳어지기 시작했다.

왜 그러나 싶어 뒤를 돌아본 우리는 모두 입이 쩍 벌어지고 말았다. 저 멀리 어둠 속 산모퉁이로부터 횃불이 쏟아져 나오고 있었기 때문이다.

동시에 컹컹 개 짖는 소리가 요란하게 울려댔다.

지축을 흔드는 말발굽 소리가 뒤를 이었다. 시마즈 가문의 기마무사들이 번견들을 앞세우고 우릴 추적해 온 것이다.

횃불은 끝도 없이 쏟아져 나왔다. 잠깐 사이에 수백 개를 넘기더니 무려 천여 개에 이르고서야 비로소 꼬리가 끊어졌다.

"미친!"

"제기랄!"

"빌어먹을!"

나와 남궁소소와 호리독사가 차례로 한 말이었다.

일백의 낭인무사들도 우리 못지않게 동요했다. 그들은 시마즈 가문의 무사들로부터 타키히로를 노리고 온 암살자로 몰리기까지 한 터였다.

서둘러 남궁소소에게 말했다.

"지금부터 내가 하는 말을 그대로 통역하시오."

"알았어요."

"시마즈 가문의 기마무사들 오면 너희는 몰살이다! 억울한 마음은 이해한다만 더 늦기 전에 피차 갈 길을 가는 것이 어떻겠는가?"

그러자 일백 낭인무사들의 시선이 일제히 한 사람에게로 향했다.

칼을 품고 팔짱을 낀 채 지켜보고 있던 애꾸눈이었는데, 한쪽 눈알만으로도 범상치 않은 안광을 폭사했다. 놈이 두령이었던 것이다.

그가 우렁우렁한 소리로 말했다.

"보아하니 쓰루마루성에서 큰 사고를 치고 도망쳐 온 것 같은데, 너희를 잡아 저들에게 넘겨주고 오해를 씻겠다……. 라고 하네요."

"……!"

"……!"

나도 석불원도 합죽이가 되어버렸다. 듣고 보니 시마즈 가문의 가병이 되길 원하는 놈들로서는 지금이야말로 공을 세울 절호의 기회였다.

'묘수네. 젠장.'

아니나 다를까, 낭인무사들의 동요가 뚝 그쳤다. 오히려 사기가 충천하여 두 다리를 벌리고 상체를 숙였다. 궁지에 몰린 우리가 무리를 해서라도 돌파할 것에 대비하는 것이다.

모두가 당황해하는 그때 석불원이 또다시 단호한 음성으로 명령을 내렸다.

"여자들은 왕자를 지킨다. 호리독사는 미나모토와 함께 낭인무사들 쪽을 맡고, 나와 이정룡은 기마무사들 쪽을 맡는다. 왜국에 와서 아직 제대로 된 칼맛을 못 보고 가나 했더니만 잘됐군."

"어쩌시려고요?"

"첫 번째 계획을 다시 실행하세."

"결국 이렇게 되는군요."

"할 수 있겠나?"

"무조건 해야죠."

이상한 일이다. 아무리 생각해도 불가능할 것 같은데, 이 뻔뻔한 노인네의 말을 듣고 있노라면 왠지 모르게 될 것도 같다.

두두두두두…….

잠시 후, 시마즈 가문의 기마무사 일천여 명이 절벽 사잇길의 입구에 도착했다.

사나운 번견들이 컹컹 짖어대는 가운데 뿔 투구를 쓴 타키히로가 수하들을 헤치고 앞으로 나왔다. 그는 다짜고짜 우릴 제쳐두고 뒤쪽의 낭인무사들을 향해 소리쳤다.

"(너희는 누구인가?)"

"(며칠 전 시마즈 가문의 기마무사들이 길에서 저희의 동료들을 열네 명이나 죽였다고 들었습니다. 타키히로 님을 노렸다는 이유로요.)"

"(여기서 뭘 하는 거지?)"

"(그 모든 게 저 대륙 놈들의 농간 때문이었습니다. 이에 죽은 동료들의 복수를 하기 위해 놈들을 추적해 온 길입니다.)"

"(나를 도와주겠는가?)"

"(무엇을 원하시는지요?)"

"(아무도 나서지 마라. 다만 목숨으로 길목을 지켜라. 하면 오늘 밤 너희는 나와 함께 쓰루마루성으로 돌아갈 것이다. 나는 시마즈 타키히로다.)"

"(명을 받들겠습니다!)"

낭인무사들의 우두머리가 우렁차게 외치며 허리를 숙였다. 그러자 백여 명의 낭인무사들이 똑같이 허리를 숙이며 복창했다.

"(명을 받들겠습니다!)"

그제야 타키히로가 나를 노려보았다. 눈동자 가득 뭐라 말할 수 없이 강렬한 살기가 끓어오르고 있었다.

그가 으르릉거리며 무언가를 말했다.

남궁소소가 재빨리 통역했다.

"정체가 무엇이냐?"

"성주는 살아 있소?"

"누구의 사주를 받았지?"

"별채의 첩과 자식들은?"

"왕자를 어디로 데려가려는 것이냐?"

"천수각이 화마에 휩싸이는 걸 보았는데, 그 정도 규모면 사흘은 족히 탈 것이오. 일상에 지친 영주민들에겐 간만에 재밌는 구경거리가 되겠군."

"모조리 사로잡아 한 명씩 유황불에 던져주마!"

말과 함께 타키히로가 오른손을 들어 앞쪽으로 내질렀다.

그의 뒤쪽에 있던 기마무사들이 일제히 말에서 뛰어내려 우릴 향해 신형을 쏘기 시작했다. 그 모습이 흡사 메뚜기 떼가 습격해 오는 것 같았다.

"내 뒤에 붙게!"

석불원이 일성을 내지르며 뛰쳐나갔다.

순간, 그의 신형이 흐릿한 잔영으로 변했다. 동시에 섬광이 어지럽게 번뜩이는가 싶더니 피가 사방으로 뿌려졌다.

눈 깜짝할 사이에 왜인들의 손과 팔과 목이 뚝뚝 떨어져 날아다녔다.

'환검(幻劍)!'

나는 전날 곤륜노들을 운송하던 흑수표국의 표두 난혼사검 백몽추가 환검을 휘두르는 걸 본 적 있다.

한데 지금 석불원이 펼치는 환검은 감히 백몽추의 검 따위와 비교할 게 아니었다. 이건 그냥 지옥에서 튀어나온 악귀가 칼춤을 추는 것 같았다.

'이 정도였어?'

그가 미나모토에게 한 번만 더 허락 없이 칼을 뽑았다간 손모가지를 잘라 버리겠다고 경고했을 때, 나는 속으로 '그건 싸워봐야 하지 않을까?'라고 생각했었다. 미나모토는 단순한 왜구가 아니라 남궁세옥과 세 번을 싸워 두 번이나 무승부를 이끌어냈던 고수가 아닌가. 한데 지금 보니 결코 허언이 아니었다.

단언할 수 있다. 남궁세옥까지는 모르겠으나 미나모토의 손목은 마음만 먹으면 충분히 자르고도 남을 것 같았다.

깡깡까가가강!

"으악!"

"아악!"

"크악!"

석불원의 돌파력은 놀라워서 눈 깜짝할 사이에 무려 십여 장이나 나아갔다. 부나방처럼 다가오는 왜국 무사들 수십을 베어 넘기며 길 속에 또 다른 길을 낸 것이다.

이토록 압도적인 존재감이라니!

그러던 어느 순간이었다.

"지금일세!"

말과 함께 석불원이 갑자기 옆으로 돌아서며 기마보(騎馬步)의 자세를 취했다.

나는 그대로 달려가 그의 무릎과 어깨를 연달아 밟으며 솟구쳤다. 이어 십여 장을 질풍처럼 날아간 다음 체공 상태에서 마상에 있는 타키히로와 맞닥뜨렸다.

나보다 먼저, 그리고 내 칼보다 먼저 비격쌍뇌창의 바늘이 놈의 왼쪽 눈알을 뚫고 들어가 박혔다.

푹!

원래대로라면 정수리에 있는 마혈, 이른바 천중구곡혈(天中九谷穴)을 노렸을 것이다. 한데 놈이 전신 갑옷에다 뿔 투구까지 쓰고 있어서 달리 쑤셔 박을 만한 곳이 없었다.

순간, 놀라운 일이 일어났다.

놈은 눈알에 바늘이 박히는 충격과 고통에도 불구하고 섬전처럼 칼을 뽑았다. 일전에도 보았던 그 기가 막힌 발도술이 그대로 재현되었다.

스캉!

나는 피하지 않고 그의 칼을 힘차게 내려쳤다. 구성의 내공이 담긴 일도로 상대의 칼을 찍어 누르며 가슴팍까지 쪼개 버릴 참이었다.

깡!

격검의 순간 날카로운 쇳소리와 함께 내가 휘두른 칼이 손잡이 바로 위에서부터 반 토막으로 터져 나가 버렸다.

'이게 무슨!'

놀랄 사이도 없이 옆에서 목을 쳐 오는 타키히로의 칼을 상대해야 했다.

그야말로 사력을 다해 허리를 비틀고 목을 꺾었다. 사실상 시간을 느리게 흐르도록 하는 이능력이 없었다면 나는 오늘 여기서 목을 잘려 죽었을 것이다. 하지만 아슬아슬하게일망정 그의 칼을 피했고, 덕분에 반격의 기회까지 얻었다.

의도치 않게 놈의 왼쪽으로 피한 나는 그대로 우수를 뻗어 투구의 뿔을 덥석 잡아당겼다. 얼마나 단단하게 고정해 놓았는지 놈의 머리통이 확 꺾이며 몸 전체가 곤두박질쳤다.

그대로 마상에 있던 그를 땅바닥에다 머리부터 거꾸로 처박아 버렸다.

쿵!

타키히로는 지독하고 빠를 뿐만 아니라 머리도 비상했다. 땅으로 떨어지는 순간 몸을 재빨리 굴려 말 아래를 통해 건너편으로 도망가 버린 것이다.

'나려타곤?'

나는 말의 앞다리를 발로 거는 한편 양손으로 옆구리를 힘차게 밀었다. 커다란 말이 막강한 힘을 견디지 못하고 타키히로가 굴러간 방향으로 쓰러졌다.

타키히로는 그 와중에도 기어이 말을 피하며 튀어 오르는 데 성공했다. 그러다 말을 타고 넘은 내가 펼친 십초박의 작렬하는 권망에 걸려들었지만.

퍼버벅! 터더더더덩!

선 세 방은 얼굴 정면을, 후 다섯 방은 투구를 맞추었다.

그 바람에 놈의 얼굴이 만신창이로 변한 것은 물론이거니와 강철로 만든 뿔 투구까지 퍽퍽 찌그러졌다.

나는 피 칠갑이 되어 휘청거리는 놈의 뒤로 재빨리 돌아가 양손을 쓰지 못하도록 팔을 어깨에서 뚝뚝 뽑아버렸다. 이어 한 손으로 다시 투구의 뿔을 잡고, 다른 한 손으로는 칼을 빼앗아 목에 들이댔다.

그리고 통역이 필요 없을 만큼 큰소리로 외쳤다.

"야 이 개새끼들아!"

석불원과 호리독사와 미나모토와 남궁소소와 모모카를 상대로 파상적인 공세를 퍼붓던 적들이 모두 칼질을 멈추고 뒤를 돌아보았다. 그리고 피 칠갑에 만신창이가 된 채 내게 사로잡힌 타키히로를 발견하고는 그대로 석상이 되어버렸다.

"물러서!"

이번에도 통역은 필요 없었다. 내가 왼손으로는 투구의 뿔을 잡아 흔들고, 오른손으로는 금방이라도 목을 썰어버릴 것처럼 굴자 모조리 좌우로 물러났다.

"남궁소소!"

"통역할게요."

"우린 계속해서 갈 길을 가겠다. 만약 막아서는 자가 있다면 너희는 오늘 타키히로의 시체를 성주에게 가져가야 할 것이다!"

남궁소소가 통역을 하는 동안 호리독사와 미나모토가 재빨리 놈들에게서 말 여섯 필을 빼앗아 왔다.

그중 가장 튼튼해 보이는 한 놈에게 타키히로를 담장에 빨래 널듯 엎드려 태운 다음 나도 올라탔다. 석불원을 비롯해 다른 사람들도 모두 한 마리씩 골라 탔다. 모모카는 자신의 앞쪽에다 왕자를 앉혔다.

그때까지도 시마즈 가문의 기마무사들은 망연자실한 모습으로 지켜보기만 했다. 의식은 가물가물한 데다 얼굴에선 피가 철철 흐르며 팔까지 빠져 축 늘어진 타키히로를 보고 감히 시비를 걸 엄두가 나지 않았기 때문이다.

모든 준비를 끝내고 출발하려는데 낭인무사들이 아직 길을 비키지 않고 있었다.

아래로 축 늘어져 있는 타키히로의 뒷목에 칼끝을 겨누며 말했다.

"비켜!"

시마즈 가문의 기마무사들 중 장수쯤으로 보이는 자가 뭐라고 빽 소리를 질렀다. 낭인무사의 우두머리는 입술을 파르르 떨더니 결국 물러났다. 그의 수하들도 썰물처럼 갈라졌다.

두두두두두.

놈들 사이를 여섯 필의 말이 질주하기 시작했다.

가장 먼저 튀어나간 나는 놈들에게서 횃불 하나를 빼앗아 챙겼다.

마침내 약속한 장소에 도착했다. 한데 드넓은 모래사장엔 우릴 범선까지 태우고 갈 비조선과 흑룡선의 선원들이 없었다.

석불원이 십리경을 뽑더니 한쪽 무릎을 꿇고 앉아 바다를 살피기 시작했다. 아무리 깜깜해도 별은 총총 빛났기에 저 바다 어딘가에 범선이 있다면 수평선 위로 불쑥 솟아오른 그림자가 보이게 마련이었다.

"이곳이 맞나요?"

"틀림없이 이곳이에요."

"한데 왜 아무도 보이지 않죠?"

"아무래도 우리가 너무 늦게 도착한 것 같아요."

모모카와 남궁소소의 대화였다.

목숨을 걸고 왕자와 함께 탈출한 모모카는 눈앞이 캄캄해지는 모양이었다. 그도 그럴 것이 지금 우리가 빠져나온 숲 앞 해변에는 뒤를 쫓아온 시마즈 가문의 무사 일천여 명과 낭인무사들이 진을 진 채 지켜보고 있었다. 배가 없으면 끝장인 것이다.

사실 자정을 훨씬 넘기긴 넘겼다.

이윽고 눈에서 십리경을 뗀 석불원이 말했다.

"범선도 보이지 않네."

그 한마디에 남궁소소와 모모카는 세상을 다 잃은 듯한 표정이 되었다.

남궁소소가 그 예쁜 얼굴로 어금니를 빠드득 갈며 말했다.

"행낭을 두고 내리는 게 아니었어요."

"무슨 말이오?"

"그때 황해노경이 그랬잖아요. 바다를 무사히 건넌 후 목적지에 다다르면 행낭들을 전부 배에 두고 내리라고요. 특히 금전과 전표가 든 가죽 주머니를."

우리를 흑룡선에 태워 왜국까지 데려다 달라고 했을 때 황해노경이 마지막으로 내세웠던 조건이었다.

석불원이 이유를 묻자 황해노경은 이렇게 대답했다. '만약에 정해진 시간까지 살아서 돌아오지 못하면 여러분이 남긴 행낭 속 돈들은 모두 우리가 가지도록 하겠소이다'라고.

남궁소소는 황해노경이 행낭에 대한 욕심 때문에 자정이 되자 기다렸다는 듯이 도망쳐 버렸다고 생각하는 모양이었다.

그때 호리독사가 말했다.

"이상하다. 우릴 두고 갈 리가 없는데."

"아직도 그 흑도 놈들을 믿는 거예요?"

"그게 아니라, 제가 뭘 좀 훔쳤거든요."

"뭘 어쨌다고요?"

"커다란 해도랑 나경(羅經-패철. 나침반)이랑 각도기랑 그 외 이것저것요. 선장실 책상에 있는 건 모조리 쓸어 담았습니다. 특히 나경은 다른 선원들이 가지고 있는 것까지 탈탈 털었습니다. 전부 아홉 개나 되더라고요."

"그것들을 다 어쨌는데요."

"아무도 모르는 곳에 꼭꼭 숨겨두었지요. 혹시 그걸 찾았나? 그럴 리가 없을 텐데. 만약 그걸 찾으면 당장 직업을 우리 쪽으로 바꿔야 하는데."

남궁소소는 기가 막히는지 한동안 말을 잇지 못했다. 십리경을 들고 있는 석불원도, 모모카로부터 설명을 들은 미나모토도 어처구니없다는 표정이었다.

그때 왕자 쇼고가 손가락으로 어딘가를 가리키며 소리쳤다.

"저기 누가 와요!"

바다가 아니라 해변의 동쪽 숲에서 대여섯 개의 그림자가 기다란 비조선 세 척을 양쪽에서 잡아든 채 미친 듯이 달려오고 있었다.

석불원이 재빨리 십리경을 눈에 붙이고 동쪽 해안가 모퉁이를 살폈다.

이어 흥분한 목소리로 말했다.

"범선이 나타났네."

마침내 모두가 범선에 올라타는 데 성공했다.

가장 마지막까지 비조선에 남은 나는 타키히로의 팔을 다시 끼워주며 말했다.

"닷새 동안 신세 많이 졌소."

"(이름을 알려다오.)"

"피차 지난 일은 아름다운 추억으로만 간직합시다. 그리고 훗날 성주가 되면 아비처럼 이웃 나라를 침략하고 그러지 마시오. 크게 당하는 수가 있으니까."

"(반드시 너를 찾아갈 것이다.)"

나는 타키히로의 한쪽 눈에 아직도 박혀 있는 비격쌍뇌창을 쑥 뽑았다. 장담컨대 이 눈알은 이제 쇳독이 올라서라도 못 쓴다.

이어 비격쌍뇌창을 손바닥 위에 올려놓고 허공에 둥둥 띄웠다. 그 모습을 본 놈의 눈이 튀어나올 것처럼 커졌다.

잠시 손바닥 위를 빙빙 돌던 비격쌍뇌창이 돌연 놈의 남은 한쪽 눈을 향해 돌진했다.

"끄흡!"

깜짝 놀란 놈이 눈을 질끈 감았다.

하지만 아무 일도 일어나지 않자 슬그머니 눈을 떴다. 비격쌍뇌창은 그의 눈앞 한 치 앞에서 성난 생명체처럼 바르르 떨고 있었다.

"(대, 대체 어떻게…….)"

"만약 복수할 생각이 있다면 내 얼굴을 똑똑히 기억했다가 꼭 찾아와라. 그땐 남은 눈깔도 먹물을 쪽 뽑아줄 테니까."

"(……!)"

나는 비조선을 박참과 동시에 밧줄을 잡고 범선을 오르기 시작했다. 황해노경을 비롯해 낯익은 흑룡선의 선원들이 보였다.

"돛을 올려라!"

"전속력으로 서진한다!"

바닷바람이 차다.

나와 석불원은 갑판에 서서 조금씩 밝아오는 동쪽 수평선을 바라보고 있었다.

"고생했네."

"그래서 돈값은 했습니까?"

"차고 넘치도록."

"이래도 제가 쟁자수입니까?"

"그 말이 자존심 상했나 보군."

"이해가 안 돼서 그렇습니다."

"누군가는 쟁자수 노릇을 해야 했는데 나 빼고는 자네가 제일 잘할 것 같았네. 애초 점찍어둔 왜인은 표행에 문외한이었거든. 알다시피 황해노경은 배만 태워주는 거로 끝이고."

"한데 왜 저는 이천 냥이고 미나모토에게는 사천 냥을 제시했습니까? 제가 미나모토보다 더 쓸모가 없어 보였습니까?"

"자넨 이천 냥만 제시해도 덤벼들 것 같았으니까. 대저 표사의 몸값이란 그가 지닌 가치에 달린 게 아닐세. 얼마면 움직이느냐 하는 것에 달렸지. 후후."

"예에?"

"너무 실망하지 말게. 이런 말이 위로가 될지는 모르겠으나 왜인은 무공만 뛰어나면 누구로도 대체할 수 있었네. 하지만 자네는 처음부터 대체가 불가능한 표사였지. 그래서 자네를 가장 먼저 찾아간 것이고. 자네가 없으면 표행 자체를 할 수가 없었으니까."

이미 충분한 돈이 있는, 그리고 명표가 되고자 하는 내게 딱 마음에 드는 대답이었다. 꽁했던 마음이 나도 모르게 슬그머니 풀어졌다.

"저는 어떻게 아신 겁니까?"

"소문으로도 듣고 있던 차에 두 사람이 추천을 해주었지. 한 명은 하오문주였네. 이유를 물었더니 이렇게 대답하더군."

"뭐라고요?"

"왜국행은 누구도 가보지 못한 표행이고 어떤 상상치 못한 돌발상황이 벌어질지 모른다. 위기 상황에서의 신기묘산한 임기응변이라면 내가 아는 한 천룡표국의 풍운비룡만 한 표사가 없다…… 라고."

"부끄럽습니다."

"갑자기 겸손해지는군."

"앞으로 더 겸손해지겠습니다."

"그리고 다른 한 명의 추천 이유는 직접 만나서 확인하시게. 표행이 성공적으로 끝나면 자네를 꼭 데려오라고 하셨다네."

"……?"

누가 무슨 이유로 추천했는지는 모르지만, 석불원의 말만으로도 나에 대한 호의가 잔뜩 느껴졌다. 더불어 '하셨다네'라고 말하는 거로 보아 석불원조차도 함부로 할 수 없는 신분인 것 같았다.

"한 가지 여쭈어도 됩니까?"

"지금까지 계속 물었네만."

"표행이 시작되면 항상 그렇게 파격적인 행보를 하십니까? 그러니까 제 말은 위기가 생기면 일단 앞뒤 재지 않고 지르고 보는 유형이시냐는 거지요."

"한 조직의 수장에게 가장 필요한 덕목이 무엇인 줄 아는가? 그건 어떤 위기의 순간에도 나아갈 방향을 정확히 제시하는 거라네."

"만약 그 결정이 잘못되었으면요."

"어떤 결정을 하더라도 아무것도 하지 않는 것보다는 낫겠지. 그리고 결정을 내린 후에라도 일을 끝낼 때까지는 생각보다 많은 또 다른 선택의 기회가 있다네."

유비가 천하를 도모할 수 있었던 것은 싸움을 잘하거나 지략이 뛰어나서가 아니었다. 그에게는 꼭 필요한 사람을 찾아내 내 것으로 만들 수 있는 덕(德)이 있었고, 적재적소에 사람을 쓸 수 있는 용병술이 있었다.

석불원에게는 꼭 필요한 사람을 찾아서 살 수 있는 돈이 있었고, 그렇게 산 표사들로 하여금 어쩔 수 없어서라도 전력을 뽑아내게 만드는 용병술이 있었다.

사실 무모하기로 따지자면 나도 석불원 못지않다. 차이가 있다면 그는 명성보다는 위험한 표행 자체를 즐기는 변태고, 나는 명표가 되고 싶어 환장한 미치광이라는 것 정도.

문득 명표가 되는 길은 하나가 아니며, 나는 나만의 길을 찾아서 가야 한다는 생각이 들었다. 이 시대의 명표라 불리는 사람들은 모두 그랬을 것이다.

"잠깐만요. 말로 하자고요!"

다급한 소리에 나와 석불원은 반사적으로 뒤를 돌아보았다.

뿔 투구를 뒤집어쓴 호리독사가 몽둥이를 꼬나 쥔 선원들에게 쫓겨 선미의 갑판으로 뒷걸음질 치고 있었다. 함께 술을 마시다가 나왔는지 남궁소소, 미나모토, 모모카도 보였다.

이윽고 호리독사의 등이 난간에 닿아 더는 도망칠 곳이 없어지자 선원들도 걸음을 멈추었다.

황해노경이 앞으로 나왔다. 그의 얼굴은 불이라도 난 것처럼 화가 나 있었다.

석불원이 짐짓 모르는 척 끼어들며 물었다.

"무슨 일이외까?"

"이미 짐작하실 텐데요."

"역시 그 일 때문이군요. 화가 나신 것은 충분히 알겠으나 저의 얼굴을 봐서라도 한 번만 양보해 주시면 안 되겠소이까?"

"표행단에서는 이럴 때 그냥 넘어가외까?"

"물론 그렇진 않지요."

"길게는 한 달씩 바다를 떠도는 범선 위에서는 보통 사람들은 상상도 할 수 없는 일들이 예사로 일어나외다. 그때마다 저 거친 선원들 통제할 수 있는 것은 엄격한 규칙과 자비 없는 징벌뿐이오."

"어떤 벌을 내리실 거외까?"

"대륙으로 돌아갈 때까지 철창 속에 가두고 물과 음식을 일절 주지 않을 것이오. 이게 내가 베풀 수 있는 최대의 호의요. 선원이었다면 손목을 잘랐을 것이오."

"그 정도만 해도 감사하지요."

그 한마디를 던지고 석불원은 발을 쏙 빼버렸다. 뱃사람들의 엄격한 율법을 잘 아는 것이다.

표두의 허락도 얻었겠다, 선원들은 더욱 기고만장해했다.

마침내 황해노경이 일갈을 내질렀다.

"저놈을 잡아라!"

"당주님이 시켰습니다!"

호리독사의 입에서 갑자기 터져 나온 외침에 모두가 동작을 뚝 멈추었다. 이어 약속이나 한 듯 나를 돌아보았다.

이럴 때일수록 뻔뻔해져야 한다. 나는 심장이 철렁했지만 시치미를 뚝 떼고 소리쳤다.

"내가 언제!"

"당주님께서 선장실로 들어가 책상 위에 있는 건 모조리 훔쳐 오라고 했잖습니까. 안 그러면 제가 어떻게 그런 기가 막힌 생각을 했겠습니까?"

"그거야 선원들이 우릴 놔두고 도망칠지 모른다며 당신이 하도 걱정을 하니까 이런 방법도 있다며 예를 들어준 거지."

"망은 왜 봐주셨습니까?"

"귀하가 날마다 달걀을 훔쳐 먹는 걸 보고도 내가 모른 척해주었는데, 배은망덕도 유분수지 사람을 이렇게 모함해도 되는 거요?"

"당주님과 남궁소저와 저 이렇게 셋이서 사이좋게 하나씩 나눠 먹었잖습니까. 해풍 맞고 낳은 달걀이라서 그런지 비리지도 않고 고소하다며 잘만 드시더니."

"가만히 있는 나는 왜 끌어들여요!"

"모두 멈춰!"

누군가 말을 할 때마다 사람들의 고개가 이쪽저쪽으로 왔다 갔다 하다가 황해노경의 일갈에 뚝 멈추었다.

"세 명 다 처넣어라!"

네 평 남짓한 감옥은 말이 좋아 감옥이지 큰 닭장이었다. 다만 쇠창살이 굵다 보니 닭장으로 쓰기엔 조금 아까울 뿐.

"젠장. 좁아 죽겠네."

"날달걀 몇 개 때문에 감옥에 갇힐 줄이야."

"닷새만 참으면 되니 너무 걱정 마시오."

"정말 물과 음식을 하나도 안 줄까요?"

"두고 보면 알겠지."

나는 턱으로 미나모토를 힐끗 가리키며 물었다.

"저 인간은 왜 따라 들어온 거요?"

"글쎄요."

미나모토는 쇠창살에 기대어 어디서 주워 온 헝겊 쪼가리로 피 묻은 칼을 쓱쓱 닦고 있었다.

인간의 피에는 소금 성분이 많기 때문에 빨리 닦아내지 않으면 녹슬기 딱 좋았다. 그는 무사답게 본능적으로 칼을 아끼는 것 같았다.

그런가 하면 한쪽 구석에서는 호리독사가 쭈그리고 앉아 쇠뭉치로 뿔 투구를 탕탕 두들기고 있었고.

"아까부터 뭘 하는 거요?"

"찌그러진 곳을 펴고 있습니다."

"그건 대체 왜 빼앗은 거요?"

"기념으로 가져가려고요."

"쓸데도 없는 걸 뭐 하러."

"그러는 당주님은 그게 뭡니까?"

"뭘 말이오?"

"옆에 세워둔 칼 말입니다."

감옥에 갇힐 때 미나모토가 난데없이 칼을 갖고 들어가겠다고 극구

고집을 피웠다. 너는 들어갈 필요가 없다고 해도 소용이 없었다. 어차피 자의로 들어가는 데다 달리 도망갈 데도 없으니 황해노경도 까다롭게 굴지 않고 허락해 주었다.

그러자 표행도 끝나가는 마당에 잠든 사이 미나모토가 무슨 짓을 벌일지 몰랐던 나와 호리독사도 칼을 갖고 들어온 터였다.

"타키히로랑 싸울 때 빼앗은 것이오."

"어쩐지 칼집이 안 맞더라니."

"부러진 원래 내 칼집에 타키히로의 칼을 꽂았으니까 잘 안 맞을 수밖에."

"그런데 도신이 어째 예사롭지 않습니다."

"그렇소?"

나는 무심코 도갑을 잡고는 칼을 쭉 뽑아보았다.

스릉!

쇠를 수십 번 접고 두들겨서 만든 칼에는 특유의 물결 문양이 가득했다. 그리고 예광(銳光)이 있었다. 경박하게 번쩍이지 않으면서도 깊은 광채를 속으로 머금은 것이 보기만 해도 서늘했다.

그런가 하면 도신의 아래쪽에는 천일단 만일련(天日鍛 萬日鍊)이라는 여섯 글자가 비범한 필체로 새겨져 있었다.

미나모토가 깜짝 놀라며 목구멍을 쥐어짰다.

남궁소소가 통역했다.

"아무래도 시마즈 가문의 가보를 가져온 것 같대요."

"가보라니."

"오래전 왜국에 적수가 없었던 전설적인 검객이 있었대요. 한데 무슨 이유에선지 죽기 전 자신이 평생 쓰던 보도(寶刀)를 시마즈 가문에 선물했고, 이후 시마즈 가문에선 그 보도를 가보로 삼아서 전해 내려 왔다고요."

"가보를 왜 타키히로가 갖고 있었지?"

"천수각에 불이 나자 성주가 보도를 챙겨서 나왔고, 때마침 자신을 찾아온 타키히로에게 가문의 원수를 갚고 오라며 잠시 빌려준 것이 아닐까요?"

"그럴듯한데."

손가락으로 도신을 한 번 살짝 튕겨보았다.

지이잉!

뭐라 말할 수 없이 맑은 쇳소리가 울린다.

내친김에 앞에 있는 굵은 쇠창살을 향해 힘차게 휘둘렀다.

까가강!

날카로운 쇳소리와 함께 굵은 쇠창살 세 개가 거짓말처럼 싹뚝 잘려 나가 버렸다. 갑작스러운 상황에 모두가 할 말을 잃고 두 눈만 끔뻑거렸다.

그때 소리를 듣고 선원 대여섯 명이 우당탕탕 달려왔다. 이어 대나무 치듯 싹둑 잘려 나간 쇠창살을 보고 눈을 부릅떴다.

"죄, 죄송합니다."

5장

경사(京師)에서

대륙으로 돌아가는 길은 순탄했다. 왜국으로 갈 때 만났던 태풍도 없었고 바람도 일정하게 불었다.

문제는 나흘째 되는 날 밤에 일어났다.

"우현으로 돌려라!"

"돛을 모두 올려라!"

"전속력으로 달려라!"

갑판 위에서 다급한 외침이 연달아 터져 나왔다.

선원들이 쾅쾅 뛰어다니고 배가 급박하게 방향을 꺾는가 싶더니 어딘가를 향해 전속력으로 달렸다.

그러다가 또 연이은 외침이 들렸고 수차례나 방향이 꺾였다.

선실 감옥에 갇혀 있던 나와 남궁소소와 호리독사와 미나모토는 영문도 모른 채 머리 위 갑판만 뚫어지게 올려다보았다.

"무슨 일이지?"

"태풍 같지는 않은데 말이죠."

나와 호리독사가 한 말이었다. 범선을 본격적으로 타본 적이 없으니 소리만 듣고는 뭐가 어떻게 돌아가는 건지 도통 알 수가 없다.

그때 미나모토가 뭐라고 말을 했다. 보나 마나 또 잘난 척을 하는 걸 것이다.

남궁소소가 몇 가지를 더 묻고 난 후 통역해 주었다.

"다른 배들에게 쫓기고 있는 것 같대요."

"흑룡선은 황해에서 가장 빠른 범선인데 감히 누가 쫓아 올 수 있다는 거요?"

"깜깜한 밤 길목에 매복해 있다가 갑자기 기습해 오면 아무리 빠른 배라고 해도 소용이 없대요. 그것도 여러 척이 한꺼번에"

"여러 척?"

"지금까지 모두 세 번을 꺾었는데 그건 다른 배들이 앞을 막아섰기 때문이래요, 만약 흑룡선이 잡힌다면 최소 여섯 척 이상의 배로 이루어진 선단이라야 가능할 거라고도 했어요."

선단이라는 말에 나는 아연실색했다.

사태가 심상치 않음을 깨달은 남궁소소가 조심스럽게 되물었다.

"우리도 나가봐야 하는 거 아닐까요?"

지난번 쇠창살 잘라 버린 일로 칼을 모두 빼앗겼지만, 마음만 먹으면 감옥을 나가는 건 일도 아니었다. 내가 공력을 끌어 올려 힘들게 쇠창살을 구부릴 필요도 없다. 호리독사가 자물통만 한번 쓰윽 만지면 철컹하고 열릴 것이다.

우리가 감옥에 머무르는 건 순전히 황해노경과 흑룡도방에 대한 존중 때문이었다.

선원들도 이 사실을 너무나 잘 알고 있었다. 그런 이유로 비록 억류를 했을망정 몰래 술과 음식을 갖다 줄 만큼 우리에게 잘 대해주었다. 훗날을 위해서라도 나에 대한 저들의 신뢰를 깨고 싶지 않았다.

나는 다시 벌러덩 누워 팔베개를 했다.

"좀 더 지켜봅시다."

"그러다 배를 탈취당하면 어쩌려고요."

"정 다급하면 부르러 오겠지."

"그럴까요?"

"포를 쏘지 않는 걸 보면 흑룡선에 묵은 감정이 있는 상선들일 수도 있소. 그럼 사로잡힌다고 해도 그닥 큰 문제가 될 것이 없……."

꽝! 꽝! 꽝! 꽝! 꽝! 꽝!

말이 채 끝나기도 전에 여섯 발의 포성이 울려 퍼졌다. 나는 물론이거니와 호리독사와 미나모토까지도 발딱 일어나 앉았다.

"이런 미친!"

"해적선이다!"

나와 호리독사가 동시에 외쳤다.

신뢰고 뭐고 쇠창살을 뜯고 뛰쳐나가려는데 미나모토가 뭐라고 했다. 남궁소소가 재빨리 통역했다.

"발사음과 낙탄음이 들리는 위치로 미루어 흑룡선을 향해 쏘는 게 아니래요. 아무래도 위협을 해서 배를 멈추게 하는 데 목적이 있는 것 같다고요."

그때 위로부터 돛을 내리고 배를 멈추라는 갑판장의 우렁찬 외침이 들려왔다.

잠시 후, 정말로 배가 멈추더니 선원 하나가 다급하게 내려와 자물통을 풀어주며 말했다.

"군선(軍船)들에게 포위당했습니다."

미나모토의 예상이 맞았다.

갑판 위로 올라와 보니 무려 십여 척의 커다란 범선들이 횃불을 대낮처럼 밝힌 채 흑룡선을 향해 다가오고 있었다. 배의 측면에는 포문을 모조리 열어젖혀 놓았는데, 일시에 포를 쏘아대면 흑룡선은 흔적도 없이 사라져 버릴 것 같았다.

누가 우리를 잡을 쏘냐며 바다를 누비고 다녔던 황해노경과 쉰여 명의 선원들은 망연자실한 표정이었다.

가만히 석불원에게 다가가 물었다.

"어떻게 된 겁니까?"

"선원들 말이 길목에서 돛을 내린 채 매복해 있었다는군. 마치 흑룡선을 기다리기라도 한 것처럼 말일세."

"왕자와 모모카는요?"

"황해노경이 숨겨주었네. 배 밑창을 뜯었더니 놀랍게도 대여섯 명 정도 들어가 숨을 만한 비밀 공간이 있더군."

"선원들 말이 자신들에게는 군선과 해적선이 차이가 없답니다. 흑룡선을 만들어 타고 다니기 전까지만 해도 군선들이 해상 검문을 핑계로 걸핏하면 잡아다 탈탈 털어먹었다고요."

"상대가 군선인 만큼 일단은 경거망동하지 말고 지켜보세."

나는 품속에 있는 동패를 만지작거렸다. 웬만한 관군들을 상대로는 통했는데 저들에게까지 함부로 썼다가는 오히려 큰 곤욕을 치를 수도 있다는 느낌이 들었다.

잠시 후, 대장선으로 보이는 배로부터 십여 개의 갈고리가 날아왔다.

두 척의 배가 철썩 달라붙고 칼과 창을 뽑아 든 군졸 백여 명이 흑룡선으로 넘어왔다. 험악한 인상의 장수가 좌중을 한번 쓰윽 훑어보더니 말했다.

"이 배에 황금장표라는 무림인이 타고 있소?"

이건 또 무슨 밑도 끝도 없는 전개지?

모두가 어리둥절해 하는 가운데 석불원이 한 걸음 앞으로 나서며 말했다.

"내가 황금장표이오만."

잠시 석불원을 응시하던 장수가 품속에서 노란 봉투를 꺼내 건넸다.

편지를 전부 읽은 석불원이 가만히 고개를 끄덕였다. 눈치를 보아하니 누가 당신을 보냈는지 확인했으며, 모든 걸 협조하겠다는 것처럼 보였다.

장수이 말이 이어졌다.

"우선 귀하와 일행을 특정한 장소까지 안전하게 호송하라는 명령이 있었소. 더불어 본관은 지금 이 자리에서 한 가지를 확인하고 소식을 보내야 하오."

석불원이 황해노경에게 고개를 끄덕였다.

잠시 후, 겁에 질린 왕자와 모모카가 선원들의 안내를 받으며 갑판 위로 올라왔다.

석불원이 장수에게 말했다.

"표행은 성공적으로 끝났다고 고하시오."

어리둥절해 하는 황해노경과 선원들을 남겨두고 우리는 모두 군선으로 옮겨 탔다.

그리고 얼마 지나지 않아 대장선으로부터 전서구 한 마리가 밤하늘을 향해 날아올랐다.

해상에서 배를 갈아탄 지 무려 열흘 만에 육지가 보이기 시작했다.

군선은 백여 명의 정체 모를 무사들이 기다리고 있는 어촌마을에다 우리를 내려준 후 떠나 버렸다.

왕자와 모모카를 마차에 태우고 무사들의 호위를 받으며 달리길 이틀째, 우리는 어느 으리으리한 장원에 당도했다.

그곳에서 지친 몸을 누일 틈도 없이 하인과 시비들에 의해 서로 찢어져서는 곧장 목욕물을 받아놓은 곳으로 끌려갔다. 여기가 어디며, 왕자는 어디로 데려갔으며, 도대체 왜 이러냐고 물어도 시비들은 웃기만 할 뿐 일절 대답해 주지 않았다.

뜨거운 물에 반강제로 몸을 씻고 깨끗한 비단옷으로 갈아입은 우리는 한 자리에서 다시 만났다. 뽀송뽀송한 얼굴에 매화가 수놓인 백의 궁장을 입고, 내가 선물한 목련잠을 머리에 꽂은 남궁소소는 하늘에서 하강한 선녀가 따로 없었다.

옷이 날개라더니, 남궁소소만큼은 아니었지만 모모카 역시 빼어난 용모를 자랑했다. 왕자는 호랑이가 수놓인 비단장포를 입었는데 왕족의 기품이 그대로 드러났다. 그 외 석불원과 호리독사와 미나모토도 땟국물을 쫙 빼고 최고급 비단옷으로 갈아입은 상태였다.

"대체 뭐가 어떻게 되는 겁니까?"

"때가 되면 다 알게 될 걸세."

아무리 석불원을 꼬드겨 보아도 소용이 없었다.

살짝 부아가 돋으려고 할 무렵 칼 찬 무사들이 찾아와 우리를 어느 넓고 호화로운 전각으로 안내했다.

그곳에 예사롭지 않은 복장을 한 일남이녀가 커다란 태사의에 나란히 앉아 있었다. 장년의 남자를 중심으로 오른쪽엔 부인이, 왼쪽엔 딸이 앉아 있었던 것이다.

남자는 작은 체구에 아주 못생긴 데 반해 부인과 딸은 눈이 번쩍 뜨일 정도로 빼어난 용모를 자랑했다. 특히 부인은 중년의 나이가 무색하게 그야말로 천하절색이었다.

나와 남궁소소는 그대로 얼어붙어 버렸다. 그 모습이 재밌는지 딸이 손으로 제 입을 가리며 키득키득 웃어댔다.

"진왕 전하와 왕비마마를 뵙습니다!"

석불원이 큰소리로 외치며 무릎을 꿇었다. 나와 남궁소소도 뒤늦게 정신을 차리고는 황급히 무릎을 꿇으며 이구동성으로 외쳤다.

"진왕 전하와 왕비마마를 뵙습니다!"

화들짝 놀란 호리독사도 서둘러 바닥에다 무릎을 찍었다. 이어 영문을 몰라 우물쭈물 하고 있는 미나모토의 오금을 발로 차서 강제로 무릎 꿇린 후 뒤통수를 잡아다 땅바닥에 찍어 눌러댔다.

모모카와 왕자는 신분이 신분이다 보니 무릎까지 꿇지는 않았다. 하지만 두 손으로 가지런히 모으고 허리를 숙이는 것으로 대국의 황족에 대한 예를 갖추었다.

세 사람은 전날 항주에서 인연을 맺었던 진왕과 그 일족이었다. 그러니까 이 으리으리한 장원은 진왕이 그의 가족과 함께 거주하는 곳이었고. 이 무슨 황당한 상황이란 말인가.

석불원에게 황급히 전음을 보냈다.

[미리 좀 말씀해 주시죠!]

[암표의 규칙을 잘 알 텐데.]

[돌아오는 길에라도 귀띔 좀 해주실 수 있었잖습니까. 이리로 오는 길이었으면 어차피 모두 알게 될 텐데요.]

[흑룡선에서 받은 편지에 마지막까지 함구해 달라는 말씀이 있었네. 아마도 자네를 놀라게 해주고 싶으셨던 것 같네. 그러니 계속 놀란 척을 하시게.]

[누가요?]

[난 딱 보이네만.]

"그만 일어들 나시오."

진왕의 말에 우리는 못 이기는 척 우르르 자리에서 일어났다.

그가 석불원에게 말했다.

"해내실 줄 알았소이다."

"과찬의 말씀입니다."

"그냥 드리는 말씀이 아니외다. 대협께서 이 몸의 오랜 근심을 해결해 주시어 얼마나 기쁜지 모르겠소이다."

눈치를 보아하니 진왕이 표행을 의뢰한 것 같았다.

하지만 사쓰마에 인질로 잡혀간 유구국의 왕자를 그가 왜 구해 오라고 했는지는 아무리 머리를 굴려도 알 수가 없었다.

"소인이야말로 진왕 전하께 감사드려야 할 것입니다. 전하께서 추천해 주신 표사가 아니었다면 절대 불가능했을 테니 말입니다."

"그래요?"

"표행 중 세 번의 큰 위기가 있었사온데, 그때마다 그가 기지를 발휘하여 무사히 위기를 넘길 수 있었습니다."

"마지막까지 이 사람의 면을 세워주시는구려. 그가 아무리 기지를 발휘했어도 대협께서 든든한 기둥이 되어주지 않았다면 불가능했을 것이외다. 다시 한번 감사드리오."

"그리 말씀해 주셔서 감사합니다."

진왕은 그제야 천천히 나를 돌아보았다. 반달처럼 아래로 휘어진 눈과 귀밑까지 올라간 입꼬리, 그리고 수염을 살살 쓸어대는 모습에서 그가 얼마나 뿌듯해하는지 알 것 같았다.

"고생 많았네."

"그동안 별래무양하시옵고 서하에 존체 평안하시오며……."

"그만하게 이 사람아."

"다시 뵙게 되어 기쁩니다. 전하."

"혈색을 보아하니 자네도 잘 지내고 있었던 것 같군."

"모두 전하의 은덕이옵니다."

"내가 무얼 어찌했다고."

"전날 전하께서 기회를 주셨기로 소인이 작은 명성을 얻어 의뢰가 끊이질 않았고, 덕분에 하루하루를 바쁘고 즐겁게 보내고 있던 참이었습니다."

"사람 홀리는 언변은 여전하군. 껄껄껄."

"두 분께선 제가 반갑지 않은가요?"

어른들의 인사가 대충 끝난 듯하자 여태 잠자코 있던 공주가 대뜸 나와 남궁소소를 보며 새치름한 표정으로 말했다.

"천부당만부당하신 말씀입니다. 공주마마."

"한데 어찌하여 아바마마와 어마마마께만 인사를 드리고 저는 못 본 척하시는 건가요?"

"그것이 아니옵고……."

"그동안 잘 지내셨어요? 공주마마."

내가 뭐라도 변명을 하려는데 남궁소소가 홱 가로챘다. 얼굴 가득 미소를 띤 데다 목소리까지 부드러운 것이 꼭 오랜 친구를 만난 것 같았다.

"양 행수도 잘 지냈고요?"

공주가 장난기 가득한 표정으로 물었다.

양 행수는 작년 겨울 항주에서 공주를 차(茶) 상단의 단주로 변장시켜 데리고 다닐 때 그녀가 남궁소소를 부르던 호칭이었다. 그때 남궁소소는 남장을 한 채 양진풍이라는 가명을 썼었다.

"물론이지요. 단주님."

남궁소소가 웃으며 맞장구를 쳐주자 공주의 입꼬리가 더욱 올라갔다. 이게 뭐라고 저리 좋아하는지 모르겠다.

일전에 듣기로 안전 문제 때문에 북경에서는 매양 집안에서만 머물 뿐 좀처럼 외출을 못 한다고 하더니, 혹시 아직도 친구가 없나?

"취선루의 교자는 지금도 맛있나요?"

"공주마마께서 다녀가셨다는 소문이 돌면서 손님들이 줄을 잇는답니다. 지금쯤 부자가 되었을 거예요."

"아아, 다행이네요."

공주는 마치 자기 일이라도 된 것처럼 기뻐했다.

사람이 한창 클 때는 밤사이에도 자란다고 하더니, 못 본 사이에 공주의 용모는 어머니인 진왕비에 필적할 정도로 예뻐져 있었다. 한 해만 더 지나면 어머니를 능가할 것 같았다. 이래서 피는 못 속인다고 하는 건가?

공주가 깜빡했다는 듯 물었다.

"서호삼견은 아직도 목숨이 붙어 있나요? 취선루를 찾아와 행패를 부렸던 그 늙은 흑도 놈들 말이에요."

순간, 옆에서 듣고 있던 호리독사가 눈을 동그랗게 뜨고 나를 바라보았다.

"그것이……."

이번에야말로 내가 대답을 하려는데 남궁소소가 또 가로챘다.

"아직 살아는 있습니다만, 취선루에는 감히 얼씬도 하지 않는다고 들었습니다. 모두 공주마마의 후광 덕분이지요."

"정말 다행이군요. 그건 그렇고 두 분께선 일정이 급하신가요?"

"분부하실 일이라도 있사온지요."

"바쁘지 않으시다면 여독이 풀릴 때까지만이라도 이곳에 머무시는 게 어떤가요? 약속한 대로 이번엔 제가 두 분께 북경 구경을 시켜 드리겠어요. 맛있는 반점들도 모시고 가고요."

남궁소소가 눈에 불을 켜고 나를 곁눈질했다. 공주에게 언제 그런 약속을 했었냐고 따지는 거다.

나는 모른다는 뜻으로 미세하게 고개를 가로저었다. 거짓말이 아니라 정말 몰랐다. 그렇다고 공주가 거짓말을 한다고도 확신할 수도 없는 것이, 내가 기억을 못 하는 걸 수도 있었다.

그 사이 공주는 진왕을 돌아보며 허락을 구했다.

"아바마마. 그래도 될는지요?"

"당분간 내가 붙잡아 두고 왜국에서 있었던 이야기나 좀 들어볼까 했더니만 공주에게 빼앗기게 생겼군."

"낮에는 저와 함께 지내고 밤에는 아바마마를 모시도록 하면 되지요."

진왕비가 그런 두 사람을 조용히 나무랐다.

"아무리 황족이지만 당사자들의 의견도 묻지 않고 우리끼리 마음대로 결정하는 법이 어디 있어요."

그러면서 세 사람이 동시에 우리를 빤히 쳐다보았다. 어떻게 할지를 묻는 것이다.

누가 감히 거절을 하겠나.

나와 남궁소소는 황망한 표정이 되어 얼른 말했다.

"명을 받들겠습니다."

나는 진왕 부부가 비단 이번 일뿐만 아니라 작년 항주에서 있었던 일에 대해서도 신세를 갚으려 한다는 느낌을 받았다.

갑작스러운 황족의 환대에 남궁소소는 물론이거니와 호리독사와 미나모토까지도 잔뜩 들뜬 얼굴을 했다. 아무리 잘나간다고 해도 고작 표사 나부랭이에 불과한 우리가 언제 이렇게까지 황족의 환대를 받아 보겠나.

하지만 여전히 의문이 가시지 않는 게 있었다. 대체 진왕은 왜 유구국의 왕자를 구해 오라고 한 걸까? 그리고 이렇게 눈앞에다 떡하니 데려다 주었는데도 불구하고 왜 그에게는 별로 관심이 없는 것처럼 느껴질까?

나는 확신할 수 있었다. 진왕이 표행을 의뢰한 표주일지는 몰라도 왕자가 보물처럼 애지중지하고 있는 저 동적의 주인은 아니라고. 석불원은 무언가 알고 있는 눈치였지만 도통 입을 열지 않으니.

그때였다. 인기척과 함께 일전에 항주에서도 보았던 진왕의 호위장이 들어왔다. 이름이 연철산이었던가.

그가 손님께서 도착하셨다는 보고를 올렸다. 그러자 진왕을 비롯해 진왕비와 공주까지 전부 자리에서 일어나서는 마치 시립하듯 한쪽으로 물러나며 옷매무시를 고쳤다.

뭐가 어떻게 돌아가는지 알 수 없는 가운데 석불원의 표정이 굳어졌다. 그도 이건 예상을 못 한 일인 듯했다.

그가 나와 남궁소소와 호리독사만 들을 수 있도록 작은 음성으로 말했다.

"정신들 바짝 차리게!"

십여 명의 용 같고 범 같은 무인들이 드넓은 내실로 들어섰다.

맞춰 입은 듯한 청의무복에 검갑을 비스듬히 들었는데, 기도가 출중하다 못해 살벌했다.

'고수들이다!'

안으로 들어서자마자 그들은 먼저 양해를 구하듯 진왕에게 묵례부터 올렸다. 이어 좌우를 둘러보다 우리 일행을 발견하고 기세를 끌어 올렸다. 장소가 장소이니만큼 지금 우리는 모두 비무장 상태였다. 한데도 맹수가 맹수를 알아보듯 바로 무림인들이라는 걸 알아차린 것이다.

"내가 책임을 지겠네."

진왕의 말이었다.

수장으로 보이는 자가 알았다는 듯 다시 한번 고개를 끄덕이고는 수하들을 입구의 양쪽으로 물렸다.

그사이 바깥에서는 아까부터 누군가 회랑을 따라 저벅저벅 걸어오고 있었다. 그러니까 이 무인들은 누군가의 등장에 앞서 주변을 점검하러 온 호위무사들이었던 것이다.

'대체 누구이기에 감히 진왕가의 장원에서까지…….'

잠시 후, 문제의 인물이 들어섰다.

강인한 인상에 금실로 봉황을 수놓은 남색 장포의 사내였는데, 마치 제집 드나들 듯 자연스러웠다. 그리고 위엄이 있었다. 주변 사람들의 존재 따윈 가볍게 무시하고 곧장 진왕에게로 가는 걸음에서 뭐라 말할 수 없는 존귀함 같은 것이 느껴졌다.

지난날 진왕을 처음 보았을 때도 이런 비슷한 느낌이었다. 평생을 군림하며 산 자의 몸에 자연스럽게 밴 권위라고나 할까.

뒤이어 화려하고 복잡한 옷을 입은 스물 초반의 아리따운 여자가 잰걸음으로 들어섰다. 어딘지 모르게 살짝 이국적인 용모의 그녀는 우리가 구출해 온 유구국 왕자를 쏙 빼닮았다.

순간, 왕자가 여자를 향해 빽 소리치며 달려갔다.

"(누나!)"

"(쇼고!)"

두 사람은 누가 지켜보든 말든 그 자리에서 부둥켜안고 눈물을 터뜨렸다.

훨씬 키가 컸던 여자는 왕자의 머리통을 꼭 끌어안고 정수리에 볼을 비비며 쉴 새 없이 눈물을 쏟아냈다. 그러다 떨어지지 않으려는 왕자를 억지로 떼어내더니 한쪽 무릎을 털썩 꿇어 시선을 맞추었다. 이어 눈물 콧물로 범벅이 된 왕자의 얼굴을 두 손으로 쓰다듬다가 또다시 와락 껴안고 펑펑 울었다.

"(쇼고.)"

"(누나.)"

지켜보고 있던 모모카와 남궁소소도 덩달아 울었다. 좀 전까지 우아하게 웃음 짓던 진왕비와 공주도 어느새 손수건을 꺼내 조용히 눈물을 찍고 있었다.

진왕과 의문의 사내는 인사도 미룬 채 두 사람의 해후(邂逅)를 조용히 기다려 주었다. 미나모토도 두 사람의 관계를 알아차리고는 가만히 눈을 감으며 생각에 잠겼다. 저간의 사정도 모르고, 왜국 말도 못 알아듣는 나와 호리독사만 눈알을 또록또록 굴리며 눈치를 살필 뿐이었다.

그때 남궁소소가 전음을 보내왔다.

[둘이 남매인가 봐요.]

[그럼 유구국의 공주?]

[그런가 봐요.]

[어쩐지 닮았더라니.]

유구국의 공주라는 젊은 여자는 아무래도 사내의 아내인 듯했다. 사내의 나이가 서른쯤 되어 보이니 정실보다는 후실일 것이고.

이윽고 유구국의 왕족 남매가 눈물을 그쳤다. 하지만 다시는 헤어지지 않으려는 듯 손을 꼭 잡은 채 찰싹 붙어 있었다.

왕이었던 아버지가 죽었다는 소식도 각자가 다른 곳에서 들었을 것이다. 영영 볼 수 없을 거라고 생각했던 피붙이를 낯선 타국에서 다시 만난 남매의 정이 얼마나 애틋하겠냐.

모모카도 여자에게 다가가 예의 바른 인사를 건넸다.

여자는 오랜 친구를 만난 듯 모모카를 끌어안고 또 한참을 울었다. 울면서 뭐라고 말을 하는데 눈치를 보아하니 동생을 끝까지 지켜주어 고맙다고 하는 것 같았다.

대충 해후의 의식이 끝나자 사내를 향한 진왕 일가족의 인사가 시작되었다.

"어서 오시게."

"어서 오세요. 황자."

"어서 오시어요. 오라버니."

진왕을 시작으로 진왕비와 공주가 차례로 인사를 했다.

마지막에 이르러 공주는 허리까지 깊숙이 숙였다.

'맙소사. 황자라니!'

나는 심장이 철렁 내려앉을 정도로 놀랐다.

슬쩍 옆을 돌아보니 남궁소소와 호리독사도 적지 않게 충격을 받은 모양이었다. 여기서 진왕을 만난 것도 놀라자빠질 지경인데 급기야 황자까지 출몰(?)하다니.

가만있어 보자. 그럼 내가 황자의 처남을 구출해 온 건가?

황자도 진왕에게 예를 갖추었다.

"당숙께서 저의 오랜 고민을 해결해 주셨군요. 어떻게 감사를 드려야 할지 모르겠습니다."

"늦지 않아서 다행일세."

"이번 일은 잊지 않을 것입니다."

"우리 사이에 무슨 그런 말을."

황자는 진왕에게 깊숙이 허리를 숙였다.

진왕이 당황해하며 그를 붙잡았다.

당숙은 아버지의 사촌 형제를 일컫는 말이다. 황자는 진왕의 오촌 조카였던 것이다. 그렇다면 저 황자는 몇 번째일까?

지금 황실엔 모두 일곱 명의 황자들이 있었다.

본래는 장남인 황태자를 비롯해 모두 여덟 명이었다.

황태자는 어려서부터 총명한 데다 덕이 높아 황제의 총애를 한 몸에 받았다. 그러나 서른 무렵 중병이 찾아와 그만 세상을 하직해 버리고 말았다. 이후 황태자의 자리를 비워둔 상태에서 남은 일곱 명의 황자들끼리 십여 년째 전쟁을 방불케 하는 싸움을 벌여오는 중이었다.

호사가들은 이를 두고 칠황쟁패전(七皇爭霸戰)이라고 불렀다. 당금 황제의 건강이 점점 안 좋아지는 상태에서 황태자로 책봉되는 황자는 그야말로 철권을 휘두르게 된다.

당혹스럽게도 나는 이 전쟁의 끝을 알고 있었다.

사람들은 야망이 크고 엄청난 외척들을 등에 업은 이황자나 삼황자나 사황자 중 한 명이 황태자로 책봉될 것이라고 굳게 믿었다. 한데 모두의 예상을 깨고 오황자가 황태자로 책봉된다.

이름이 주걸륭이었던가? 오황자는 지금 서른 중후반이었다. 그러니까 서른 살 정도로 보이는 저 황자는 육황자나 칠황자쯤 될 것이다.

이런 얘기들은 대부분 내가 전생에서 쉰 살까지 살며 조금씩 들어서 알게 된 것들이었다. 그러니 어디까지가 사실인지도 모르고, 그나마 굵직한 일들 외에는 알지도 못했다.

예를 들어 육황자나 칠황자에게 유구국 공주 출신의 부인이 있었고, 왜국에 인질로 잡혀 있던 처남을 구출하려 했다는 것도 까맣게 모르는 일이었다. 전생에서는 과연 누구를 보냈으며, 성공을 하기는 했을까?

혼자서 이런 생각들을 하는 사이 석불원이 내게 전음을 보내왔다.

[유구국이 사쓰마의 속국으로 전락하기 전 그곳의 왕이 대륙의 황자에게 공주를 서둘러 시집보냈네. 나는 평소 안면이 있는 진왕으로부터 적국에 볼모로 잡혀 있는 유구국의 왕자를 구출해 달라는 의뢰를 받았고.]

[이미 다 알아차렸거든요.]

[오황자께서 어찌하여 갑자기 왕림하셨는지 모르겠으나 오늘 우리가 보고 들은 건 절대 외부에 발설해선 안 되네.]

'이런 미친!'

벼락이 정수리로 떨어졌다가 척추를 따라 몸을 관통한 다음 발바닥으로 빠져나가는 것 같았다. 갑자기 목이 타고 식은땀이 흐르며 다리가 달달달 떨렸다.

나는 지금 장차 대륙의 황제가 될 인물과 마주하고 있었다. 그야말로 상상조차 못 한 일. 과연 이래도 되는지 겁이 다 날 지경이었다.

[왜 그렇게 떠는가?]

[아, 아닙니다.]

'진왕이 오황자의 사람이었을 줄이야.'

그때쯤 진왕과의 짧은 담소를 끝낸 오황자가 한쪽 구석에 나란히 서 있는 우리에게 관심을 보였다.

진왕이 말했다.

"이번 일에 투입된 표사들이네."

"오오, 그래요?"

왕자를 구해 온 사람들이라는 말에 오황자는 물론이거니와 그의 부인까지 매우 호의적인 표정으로 변했다.

오황자는 거기서 그치지 않고 직접 걸어서 다가오기까지 했다.

"황자 전하를 뵈옵니다!"

석불원이 황급히 무릎을 꿇으며 외쳤다. 나도, 남궁소소도, 호리독사도, 호리독사의 손에 멱살을 잡힌 미나모토도 재빨리 무릎을 꿇어 엎드렸다.

"모두 고개를 들라."

누구의 명이라고 거절하겠나. 모두 무릎을 꿇은 상태에서 고개만 살짝 들어 올려 황자의 발끝을 응시했다.

오황자는 대견하다는 듯 인자한 미소를 짓다가 석불원에게 물었다.

"귀공이 표두이오?"

"그렇사옵니다. 전하."

"이름이 무엇이오?"

"석불원이라고 하옵니다."

"작은 공도 크게 치하하는 것이 황실의 법도. 하물며 오황자의 처남을 구했는데 어찌 그냥 넘어갈 것인가. 바라는 것이 있으면 말해보시오."

소원을 이뤄주겠다는 뜻이다. 돈이면 돈 벼슬이면 벼슬, 오황자는 무엇이든 다 들어줄 기세였다.

슬쩍 옆을 돌아보니 남궁소소와 호리독사의 눈동자가 별처럼 반짝거리고 있었다. 분명 자신들에게까지 차례가 올 터, 무얼 말할지 머리가 팽팽 돌아가고 있는 것이다.

나도 가슴이 벅차올랐다.

황실로 향하는 공물(貢物) 운송권이나 달라고 해볼까나. 절강성 전역에서 항주로 집하되는 공물들만 확보해도 돈방석에 올라앉게 된다. 단발성 의뢰만 가득한 비룡당에 최초의 장기표행 건이 생기는 것이다. 그것도 엄청난 규모의.

"외람된 말씀이오나 소인들은 이미 진왕 전하로부터 충분한 대가와 분에 넘치는 치하를 받았사옵니다."

"대가와 포상은 다른 것이오."

"정히 그러시다면 술을 한잔 내려주시옵소서. 오황자 전하께서 내려주시는 술을 받았음을 평생 영광으로 알겠사옵니다."

아니, 이 양반이 거기서 말을 그딴 식으로 해버리면 어쩌자는 건가. 남궁소소와 호리독사의 눈동자도 사정없이 흔들리고 있었다. 뭔가 엄청난 걸 생각하고 있었는데 한방에 나가떨어진 모양이다.

황태자는 흡족한 표정으로 시선을 옮기더니 남궁소소을 보았다.

순간, 두 눈을 크게 떴다. 남궁소소의 빼어난 용모를 뒤늦게 알아차리고 깜짝 놀란 것이다.

"그대도 표사인가?"

"그렇사옵니다. 전하."

"이름이 무엇인가?"

"남궁소소이옵니다."

"양주 남궁세가의 가주이자 천하십검 중 한 명인 뇌검 남궁유룡이 금지옥엽으로 아끼는 손녀라네."

지켜보고 있던 진왕이 차분한 음성으로 끼어들며 한 말이었다.

나는 왠지 진왕이 오황자에게 지켜야 할 어떤 선에 대해 말해주고 있다는 느낌을 받았다. 관과 무림이 제아무리 호수와 강의 관계라고 해도 남직예성의 패자로 군림하는 대남궁세가를 모를 수는 없었다. 심지어 남궁세가보다 한참이나 세가 약한 신창양가조차 군문으로 진출해 천하의 군졸들에게 양가창법을 전수하고 있는 마당에.

용모가 매우 빼어난 일개 표사인 줄 알았던 남궁소소의 신분이 뜻밖이었는지 오황자가 눈을 동그랗게 떴다. 조용히 지켜보던 유구국 왕족 남매와 모모카도 깜짝 놀란 표정을 지었다.

그런 모습이 재밌는지 진왕비의 옆에 서 있던 공주가 또 실실 웃어댔다. 그녀는 남궁소소처럼 엄청난 신분의 무림 여고수를 친구로 둔 것이 마냥 좋은 것 같았다.

"알고 봤더니 대단한 분이었구려. 하지만 제아무리 무림세가의 영애라 할지라도 할 수 없는 것이 있을 터. 바라는 것이 있으면 말해보시오."

오황자의 말투가 살짝 반공대로 바뀌었다.

무림세가도 할 수 없는 일을 자신은 할 수 있다는 식의 말에선 황궁과 황실에 대한 무한한 자부심이 느껴졌다. 사실이 그렇기도 하고.

"표행비만으로 충분하옵니다."

앞선 석불원의 거절에 이어 신분까지 밝혀진 마당에 추접스럽게시리 무얼 요구할 수 있겠나. 남궁소소는 고개를 푹 떨구었다.

오황자는 호리독사에게도 물었다.

"귀하도 무림세가의 인물인가?"

"소인은 천룡표국의 객표이옵니다. 전하."

"객표?"

"일이 있으면 그때그때……."

"이름은 무엇인가?"

"하종도이옵니다. 전하."

"소원을 말해보라."

"없습니다. 전하."

오황자는 미나모토에게도 물었다.

"그대는?"

"그의 이름은 미나모토이옵고 왜인입니다. 전하."

석불원이 설명을 했고, 남궁소소가 재빨리 미나모토에게 물었다.

미나모토가 뭐라고 하자 남궁소소가 그대로 통역을 했다.

"그 역시 바라는 것이 없다고 하옵니다."

"이 사람들 좀 보게. 황자가 큰맘 먹고 소원을 들어주겠다는데 원하는 것이 없다니. 말로만 듣던 무림 협사들의 기개가 이런 것인가? 하하하."

소원이 없을 리가 있나. 표두가 첫 번째 대답을 잘못 끊는 바람에 일이 확 꼬여 버려서 그렇지. 이런 분위기에서 간이 어지간히 크지 않고서야 감히 누가 소원 운운하겠나.

"그대의 이름은 무엇인가?"

오황자가 마지막으로 내게 물었다.

석불원부터 시작해 옆으로 한 명씩 옮겨가며 물은 것인데, 어쩌다 보니 내가 제일 마지막에 꿇어 있었다.

"이정룡입니다. 전하."

"자네가 풍운비룡이군."

"저를 어찌……."

"당숙께 들었네. 천룡표국의 사공자로 항주에서 숙부님 내외분은 물론이거니와 소야의 목숨까지 구했다지? 향시와 회시에서 연달아 장원급제한 천고의 기재이기도 하고."

소야는 공주의 이름이었다. 성이 주 씨여서 주소야였고, 항렬로 따지면 그녀는 오황자의 육촌 동생일 것이다.

"받잡기 어렵습니다. 전하."

그때 모모카가 황자빈에게 알아들을 수 없는 말로 뭐라고 속삭였다.

황자빈이 깜짝 놀라서는 몇 가지를 묻고 답하더니 오황자에게 고스란히 전달해 주었다.

"저 젊은 표사님이 지혜를 내어 쓰루마루성의 본성에 있는 천수각과 여러 전각들을 모조리 불태워 버렸다고 합니다."

"듣던 대로 화끈한 친구로군."

"당치 않습니다. 소인은 다만 일개 표사로서 표두의 명령을 따랐을 뿐입니다."

"그대도 소원이 없는가?"

"있습니다. 전하."

오황자는 물론이거니와 지켜보고 있던 모두가 깜짝 놀란 표정을 지었다. 특히 석불원과 남궁소소와 호리독사는 눈을 동그랗게 떴다.

기회는 한 번뿐이다. 뻔뻔해져야 한다. 욕먹는 건 한순간이고 이득은 평생 간다. 무려 황제가 될 인물을 언제 또 만나고 말까지 섞어보겠나.

"그래, 청이 무엇인가?"

"외람된 말씀이옵니다만, 진왕 전하와 황자 전하만 모시고 말씀을 올리고 싶습니다."

사람들의 표정이 다시 한번 얼어붙었다. 특히 석불원을 비롯한 우리 일행은 하얗게 질려 버렸다. 나는 지금 감히 진왕과 황자의 앞에서 다른 황족들을 모두 물려 달라는 요구를 한 것이다. 이유를 불문하고 이는 대단히 무례한 발언이었다.

"자중하시게!"

석불원이 착 가라앉는 음성으로 나를 나무랐다. 표사들의 언행을 감독해야 하는 표두로서 마땅히 해야 할 말이었다.

하지만 나는 꼭 다문 입술로 버티었다. 뜻을 굽히지 않겠다는 뜻이다.

"비밀스러운 청인가 보군. 모두 물러가라."

오황자가 말했다. 그러자 호위무사의 수장으로 보이는 자가 두어 걸음 앞으로 나서더니 '전하!'라고 짧게 불렀다.

신분을 논하기 이전에 나는 이미 무림의 고수다. 호위를 책임진 입장에서는 오늘 처음 보는 무림고수 앞에 오황자만 달랑 놓아둘 수가 없는 것이다. 진왕이 있다고는 하나 그는 무공을 모르니 전혀 도움이 되지 않을 것이고.

"물러나라."

"명을 받들겠습니다."

오황자가 거듭 말하자 호위무사의 수장은 마지 못한 듯 짧게 고개 숙인 후 수하들을 데리고 나갔다. 진왕도 고개를 끄덕여 진왕비를 포함한 나머지 사람들 전부 쫓아 보냈다.

드넓은 내실엔 이제 나와 오황자와 진왕만 남게 되었다.

사방이 쥐 죽은 듯 고요한 가운데 진왕이 말했다.

"황자와 독대를 하는 것은 아무에게나 주어지는 기회가 아닐세. 자네가 아무리 큰 공을 세웠어도 지금 한 행동만으로 이미 절반의 값을 치렀다는 걸 명심하게."

질책과 경고가 동시에 들어 있는 말이었다.

하지만 나는 왠지 진왕이 이 기회를 놓치지 말라고 조언하는 것 같았다.

오황자가 다시 말했다.

"이제 소원을 말해보시게."

"그전에 한 가지 드릴 말씀이 있사옵니다. 잠시 시간을 허락해 주실 수 있겠는지요?"

"요구가 많군. 말해보라."

황자의 말투가 조금씩 차가워지고 있었다. 내가 진왕의 총애만 믿고 감히 황자의 호의를 이용한다고 생각하는 것이다.

옆에서 지켜보고 있던 진왕도 표정이 굳어졌다.

"오랜 시간 표행을 하다 보면 가장 곤란한 것이 여름철 식수의 변질입니다. 특히 호리병에 비해 들고 다니기 편한 가죽 수통의 물이 잘 상하지요."

"그래서."

"그걸 막기 위해 저희가 잘 쓰는 방법 중 하나가 은전을 넣어두는 것입지요. 이유는 모르겠으나 은전을 세 개만 넣어두어도 며칠이고 신선한 물을 마실 수 있습니다."

"독을 감별하고 다스리는 은의 효능은 나도 잘 알고 있네. 해서 나 역시도 은으로 만든 식기들을 애용하고 있고."

"한데 더러 불순물이 많이 섞인 가짜 은전을 모르고 넣어두는 일이 있습니다. 이를테면 은과 색깔이 비슷하면서 무게는 더 많이 나가는 납(鉛) 같은 것 말입니다."

"납이 섞인 가짜 은전의 유통이 있음도 알고 있고."

"이걸 모르고 넣어둔 표사나 쟁자수는 시간이 지나면서 두통, 현기증, 경련 등의 증상을 일으키다가 점차 헛것이 보이고 발작과 마비가 차례로 일어나다가 눈이 멀며 끝내 죽음에 이르게 됩니다. 보통 그전에 잇몸 아래로 검은 선이 나타나지요."

"그걸 왜 내게 말하는가?"

"불경스러운 말씀인 줄 아오나 황자 전하의 잇몸에도 표사와 쟁자수들에게 보았던 것과 비슷한 선이 생기고 있습니다. 부디 황실 밖의 훌륭한 의원을 찾아 진맥을 받아보시길 청하옵니다."

"……!"

"……!"

오황자와 진왕의 표정이 더할 나위 없이 굳어졌다.

전생의 기억에 따르면 오황자는 곧 황태자가 되고 황제까지 된다. 하지만 권좌에 오른 지 일 년 만에 시름시름 앓다가 끝내 죽음에 이른다.

원인을 두고 황실 사정에 밝은 의원들을 통해 이런저런 말들이 흘러나와 소문으로 떠돌았는데, 그중 하나가 납독이 골수에까지 미친 탓이라는 것이었다.

당연하게도 그때는 한 귀로 흘려들었다. 한데 오늘 오황자를 보자 수십 년 전의 소문이 생각나서 일단 지르고 본 것이다. 어쨌거나 그가 죽는 것은 확실하고, 이참에 명의를 찾아 진맥을 받아보면 꼭 납독에 의한 것이 아니어도 원인을 찾을지 모르니까.

표사와 쟁자수들에게 나타났다는 검은 선은 아랫니의 아래쪽 잇몸 깊은 곳에 생긴다. 해서 입술을 까뒤집지 않고는 누구도 알 수가 없다. 그러니까 검은 선을 보았다는 건 새빨간 거짓말이었다.

한데 오황자와 진왕은 예상했던 것보다 훨씬 격한 반응을 보였다.

두 사람은 잠시 서로 시선을 나누었다.

이어 진왕이 착 가라앉은 음성으로 물었다.

"사람을 물린 이유가 그것 때문이었나?"

"그렇습니다."

"잘했네."

이 양반들 보소.

내 말을 조금의 의심도 없이 그대로 믿는 눈치다.

"혹시 알고 계셨는지요?"

"자네가 말한 초기 증상들이 조금씩 심해지고 있었으나 원인을 몰랐네. 북방으로 떠돌아다니느라 몸을 돌볼 겨를도 없었고. 꼭 황궁 밖의 뛰어난 의원을 찾아 진맥을 받아보도록 하지. 이미 잘 알겠지만 이 얘긴 절대 발설해선 안 되네."

"물론입니다."

오황자는 다른 황자들과 달리 대단한 외척이 없었다.

하지만 국경 지대를 떠돌며 수많은 오랑캐들의 침입을 막은 덕택에 그곳 백성들로부터의 신망이 두터웠다. 또한 오랜 시간 생사고락을 함께한 장수들과의 인맥이 있었다. 이는 황태자의 자리를 노리는 다른 황자들에게 목에 가시처럼 성가신 일이었다. 황제가 서거하면 언제 반란을 일으킬지 모르기 때문이다.

그런 이유로 나는 전생에서 오황자의 죽음이 누군가의 오랜 음모로 말미암은 독살이라고 확신했다.

내가 아는 황궁의 분위기를 진왕이나 오황자가 모를 리 없었다.

오황자가 말했다.

"혹시 내게 할 청이라는 게 이것인가? 황궁 밖의 명의를 찾아 진맥을 받아보라는 것."

"그렇습니다. 전하."

"그대는 벌을 받을 수도 있었다. 구태여 위험을 감수하면서까지 내게 호의를 보이는 이유가 무엇인가?"

나는 오황자에게서 나를 보았다.

그래도 나는 독살을 시도하는 형들은 없었다. 아닌가? 그들도 때가 되면 나를 죽이려고 들까?

"공맹을 익힌 자가 어찌 벌이 두려워 충언을 주저하겠습니까."

나를 내려다보는 오황자의 눈동자가 한없이 깊어졌다. 그 모습을 지켜보는 진왕도 더할 나위 없이 뿌듯한 표정을 지었다.

"그만 일어나라."

나는 그제야 몸을 일으켰다. 하도 오랫동안 꿇어앉아 있었더니 쥐가 날 지경이었다.

오황자의 단호한 말이 이어졌다.

"소원이야 그렇다 치고, 진맥을 받았으니 그 값은 치러야겠지. 원하는 건 무엇이든 말해보라. 이건 황자의 명령이다."

진왕가에서 내어준 객당은 넓고 깨끗하고 화려했다.

해가 뉘엿뉘엿 지기 시작할 무렵, 나와 남궁소소와 호리독사와 미나모토는 커다란 대리석 탁자를 가운데 두고 모여 앉았다.

남궁소소가 물었다.

"뭘 받았다고요?"

"공물 운송권이오."

"그게 뭔데요?"

"대륙 전역의 관아에서 세금으로 거둬들인 각종 특산물과 미곡 등을 중앙 관서나 황궁까지 운송하는 권리를 말하오. 그중에서도 내가 받기로 한 건 절강성 내에서 항주지부로 집하된 것들만 운송하는 권리이고."

"그건 원래 관병들이 하는 일 아닌가요?"

"아주 옛날에는 그랬었지. 하지만 관리 놈들이 온갖 잡것들과 중간에서 짬짜미로 해먹다 보니 아예 상방이나 표국에 맡겨 버린 지 오래요."
"그래서 물량이 얼마나 되는데요?"
"항주의 열 손가락 안에 드는 상단들 중 한 곳에서 나오는 물량과 비슷할 것이오. 별일이 없다면 그걸 내가 십 년간 독점하는 것이고."
"그 말은 곧……."
"비룡당 최초의 장기 계약 건이오."
남궁소소는 입이 쩍 벌어져서 한동안 말을 잇지 못했다. 그녀 역시 죄다 단발성 의뢰밖에 없던 비룡당을 누구보다 걱정했던 터라 금방이라도 환호성을 지를 것 같은 표정이었다.
그러다 뭔가 찜찜한지 잠시 고개를 갸웃거렸다.
결국 뒤늦게 이유를 알아차리고는 '에잇!' 하면서 술잔을 집어 들었다. 하지만 술잔은 비어 있었다.
"한 잔 받으시죠."
호리독사가 얼른 술잔을 채워주었다.
남궁소소는 석 잔을 연달아 벌컥벌컥 마시고 난 후에야 거칠게 술잔을 내려놓았다.
"나도 말할걸."
"저도요."
"괜히 얼어붙어 가지고."
"딱히 어려운 것도 아니었는데."
"뭘 부탁하려고 그랬는데요?"
"천하의 이름난 주조장인들이 일 년에 한 차례씩 황제께 진상한다는 천하십대명주를 한 병씩만 맛보는 것이었습니다."

"진짜 소박하군요."

"아가씨께선 뭘 부탁하려고 그러셨습니까?"

"황궁 서고를 한 달 동안 자유롭게 출입하는 거요."

"그건 왜요?"

"황궁 서고에는 분서갱유 이전의 고대 유교와 그것을 추종하던 무리들에 관한 기록이 아직도 죽간본으로 많이 남아 있다고 하더라고요."

"그런 건 봐서 뭐 하시려고요."

"있어요. 그런 게."

남궁소소는 아마도 훗날 유가문파를 세울 것에 대비해 정체성의 뿌리를 좀 더 깊이 파고 들어보고 싶었던 모양이다. 하기사 천하의 모든 책들을 모아놓았다는 황궁 서고로 들어갈 기회가 쉽게 오는 것은 아니니까.

두 사람이 이런 대화를 하는 사이 나는 품속에서 생선 한 토막 크기의 흑단목함을 쓰윽 꺼냈다. 이어 뚜껑을 열자 깨끗한 종이로 꼼꼼하게 싼 알맹이 두 개가 사이좋게 모습을 드러냈다.

남궁소소와 호리독사가 동시에 눈동자를 빛냈다.

"그건 또 뭐예요?"

"천지이보전황단이오."

"천지이황보전단이겠죠."

"그게 뭐요?"

"내가 물어봐야 하는 거 아니에요?"

"나는 이름만 들어가지고."

"공청석유(空靑石乳)를 주 약재로 황궁 내의원에서 일 년에 딱 한 알씩만 만든다는 영단이에요. 일반인이 복용하면 백병(百病)이 치유되고, 무림인이 복용하면 반 갑자의 내공 증진 효험이 있죠. 소문으로만 들었는데 이렇게 실제로 볼 줄이야."

"생각보다 귀한 물건이군."

"대체 어디서 났어요?"

"주셨소."

"또요?"

"공물 운송권은 오황자께서 주신 거고. 이건 황자빈께서."

"왜요?"

"죽음을 무릅쓰고 동생을 데려와 주어 진심으로 감사하고 이 은혜를 죽는 날까지 잊지 않겠다고 하시더군."

그러면서 하나를 집어 들어 종이를 슬그머니 벗겨보았다.

누렇게 금박을 입힌 단약이 모습을 드러냈다. 동시에 뭔가 꾸리꾸리하면서도 한 가닥 상서로운 향이 콧속을 화악 파고드는 것이 확실히 예사롭지 않았다.

"술에 타서 먹어야겠군."

"혹시 나눠 먹으라고 그러지 않았어요?"

"전혀."

"그랬어도 아니라고 하겠죠."

"가서 물어보시든가."

"우리끼리 나눠 먹으면 되는데 뭐 하러요."

"그럴 일이 없으니 그렇지."

나는 단약을 도로 넣고 뚜껑을 탁 닫아버렸다.

이어 진왕이 항주부의 지부대인에게 보내는 공물 운송 관련 서찰과 황자비에게서 받은 목함을 대리석 탁자 위에 나란히 놓아두고는 뿌듯한 심정으로 바라보았다.

"아 참, 칼도 있었지."

시마즈 가문의 보도도 마저 올려놓았다.

남궁소소는 약 올라 죽겠다는 듯 주먹을 쥐고 부르르 떨었고, 호리독사는 제 머리카락을 쥐어뜯으며 괴로워했다.

원래 짝이 맞지 않은 칼을 억지로 쑤셔 넣는 바람에 도갑이 터져서 가죽끈으로 친친 감아놓았지만, 그러면 어떠랴 안에 든 것이 중요하지.

스릉!

천천히 칼을 뽑아 보았다. 도신에는 일전에 보았던 천일단 만일련(天日鍛 萬日鍊)이라는, 누구도 흉내 낼 수 없을 것 같은 필체의 여섯 글자가 아직도 선명했다. 그리고 아래에는 상주정종(相州正宗)이라는 네 글자가 참새 발자국처럼 아기자기하게 새겨져 있었다.

사실 이번 표행을 통해 손에 넣은 것들 중 가장 좋은 것 한 가지를 고르라면 단연코 공물 운송권이었다.

이는 비룡당의 숙원을 한 방에 해결해 주는 것으로, 항주에 있는 전립성과 가불염과 용소백과 비룡당의 표사들이 이 사실을 알면 좋아서 펄쩍펄쩍 뛸 것이다. 비룡당이 살찌는 게 결국 천룡표국의 배를 불리는 것이니 국주인 이종산과 총표두 곽석산과 대장궤 손지백도 내 일처럼 기뻐할 것이고.

공물 운송권 다음으로 마음에 드는 것이 바로 이 보도였다.

'무쇠를 대나무처럼 썰어버리는 칼이라니.'

천하의 모든 병기를 막아내는 용린신갑에 천하의 모든 쇠를 썰어버리는 보도까지. 이것이야말로 진정한 모순(矛盾)의 경지인가?

그때 미나모토가 툭 내뱉었다.

"원숭이 손에 금 젓가락."

"뭐라고?"

"원숭이 손에 금 젓가락이 들려 있다. 귀한 물건이 그 가치도 모르고 쓸 줄도 모르는 자의 손에 들려 있다 뭐 그런 뜻의 왜국 속담이에요."

"그게 아니라, 저 인간이 갑자기 왜 저렇게 우리 말을 잘하는 거요? 소저가 전음으로 가르쳐 준 거 아니오?"

"생사람 잡지 마세요."

"가르쳐 줬어도 아니라고 하겠지."

"마사무네."

"또 뭐라는 거야?"

미나모토의 말이 제법 길게 이어졌다. 이번엔 당연히 왜국 말이었다.

한참을 진지한 표정으로 듣고 있던 남궁소소가 통역해 주었다.

"삼백여 년 전 그 칼을 만든 전설적인 검도장(劍刀匠)의 이름이래요."

"상주정종이 왜국 말로 마사무네인가 보군."

"천 일의 수련을 단(鍛)이라 하고, 만 일의 수련을 련(鍊)이라고 한대요. 단련을 게을리하지 않는 자만이 이 귀물의 진정한 주인이 될 수 있다고."

이 칼이 제아무리 귀물이라고 할지라도 내 배 속에 들어 있는 죽간본에 비할 바는 아닐 것이다. 또한 이 칼이 귀물이라면 한번 죽었다가 삼십 년 전으로 환생한 나는 요괴다.

"그렇다면 임자를 만났군."

그러면서 나는 칼을 다시 칼집에 억지로 쑤셔 넣었다. 항주로 돌아가면 당장 칼집부터 하나 맞춰야겠다고 생각했다. 남만산 물소 뿔로 튼튼하게.

그때 인기척과 함께 석불원이 들어왔다. 남은 얘기들이 있는지 진왕과 늦게까지 독대를 하고 돌아오는 길이었다.

"약속한 잔금이네."

석불원이 내놓은 전표 봉투는 모두 네 개였다.

각자의 앞에 놓인 봉투를 열어 보이지 않게 액수를 확인한 사람들은 눈이 휘둥그레졌다.

안 보여줘도 나는 다 안다. 내 것이 금전 일천 냥, 남궁소소와 호리 독사의 것이 각각 백 냥이다. 그리고 미나모토의 것은 우리 세 사람의 것을 전부 합친 것보다 많은 이천 냥이었다. 적어도 아주 잠깐 동안은.

"우리도 계산을 마쳐야 하지 않겠소?"

내가 미나모토를 돌아보며 말했다.

표행을 떠나기 전 남궁세가에서 나는 그와 적수공권으로 비무를 겨루었었다. 조건은 미나모토가 이기면 뇌검에게 부탁해 그 자신은 물론 이거니와 함께 갇혀 있는 열 명의 수하들까지 전부 풀어주는 것. 반대로 그가 지면 석불원에게 받기로 한 잔금 이천 냥을 전부 내게 양도하고 표행을 하는 내내 내 명령에 복종하는 것.

비무는 내가 이겼고, 미나모토는 표행 중 두어 번 사고를 치기는 했어도 대체적으로 명령에 잘 따른 편이었다.

미나모토는 입술을 부르르 떨더니 봉투를 내 쪽으로 툭 밀어놓았다. 그러면서 혼잣말처럼 중얼거리는데 이번에도 어설픈 우리말이었다.

"사기꾼."

"뭐요?"

"사기꾼이라고 하는 거 같은데요."

옆에서 남궁소소가 정확한 발음으로 설명해 주었다.

"나도 들었소."

"뭐라고 통역해 줄까요?"

"그냥 무시하겠소."

"왜요?"

"바쁘오."

나는 선금으로 받아둔 전표와 이번에 받은 전표를 하나의 봉투로 합치고는 조심스럽게 갈무리했다.

그러면서 속으로 생각했다.

'이러면 총 금전 사천 냥을 벌어들인 건가?'

"그중 사십 냥은 내 몫인 거 알죠?"

"……!"

망치가 뒤통수를 때리는 줄 알았다. 이 여자 내 표행비가 도합 이천 냥이라는 걸 정확히 알고 있다.

'나는 말한 적이 없는데.'

그걸 알고 있는 것도 놀랍지만, 내 표행비가 미나모토보다 훨씬 작다는 걸 들킨 게 더 약 올랐다.

"괜찮아요. 결과가 중요하죠."

"뭐가 말이오?"

"표행비의 격차 때문에 당황한 거 아니었어요?"

"지금 뭐 하는 거요?"

"독심술이에요."

그러면서 씨익 웃었다.

그래도 내가 쟁자수로 고용되었다는 것까진 모르는 것 같았다.

"모두 알겠지만 이번 표행은 진왕가의 의뢰를 받아 왜국으로 끌려간 어느 몰락한 호족의 남매를 구출해 온 것이었네."

석불원이 지난 보름간의 표행을 다시 한번 간단하게 정리해 주었다. 남매는 당연히 모모카와 쇼고 왕자다. 오황자와 그의 빈은 아예 관련조차 없었고 또 없어야 했다.

황해노경과 흑룡도방 사람들은 염려하지 않아도 된다. 그들은 일단 입이 무거운 데다 모모카와 쇼고의 진짜 신분을 전혀 알지 못했다.

"이제 그만 정리를 할까나."

"벌써 가시려고요?"

"왕부를 들고 날 때는 본래 야음을 틈타야 하는 법이라네. 그래야 호사가들의 불필요한 입방아를 피할 수 있거든. 자네들도 명심하시게."

석불원이 말을 끝내더니 나와 남궁소소와 호리독사와 미나모토에게 차례로 술을 한 잔씩 따라주었다. 표행단을 해체하기 전 표두가 표사들에게 수고했다는 의미로 술을 내리는 소소한 의식이었다.

나는 대표로 석불원에게도 술을 따라주었다. 그리고 모두 함께 술잔을 들어 비웠다.

정말로 모든 걸 끝낸 석불원이 사람들을 한차례 쓰윽 훑어보며 말했다.

"고생들 많았네."

"많이 배웠습니다."

대표로 내가 인사를 하자 석불원이 나를 돌아보며 대견하다는 표정으로 말했다.

"자넨 내가 아는 최고의 쟁자수였네."

"……!"

"……!"

경항대운하를 따라 배 한 척이 남하하고 있었다.

더위가 한풀 꺾인 초가을, 수십 명의 선객을 태운 배는 잠시도 조용할 틈이 없었다.

이정룡이 돈도 많겠다 당장 내려서 말로 갈아타자는 걸 남궁소소는 필사적으로 만류했다. 남자와 달리 여자는 말을 너무 오래 타면 안짱다리가 된다는 말을 언젠가 들은 적 있기 때문이다.

"시원하고 좋잖아요."

"말 타는 게 더 시원하오."

"심심하지도 않고요."

"동공을 수련하며 가면 되지."

"항상 뭘 해야 한다는 압박감에서 벗어나 좀 여유를 가져봐요. 주변 사람들도 살펴보고요. 예를 들면 만나는 여자가 오늘은 어떤 비녀를 머리에 꽂았나 하는 거라든가."

"그건 내가 선물한 목련잠이 아닌데."

"지난봄 돌아가신 여종매 전대 도화곡주님께서 선물로 주신 거예요. 복숭아 꽃가지 모양의 은잠이잖아요."

"기억나오."

"시집갈 때 꽂으면 좋겠다고 하셨는데."

"도화곡 사질들의 소식을 못 들은 지도 오래되었군."

"잘 지내겠죠?"

"그래야지."

"다들 보고 싶어요."

"시간 내서 한번 갑시다."

"언제요?"

"해룡선방에 맡긴 배를 장강에 띄우면. 무한(武漢)까지만 가면 나머지는 말을 타고 가도 되고."

"그때도 우리 지금처럼 붙어 다닐까요?"

"무슨 뜻이오?"

"지난번에 한 달만 만나보고 계속 만날지 말지 결정하기로 했잖아요. 만약 누구 한 사람이 아니다 싶으면 이제 서로 안 보게 될 것 같아서요."

"벌써 그렇게 됐나?"

"두 달쯤 되어갈걸요."

"시간이 쏜살처럼 흐르는군."

"그래서 어떡할래요?"

"한 달만 더 만나봅시다."

"왜요?"

"범선 진수식도 봐야 하고 도화곡도 함께 가야 하고."

"나도 좋아요."

선객들은 저녁 하늘을 붉게 물들이는 서쪽의 아름다운 노을에 온통 정신을 빼앗기고 있었다. 호리독사와 미나모토도 선객들 사이에 섞여 뒤통수만 보이고 있었고.

선객들로부터 떨어져 뒤쪽 난간에 붙어 있던 남궁소소는 이정룡의 어깨에 슬그머니 머리를 기댔다. 순간 이정룡의 몸이 나무토막처럼 뻣뻣하게 굳었다. 그러면서도 어깨는 또 사시나무처럼 파르르 떨었다.

"안 잡아먹어요."

"피차일반이오."

"내가 뭘요."

"심장 소리가 다 들리오."

"내 심장 아닌 것 같은데요."

"……!"

"나 어디가 좋아요?"

"좋다고 말한 적 없소만."

"별로인 사람과 만나지는 않을 거 아니에요."

"말할 때 눈을 깜빡깜빡하는 게 예쁘오."

"그게 왜요?"

"꽃이 폈다 졌다 하는 것 같소."

"옛날에 쓰던 기술인가요?"

"먹혔소?"

"어림도 없어요."

이정룡과 헤어진 남궁소소는 전서를 받고 마중 나온 무사들과 함께 곧장 남궁장으로 향했다.

경항대운하를 타고 북경에서 항주로 가려면 무조건 양주를 거쳐야 한다. 기왕에 양주까지 온 거 남궁장에 들렀다가 함께 항주로 가자고 했더니 그 매정한 인간은 단칼에 거절했다. 한 달 넘게 비룡당을 비워둔 터라 서둘러 가보아야 한다나.

"일에 미친 작자 같으니라고."

"예?"

"아니에요. 아무것도."

"그런데 저자는 이제 어떻게 되는 겁니까?"

호위무사가 저만치 떨어진 곳에서 말을 타고 따라오는 미나모토를 가리켰다.

표행을 성공적으로 끝마쳤기 때문에 애초의 약속대로 그는 이제 자유의 몸이었다. 한데 아직 수하들 열 명이 남궁세가에 갇혀 있었던 탓에 일단 남궁세가로 돌아갈 거라고 했다. 거기서 수하들과 작별인사를 하든 할아버지와 담판을 짓든 하려는 모양이었다.

"그건 이제 그의 선택에 달려 있죠."

그러면서 남궁소소는 전표를 다시 한번 확인하기 위해 품속을 뒤졌다. 한데 무언가 이상한 것이 불쑥 만져졌다.

서둘러 꺼내 보니 못 보던 비단 주머니였다.

"뭐지?"

재빨리 입구를 열었더니 이정룡이 황자비에게서 받았다며 신나게 자랑하던 천지이황보전단 두 알이 들어 있었다.

"이게 왜 여기에……."

어쩐지 가슴이 평소보다 살짝 무겁더라니. 이 기특한 인간이 어른들께 가져다드리라고 몰래 넣어놓은 모양이었다.

그러고 보니 배에서 내릴 때 앞서 내리려는 사람들에게 밀려 잠시 이정룡과 꼭 붙은 적이 있었다. 뭔가 살짝 찌르는가 싶더라니.

갑자기 가슴이 뭉클해졌다.

"그게 무엇입니까?"

"어른들께 드릴 선물요."

"귀한 물건 같습니다만."

"귀하다 말다요. 목숨 걸고 일한 대가로 받은 건데요. 그나저나 할아버지, 아버지, 어머니까지 모두 세 분인데 어떻게 나누지? 가족끼리 비무를 시킬 수도 없고. 에라 모르겠다. 할아버지 드리면 알아서 하시겠지."

6장

미곡 운송 전쟁(1)

천룡표국에 도착했을 때는 이른 아침이었다.

북경을 떠난 지 보름째였고 항주를 떠난 지 한 달이 조금 넘은 어느 날이었다.

곧장 비룡당에 들러 간단히 회포를 풀고 가불염과 전립성으로부터 밀린 보고들을 받았다. 그리고 저녁이 되자 쉴 틈도 없이 표왕부로 불려갔다. 이종산이 예정에 없던 장로회의를 갑자기 소집한 것이다. 공교롭게도 내가 도착한 시기와 맞물려 무언가 심상치 않은 일이 벌어지고 있는 것 같았다.

대충 씻고 달려갔더니 총표두 곽석산과 대장궤 손지백은 물론 칠당의 당주들 전부가 모여 있었다. 단 한 사람 나의 셋째 형이자 묵룡당주인 이병룡만 빼고.

그는 몇 달 전 마교 보물 건으로 천룡표국에 큰 손해를 끼친 후 당주직을 박탈당하고 근신 중이었다. 아직도 복직을 못 했나?

"국주님과 총표두님, 대장궤님 그리고 육당의 선배 당주님들께 비룡당주 이정룡이 무사 귀환을 보고드립니다."

"왜국으로 들어갔었다고?"

"그렇습니다."

"다친 곳은 없느냐?"

"보시다시피 멀쩡합니다."

"남궁소소는?"

"남궁세가에서 며칠 묵었다가 항주로 올 겁니다. 저보다 더 건강하고요."

"애썼다."

"감사합니다. 국주님."

북경에 머물 무렵 나는 천룡표국의 북경 분타에 들러 이곳으로 전서부터 보냈었다. 대충 이러이러한 표행을 했으며 모두 무사히 돌아와 진왕부에서 휴식 중이니 걱정하지 말라고.

이미 대략의 보고를 받았음에도 불구하고 사람들은 하나같이 놀라워하는 기색을 감추지 못했다.

손지백이 덕담하듯 차분하게 말했다.

"이번 표행은 표사로서 자네의 이력에 큰 족적이 될 것이네. 천하의 표사들 중 왕부의 의뢰를 받아본 사람이 몇이나 될 것이며, 왜국으로 들어갔다가 무사히 돌아온 사람은 또 몇이나 되겠는가. 껄껄껄."

곽석산도 조용히 한입 보탰다.

"필시 지난날의 활약을 눈여겨본 진왕야께서 비룡당주를 황금장표에게 추천한 모양입니다. 이번 표행으로 말미암아 천룡표국과 진왕부의 관계 또한 더욱 돈독해질 것입니다."

양진각이 조심스럽게 끼어들었다.

"진왕부와의 관계가 돈독해지는 것이 꼭 좋은 일만은 아닐 것입니다. 진왕야가 황태자로 유력한 황자들로부터 크게 견제를 받는 오황자의 사람이고 보면 저는 오히려 앞날이 조금 걱정되는군요."

곽석산이 고개를 갸웃했다.

그가 뭐라고 하기도 전에 손지백이 뚱한 얼굴로 다시 나섰다.

"양 당주께서는 걱정도 팔자이시오. 설마하니 진왕야와 친분이 깊다는 이유만으로 장차 황태자가 될 이황자나 삼황자가 우리 천룡표국을 치기라도 한단 말이오?"

"누가 황태자가 되든 그들이 일개 표국에 불과한 천룡표국을 직접 치는 일은 없을 것입니다. 그럴 이유도 없고요. 하지만 진왕부와 경쟁 관계에 있던 다른 왕부들은 다를 수 있지요."

"어째서요?"

"아시다시피 일전에 예왕의 사주를 받은 것으로 짐작되는 살수들이 진왕 일가족을 습격했다가 우리의 방해로 말미암아 실패한 적이 있습니다. 듣자 하니 그 일로 예왕이 심각한 타격을 받았다고 하더군요."

"방해가 아니라 보호요! 그리고 예왕이 곤욕을 치른 게 우리 탓은 아니지 않소이까. 오히려 스스로 자초한 일이지."

"전 다만 큰불을 가까이하면 언젠가는 옷에도 불똥이 튄다는 말씀을 드리는 것입니다. 아시는지 모르겠으나 예왕은 이황자의 사람으로 알려져 있습니다."

너무나 그럴듯한 말에 손지백은 한순간 할 말을 잃은 듯했다.

화가 나면 일단 지르고 보는 손지백과 달리 침착한 곽석산은 무언가 할 말이 있는 것 같았다. 하지만 좋은 분위기를 깨고 싶지 않아 꾹 참는 눈치였다. 장로회의에서 대장궤와 총표두가 편을 먹고 당주 하나를 갈구는 것도 좋은 모습이 아니긴 했다.

그러자 이종산이 유지평에게 물었다.

"유 당주는 어찌 생각하시오?"

무림맹 군사부 출신인 청룡당주 유지평은 공명정대한 성격에다 자타가 공인하는 천룡표국의 지낭이었다. 그라면 무언가 결론을 낼 수 있으려나.

"그건 황룡당주님께 들어보시는 게 더 정확할 것입니다."

유지평이 웃으며 대답했다.

그는 여우처럼 공을 황자충에게로 넘겨 버렸다. 한데 누구도 고개를 끄덕이지 않을 수 없었다. 황자충은 황실 금의위 장수 출신으로, 여기 모인 사람들 중 누구보다 황실 권력 싸움에 대해 밝았다.

유지평에게로 향했던 사람들의 시선은 자연스럽게 황자충에게로 옮겨갔다.

황자충은 잠시 거북한 표정을 지었으나 이내 자신의 생각을 밝혔다.

"양 당주의 말씀은 충분히 일리가 있습니다. 황제의 눈 밖에 난 왕부와 그 왕부들에게 줄을 댄 상단들이 곤욕을 치른 사례는 수도 없이 많으니까요. 표국이라고 예외가 될 수는 없을 것입니다."

양진각의 눈에 살짝 힘이 들어갔다.

이갑룡은 시종일관 무표정이었다. 하지만 이을룡은 입가에 어리는 조소를 구태여 감추려 하지 않았다.

"한데 진왕부는 좀 다릅니다."

모두가 눈동자를 반짝였다.

"어떻게 말이오?"

"진왕야는 황실 종친들 사이에서 신망이 두텁고 특히 한림원의 학사들로부터 절대적인 지지를 받고 있습니다."

"누가 황태자가 되든 함부로 못 할 것이다?"

"진왕부를 회유하려면 했지 척을 지려 하지는 않을 것입니다. 그건 잃는 것이 너무 많습니다. 설사 예왕을 내치는 한이 있더라도 말입니다."

"내가 하고 싶은 말이 바로 그것이오!"

말미에 손지백이 얼른 숟가락을 얹었다.

양진각과 이을룡의 얼굴이 동시에 와락 구겨졌다. 반면에 다른 사람들은 과연 그렇다는 듯 천천히 고개를 끄덕였다.

이종산은 별 내색 없이 가볍게 웃기만 했다.

평생 수많은 표행을 한 데다 오랜 세월 표국의 수장으로 지낸 사람이다. 대대로 가문 차원에서 황실에 인맥을 만들어 관리도 해왔다. 그런 그가 이 정도 통찰도 없을까?

천만의 말씀이다. 그는 이미 모든 걸 파악하고 있었다. 그리고 일부러 공명정대한 유지평에게 먼저 질문을 해 황자충의 입에서 나올 대답에 무게가 실리도록 했다. 유지평이라면 당연히 손가락으로 황자충을 가리킬 테니까.

'무서운 노인네 같으니라고.'

그런 이종산조차도 까맣게 모르는 것이 있었다. 결국 오황자가 황태자가 되고 황제가 될 거라는 사실이다.

그리 멀지도 않았다. 올해 아니면 내년? 무려 삼십 년 전의 일인 데다 그땐 한가하게 황실 이야기에 귀를 기울이고 다닐 형편이 아니어서 애석하게도 기억이 정확하지 않았다.

그나저나 양진각은 이을룡의 편이 되기로 결심을 굳힌 모양이었다. 저렇게 노골적으로 나오는 걸 보면 형제들 간의 전쟁이 멀지 않은 것 같다.

곽석산이 내게 말했다.

"표행을 마쳤으면 상납을 해야지? 어디 왜국까지 갔다 오고 얼마나 벌었는지 한번 볼까나."

"그게 말입니다……."

나는 말꼬리를 흐리며 다른 당주들을 슬그머니 돌아보았다.

특히 이갑룡과 을룡의 눈치를 살폈다. 이걸 보고 내게 무슨 문제가 있다고 생각했는지 두 사람의 눈동자가 반짝였다.

곽석산이 다시 물었다.

"아직 잔금을 받지 못한 것인가?"

"그것이 아니고요."

표사들이 이런저런 이유로 약속한 잔금을 받지 못하는 경우는 헤아릴 수 없을 만큼 많다. 이럴 땐 표국에 상납하는 것도 잠시 미룬다.

하지만 미수금은 진왕과 황금장표의 이름과는 너무나 어울리지 않는 말이었다.

"국주님께서 궁금해하시지 않느냐? 똑바로 말씀을 올리거라."

이을룡이 나를 돌아보며 조용히 나무랐다. 다른 당주들과 달리 형제간인 데다 바로 옆에 앉아 있다는 걸 명분 삼아 나선 것이다.

'에라 모르겠다.'

가장 말석에 앉아 있던 나는 품속에서 미리 준비해 온 봉투를 꺼냈다. 이어 천천히 일어난 다음 앞으로 걸어가 이종산의 앞에다 조신하게 밀어놓고 자리로 돌아왔다.

내용물을 확인한 이종산이 두 눈을 부릅떴다.

"이게 무엇이냐?"

"표행비입니다."

"액수에 관해 묻는 것이다!"

"천룡표국의 규칙에 따라 황금장표로부터 받은 표행비 금전 이천 냥 중에서 절반인 일천 냥을 상납하는 것입니다."

금전 일천 냥이라는 말에 갑자기 방 안의 공기가 태풍이라도 분 것처럼 요동쳤다. 사람들은 모두 북해의 차디찬 얼음물에 담갔다가 꺼낸 것처럼 얼어붙어 버렸다.

이종산은 전표에 적힌 액수를 몇 번이고 다시 확인했다. 그러다 무슨 이유에선지 눈동자 깊어지며 묘한 감정에 휩싸이는 듯했다.

이종산이 전표를 내려놓자 손지백이 슬그머니 가져가서는 그 자신도 액수를 살폈다.

만약 이종산에게 온 편지라면 방금 손지백의 행동은 매우 큰 실례가 된다. 하지만 당주가 상납으로 바친 표행비다 보니 천룡표국의 살림을 총괄하는 손지백이나 곽석산에게도 충분히 열람할 자격이 있었다.

"정말 금전 천 냥이군!"

손지백이 전표를 내려놓자 이번엔 곽석산이 가져가서 또 액수를 살폈다. 그리고 다시 한번 눈이 튀어나올 것처럼 커졌다.

"금전 천 냥짜리 전표는 정말 오랜만에 보는군요."

"한 십 년쯤 되었으려나."

"정확히 십육 년 됐습니다."

"벌써 그렇게 되었나?"

"국주님께서 현역에서 은퇴하신 지가 올해로 정확히 십육 년째이니까요."

나는 그제야 두 사람의 대화 속에 담긴 속뜻을 알아차렸다. 이종산의 눈동자가 갑자기 깊어진 것도.

지금으로부터 십육 년 전 현역에 있을 당시 이종산은 금전 천 냥짜리 전표를 선계약금으로 받았던 모양이었다. 그리고 지금 그의 넷째 아들이 장성해서 비록 일회성으로 끝날지언정 명표의 상징과도 같은 액수를 받아오자 감개가 무량한 것이다.

이건 나도 전혀 생각지 못한 상황이고 반응이었다. 단순히 액수가 커서 칭찬받을 거라고는 생각했지, 이종산에게 특별한 의미가 있을 줄은 까맣게 몰랐다.

'자식을 낳아본 적 없으니 아비의 마음을 알 수가 있나.'

그리고 사실 이번 표행으로 내가 벌어들인 금액은 모두 사천 냥이었다. 다만 이천 냥은 미나모토와의 내기에서 딴 것이기 때문에 상납할 이유가 없을 뿐.

한편 이갑룡과 이을룡은 똥물을 한 바가지나 들이킨 것 같은 얼굴이었다. 웬만해선 표정이 변하지 않는 이갑룡조차도 이번엔 감정을 숨기지 못했다.

이종산이 이갑룡에게 물었다.

"호남에선 소식이 왔느냐?"

"그렇지 않아도 상단들이 운송 계획서를 보내왔습니다. 하나같이 올해는 대풍이 들어 물동량이 삼 할 정도 더 늘어날 것 같다며 미리 준비해 달라고 전해왔습니다."

그러면서 이갑룡은 상단의 이름이 적힌 봉투들을 옆으로 내밀었다.

그는 말석에 앉아 있던 나와 달리 곽석산의 바로 옆에 앉아 있었다. 해서 곽석산이 봉투들을 그대로 집어다 이종산의 앞쪽에 보기 좋게 놓아주었다.

이갑룡이 말한 상단은 호남성에서 미곡만 전문으로 취급하는 대형 상단들이었다. 천룡표국은 모두 열일곱 곳과 거래를 해오고 있는 상태였다. 그리고 해마다 봄과 가을이 되면 대량의 미곡을 강동과 강북으로 운송했다. 그 행렬이 길게는 십 리에 걸쳐 이어질 때도 있었다. 게다가 한 번의 운송으로 끝나는 것이 아니어서 같은 작업이 짧게는 두 달에서 길게는 석 달까지도 이어진다.

이때가 되면 천룡표국은 그야말로 당을 떠나 표국 차원에서 전력을 다해 매달린다. 미곡 운송은 표국에서 연중 가장 큰 수익을 내는 일이기도 하거니와 상시 보유하고 있어야 할 표사와 쟁자수들의 수를 정하는 기준이 되기 때문이다.

다른 표국들도 사정은 마찬가지여서 봄가을의 미곡 운송에 사활을 건다. 표국을 키우려면 무조건 봄가을의 미곡 운송량부터 확보해야 한다는 말이 그래서 나왔다. 때문에 이맘때가 되면 표국들 사이에서는 미곡을 사들인 상단과의 계약을 한 건이라도 더 따내기 위한 경쟁이 전쟁을 방불케 한다.

"어찌하여 열네 개밖에 없느냐?"

이갑룡은 이을룡을 돌아보며 대답을 넘겼다.

호남성에서 출발하는 봄가을의 미곡 운송은 그동안 이갑룡과 이을룡이 주도적으로 맡아서 진행해 왔다. 호남성의 대호족 가문인 백리세가가 이갑룡의 외가이고, 그곳에서 미곡을 사가는 상단들이 이을룡의 외가와 같은 휘주상인들이기 때문이었다.

한데 사실 호남성 미곡상단들과 천룡표국 사이의 오랜 거래는 이미 선대 때부터 내려온 유산이었다. 그 유산의 결과로 이종산이 지금의 부인들을 얻은 것이고.

그리고 오늘에 이르러서는 이갑룡과 을룡이 외가들을 등에 업고 미곡 운송 일을 사실상 책임지고 관리했다.

이종산의 입장에서도 표국의 가장 중요한 일이었기에 어찌 되었든 두 아들에게 맡겨 경험을 쌓게 하는 것이 당연했다.

이을룡이 힘겹게 말을 꺼냈다.

"세 곳에선 보내오지 않았습니다."

"어찌하여?"

"분타에 전서를 보내 사람들을 해당 상단에 급파하고 다른 휘주상인들을 통해서도 백방으로 알아보는 중입니다만, 아직 정확한 이유를 파악하지 못하고 있습니다."

"다음 달이면 본격적인 미곡 운송이 시작된다. 그리고 우리는 지금쯤 그 계획서를 손에 쥐었어야 하고. 너희는 이게 무슨 의미인지 알고 있겠지?"

"최대한 빨리 알아보겠습니다."

"서둘러 상황을 파악해 보고드리겠습니다."

"보고가 중요한 것이 아니다!"

"……!"

"……!"

"너희가 천룡표국 내에서도 가장 큰 두 개의 당을 차지하고 있는 것은 단지 내 아들로 태어났기 때문이다. 너희의 나이 어느새 서른 언저리. 계속해서 그 자리를 지키고 싶다면 실력을 증명해야 한다."

이종산의 질책이 칼날처럼 서늘했다. 작심한 듯 폐부를 찔러댔다.

총표두와 대장궤는 물론 당주들의 얼굴 또한 어느 때보다 어두워졌다. 만약 세 곳의 상단이 한꺼번에 이탈한다면 천룡표국은 장기적으로 보았을 때 당 하나를 통째로 날려야 할 수도 있었다. 그렇게 되면 최소 이백 명의 표사와 쟁자수들이 졸지에 일터를 잃게 되는 것이다.

이종산이 이런 징조를 몰랐을 리 없을 터, 갑자기 장로회의를 소집한 이유가 이것이었나 보다.

"호남과 호북의 여러 표국들이 파격적인 표비를 앞세워 대대적인 공세를 퍼붓는 중이라는 정보가 있습니다. 특히 천룡표국과 오랜 세월 거래를 해온 상단들이 주요 목표라고 합니다."

여태 잠자코 있던 유지평의 말이었다.

그러자 양진각도 조심스럽게 거들었다.

"천룡표국은 강남의 수많은 표국들과 비교하며 표비가 제일 비쌉니다. 표사와 쟁자수들을을 아끼지 않고 투입해 가장 안전하고 신속한 표행을 보장하기 때문이기는 하지만 비용적인 측면에선 경쟁력이 떨어지는 것 또한 사실이지요."

황자충도 한입 보탰다.

"운송 계획서를 보내오지 않은 세 곳은 작년과 올해에 걸쳐 단주의 세대교체가 이루어진 상단들입니다. 아무래도 선대의 방식을 버리고 자신들만의 길을 개척하려는 것처럼 보입니다."

"실패의 이유를 대라면 나 역시 백 가지도 더 말할 수 있소이다. 하지만 누누이 말하거니와 장로회의는 문제를 해결하고 대책을 세우는 자리이지 변명을 들어주는 자리가 아니외다."

"명심하겠습니다."

"명심하겠습니다."

"명심하겠습니다."

이종산의 호통에 세 명의 노인네들이 쩔쩔매며 고개를 숙였다.

이종산은 이어 곽석산과 손지백에게도 명령했다.

"다른 표국들과 계약을 맺어버리면 이미 늦습니다. 상단주들에게 전서를 보내 내가 만나고자 한다고 전하세요. 더불어 다음 달부터 칠당의 인원을 오 할 정도 빼서 대기 시켜놓으시고요."

"알겠습니다."

"알겠습니다."

이종산은 이어 내게도 말했다.

"비룡당도 호남성으로 갈 준비를 하거라."

"저희도요?"

"비룡당에 아직은 의뢰가 끊이지 않는 줄 안다. 하지만 뜨겁게 타오른 불은 반드시 금방 꺼지는 법. 단발성 표행에만 안주해선 안 되느니라."

곽석산도 거들었다.

"국주님께서 시키는 대로 하시게. 미곡 운송은 모든 표국들이 본(本)으로 삼는 일. 비룡당을 천룡표국의 기둥으로 키우길 원한다면 미곡 운송 일을 반드시 배워야 하네."

굳이 안 배워도 되는데. 전생에서 삼십 년 동안 해마다 미곡 운송을 했다. 여기 있는 사람들 중에 미곡 운송에 관해 나만큼 많이 아는 사람은 없다고 자부한다. 심지어 이종산도 미곡 운송에 관해서라면 나보다 경험이 적을 것이다.

"아무래도 일정을 좀 조절해야겠군요."

"무슨 일정을 말인가?"

"항주부에서 중앙 관서와 황궁 등으로 올려보내는 모든 공물의 운송을 향후 십 년간 천룡표국이 맡게 될 것 같습니다. 하지만 그건 절강성 전역에서 보내온 공물이 항주부로 어느 정도 집하되고 난 이후의 일이니……."

"뭣!"

"뭐라고!"

곽석산과 손지백이 동시에 깜짝 놀라서 외친 단말마였다. 두 사람뿐만이 아니었다. 이종산을 비롯해 황자충, 양진각, 유지평은 물론이거니와 이갑룡과 을룡도 눈알이 빠질 것처럼 튀어나왔다.

"그게 무슨 말이더냐?"

"진왕야께서 돈 말고도 필요한 게 있으면 말해보라고 어찌나 강권하시는지. 정 그러하시면 항주부의 공물 운송을 한번 맡아서 해보고 싶다고 말씀드렸습니다."

"그랬더니?"

"껄껄 웃으시고는 곧장 지부대인에게 보내는 추천서를 써주셨습니다. 해서 아직 확정된 것은 아닙니다."

말이 좋아 추천이지 상대가 진왕이고 보면 강요고 협박이다. 일개 지부대인이 왕의 작위까지 받은 황족의 말을 무슨 배짱으로 묵살하겠나. 그러니 공물 운송권은 천재지변이 발생하지 않는 한 내 손에 들어오게 되어 있다. 이 사실을 이종산과 다른 사람들도 모두 짐작할 것이고.

사람들은 하나같이 당혹감을 감추지 못했다.

이유가 있다. 과거에는 어땠는지 모르나 이종산의 대에 이르러 천룡표국은 단 하나의 공물 운송권도 가지지 못했다.

공물 운송은 본래 부패한 관리들이 표사들과 짜고 온갖 편법을 동원해 자신들의 배를 불리는 장으로 쓰였다.

그중 대표적인 방법이 운송을 하는 도중 인적이 드문 산기슭에서 기다리고 있던 관리들이나 혹은 그들의 사주를 받은 이들에게 일정량을 넘기는 것이었다. 워낙 여러 단계를 거치는 데다 품목과 양도 많다 보니 어지간히 빼먹어선 표도 잘 안 나고 알아차리지도 못한다.

이런 짓거리는 이종산의 신념과 맞지 않고 천룡표국의 깃발을 걸고 할 일도 아니었다. 다른 표국들도 공물 운송권을 빼앗길까 봐 시키는 대로 하는 것일 뿐, 결코 좋아서 하는 일이 아니었다.

하지만 진왕이 지부대인에게 추천을 가장한 강요를 했다면 얘기가 달라진다. 빼돌리는 일에 협조하라는 관리들의 요구를 가볍게 묵살해버려도 아무런 문제가 없는 것이다. 더불어 표비를 터무니없을 정도로 깎아서 그 차액을 챙기는 수법도 쓸 수가 없을 것이고.

"왕 지부대인에게 큰일이 생겼군요."

유지평의 입에서 나온 말이었다.

모두의 시선이 그에게로 향하자 그가 가볍게 웃으며 덧붙였다.

“제 손으로 향시와 회시의 장원급제 교지를 두 번이나 내렸는데, 그걸 받은 유생이 표사가 되어서는 자신의 가장 큰 돈주머니를 탈탈 털어먹게 생겼으니 말씀입니다.”

손지백이 얼른 덧붙였다.

“그러고 보니 지부대인의 첩이 아홉 명이나 된다고 하던데, 모두 먹여 살리려면 늘그막에 등골이 휘겠군. 젊고 예쁜 것들은 입이 짧아서 아무거나 잘 먹지도 않는데 말이지. 큭큭큭.”

손지백은 자기가 말하고도 웃긴지 배꼽을 잡았다. 곽석산은 연신 어깨가 들썩거렸고, 황자충은 터져 나오는 웃음 때문에 콧구멍이 벌렁거렸다.

좀처럼 감정을 잘 드러내지 않던 이종산도 지금 이 순간만큼은 하얗게 이까지 드러내며 웃고 있었다. 어깨를 의자 등받이에 완전히 기댄 모습에선 뭔가 뿌듯한 성취감마저 엿보였다.

반면 이갑룡, 을룡, 양진각은 얼굴이 돌덩이처럼 굳어졌다. 특히 이갑룡과 을룡은 얼굴에 불이라도 난 것 같았다.

잠시 후, 웃음기를 거둔 이종산이 말했다.

“봄가을에만 여섯 달 정도 눈코 뜰 새 없이 바쁜 미곡 운송과 달리 공물 운송은 연중 일이 끊이질 않는 법이다.”

“그렇다고 들었습니다.”

“현재 비룡당의 인원으로는 감당하기 어려울 터, 혹시 표사와 쟁자수들을 증원을 할 계획이더냐?”

"아까도 말씀드렸지만 아직은 확정된 일이 아닙니다."

"속에 이무기가 들어 있는 녀석이 이럴 때만 어리석은 척을 하는구나. 잔말 말고 계획이나 말해보거라. 북경에서 이곳까지 오는 동안 내내 그 생각만 했음을 내가 모를 것 같으냐."

무서운 노인네 같으니라고.

"일단 현재의 인원들로 시작을 할 생각입니다. 적당한 길도 찾아야 하고 표사들의 손발도 맞춰야 하니까요. 넘치는 물량은 당분간 다른 당에 넘기도록 하겠습니다. 물론 당주님들께서 원하신다면요."

"우선은 일부만 맡겠다?"

"그렇습니다."

"어째서?"

"이무기가 돈에 눈이 멀어 돼지를 통째로 삼키려 하면 반드시 탈이 날 것입니다."

이종산의 눈동자가 또다시 깊어졌다. 아까 본 그 눈빛과는 비슷하면서도 어딘지 모르게 달랐다. 아까의 눈빛이 감격의 빛이었다면 지금의 눈빛에는 왠지 대견해하는 기색이 느껴졌다.

"거듭된 성공과 금전 일천 냥의 표비가 행여 너로 하여금 초심을 잃게 만들지는 않았을까 걱정했느니라."

"금전 일천 냥은 시기와 표주의 사정이 맞아떨어지는 바람에 취한 일시적인 행운일 뿐입니다. 결코 표사로서 저의 몸값이 아님을 잘 알고 있습니다."

이종산은 웃으며 손지백에게 말했다.

"오늘 회의는 이 정도로 하고 술이나 한 잔씩들 하시지요. 지난번에 마셨던 산삼주 맛이 다들 어떠셨는지."

"근자에 산삼주가 자주 나옵니다. 그려."

"그래서 싫으십니까?"

"좋은 술을 좋은 잔에 따라 마시면 그 맛이 배가 되는 법이지요. 제게 십이지신상이 새겨진 송(宋) 대의 황금 술잔 열두 개가 있는데, 어떻게, 구경 한번 해보시겠습니까?"

곽석산이 대뜸 물었다.

"그런 게 어디서 나셨습니까?"

"누가 선물했네."

전날 마교의 보물을 왕창 챙겨왔을 때 나는 전립성의 충고를 받아들여 골동품으로서의 가치가 적은 것들만 골라 표왕부에 바쳤었다. 그때 손지백에게는 황금잔을, 곽석산에게는 황금요대를 뇌물로 주었다. 내 속셈을 뻔히 아시겠지만 좋게 좋게 좀 넘어가 주시라고.

'그런데 가만. 우리가 선물한 건 분명 열한 개였는데.'

황금잔에 십이지신상이 새겨진 걸 보고 모두 열두 개인 줄 알았고, 전립성이랑 열심히 찾아보았으나 끝내 한 개가 모자랐다. 하여 남만에서 뗏목에 보물들을 실을 때 빠뜨린 줄만 알았다.

그러고 보니 보물을 잔뜩 싣고 들어오던 날 멀쩡하던 바퀴가 빠져 표마차가 구를 뻔했었다. 그때 빼돌린 게 확실하다. 필시 이종산에게도 보여주고 감정도 해보기 위해서였을 것이다.

'무서운 노인네들 같으니라고.'

늦은 밤 개인 처소로 돌아온 나는 하인 장삼에게 아침이 될 때까지 누구도 들이지 말라고 명령했다.

"가 표두님께 부탁해 호법이라도 몇 명 세울깝쇼?"

"왜 호법이 필요할 거라고 생각하지?"

"왠지 그러신 것 같았습니다."

"하여간에 눈치는 빨라 가지고."

"준비할깝쇼?"

"됐고. 나 없는 동안 잘 지냈지?"

"물론이죠. 항상 지금 같았으면 좋겠습니다."

"다른 당의 쟁자수들이 괴롭히지는 않고?"

"그게 언제 얘긴데요. 지금은 멀리서도 제가 보이면 달려와 아는 체를 합니다. 어떤 놈들은 담벼락 뒤에 숨어 있다가 우연인 것처럼 쓰윽 나타나 엿도 주고 가고요."

"왜?"

"가불염 표두님 지시로 용소백 상자수님께서 가끔 다른 당에 쟁자수 지원 요청을 할 때가 있는데, 그때 자신들을 좀 추천해 달라고요."

"어째서?"

"비룡당 일을 하면 수당 외에도 따로 챙겨주는 포상금이 쏠쏠하거든요. 운이 좋을 때는 수당의 두 배가 넘기도 하고요."

"상자수에게 직접 하지 왜?"

"씨알도 안 먹히니까 그렇지요. 융통성 없고 고지식하기가 가불염 표두님과 아주 막상막하입니다."

"그 노인네가 그런 면이 좀 있지. 그래서 내가 모신 거고."

"아무튼 귀찮아 죽겠습니다. 고작 내각의 하인에 불과한 제가 무슨 힘을 쓸 거라고."

"나를 가장 가까이에서 보필하는 측근이라고 자랑을 하고 다녀서 그런 건 아니고?"

"무, 무슨 그런 말씀을."

"……."

"죄송합니다. 다음부턴 조심하겠습니다."

"틀린 말도 아닌데 뭘."

"예?"

"비룡당에서 다른 당에 지원 요청하는 쟁자수들 중 절반의 선택권을 너에게 주겠다. 그걸 밑천으로 천룡표국 쟁자수들 줄을 한번 세워 봐. 상자수께도 말해놓을 테니."

"예에?"

"쓸 만한 놈, 포섭이 가능한 놈, 자기 당의 사정에 밝은 놈들 위주로 뽑아. 그리고 다른 당 내부의 움직임을 알아낼 수 있을 만큼 알아내."

"쟁자수들이 뭘 알까요?"

"위에서 보이는 것도 있지만 아래에서 위로 올려다보아야만 보이는 것들도 있어. 하지만 용 상자수가 털어보려고 하면 바로 수상하게 여기고 경계를 할 거야. 잘하실지도 의문이고."

"하인인 저는 전혀 경계를 안 할 겁니다. 접근도 자기들이 먼저 해왔고요."

"쟁자수들을 상자수께 추천해 줄 때 그냥 해주지 마. 공짜로 해주면

네가 주는 혜택의 가치도 떨어져. 뒷돈 확실히 챙겨."

"그건 자신 있습니다."

"그럴 것 같아."

"최선을 다하겠습니다."

"가봐."

"존명!"

장삼은 표사들처럼 포권지례와 구호를 절도있게 올려붙인 후 잰걸음으로 사라졌다.

형님들이 저렇게 노골적으로 적개심을 내보이는데 나도 슬슬 준비를 해야 하지 않겠나.

장삼이 사라지자 다시 한번 문을 열어 바깥을 살폈다. 이어 아무도 없는 것을 거듭 확인한 후 방문부터 걸어 잠갔다.

그런 다음엔 천장의 대들보 위에 깊숙이 숨겨두었던 목함을 꺼내어 뚜껑을 열었다. 그러자 밀랍으로 봉한 엄지손가락 크기의 푸른 옥병 하나가 모습을 드러냈다.

오황자는 말했다.

"황궁엔 일봉이황삼귀(一鳳二凰三龜)의 영약이 있다. 이중 일봉은 약성이 너무 강해 일정한 수준의 내가고수가 아니면 복용할 수가 없다. 애석하게도 지난 삼 대의 황족들 중에는 그만한 고수가 나오지 않았지. 이게 일봉이 내 수중에까지 들어오게 된 경위다."

오황자는 덧붙였다. 공청석유에 화리(火鯉)의 내단을 녹여 만든 일봉은 만병을 낫게 하며 무려 일 갑자의 내공 증진 효험이 있다고. 하지만 일 갑자의 내공을 쌓기 전에 복용하면 반드시 내장이 녹아내리는 횡액을 맞으니 잘 보관하였다가 훗날 고수가 되었을 때 복용하라고.

오황자는 또 덧붙였다. 그때가 언제가 될지 모르니 지금은 천지이황보전단 두 알을 함께 주겠노라고. 이황은 일봉과 상극이니 이황을 복용한 후 십 년 동안은 일봉을 복용하면 안 된다고. 만약 복용하면 주화입마에 빠져 미치광이가 되어버릴 거라고.

'시작해 볼까.'

밀랍을 제거하자 살면서 한 번도 맡아본 적 없는 괴향이 올라오더니 한순간 정신이 아찔해졌다.

설마하니 독을 주지는 않았을 것이다.

아니다. 독과 약은 본래 둘이 아니라고 했다. 무려 일 갑자의 내공 증진 효험이 있는 만큼 그것을 받아들이고 다스리고 진기로 바꾸는 작업 또한 고통스러울 것이다.

'에라 모르겠다.'

나는 옥병을 목구멍에다 대고 시원하게 꺾었다.

가만, 그런데 이걸 꼭 한 번에 다 먹으라는 법은 없지 않나?

순간, 쇳물을 들이켠 것처럼 목구멍이 뜨거워지기 시작하더니 곧 식도와 위장을 지져댔다. 그러자 몸속 어딘가에서 웅크리고 있던 죽간본의 영기도 무언가 이상한 낌새를 알아차리고 꿈틀거리기 시작했다.

정신이 번쩍 든 나는 황급히 가부좌를 틀고 운기행공에 들어갔다. 화리가 괜히 화리겠나. 내장이 시커멓게 타는 걸 보지 않으려면 죽으나 사나 운기행공에 매달리는 수밖에 없었다.

컹컹!

어디선가 들려오는 개 짖는 소리에 잠을 깼다.

밖으로 나갔더니 저만치 마당에서 왕삼표가 독고완, 탁중로, 운휘향 등의 표사들을 대동하고 와서는 장삼과 심각한 표정으로 대화 중이었다. 개 짖는 소리는 탁중로의 손에 잡혀 있는 번견에게서 난 것이었고. 그런가 하면 표사들은 전부 횃불을 하나씩 들고 있었다.

하늘을 올려다보니 색깔이 새벽은 아니고 밤이다. 아무래도 꼬박 하루를 까무러쳐 있었나 보다. 단전에서부터 무언가 꽉 차오르며 활력이 솟구치는 걸 보면 일단은 성공적인 듯한데…….

"거기서 무엇들 하시오?"

표사들이 나를 돌아보고는 장삼과 함께 조르르 달려와 넙죽 고개를 숙였다.

장삼이 말했다.

"하 표사가 이곳으로 오지 않았나 해서 찾아와 보았답니다."

"호리독사는 왜?"

왕삼표가 한 걸음 앞으로 나서며 말했다.

"두어 달 전쯤 청화부인께서 삼백 년 묵은 산삼 세 뿌리를 주고 가셨지 않습니까? 이에 당주님께서 좋은 날 다 함께 마시자 하시며 술을 담가놓으라고 하셨고요."

"그랬지요."

"한 병이 없어졌습니다."

"그러게 내가 잘 숨겨놓으라니까!"

"죄송합니다. 아무도 모르게 항아리에 담아 땅속 깊이 묻어두었는데 그걸 어떻게 귀신같이 알고 캐내 갔는지."

"그냥 포기하시오."

"예?"

"호리독사가 작심하고 숨으면 바로 옆에 있어도 찾을 수가 없소. 국주님이나 총표두님께서 직접 나서시면 또 모를까. 설사 찾는다고 해도 그땐 이미 다 마셔 버리고 난 후일 것이고."

"잡아서 족치기라도 해야죠. 이번이 처음도 아니고요. 감히 당주님께서 직접 챙기신 산삼주를 허락도 없이."

"다른 걸 훔친 적은 없소?"

"희한하게 돈이나 재물 같은 것엔 전혀 관심이 없습니다. 오히려 취하면 쟁자수들에게 돈을 척척 잘도 빌려줍니다. 그러다 빌려준 걸 까먹기도 하고요."

"그럼 놔두시오."

"하지만……."

"고양이가 더는 생선을 훔쳐 먹지 않으면 쓸모도 없어지는 것이오. 생선을 훔쳐 먹지 않는 고양이가 쥐를 잡아먹을 리 없을 테니까."

천룡표국 서쪽 구석진 곳에 경내의 끄트머리를 살짝 걸쳐서 흐르는 시냇물이 있었다. 예쁜 들꽃과 풀들이 무성하게 자란 시내의 옆에는 낡고 오래된 오두막이 찾는 이 없이 방치되어 있었다.

깊은 밤 두 사람이 그곳을 찾았다.

먼저 와서 기다린 사람도 한 명 있었다. 그는 뒷짐을 쥔 채 창가에 서서 하늘에 뜬 보름달을 감상하고 있었다.

"오래 기다리셨습니까?"

"나도 방금 도착했다."

"이 밤에 왜 하필 여기로 부르신 겁니까?"

"이곳이 기억나느냐?"

"당연하지요."

"총표두님께 고된 수련을 받고 나면 항상 이곳으로 달려와 발가벗고 저 시냇물에 뛰어들곤 했었지. 우리가 함께 마지막으로 여길 찾아온 지가 벌써 십오 년이 흘렀구나."

"하시고 싶은 말씀이 무엇입니까?"

"네 것을 빼앗길까 봐 두려우냐?"

"예?"

"초조해할 것 없다. 그 녀석이 제아무리 진왕과 강호인들의 신망을 얻는다고 해도 천룡표국의 일은 결국 천룡표국 사람들이 결정하는 것이다."

"녀석을 향한 아버지와 숙백부님들의 총애도 점점 커지고 있습니다. 반면에 우린 점점 입지가 좁아지는 중이고요."

"그래서 아버지께서 녀석에게 태사의를 넘겨주기라도 할 것 같으냐? 그런 일은 없을 테니 걱정 마라."

"어떻게 확신하십니까?"

"천룡표국이 칠 대를 거쳐오는 동안 모두 스물세 명의 서자들이 있었다. 그중에는 적자들보다 뛰어나다는 평가를 받은 서자도 다섯이나 되었지. 하지만 서자가 태사의를 차지한 적은 한 번도 없었다. 하물며 천출이라니."

"……?"

"태사의를 차지하는 건 결국 우리 세 사람의 싸움이 될 것이다. 우리는 언젠가 때가 되었을 때 아버지께서 쉽게 결단을 내리실 수 있도록 명분을 쌓아드려야 한다."

"뜸 들이는 건 그만하면 충분하니 본론이나 말씀해 보십시오. 설마 하니 격려나 해주시려고 우릴 여기로 부른 건 아닐 것 아닙니까."

"강북의 대형 표국들이 미곡 운송 일에 뛰어들려고 하는 중이다. 그들이 어떤 사람들인데 아무런 계획도 없이 장강을 넘어오진 않았을 터. 장담컨대 남은 미곡상단들의 이탈도 당분간 이어질 것이다. 아버지나 숙백부님들도 당연히 짐작하고 계실 것이고."

"아버지께서 직접 나서실 생각인 것 같습니다만."

"상대는 천룡표국 못지않게 큰 대형 표국들이다. 아무리 아버지께서 직접 나서신다고 해도 어느 정도의 추가 이탈은 막을 수가 없어."

"그래서 뭘 어쩌자는 겁니까?"

"중요한 건 우리가 그 상단들의 손을 잡고 있을 때 빠져나가선 안 된다는 것이다. 그러면 싫든 좋든 우리의 책임으로 지워질 테니까."

"반대로 그 녀석이 잡고 있다가 놓치면 고스란히 녀석의 책임이 되겠군요. 평판도 나빠질 수밖에 없고요."

"그렇겠지."

"녀석의 손에 밧줄을 쥐여줄 방법은 있습니까?"

"예전처럼 함께 물속으로 뛰어들어 보겠느냐?"

"못할 것도 없지요."

이갑룡과 이을룡은 동시에 이병룡을 돌아보았다.

여태 말없이 대화를 듣고만 있던 이병룡이 조용히 입을 열었다.

"그동안 우리가 정룡을 계속 그 녀석이라고 불렀군요. 전 이 사실을 오늘 처음 알았습니다. 그 녀석이라니. 후후."

"네 생각은 어떠냐?"

"전 빠지겠습니다."

"뭐?"

"염려 마십시오. 오늘 들은 얘기는 누구에게도 발설하지 않을 테니까요. 특히 정룡에게는. 약속드립니다."

"이 자식이 지금 뭐라는 거야?"

"남만에서 정룡이 너를 구해준 일 때문이냐?"

"우리 셋 중에 제가 정룡에게 제일 많이 당했을 겁니다. 감정이 있다면 제가 가장 클 것이고요. 그런데 돌이켜 보면 녀석을 가장 많이 괴롭힌 것도 저더라고요."

"그래서?"

"저 역시 녀석과 계속 싸울 겁니다. 지금까지와는 다른 방법으로요. 그리고 형님들과도 싸울 것이고요. 그럼 전 이만."

이병룡은 뭐라고 더 말을 붙여볼 사이도 없이 경공을 펼치며 사라져 버렸다. 그를 한참이나 바라보며 남은 말들을 주고받던 이갑룡과 을룡도 잠시 후 어둠 속으로 사라졌다.

그러자 오두막의 안쪽 구석진 바닥에서 시커먼 그림자 하나가 상체를 쓰윽 일으켰다.

그림자는 두 눈을 끔벅끔벅하더니 돌연 품속에서 호리병을 꺼내 안에 든 것을 마시기 시작했다.

"크어. 갑자기 술맛이 쓰군."

"공물 운송권이라고요?"

비룡당 수뇌부 회의가 끝나갈 무렵 내가 던진 한마디에 나온 장궤 전립성의 반응이었다.

표두 가불염과 상자수 용소백도 화들짝 놀랐다. 특히 전대 국주때부터 일을 해온 덕택에 천룡표국에서 공물 운송권이 지니는 의미를 누구보다 잘 아는 용소백은 손까지 바르르 떨었다.

"아직 확정된 건 아닙니다."

"진왕야께서 편지를 써주셨다면 이미 확정된 것이나 다름없습니다. 지부대인이 미치지 않고서야 어찌 왕부의 추천을 무시할 수 있겠습니까?"

사람들은 서로를 바라보며 좋아서 어쩔 줄을 몰라 했다.

세 명 모두 표국 일로 잔뼈가 굵은 사람들이었다. 그러다 보니 비룡당이 승승장구하는 중에도 단발성 의뢰들의 한계를 누구보다 명확하게 알고 내심 걱정을 해왔던 것이다.

그런 차에 장기 거래 건이, 그것도 잔챙이가 아니라 황궁으로 가는 공물 운송권이라는, 실리와 상징성을 동시에 챙기는 대어를 낚았으니 입이 찢어지려 할 수밖에.

“해서 준비를 좀 해주셔야겠습니다.”

“말씀하시지요.”

“우선 수일 내로 지부대인을 만나 편지부터 전하십시오. 가실 때 은전 백 냥을 예물로 준비하는 걸 잊지 마시고요. 덧붙여 표마차가 항주를 떠날 때마다 적당히 챙겨줄 거라는 암시도 주세요. 아무리 진왕야의 추천이 있었더라도 항주를 통치하는 최고 관리와 척을 지어 좋을 게 없습니다.”

“그렇게 하겠습니다.”

“지부대인의 허락이 떨어지면 이후의 원활한 인수인계 절차도 진행해 주시고요. 표비는 절대 깎아주지 마십시오.”

“물론이지요.”

“본격적인 인수 시기는 강남의 미곡 운송 일이 마무리될 무렵이 좋겠습니다. 우리도 준비를 좀 하고요. 물량이 적지 않은 데다 노리는 자들이 많은 공물의 특성상 북경까지 가는 운송로를 전체적으로 다시 짜야 할 겁니다.”

“그건 제가 하겠습니다.”

용소백이었다. 그의 말이 이어졌다.

“전대 국주님께서 생존해 계실 때 운 좋게도 청렴한 관리가 항주부의 지부대인으로 온 적이 있었습니다. 그가 천룡표국에 공물 운송을 십 년 정도 맡겼습니다. 그때 저는 신입 쟁자수였는데, 백 번도 더 북경을 왔다 갔다 했습니다. 제게 맡겨주십시오.”

일이 아주 착착 진행된다. 나는 더할 나위 없이 흡족한 표정으로 고개를 끄덕였다. 전립성, 가불염, 용소백도 하나같이 가슴이 벅차오르는 듯한 표정이었다.

가불염이 조심스럽게 물었다.

"표사들은 어떻게 할까요?"

"무얼 말입니까?"

"이 사실을 알면 다들 내 일처럼 기뻐할 것입니다."

"장궤께서 지부대인을 만나고 돌아오시면 표사와 쟁자수들 전부 모아놓고 술이나 진탕 마시도록 하죠. 산삼주 두 병 남은 것도 똥 되기 전에 빨리 꺼내고요."

전립성이 깜짝 놀라서 물었다.

"산삼주가 두 병밖에 안 남았습니까?"

"모르셨나 보군요. 간밤에 한 병이 없어졌다더라고요."

"이 망할 자식!"

딱히 누구를 지칭한 것도 아닌데 누구를 말하는 것인지 모두가 알아들은 듯 고개를 끄덕이는 신기한 풍경이 펼쳐졌다.

그때 바깥에서 '험험' 하는 인기척이 들렸다. 들어오라고 했더니 문이 반쯤 열리며 호리독사가 얼굴을 쑥 내밀었다.

모두가 깜짝 놀랐다.

"아직 안 끝났습니까요?"

"왜 그러시오?"

"당주님께 드릴 말씀이 있습니다."

"지금은 좋은 때가 아닌 것 같소만."

"간밤에 제가 아주 재밌는 걸 보았습니다."

나는 전립성, 가불염, 용소백과 차례로 눈을 마주치고는 어처구니가 없다는 투로 말했다.

"보기만 한 게 아닐 텐데."

"어떻게 아셨습니까?"

"어떻게 모를 수 있겠소."

"정말 귀신이십니다."

"순순히 인정하는 거요?"

"예?"

"음?"

"아!"

"아?"

"지금 그게 중요한 게 아니고요."

호리독사의 얼굴이 잠시 문 뒤로 쑥 사라졌다가 다시 나타났다. 주변에 누가 있는지 한 번 더 확인하려는 모양이었다.

"지난밤 천룡표국의 서쪽 구석에 있는 폐옥에서 세 사람이 몰래 만나 당주님을 담그는 법에 관해 얘기하는 걸 우연히 엿들었습니다. 그 세 사람은 강룡당주, 복룡당주 그리고 전 묵룡당주님이셨습니다. 어떻게, 저 그냥 갈까요?"

"……!"

"그러니까 귀하의 말은, 강북의 대형 표국들이 강남의 미곡 운송 일에 뛰어들었고, 그로 말미암아 우리 천룡표국과 오랜 세월 거래해 온 미곡상단들의 추가 이탈이 있을 것이다? 국주님과 총표두님들도 이 일을 이미 어느 정도 짐작하고 계시고?"

"제가 아니고 강룡당주님이 그러셨다니까요."

환생을 하고 난 후 이런저런 일에 끼어들면서 많은 것들이 전생과 바뀌었다.

하지만 내가 한 행동과 관련이 먼 일들은 크고 작음과 상관없이 여전히 그대로 진행되었다. 그중의 하나가 지금과 같은 미곡상단들의 이탈이었다.

예정대로라면 이미 수상한 조짐을 보이는 세 곳 외에도 무려 다섯 곳이 더 강북의 다른 표국으로 거래처를 옮긴다. 이에 천룡표국은 심각한 손해를 입게 되고, 올해가 가기 전 삼백여 명의 표사와 쟁자수들을 내보내게 된다.

그들 모두는 한 집안의 가장이었다. 딸린 식구들을 생각하면 아무리 소극적으로 잡아도 천 명에 달하는 사람들이 하루아침에 끼니를 걱정하는 처지가 되어버리는 것이다.

칼을 쓸 줄 아는 표사들은 그나마 낫다. 다른 표국이나 상방 혹은 기루 등의 일자리를 구해 어떻게든 풀칠을 할 수 있으니까. 하지만 오직 몸뚱어리 하나만 가지고 한 달 벌어 한 달 먹는 쟁자수들과 그들의 가족은 혹독한 겨울을 나야 했다.

전생에서 나는 한낱 쟁자수에 불과한 몸으로 이 거대한 파도를 맞았었다. 그때는 수뇌부의 무능함과 세상사의 비정함을 탓하며 속으로 욕도 많이 했다. 한데 나 스스로 수뇌부가 되고 보니 쟁자수의 눈으로 볼 때와는 많이 달랐다. 수뇌부 역시 그들만의 방식으로 나름 치열하게 싸우고 있었던 것이다.

'이번엔 다를 것이다.'

호리독사는 또 말했다. 형님들이 작당해서 날 함정에 빠뜨릴 거라고. 이탈이 예상되는 미곡상단들의 관리를 내게 맡겨 책임도 지우고 평판도 떨어뜨리려 한다고. 무슨 이유에선지 이병룡은 빠졌다는 말도 전해주었다.

"이 일을 또 누가 알고 있소?"

"당연히 아무도 모릅니다."

"앞으로도 그래야 할 것이오."

"이 정도면 산삼주 일은 덮어주시는 겁니까?"

"공이 있으니 스스럼없이 실토하는구려."

"봐주시는 것도 한계가 있을 텐데, 몇 번이나 남았는지 모르지만 아껴서 써야죠."

"돈도 많으면서 사 먹지. 왜 그렇게 훔쳐 먹는 거요?"

"번거롭게 뭐 하러요."

"……!"

"맛도 다르고요."

이 인간을 머리로 이해하려 들지 말자. 그냥 있는 그대로 받아들이자.

"남은 두 병은 탁중로가 기르는 번견 사육장 안 땅속에 묻어두었을 거요. 왕삼표와 탁중로가 그렇게 작전 짜는 걸 우연히 들었소."

"무슨 말씀이신지……."

"포상이오."

"고작 이런 일로요?"

"왜국에서도 잘해주었고."

"추웅성!"

"한 병은 남겨두시오."

"그 정도 양심은 있습니다."

장로회의를 제외하고도 내가 형들과 함께 표왕부를 찾는 때가 있다. 그건 매월 보름 소위 용혈들만 배석하는 저녁 식사 자리였다.

한데 오늘은 보름이 되려면 아직 닷새나 남았는데도 불구하고 이종산의 호출이 있었다. 그리고 이틀 전의 장로회의에는 참석 못 했던 인물이 한 명 보였다. 묵룡당주직을 박탈당하고 근신 중인 이병룡이었다.

"이탈한 상단들에 대해서는 알아보았더냐?"

"북천표국(北天鏢局)에서 우리가 받는 표비의 이 할이나 낮은 액수를 제시했다고 합니다. 북천표국주님께서 직접 상단주들을 찾아가서 담판을 지었다는 얘기도 있고요."

이종산의 질문에 대한 이갑룡의 대답이었다.

호광성은 거대한 동정호를 기준으로 호북과 호남으로 나뉜다.

그런가 하면 호광성에는 또 대륙을 남과 북으로 나누는 장강이 동정호를 스쳐 흐른다. 해서 강호인들은 보통 호광성 하고도 장강의 북쪽을 호북성이라 부르고 남쪽을 호남성이라고 불렀다. 그렇게 쪼개고도 호북성은 절강성의 두 배 크기였다.

북천표국은 호북성에서 가장 큰 표국이자 패자(霸者)를 자처하는 무림세력이었다. 또한 그곳의 국주인 조령검객(操靈劍客) 여문탁은 호북성

제일의 검사였다.

북천표국은 여러모로 천룡표국과 닮아 있었다.

"대책은?"

"세 개의 상단이 모두 흩어져 있는 데다 시간이 촉박하니 저와 을룡이와 정룡이 한 군데씩 찾아가 담판을 짓겠습니다. 이후 각각의 상단을 중심으로 근처에 있는 다른 상단들도 차례로 방문해 미리 단속하고 돌아오겠습니다. 하여 구역을 세 개로 나누어보았습니다."

말과 함께 이갑룡이 각자가 맡아서 가야 할 상단들이 적힌 서류 한 장을 내밀었다.

남은 상단이 열네 곳이고 그걸 세 구역으로 나누면 한 명당 네 곳 또는 다섯 곳이 된다. 내가 가야 할 곳은 전부 이탈할 확률이 매우 높은 상단들일 것이다.

이갑룡이 그걸 알아낸 걸 보면 상계의 도움을 확실하게 받았다. 그래서 휘주상인들을 배경으로 둔 이을룡과 산서상인들을 배경으로 둔 이병룡을 어떻게든 끌어들이려 한 것이고.

이건 가치를 측량할 수 없을 만큼의 고급 정보로 천하의 이종산조차도 아직 접근하지 못했을 확률이 높다. 천룡표국의 정보력이 아무리 뛰어나도 상단에서 일어난 중대사를 바로 그 상단이 속한 세력의 수장들보다 빨리 알 수는 없는 노릇이니까.

'기어이 칼을 뽑았구나.'

가만히 서류를 내려다보는 이종산은 표정이 복잡했다.

상계의 정보는 자강상단주나 만금전장주보다 한발 늦을 수 있다. 하지만 평생 표국 일을 해온 경험과 통찰은 감히 그들이 따를 수 없었다. 이종산이라면 오직 통찰만으로도 다른 상단의 이탈이 있으리라는 것을 짐작할 것이다.

그는 과연 지금의 이 상황을 어떻게 받아들이고 있을까?

"다른 의견은 없느냐?"

"지나치게 비효율적입니다."

나는 잠시도 망설이지 않고 질렀다.

모두의 시선이 일시에 내게로 향했다.

이종산이 물었다.

"어째서?"

"갑룡 형이 말씀드린 계획은 지키느냐 잃느냐의 싸움일 뿐입니다. 만약 잃게 되었을 때 그 빈자리를 채울 방법이 없습니다."

내가 여기까지 말했을 때 이미 이종산의 눈동자가 반짝이고 있었다. 거물답게 바로 내 말 속에 숨은 뜻을 알아차린 것이다.

하지만 그는 일절 내색하지 않고 말했다.

"자세히 말해보라."

"만약 이탈을 결심한 상단을 지키지 못하면, 그리고 다른 열네 곳의 상단들 중 추가 이탈이 있다면 새로운 상단들과 계약을 해서라도 빈자리를 메워야 한다는 뜻입니다."

"그래서?"

"한데 갑룡 형의 계획엔 그게 없습니다. 그도 그럴 것이 열네 곳 외에 다른 불특정 상단들을 무작정 찾아다닐 수가 없기 때문이지요."

"대책이 없는 비판은 공허한 메아리일 뿐이다."

"선발대를 꾸려 곧장 무한(武漢)으로 가는 겁니다."

무한은 호남성 전역에서 산출된 미곡이 모이는 곳으로 해마다 이맘 때가 되면 미곡을 사러 온 상단과 그 상단들로부터 미곡을 인수해 운송하려는 표국들이 장사진을 이룬다.

"지키는 것도 채우는 것도 모두 한곳에서 하자?"

"그렇습니다."

이종산은 이탈할 조짐이 보이는 세 곳의 상단에 전서를 날렸으나 답장을 받지 못할 거라고 생각할 것이다. 무한행은 그에게도 매력적인 제안일 수밖에 없었다.

하지만 장점이 있으면 단점도 있는 법이다.

이을룡이 바로 그 지점을 파고들었다.

"표국 일을 시작한 지 얼마 되지 않아 네가 잘 모르는 모양인데, 미곡상단과 표국 사이에 새로운 계약 얘기가 나돈다면 그건 사전 조율이 이미 끝난 것이다. 무한에서 만나는 건 단지 수결을 하고 운송 계획을 의논하기 위한 것일 뿐. 그땐 너무 늦다."

"이탈의 조짐이 보이는 세 곳의 상단은 우리와 십 년 넘게 거래를 해온 곳입니다. 한데도 하루아침에 계약을 파기하려 하고 있지요. 마지막 순간 누구의 마차에 미곡이 실릴지는 아무도 모르는 것입니다."

이갑룡과 을룡은 금방 합죽이가 되어버렸다. 하나라도 틀린 게 있어야 반박을 하든가 말든가 하지. 생각지도 못한 곳에서 허를 찔린 두 사람은 낯빛이 바로 창백해졌다.

'나는 아직 칼집에 손도 안 댔다. 이 피라미 새끼들아.'

한편 이종산의 눈동자는 더욱 밝은 정광으로 번뜩였다. 내 말이 전적으로 옳다는 것을 넘어 대견스럽기 짝이 없다는 기색이었다.

“강룡당주, 복룡당주, 비룡당주는 나와 함께 선발대가 되어 모레 아침 무한으로 떠난다. 모두 돌아가서 채비를 하거라.”

“편히 쉬십시오!”

이갑룡과 이을룡과 이병룡이 복창을 하고 일어섰다.

어금니를 꽉 깨문 이갑룡이나 을룡과 달리 병룡은 어깨가 축 처져 있었다. 대화에서도 줄곧 배제되었는 데다 마지막까지 이종산이 자신을 조금도 챙겨주지 않자 크게 실망한 것이다. 미곡 운송은 표국 전체가 달려드는 큰 운송 건인데, 뭐라도 공을 세워 복직하고 싶은 그의 입장에선 얼마나 함께 가고 싶겠냐.

한데 정말 이종산은 이병룡을 데려갈 마음이 전혀 없는 걸까? 만약 그렇다면 구태여 오늘 이렇게 예정에도 없는 식사 자리를 만들 필요도 없다. 단언하건대 이종산은 처음부터 무한으로 갈 생각이었다. 그것도 모레 당장. 해서 오늘 서둘러 이병룡까지 참석할 수 있는 용혈들의 식사 자리를 만든 것이다.

이종산은 지금 우리를 시험하고 있었다. 첫 번째는 이병룡이 어떻게 자기 밥그릇을 챙기는지를 보려는 것이고, 두 번째는 나머지 세 형제의 반응을 살피려는 것이다.

“드릴 말씀이 있습니다.”

이종산이 고개를 들어 나를 바라보았다. 자리에서 일어나 바깥으로 향하던 이갑룡, 을룡, 병룡도 걸음을 멈추고 나를 돌아보았다.

“무슨 일이더냐?”

“병룡 형도 함께 가게 해주십시오.”

“어째서?”

"언제까지 놀고먹게 할 수는 없지 않겠습니까."

"무어?"

"근신을 시켰다는 건 본래 벌을 주겠다는 것인데, 병룡 형은 지금 일도 않고 허구한 날 탱자탱자 놀고만 있습니다. 말이 좋아 근신이지 제가 볼 땐 휴가입니다."

"갑자기 무슨 궤변을 늘어놓는 것이냐?"

"기회가 있어야 만회도 하지 않겠습니까? 우리가 지금 무한으로 가서 하려는 것도 그것이고요."

"……?"

"병룡 형에게 지난 잘못을 만회할 기회를 주십시오. 부탁드리겠습니다."

"형들과 치열하게 경쟁하는 줄 알았다만."

"고래로 관병들과 무림인들은 사이가 좋지 않았지만 왜구가 쳐들어오면 손을 잡고 함께 싸웠습니다. 표국에 큰 위기가 닥친 지금은 모두 손을 잡을 때라고 생각합니다."

나는 혀로 이갑룡와 을룡의 손발을 열심히 묶었다. 이런다고 놈들이 할 일을 안 하진 않겠지만, 최소한 눈치를 보느라 마음 놓고 칼을 휘두르진 못할 거다.

이종산은 신기한 동물 구경하듯 한참이나 나를 물끄러미 응시했다. 애써 감추려 하지만 그의 눈동자 저 깊은 곳에서 작은 격랑이 일고 있음을 나는 느낄 수 있었다. 짐작하건대 그는 오래전 자신의 손으로 하나씩 쳐냈던 형님들을 생각하는 것 같았다.

이윽고 그가 입을 열었다.

"네 말처럼 병룡은 지금 근신 중이다. 천룡표국 내에 어떤 직책도 없지. 하면 어떤 직책을 주어 데려가면 좋겠느냐?"

이갑룡과 을룡이 눈을 휘둥그레 뜨고 이종산을 바라보았다. 이병룡도 눈이 툭 튀어나와서는 어쩔 줄을 몰라 했다.

"그거야 당연히 쟁자수지요."

"쟁자수?"

"근신은 가장 낮은 자세로 자신의 잘못을 겸허히 반성하는 시간을 갖는 것이 본래의 취지가 아니겠습니까? 반성의 시간을 갖는 데는 쟁자수가 딱입니다. 일이 고돼서 잡생각 날 사이도 없고요."

"좋다. 병룡이도 데려간다."

"가, 감사합니다!"

이병룡이 부지불식간에 이종산에게 허리를 꾸벅 숙이며 한 말이었다. 그러다 우리와 눈이 마주치자 겸연쩍은지 뒤통수를 벅벅 긁었다.

계속